1

3

2

1. 少年溫瑞安，在馬來西亞創立「天狼星詩社」時。
2. 在台灣讀書時的溫瑞安，攝於台北「試劍山莊」，創立「神州詩社」時。
3. 1990 年在馬來西亞首都吉隆坡「陳氏書院」。

4. 攝於 70 年代末台灣，時為「神州詩社」社長。
5. 攝於 1999 年廣東珠海寓所「卜卜齋」。
6. 攝於台灣，其時「神州詩社」會員有四百餘人。

7

8

7. 攝於 2011 年下旬鵬城住處「火星書房」。
8. 近年攝於北京。

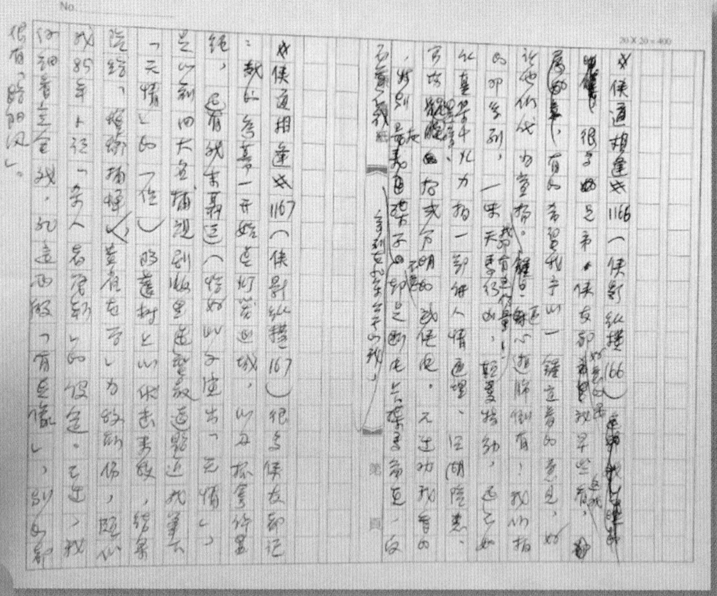
9

10

11

9. 作者網易微博原稿。
10. 作者 1986 年在香港出版的第一本散文集《不讓一天無驚喜》書影。
11. 作者授權在百花文藝出版社出版的大陸第一本散文集《天火》書影。

【武俠小說家散文系列】

溫瑞安

散文集

劉國輝 編

www.cosmosbooks.com.hk

書　　名　溫瑞安散文集
作　　者　溫瑞安
主　　編　劉國輝
責任編輯　孫立川
美術設計　郭志民
出　　版　天地圖書有限公司
香港皇后大道東109-115號
智群商業中心15字樓（總寫字樓）
電話：2528 3671　傳真：2865 2609
香港灣仔莊士敦道30號地庫／1樓（門市部）
電話：2865 0708　傳真：2861 1541
印　　刷　亨泰印刷有限公司
柴灣利眾街德景工業大廈10字樓
電話：2896 3687　傳真：2558 1902
發　　行　香港聯合書刊物流有限公司
香港新界大埔汀麗路36號中華商務印刷大廈3字樓
電話：2150 2100　傳真：2407 3062
出版日期　2019年3月／初版・香港

ISBN 978-988-8547-18-0

自序：花發隨風

溫瑞安

這本散文集，是無心插柳柳隨風（柳隨風，號稱柳五公子，是我小說《神州奇俠》裏特別讓九零後讀者喜愛的人物），而我寫散文，卻一向是「有心栽花花枯發」（花枯發，是我武俠小說裏《說英雄．誰是英雄》裏「發夢二黨」裏兩大黨魁之一，跟老搭檔溫夢成在京城是基層社會裏極有號召力的領袖）。

我這樣說，其實想表達的是：我的確出版過上千本書（這數字是提得出根據的，並沒有胡混、弄錯），寫過（有紀錄發佈的）逾二千萬字。可是，無論想寫的是甚麼，要寫的是神馬，最愛寫的是啥，最寫得好的是甚麼東東，到頭來還是回到落葉歸根，重返故鄉，就是寫散文，或曰雜文、記述文、抒情文、敍事文，還是以此為本，以此為頻，亦以此為最互常。

常看過我專欄和前言、後記的讀友，當知我曾記述過有關寫作這種興趣和能力，恐怕只是我一生志趣的其中一項，記得在我小時候作文呈上去〈我的志趣〉的排名中，恐怕列不了前四（即還不是無情、鐵手、追命、冷血），而武俠小說在我寫作的類型裏，也頂多排個三甲殿後，至於會寫小說以及多寫武俠小說，除了對俠情有興味有追求之外，難免跟經濟補給沾上很深厚廣泛的邊兒，直率一點來說就是為稿費而創作，一旦出版網絡化、而九零至零零年代網絡化發佈得不到版權保障，同時也因閱讀網絡數據化，在我這一代未譜以網絡寫作人並未得到妥善的版權保護時，我就失去了堅持寫下去的經濟資源，這就是大家戲稱我為「坑王」，使我只得以嘲弄語氣諷刺我自己：大家催我罵我填坑逾四十年，我覺得我已不只是「坑王」而是「坑神」了；另外，如果我要堅持寫下去，而小說的出版、發佈、刊登權已全給翻、假、冒、充斥了市場時，常吶喊我為何又挖了坑不填的朋友，完全不了解我不再擁有讓這創作產品有生存資源之時，各位讀

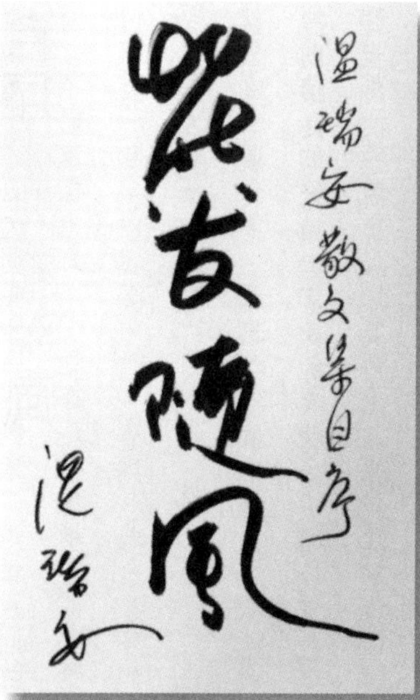

者觀眾，不只欠周星馳一張戲票，恐怕也同時欠了我好幾毛的版稅或稿費。

不過這樣也好：哪怕在這種環境下，我還是堅持了自己的原則與秉持，除非我認為「劇情需要」和「內容必須」，否則，我從來不認同也不屈就，出版商或報刊雜誌網絡平台，要我暴力就暴力，黃色就黃色，枕頭就枕頭，拳頭就拳頭，也不願搞不定時就穿那麼個越，就搞玄一下幻了。我寫作有我的歷史背景，我有我的世界觀，我有我對俠義的信念，以及對我信念的堅持，你不能要我「虎軀一哆」我就峰迴路轉都為了餓虎藏蟲，不能要我「嬌軀一顫」我就百轉回腸只為了持寵生嬌！

是以，終於捱到了九零後、零零後，我的米粉、麵條一齊虎躍龍騰，出類拔萃，有的成了電商，有的成了豪門，有人從政得心應手，有的經商位列十大，還有的拍影視仍然重視文化還是沒有拍碎了良知，有的台前演出成了名當了權仍然重視俠義精神並沒有毀了節操，於是猛龍過江之後，來個猛虎回頭，有的才俊之士居然認為他們曾經在我作品裏獲得了些滋潤，有的豪傑人物竟然希望能給「啓蒙」（近年來已經很少人敢用這辭兒）或激勵過他們的作品作些回饋，加上近年內地特別重視知識產權，而國內也正式對保護和推廣 IP 作出有効性的連鎖反應，所以近五年來我作品 IP 授權、衍生、營運、深耕、傳播、投資、分成的收入，當然包括我有逾七國文字及海內海外的版權稅後收入，也迅速自四十年前，苦苦筆耕千字不到十五元的「薄酬」，到近五年每年版權費至少有五百萬元的遞增，甚至這近兩年還成了多家傳播媒體及文化網絡公司的「武俠文化藝術總監」之類的虛銜或實責，雖然近兩年來我的IP法務維護代表律師與涉嫌壟斷和欺詐行為的代理公司，糾纏在訴訟官司中，但也不影響我作品版權受到尊重與支持，作品得到讀者和俠友的支持與喜愛。有時候自己找會計師計算了一下，其中有一本已經給拍成影視劇和不同形式的作品逾二十五次的中篇小說，居然計算下來有每一字三百元以上之「天文數字」（對我而言），這絕對是徼天之幸，我在小三時已經開始對外發表作品，而今近一甲子矣，這都是內地重視和人民反省保護文化知識產權的重要性所帶來的好事：希望我之後至少是用中文寫作的人，不必再經歷我以前的飄泊、孤立、無助、孤軍作戰的種種苦楚。

現在言歸正傳，寫散文，原是我本職，但有心栽花花不發。這些作品，多是我青少年期，在大馬《學生周報》、《蕉風月刊》、《教與學月刊》以及台灣的《中國時報》副刊、《中華文藝》、《明道文藝》、《現代文學》、《純文學》等雜誌所發表的文章，大抵都是在十五六歲（大馬）到台灣二十五六歲期間寫下的。那段日子，我熱衷並致力搞詩社，辦雜誌，出期刊，算是半工半讀，文武兼修，也算是在馬台兩地，辦出了個民間文藝社團，是為一時之盛，而且在這段期間，我把散文寫作像寫詩一樣，用漢字裏最珍貴的血液，綴合組建成不致「張口見舌、簡近膚淺而粗暴」的文字，以強烈的節奏感和意象交織，並且盡可能用留白來繪敘我胸懷心思中的高山流水的構圖。

其實，寫作，非大成即大敗；到後頭，我的讀者的專注力多在我的武俠小說上，當年在《中國時報》連載發佈的〈龍哭千里〉等萬字長篇純散文的知音，逐漸泯滅減退，我仍然撰寫專欄，但多為雜文，真正的純散文創作，已罕見稀有矣。雖曾有心栽花，但花未發，不過，種花本是樂趣，花開不開、謝不謝，已無關我的宏旨矣。

幸好，還有「無心插柳柳隨風」，如今，香港天地圖書有限公司，這家當年我在香港寓居時期，幾乎天天都在這兒徘徊勾留閱讀購書之處，而且是一大袋一大袋的買書，每次都要發動梁四何三陳乃醉等三四個替我搬書回府。這回天地圖書有限公司請託了劉國輝先生，表達了要出版我散文集的意願。這當然是喜出望外。劉先生是個有道德學問的人，位高望重，而且影響力深厚、見識過人、文學修養讓人折服，他來主編這個文集，自然不二之選。只不過，我答允過當寫一自序。但是說也奇怪，前半段我一蹴即成，到了後半段，我三次在機艙裏寫成（我一向在任何交通工具中都從不休息，而且完全不影響寫作專注與速度；我一向都寫在小便條上，而且一向都不用電腦寫作，通常都是子弟們替我敲字成文才能發佈），可是到下機後都遍尋不獲。寫三次，遺失三次；這一次，在書房裏寫，希望不會遺失，也不能再遺失了吧。

我一生中，因為命中的坎坷和變化，遺失的事物還真不少，幾萬本書，包括作品藍圖佈局，還有原已寫成的《說英雄》、《四大名捕新篇》以及重要的名人、前輩書信，這也真是一種遺憾。

不過，還是那句話：「對我而言，世上憾事已經太多，再多一兩件又何妨。」

從〈這一路星光〉到〈龍哭千里〉，從〈八陣圖〉到〈大江依然東去〉的溫瑞安，我原來要大力書寫「花枯發」，可是《說英雄》迄今竟因給叫停而未能竟篇，我原本在《神州奇俠》故事裏致力要寫李沈舟和蕭秋水，到後來卻最讓讀友溫迷不能忘懷的是柳隨風。

其實，人生，到底還是寂寞如雪；作品，只是偶然綻放的冷香梅紅。

二零一九年一月十五日
新年第一文

編者序

劉國輝

二零一三年陳墨兄推薦，中國武俠文學學會為主擔綱為中央電視台「武俠名家」電視專題片編撰腳本，由此得識香港天地圖書總編輯孫立川先生。二零一四年天地圖書陸續推出「武俠小説家散文系列」，產生很大影響，二零一五年孫總編命我編選《溫瑞安散文集》，並言這套書「缺了溫瑞安不好」。當時一時衝動，應諾孫先生道：「我問下溫瑞安先生，如果他同意我當盡力而為。」這年冬天，和溫瑞安在北京見面，當面提出編散文選一事，溫兄欣然同意。轉眼三年時間過去，孫總編多次催稿，如今才完成使命，深感慚愧。

説「一時衝動」，並非隨口而言，是因為我手頭沒有多少溫瑞安散文的資料，只有二零零二年天津百花文藝出版社「詩骨俠心叢書」系列的《天火》，那是大學同窗李華敏主政百花社時主持的一套叢書，我有幸幫助聯繫版權，並且和陳曉林先生一起編選了古龍的散文選；再有就是中國友誼出版公司一九九八年出版的溫瑞安所著「金庸茶館」系列《談笑傲江湖》、《析雪山飛狐與鴛鴦刀》、《天龍八部欣賞舉隅》和一些零散的文章。沒辦法只好向溫兄求援，在其授意下，多虧自成一派梁應鐘、何包旦等俠兄，「甘當青鳥」，為我郵寄諸多複印材料，轉達溫瑞安兄的意見，沒有他們的幫助，根本無法完成這一編選。

溫瑞安以武俠小說名動天下，靠武俠小說安身立命，同時也是文學的多面手，小說以外，散文、詩等文體都有建樹，他自己就認為武俠小說不是他最喜歡的和寫得最好的文體。哪個文體最好姑且不論，見仁見智，但是溫瑞安文學創作才能最早被世人所認知的卻是散文。他自己說：「我寫了一篇近萬字的散文寄到台灣來，《中國時報》人間版編輯高信疆讀了之後，在他的百般繁忙中，居然寫了一封近二十頁紙張的信寄到馬來西亞來，裏面字體激越如劍風，真是天涯有知音，還附有幾份令人情激的讀者來信，使我越發堅定地去走這條天涯的獨行路。」身居馬來西亞文學荒漠的一個文學青年，能得到如此的肯定和青睞，高信疆對溫瑞安來說可謂伯樂；在當時的《中國時報》上發表年輕的溫瑞安的作品，以報紙和高信疆的影響，無異向文學界推薦一個年輕的海外新星！更何況這篇〈龍哭千里〉，確實也寫的大氣磅礴，感情飽滿！從這個意義上說，散文是溫瑞安最早被「真正的文學界」所肯定的文體，奠定了溫瑞安一生走文學創作之路的堅強基石！

溫瑞安自己說：我的散文作品約略可分為三類：一是純散文創作；一是寫出自己或別人的觀念與看法，比如影評、人物稿、談武論俠等系列就是；另一是雜文：不管嬉笑怒罵、認真嚴肅，只以我手寫我心，所見所感所思（見〈《不讓一天無驚喜》後記：多喜少驚〉）。從作品風格來看，這三個方面確實概括了他散文的三種風格，而且這三個方面在他一生的散文創作中也都體現出不同階段性：在馬來西亞和台灣初期側重純散文創作；出獄後再戰文壇，則漸漸屬於第二類寫出「自己和別人的觀點」；三十歲後多為所見所思，我手寫我心，任意東西，一直到現在。

從文體上講，中國古代關於散文的定義是和韻文相對稱的，期間又穿插賦和駢體等特殊文體，學術界有不同的區分，不同時期也有不同的含義；但在當代，人們已經習慣把詩歌、小說、戲劇以外的所有文體統稱為散文，這是廣義的散文，正如《中國大百科全書簡明版》所言「中國現代散文指與詩歌、小說、戲劇文學並稱的一種文學樣式，包括雜文、小品、短評、隨筆、速寫、通訊、遊記、報告文學、書信、日記、回憶錄等」。本編所選的溫瑞安的散文，就是以此為原則。和溫瑞安交流時，他曾經希望不要收錄關於武俠小說的研究論文，編者沒有認同，一則論文也屬廣義的散文，似乎被公認；二則這些論文確實精彩，從某種意義上講是研究新派武俠小説具有理論視角和學院派風格的第一批論文，而且出自溫瑞安這樣著名的武俠小説家筆下，尤為難能可貴，溫瑞安散文集不能缺了這部份。

正如溫瑞安文學創作的豐富性一樣，溫瑞安散文創作的主題也是豐富多彩的，就筆者個人來看，至少有以下幾個方面尤其突出：

其一，言志抒情的純散文。這些大都是溫瑞安早期的創作，本編收入較多，前文提到的〈龍哭千里〉之外，〈向風望海〉、〈八陣圖〉、〈大江依然東去〉等都屬於這一類佳作，創作這些作品時的溫瑞安年少多才，意氣風發，有自己遠大的理想和抱負，海外遊子的家國之思、文學事業的遠大理想、美好愛情的憧憬追求、建社立團的雄偉大略是這些作品的主旋律，激越昂揚，催人奮進，感人至深。在藝術上也正像溫瑞安自己所説：「講究文字節奏、遣詞造句、意向組合、情知交融、創新技巧、翻空出奇，要求練字鑴句、形式與內容的配合無間。」（見〈《不讓一天無驚喜》後記：多喜少驚〉）這些文章飽含才氣，文字優美，感情飽滿，言之有物，最能代表溫瑞安散文初期的風格，令讀者一讀難忘。

其二，記人寫景的小品文。年青的溫瑞安是具有遠大抱負的愛國文藝青年，他熱愛朋友，結義兄弟，對每個交往過的人都懷有眷戀和不捨之心；他望月興嘆，迎風起舞，觸景生情，對自然的風花雪月有着高度的敏感和獨特的體味。這些形諸文字，產生了這類記人寫景的小品文，也是溫瑞安早期中期很有代表性的作品，如本編中的〈白衣九記〉、〈十一怪人傳〉、〈振眉閣四章〉、〈短文〉等等。這些作品，短小精緻，言簡意賅，繼承了明末小品文風格特色，從另一個角度彰顯了小說家深刻的觀察力和揮灑自如的筆力。寫人則刻劃入微，三言兩語，活靈活現，盡顯人物風采；寫景則細緻入微，情景交融，遙遠的星空，浩瀚的大海，茂密的森林，山間明月，林中微風，都賦予了作者強烈的感情色彩，承載了作者深深的情懷。

其三，理論性強的詩文論。論文也是論說文，之所以要單列一節，是由於編者對溫瑞安的武俠小說論文、詩歌論文的偏愛。溫瑞安不但在文學創作方面如詩歌、小說、散文都卓有成就，其研究論文理論性之強、論證之精準，都是新派武俠小說家中絕無僅有的，頗具學院派風範。本編中收入的〈美學批評實驗：論溫任平的《廟》〉、〈《天龍八部》欣賞舉隅〉都是這方面的代表作，特別是關於武俠小說的觀點、識見、分析，不但在那個時代具有價值，就是放在當下的武俠小說論著之中，也仍然具有不可取代的意義。我曾經在一篇文章中寫到：「古龍小説求新求變是單純職業作家的創作追求，行於所當行，止於所不可不止；溫瑞安小説的求新求變是帶有批評家色彩的作家的創作追求，獨上高樓，眾裏尋他千百度。」溫瑞安小説創作中的批評家色彩，正是建立在其系統的理論學養和修為之上，這在他的論文中表現更加明顯。

其四，激越高亢的論説文。溫瑞安在台灣讀書期間無辜被當局逮捕入獄，對溫瑞安後半生影響極大：被熱愛的祖國所誤解拋棄、被結義兄弟所出賣，是他一直到現在的心結，他內心深處的漂泊感、孤獨感、江湖感都源於這一點，可喜可賀的是這些都沒有把這個文學才子、有志大俠壓倒，反而從另一個角度促使他堅定用武俠小説抗爭社會，用筆墨打遍天下，對兄弟不棄不離，對過往無怨無悔，取得了人生的極大成功。雖然如此，這種刻骨銘心之痛仍不時會在作品表現出來，不平則鳴，堅決捍衛自己過往的行為成就了溫瑞安這類具有論辯意味的論説文，慷慨激昂，氣勢逼人，順流而下，滔滔不絕，〈長信〉、〈十駁〉就是這類文章的代表作，讀來既感到有《戰國策》縱橫捭闔的遺風，也讓人不禁想起當年《人民日報》發表的針對蘇聯背叛中國的《九評》系列文章，大有拍案叫絕、痛快淋漓之感！

其五，識見獨特的短隨筆。古人云「三十而立，四十不惑」，對於溫瑞安這樣的「少年天才」，應該說「二十而立，三十不惑」才更加合適。三十歲以後溫瑞安的散文創作以隨筆和訪談為主，以《不讓一天無驚喜》集中的作品和其他一些懷念過去的文章為代表，議論居多，但都言之有物。經歷了大風大浪，對人生有了更多更深刻認識的溫瑞安已經達到了不惑的境界，此時的散文主題更加豐富多彩，大多一事一議，一事一感，雖為開專欄、懷舊和回憶而寫，但都信手拈來，凡事皆可有議，而且由於心境平和，更增鋭利眼光，看問題獨到而深刻，三言兩語，自有可觀之辭，嬉笑怒罵，皆成文章，加之語言的張弛有度，相對於以前的磅礡和恣肆，更有耐人回味的氣質和格調。

以上五方面既不是對溫瑞安散文的系統總結，也不是完整評價，只是記錄編選時幾點比較深刻的體會。從散文的種類來看，溫瑞安散文創作囊括了敍事、抒情、議論乃至諷刺性散文種種，本編選目盡量照顧方方面面，擇優而選。當然見仁見智，不敢説完全代表了溫瑞安散文最高水準，只能説是個人最喜歡的溫瑞安的散文篇目選集！溫瑞安兄忙於武俠作品、運營和百城千校巡迴演講，也沒有時間詳細過目該編，故一切不足和錯誤都由編者來承擔！需要説明的有兩點：一是本編選的初衷是不分題材主題，力圖以創作時間為次序排列，以窺見作者散文創作的軌跡，但是種種原因沒能完全如願，只能根據以往散文結集時間，參考文章後面部份保存的年月日斟酌處理，更精細的工作留待後來博雅君子為之。二是一些訪談文字沒有收錄，一則資料不全，二則一問一答隨意性很大，既不系統或許還有矛盾之處，加之新聞記者的自我理解發揮，恐怕離本意較遠，所以放棄。

由於孤陋寡聞和見識有限，本編錯誤和遺珠在所難免，請大家不吝賜教！

二零一八年六月十八日

目錄

這一路上的星光

你吟過詩嗎？你家後園還種不種菊花？對了，就是那些一朵朵很有秋意的花，你就撩甩長髮，看看你後面遠遠的一列山巒，你知道我們中國的田園詩人怎麼說麼？「採菊東籬下，悠然見南山。」是的，就是這一種淡逸；「落日照大旗，馬鳴風蕭蕭。」是的，正是一種悲涼；「今宵酒醒何處？楊柳岸，曉風殘月。」是了是了，正是這種刻心銘骨的淒淒。你不懂的，我怎麼說你都不會懂的，你可以揮手間完成你的數學難題，你可以背誦全課書而全不費時，但，這些你不會懂的，你只懂莎士比亞、蘭姆、拜倫，你雖然是個中國人，但陶淵明仍會採着他的菊，不會因你的美艷而停下來的。我本來是高高興興地來訪問你的，我以為你會懂得這些的。現在我回宿舍去了，落落寞寞地走回去了。

一路上，能洞悉我孤寂的心靈的正是那些霎眼的滿天星光。我不懂星相，但很喜愛星星。遠方黑暗處有孤燈仍半明半滅晃着，是誰家的夜遊人呢？記得那一些藍色枱燈的暖意嗎？那時你至少還有一個可談的哥哥。記得長輩們嚴肅地對你說的話嗎？你以為已懂得很多嗎？其實你還稚嫩得很，你知道甚麼是奮鬥，甚麼是生活？太陽下山是怎樣地揮去汗滴，人世的虛偽奸險，你都茫然無知；黃昏時的風怎樣去拂揚暮齡者的雙鬢；風雨交加時給老年者的恐懼，你都未曾領略過；你敢說你懂得嗎？你以為你很世故，很堅強了嗎？你只會拿你的筆去寫你夢幻的世界罷了！我不要！我不要聽這些話來打擊我們如鐵柱般直聳的意志！老年人的思想是不能再用到年輕一代的身上來了！長輩，請不要忽略我們如劍刃般的精神，生活不如你們向它屈服時一般殘忍。我們不能少年老成得令人顫慄。至少，我們仍保持着那一份孤獨與純情，我們豈能讓金錢與庸俗便磨鈍了我們年輕得不肯屈服的生命呢？我們曾經面對着生活，所以我們曾經愛過、瘋過、笑過也哭過，原來生活是這樣美妙的，生命是如此美好的！長輩，你可知後輩們已在風雨中唱着歌呢？他們已經出戰了，去吧，戰士們，去把上一代由怯弱所造成的歷史上的空白都填補過來！

但有時候生活也會令你失望的。有時候苦澀得令你搖頭，令你太息；而放置在小几上的咖啡愈來愈濃了，甚至你還沒有飲下去就聞得出那未加糖的苦味，甚至你喝慣了連苦也分辨不出來了；你麻木得只能不斷地用茶匙去攪着沒有加糖的咖啡，甚至已懶於搖頭，倦於太息了；你只得苦苦地笑着，但你仍然得放歌着，這就是成長，這就是落拓，這就是為甚麼你還要唱着，淒厲地歌着。這就是夕陽了。這就是黑夜了。這就是很苦的一種生活了。但生命依然是嬌好的，生活仍是美好的。你微駝的背脊因重負而挺直。歷史的河流裏永遠嗚咽着你不懈的長歌！去吧去吧，去走你的路，去爬你的山吧！

給我小刀，給我繩索，給我一柄棍。於是我們去流浪了。記得那班很純情的朋友嗎？那些別人講話發笑，自己講話也笑，別人滑倒發笑，自己滑倒也笑的朋友。你能忘得了那一次旅行嗎？那一次旅行中的登山！那一夜熊熊的火焰！那一夜眨眼的星光！那些浪語啊，那靜息的幽林，那執棍一夜不眠的身影。自山路趕程歸去，燈火在山下晃呀晃的，一路上的仍是那些滿天星辰披照，後來余到家了，說說再見就走了。夜忽然很溫柔很深邃了。後來周也揮手說再見了，整個黑夜的一條長街上只有我們蹋蹋踏踏四個人的腳步聲。後來吳走了，李也走了，那時我和廖的步伐很是沉重，寒風把我們的話都凝結了。後來廖說晚安再見，我也說了。靜夜中就只剩我有節奏的跫音，長街只有我落拓的身影，夜闌人散，煙呢？酒呢？那夜星星也是這樣地笑着，最明亮的是那顆孤獨的北極星。

今夜也是令人沉醉的。寒星寒夜寒風，吸一口氣啊，就有一種很涼的薄荷味。遠處二三燈火，總算還是人間！白天你能記取些甚麼？那無聊的太陽，那匆匆流浪的雲；現在你可以看見正在伸懶腰的流雲了，有明月，有清風，還有星光！若有松，啊，那古老的松，便有辛稼軒的放歌：「昨夜松邊醉倒，問松我醉如何？只疑松動要來扶，以手推松曰：『去！』」若有遊子，月將更明，鄉愁更盈。若有菊，愁絕的是瘦瘦的連瑣。若我吟詩意興，而有人擊筇作標，是否明月仙子的裙褶沾地行近？若淒寂一如鬼墟的宿舍，已有人為我備酒整被，墨已在几，我將一夜寫詩。而詩興濃時，月明風清，一女子姍姍而來，我稱之白衣，白衣白衣，你且來接吟下去，接吟下去。

而黝黯的宿舍，已靜立於我面前。在我未進入之前，燈是不會亮起來的。就且讓我很虔誠地在這兒感謝星星。這一路上的星星就這樣地沐着我，指引我一條狂想的路。再見，星光，今晚我將，夜無眠，今夜我將遺忘你了，今夜我將忘了寫詩。

稿於一九七〇年，大馬，十六歲作品
正式成立「剛擊道」武術社

向風望海

海浪追着海潮。海潮追着黑夜。黑夜追着遠山。遠山追着海風。海風追着散髮。散髮飄揚，髮是髮，椰影是椰影。火光是火光，火光追着人影。我望着，手中的弦琴，一弦接一弦地彈動起來。我望着：浪是浪，潮是潮，如今它們都聚在一塊兒了，我想。蝦兵蟹將，龍魚齊舞，今夜你們都不必睡了。有人往我肩上用力一拍，驀抬頭，老李的臉笑似一座海。「不要在這兒寫詩。痛快的時候就痛痛快快，今夜，非通宵不眠不可！」

我大笑，一如出鞘的劍鋒。「正合我意！」振手扔開弦琴，只見他們都繞着火光跳了起來，輕歌曼舞，向陽跳得像白蝶，白蝶白蝶翩翩兮在我眼前。向陽伸手，頓令我有正在眾目睽睽下接受高貴的公主邀舞一樣。「我們聚的時候少，這些營火，這些舞，你想不跳都不行了。」

清唱着很美的一種情調，很濃郁的歌聲，自黑夜的風散揚開來。這是一首很好的歌，只是很有些傷感：

一座山究竟要活上幾年
才能夠沖到海洋？
那些人究竟要活上幾年
才能夠得到釋放？
一個人究竟要幾次別頭
假裝他沒見那景象？
（答案啊，朋友，在風中飛揚
答案啊在風中飛揚）

火熾烈地燒着，美麗地焚。一塊木柴，成炭，成燼，畢畢剝剝地崩倒了，而另一根木塊仍拚命地自焚，焚着它的下半生。向陽有汗，自白白嫩嫩的小額淌落。望向天，天際有星，星群舞動，哪一顆是你？哪一顆是我？老周這小子在大唱流行曲，不過在這時候倒是合拍得很。小吳的風琴很宏偉地拉奏起來，在風中有一些沙啞，風接過了傳給那風，很快地傳達到遠遠的漁火二三處，告訴他們，此處海灘，並不孤獨，正是個，不眠夜。

大風吹，吹甚麼，吹甚麼，吹沒有穿鞋子的。大風吹，吹甚麼，吹在奏着口琴的。嘩啦啦地跑呀跑，小胖子摔了一大跤。女孩的長髮飄呀揚呀，椰子樹搖呀擺呀擺着頭。答案在茫茫的風中。大風吹，吹甚麼，吹你的頭。吹蠟燭比賽。深夜泅泳。軟軟的沙，細細的沙灘。難得的是赤誠的心，分別了好久的心啊，這便是相聚，相聚相聚，大歐便提議說：「往日談詩談文學，今朝玩他個痛快；老周，三年前我躲到草叢去小解，你盡是大嚷大叫的，我還沒有忘掉……」我是天空的一片雲，偶爾投影在你的波心。想到一根燭，熾熱地焚着，一顆白淚滾下燭台來，冷了。婉暖的草帽被風的黑手抓到那邊又那邊去了。追呀跑呀為了一頂草帽。風中的草帽。白色的物體。答案在茫茫的風中……

是的，不能忘掉。我們的相聚僅在今朝。就是這些人，曾是在放學後相約草場格鬥的年齡，曾跑到樓上去強說愁過，曾喝過別離那杯酒；那杯別離的酒，向陽，那杯酒旋啊旋着翠翠的綠，回旋地擴着珍重再見。我們的別離，奇怪，沒有甚麼所謂傷感的。我們都知道，我們總不能跟影子結婚的。你愛文學，愛藝術，愛生命，我很喜歡你，但愛又是另一回事，所以我們就這樣分手了。只是於臨分手前的一刻，向陽，你父親以一部車子接你歸去的時候，忽然我望見你雪白的頸項，緋紅的臉，那一雙美而若有所思的眼睛，我忽然如冷水澆背，驀然一醒，此後三載，流水流去多少濯足了，但那一驀仍似刀刻般地鐫印在我腦中。

我的朋友們還是那麼愛歡樂，我們曾經一併攀爬過沒有人爬的山，一起滾下不能滾下的山坡過，只是啊只是，鴻飛遙遠中，鵰落雁沉，生活的鞭撻日漸沉重，風霜的刀子殘酷地刻紋在他們的臉上。歡聚不易，今夕何夕？不不，蒼老的不是鬢髮，而是老人的心靈。啊不不，蒼涼的是揚巾的明日，今朝，古典而美，潮汐洗着沙灘，海潮海潮是當年的海潮，重回到荒蕪了三載的沙灘上，足印錯落，友誼美好，美麗的沙灘。

歌聲美妙，只是很有些意興闌珊了。一天的星都爭先恐後地亮着，那是比這裏壯大千萬倍的盛會，我們應覺慚愧。

到海邊去，朋友們，上那座沙丘，去看看老海龜生蛋。

對對對，我由小到大都沒有看過龜生蛋的。

我贊成！現在就去！

贊成！

嗨嗨，那麼，誰看守這兒呢？

一時都靜下來，我急不可待地道：我。看了看他們一個個想抗議的面容，我急急地說：

總得讓我做做事呀。

也好的，只是——小胖子亮晶晶地眨着眼睛。

向陽也得留下來！贊成嗎？小秋很得意地笑着。

贊成！聲如雷動，星星嚇得一時都縮了回去。

一剎那他們各自背起了弦琴，搬了唱片，嘻嘻哈哈地跑上沙丘，漸漸湮遠在遠方。他們的笑語，很是年輕，三年前的那種年輕。

海拍浪。浪拍沙。沙拍岸。望鄉？望月？我忽然望見向陽：鬱鬱的向陽！

海嘆息。靜寂的沙灘。海呵呵地折騰着，出現於遙遠的水平線外的，又忽然隱滅的，是海鳥，是幽靈般的海鳥。靜寂的沙灘。海朗誦着亙久不變的歌，浪沖過來，又退了回去。潮汐拍岸，滾動着陣前的鼓響，攻佔得如此之快，又退卻得如此淒涼。靜寂的沙灘。黑的是夜，白的是沙灘。光禿的老樹，梧桐的月光。寒枝不肯棲，寂寞沙洲冷？向陽，我們應該怎樣去呼吸，這一整個沙灘的風？

「那時……」向陽的髮散揚在空中。

火光漸暗，我們沒有添上任何柴木。很暖很暖，呵暖我們的是風，風滅了火，幾縷煙迅速在夜風中轉了轉，不見了。灰燼中仍有幾絲金紅的火頭，對星星閃了閃。沙灘仍白向黑夜。世界便被夜風充滿，對空間做出最密不透風的包圍。

向陽的髮，亂在風中。

少年，仍若流涕，為何？為誰？你不屬於古老的祖國，你是無根的萍。當你低眉走過一街亮燈或按號的獸，當你知道那純正的文藝園地已改為娛樂版，當你知道一城的臉都盤口向你，《三國志》只流傳在早市茶攤的牙籤上，少年，在你還沒有完全崩潰之前，唯一能想起的，是你的朋友，是你的朋友啊朋友。是那純情的一幕，如今夕，向陽白皙的膚色，比女性更女性的溫柔明眸。是誰說過你野的，是誰忽略你靜態的美的？向陽向陽。

「我也是……」好像，咳，好像，我把一切都說了，只好像甚麼都沒有說過，說過的都被風帶走了，未說的，你也知曉了。海不寂寞，寂寞的是燈塔。

你文文靜靜地看着我：你看我變了是不是？那個你認為只會「嬌嬌地笑在春野裏的女孩」呢？深夜裏我捫心自問，鏡子已不能為我證明些甚麼。我倒是羨慕昔日的那些照片……

我深深地望向你：我是不該放棄你的，向陽。

我的衣袂飄飄，你的長髮飛揚。火熄了。風狂舞。已沒有星星了，愛情亮了起來。

你輕輕地笑着，輕輕地，哧哧地笑着：他們留下你和我，你知道他們為甚麼那麼信任你嗎？他們呀，還忘不了你翹着大拇指點住自己的鼻尖哼着道：我是甚麼人！

那是很遠——我很有些茫然：很遠的事了。

今夜是難忘的。

明朝呢？

那是明朝。

浪拍沙，沙拍岸。海是寂寞的嗎？

遠處娓娓傳作一些歌聲：

一個人要走多少路
才能稱做漢子？
白鷗要飛渡多少洋
才能睡在沙上？

炮彈要飛過多少次
才能永遠靜息？
（答案啊，朋友，在風中飛揚
答案啊在風中飛揚）

歌聲沉鬱，回旋在四面八方的風中。燃着這些柴木吧，無論怎樣，我們又回到世界裏了。向陽輕輕地說。笑聲，和柔美的弦，漸漸近了。

稿於一九七一年初，十七歲作品
時正舉辦綠洲社金馬崙高原文學大會

論詩的移情作用

中國古典詩的作法，大抵上都離不開「賦」、「比」、「興」。的規範，「賦」和「興」且容後再說，我們先從「比」作一番討論：

比，就是修辭學上的「擬喻」，而擬喻又分為兩大類：(一)以物擬人，(二)以人擬物。白樂天的《女道士》一詩中有「姑山半峰雪，瑤水一枝蓮」，乃以花比人；而蘇東坡卻有《海棠》一詩「朱唇得酒暈生臉，翠袖卷紗紅映肉」以人比花。所謂以物擬人，就是前者；所謂以人擬物，就是後者。這是比擬的手法。現代詩人亦是如此：

舉例一

於動與靜的兩葉黑白封殼之間
人是被釘斃在時間之書的死蝴蝶

——羅門：《第九日的底流》

這是以人擬物（把「人」喻為「死蝴蝶」）的明喻（Simile）；儘管科學的突飛猛進，但仍無法把人從死亡的軌線上拉回，而人在還沒有認定自己之前，便被時間狠狠地推上絕路；這首詩的明喻是極其深刻與貼切的。

舉例二

子夜，我突然驚醒，
尋我於厚厚的棉被下
一具失去時間、失去記憶
僵臥徐甦的木乃伊

——夏青：《梨山行舍獨宿》

這是以物擬人的一種手法。本來以「木乃伊」比擬自己，殊為鮮見，但卻有一種突兀的美感；作者起於悚然驚醒，午夜夢迴，驀然悟覺自我的麻木狀態，很具效果。擬喻當然也包括了「以物擬物」及「以人擬人」等技巧，如這首夐虹的《想起群島》的第二節詩：

舉例三

那時，長街與長街，還只是
為黃昏雨所彈的
二線嘆息的細弦

詩中便以「長街」比作「細弦」。但以上所列的都只是直喻（Simile），而境界（情趣）愈高的詩，直喻的出現往往比隱喻（metaphor）少，因為直喻缺乏的是一種「含蓄美」和深度，所以杜甫的「感時花濺淚，恨別鳥驚心」倒不如姜夔的「數峰清苦，商略黃昏雨」來得耐讀。擬喻在美學家稱為「移情作用」（Empathy）及「內模倣作用」（Inner imitation）；關於文藝批評及美學上所說的「移情作用」（Empathy）如朱光潛等均引用 Theodor dipps 在 Raumaes the tik，Vernon Lee 在 Beauty and Ugliness and Other Studies in Psychological Analysis，Wilhelm Worringer 在 Form in Gothic 及 H. S. Langfela 在 Aesthetic Attitude 等書內所標舉的 Einfuhlung 或 empathy。論及中國這種移情作用事例時，亦僅追溯到莊子與惠施所辯魚游之樂與蝴蝶之夢，不知孔子智者樂水，仁者樂山，智者動，仁者靜，是真正的移情作用。至於「移情」二字之真正揭櫫，亦始於古詩《水伯操》序，所謂「先生將移我情」，見台北新陸書局出版沈德潛著《古詩源》第十六頁。不論從理論或名稱而言，移情之說，我國均早於西洋，惜未加闡發耳。莊子主張精神為絕對的實在，而外象則屬於虛假。於是創「心齋」之說，要「心」和「精神」與物質相脫離，也就是說，他的知識不是從耳目之實，而是從觸受想思得來的。[1] 莊子所創的僅為一種「幻覺」，而「移情作用」着重的是「直覺」；莊子認為「心」和「精神」與物質相脫離，而「移情作用」是要「心」和「精神」與物質的相合無間。所以莊子的思想與「移情作用」的論說根本有很大的差異。現在我把「移情作用」及「內模倣作用」兩個專有名詞作一番詮釋：

例證一：當你走到一處巨瀑面前，泉水自崖頂一瀉而下，宛如一疋白布，水花四濺，聲勢駭人，你不覺為之肅然起敬，悠然神往。這便是一種移情作用，你的心神已受瀑布的奇偉所吸住了。除此之外，若你覺得瀑布飛泉一如千軍萬馬之奔騰嘶喊，風雲為之色變，你腦中湧現了一片戰野，將士們正喊殺連天，血濺沙場，這便是一種「內模倣作用」，首先經過情

1 見莊子之「人間世」篇：「無聽之以耳，而聽之以心；無聽之以心，而聽之以氣。耳止於聽；（舊作「聽止於耳」，今從俞樾校改）心止於符。氣也者，虛而待物者也。惟道集虛；虛者，心齋也。」

景的吸引（移情作用），然後心神完全被所見的景象所控制，不覺聯想到戰場，而你的思想已與瀑布融為一體了。

例證二：電唱機正播着貝多芬（Ludwig van Beethoven）的「第六交響樂」（Symphony No. 6 in F major. Op 68 "Pastoral"），你的心神已被那悠美的音符和田園的風味所撼，這種自然的悸動，便是音樂上的一種移情作用；而當你入神傾聽的時候，不由自主地也跟着哼幾句，甚至手足舞蹈，與正慶賀暴風雨過去的農民一道起舞（5th movement Shep herd's Hymn after the storm），這便是一種內模倣作用了。

移情作用的最大功能是：物與人之間距離的縮短；移情作用與內模倣作用是相關而非相通的，這在上文已作闡明；文字的藝術與移情作用的關聯甚大，且舉出李義山之無題詩中的二句：

春蠶到死絲方盡；
蠟炬成灰淚始乾。

這兩句都是在擬喻中完成，義山把他所要說的話，都藏入詩中，造成了一種至高的境界；這兩句確屬神來之筆，乃借物喻情，「自我」已從詩中消失。自我的消失便是王靜安所指的「無我之境」，一種「情景交融」的無上境界；但朱光潛認為無論在任何境界中都有一定「有我」，都必須為自我性格情趣和經驗的返照。所以與其說「有我之境」與「無我之境」不如說為「超物之境」和「同物之境」。且不管名稱如何，王、朱二人皆認為「無我之境」或「超物之境」乃高於「有我之境」或「同物之境」的。詩的境界，一則靠作者的表現能力與手法技巧及讀者的觀察力及欣賞力而定。「詩的境界是理想境界，是從時間與空間中執着一微點而加以永恆化與普遍化。它可以在無數心靈中繼續複現，雖複現而不落於陳腐，因為它能夠在每個欣賞者的當時當境的特殊性格與情趣中吸取新鮮生命。」所以讀一首詩，就是等於「再造」（Recreate）一首詩。而詩的境界是「在剎那中見終古，在微塵中顯大千，在有限中寫無限。」[2] 詩的境界是可「悟」而不可「釋」的。當我們看見一座山時，想到的若僅僅「這是一座山」、「這是一座死火山」、「這座山高六千餘呎」等等，那這只是一種「釋義」的想，一種「名理上的知」；但當我們在看到一座山時，精神完全被山本身的雄偉莊嚴

2 見朱光潛著《詩論》之第三章「詩的境界——情趣與意象」。（正中書局出版），四六頁。

所吸引，渾然忘我，在一剎那間山的「意義」和「功用」將完全泯滅，這就是一種「直覺」（Intuition）上的境界。所謂「直覺上的知」，正如當我們聽到一聲鼓鳴是沉重，一聲哨響是輕快一樣，這些都不是名理的，因為鼓聲本身並沒有告訴我們是「沉重」的，哨聲也沒有告訴它是「輕快」的，但我們直覺確是如此。名理的知僅僅是一種「意義上的知」，境界是憑直覺的知所感到的。而這種「直覺上的感知」，便要依賴「移情作用」的功能了。

讓我們回到義山的詩：上述兩句詩（例前）一是把情溶入景（物）去，象徵意味很濃，已到了「是有真跡，如不可知」的無我境界。但若照字釋義，這首詩是無意義可言的。春蠶至死絲始盡是件很平常的事，誰也知道，用不着作者說明；而下一句更為「不通」了，因為蠟炬既不會「成灰」，也不會「流淚」，它滴的是「蠟」而已，但這兩句詩着重的是移情作用，是可感的，訴諸直覺上的知的：詩的功用不在說明，而在感受。作者以兩句詩襯托出那種堅決與徹底，含有斬釘截鐵至死不移的自我犧牲精神。有一種人是完全不可以欣賞詩的；有一種人是可以欣賞詩的；有一種人是可以成為詩人的。這三種人，我們可以作以下的說明：

假設：甲和乙和丙一同看見一株雛菊。甲覺得這株菊花是黃色的，沒有香味的，但可以沖菊花茶來飲的。乙覺得這株菊花很纖小，很惹人愛憐，也許還聯想到一位清麗如菊的少女。丙卻覺得這雛菊是代表着一種秋的意識，象徵着一種悲涼，菊與他的心境已合為一：他甚至把菊比襯遠山，以作出「採菊東籬下，悠然見南山」的「遇之匪深，即之愈稀；妙造自然，伊誰與裁」之千古不朽詩篇。

結論：甲最好去從商，他只可能做一位科學家但絕不可能成為作家，他的血液裏缺乏的是藝術的美的質素：乙是可以讀詩的，他具聯想力而缺創造力，所以不會是一位好的詩人；丙是一塊寫詩的料子。如果三人都是繪畫的，那甲將不能成為畫家：乙是一位可以栽培的畫家；而丙是一位優秀的畫家。

一位成功的詩人往往都是善於寫景的，「即景生情」和「因情生景」都是作者與讀者之間的兩條通道；「韋蘇州曰：『窗裏人將老，門前樹已秋。』；白樂天曰：『樹初黃葉白，人欲白頭時。』；司空曙曰：『雨中黃葉樹，燈下白頭人。』；三詩同一機杼，司空為優：善狀目前之景，無限淒感，見乎言表。」[3]同是一種題材，以黃葉秋至及人老白頭為意象，但司空曙卻勝在援繫貼切；同一首詩，每個讀者各有不同的感受，因為讀者的欣賞力與生活

3 摘自謝榛之《四溟詩話》。

階層各有相異，這就是前面所提到的讀者欣賞一首詩，就等於「再造」那首詩；這種說法一樣可用在作者的身上：同一題材，同一種感受，在不同的作者筆下會出現不同的描繪。李白描寫山為：「相看兩不厭，惟有敬亭山。」辛棄疾卻想到：「我見青山多嫵媚，青山見我應如是。」而姜夔卻覺得：「數峰清苦，商略黃昏雨。」這就是從不同的角度去描寫山的美。這是各人的視覺映象不同之故。至於李白詩的「相看」、「不厭」，稼軒詩的「嫵媚」、「青山見我」，和白石詩的「清苦」、「商略」，都是把物象人格化了（Personification），青山就好像活生生的人一樣，甚至能跟詩人促膝談心，這種移情作用自詩人心象中交到讀者的心象來，依靠的是高度表現技巧。而「文學首重寫的『真』，這個『真』是事物本然的真，不是表相的真；」[4] 李察茲（L. A. Richards）更把「文學的真」與「表相的真」作不同的分析：實真（Verified truth）與詩的真（Poetic truth）成對比。實真，是現象世界的，經得起科學分析和邏輯演繹。至於詩的真，乃是存在於詩人和讀者共同探討之領域中的事物，又為彼此所能交感認可的。[5] 這是藝術的本質。

4 見蕭蕭的〈商略黃昏雨〉，刊於詩宗社編的《花之聲》，（晨鐘出版社出版），一四七頁。
5 摘自李察茲（L. A. Richards）的〈詩與信念〉（Poetry and Beliefs）一文。

「無我」（一作「忘我」）的境界在移情作用上來說，是情感與景物的距離縮短，自我與實真的距離拉長；也就是說，移情作用的功能是「把我的情感移注到物裏，去分享物的生命」。或「把自己內在的情感投射於外在的事物。情以物生，物也作情觀，物體感染着觀賞者的情感，物體的生命與人的生命相交流是必然的」。[6] 我們可從古人詩中得知移情作用的真義；溫庭筠若不是看到「星斗稀，鐘鼓歇，簾外曉鶯殘月」及「蘭露重，柳風斜，滿庭堆落花。」他又怎會感觸到「還似去年惆悵」及「舊歡如夢中」呢？李煜若不是在「無言獨上西樓，月如鈎，寂寞梧桐深院鎖清秋」的景態下，又怎會是「別是一般滋味在心頭」呢？范希文若不是「黯鄉魂，追旅思」的話，又怎麼會感觸得到「明月樓高休獨倚，酒入愁腸，化作相思淚」呢？馬致遠若不是以「夕陽西下，斷腸人在天涯」的瞳眸裏底角度去看周遭，又怎會產生「枯藤老樹昏鴉，小橋流水人家，古道西風瘦馬」的敏銳感知呢？這就是「情移於物」、「情似物觀」及「物體的生命與人的生命相交流」的移情作用所致的境界了。

現在且讓我們回到現代詩中，更進一步地把移情作用的重要性及其肯定性詳加分析。我

6 摘自敬廷之〈從詞人的忘我談到柳三變〉，刊於《純文學月刊》第五十二期。六三——六四頁。

們以三首中國現代詩作為討論：

討論一：

在甚麼都瘦了的五月
收割後的田野，落日之外
一口木鐘，鏘然孤鳴
驚起一群寂寥，白羽白爪
繞尖塔而飛：一番禮讚，一番酬答

——周夢蝶：《五月》之第一節

周夢蝶的詩往往流露出一種佛家的淨化，得道者灑脱之境，筆觸下多為心靈之境界，而非現實之境，並被喻為詩人是一粒面面閃爍、並自有不具形的隱約的投影的晶球。[7]這首

7 見周夢蝶著《還魂草》，葉嘉瑩序，（文藝書屋出版），五—六頁。

《五月》亦不例外，那股閒逸及莊嚴中更帶有一種哲思。但這一類的詩是不易表達和安排的，一旦處理得不好，很易落入說理的窠臼；而周夢蝶卻完全能把詩弦控制適度，以致全詩合一地奏出調和肅穆的弦音。這首詩採用的是一種「賦」的直敘法，由「五月」到「田野」到「落日」，又由「木鐘」到「孤鳴」，更把白鳥喻為「寂寥」至繞尖塔而飛……詩人冷靜安閒，一一有秩序的流露出來；我們可以得悉詩人的腦中並非是一系列的安排，也許詩人開始的時候在心靈上浮現的僅僅是一種「寂寞」，或者僅僅是一幕寂寥的景象，但經過詩人的慧眼和調整後，出現在我們的眼前已是一首有秩序的、可感的好詩；我們甚至能透過詩的暗示去猜測「白羽白爪」的「禮讚」和「酬答」的禪意，更悟出詩人在這首詩中很有自許之意（作者或許不同意）。詩人已經把他所想的、所體會到的境界，經過藝術的再現呈交給我們，但（詩人）是否能夠把意念透過詩的語言傳達給我們，這點則要看詩人的技巧是否充足了。詩人甚至要把感情融合景物中以作最有效的表達，《五月》一詩正是以這種手法。這便是移情作用。讀者透過感知的聯想後再把它重現出來，在這種移情作用的過程中，我們必需注意的是：一，詩人本身的意念應選擇一項最有效、最貼切的表達；二，這種表達方式是不是詩人本身的學養和知識所能馱載得了；三，讀者本身的學養和知識能不能感悟詩中的含意。當詩人意圖把

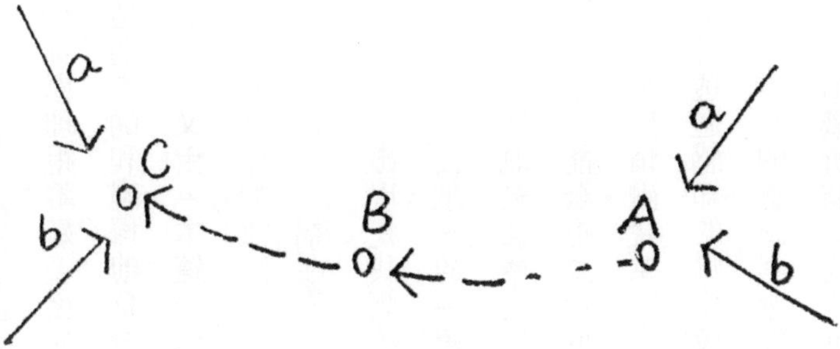

討論一圖形

詩的耐讀性及深度增加時，第三項將不被考慮，而讀者不能接受，那便是一首晦澀的詩了；但晦澀的詩並非不可懂，它僅僅是因為讀者狹窄的學知而引致的「不易懂」；這也正符合了艾略特（T. S. Eliot）所說的：「詩的難解性，係乎讀者的難解恐怖症」，當然，一些把現代詩當作偈語或砌圖遊戲的「詩作者」，他們的詩當可稱為一種「不可懂的謎語」（Enigma）。

為了方便於詮釋這段移情作用的過程，讓我把它用圖形表達出來：

A：是代表詩人。

B：是代表詩人要表達某種意念必要透過的外在的物象或內在的心象的描寫文字。

C：是代表讀者。

a：是代表個人的學養、見識經驗及認知能力。

b：是代表外界對個人中心的影響。

通過ａ和ｂ的影響與衝突，造成Ａ本身有某種意念的萌茁，但Ａ要把這種意念傳達給Ｃ，那種距離是遙遠的，唯有通過Ｂ的折射才能傳達於Ｃ。因為Ｃ同樣是受ａ和ｂ的影響，透過Ｂ的表現，他自能感受Ａ所表達的意念；所以Ｂ是最重要的一環，它是作者與讀者之間的「橋樑」，這道「橋樑」，足以決定一首詩的好和壞及表現的成功或失敗。

討論二：

月，是一隻復明的明眸
被歷史的潮汐洗得多清亮
我站在清亮的永恆下
悲歌如刀切般終止，夜靜如此
沒有吠聲，也沒有蝙蝠的黑翅

——余光中：《月蝕夜》後五行

這幾行詩句的特點是境界異常的淒清幽美，前三行描寫月亮很有「夜吟應覺月光寒」的淒美孤寂的境界。這首詩的開始是超時的月蝕，直至黑蝙蝠驚駭的唱着悲歌；當月重現後，詩人佇立於「被歷史的潮汐洗得多清亮」如「一隻復明的明眸」的月華下，詩人感觸到這就是永恆，而「悲歌如刀切般終止」，夜已經靜得連黑蝙蝠和狗吠聲都隱滅了，月蝕已如噩夢一般逝去。「悲歌如刀切般終止」徵喻着歌聲的突然隱去，感染力很是沉狀；詩人把他的感觸（那種冷浸心脾的淒清感）傳達到我們的心靈感受面上，造成難以磨滅的印象。至於那種淒清的境界，詩人的孤寂，詩中是沒有直接賅明的，但詩人已透過景物的描寫傳達給我們知道，正如古典詩詞的手法一般，以下是一些例範：

一、今宵酒醒何處？楊柳岸，曉風殘月。——柳三變《雨霖鈴》

二、斜陽外、寒鴉數點，流水遶孤村。——秦少遊《滿庭芳》

三、問君能有幾多愁？恰似一江春水向東流！——李後主《虞美人》

四、葉上初乾宿雨，水面清圓，一一風荷舉。——周邦彥《青玉案》

以上的數闋詞都是寫景的，是移情作用的「景寄於情」及「情繫於景」使它們「情景合

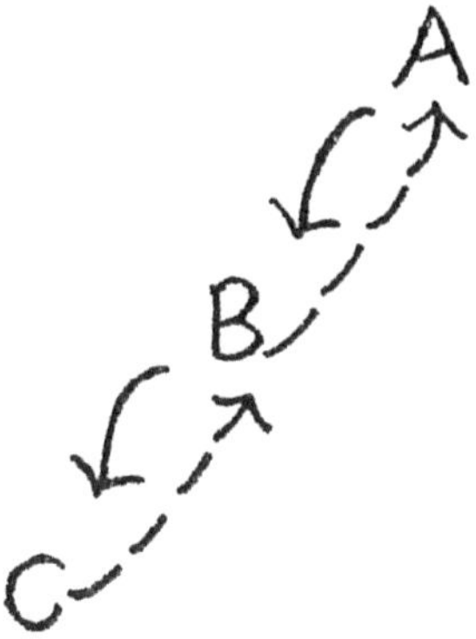

討論二圖形

一」；第一項與第二項例範都是字字寫景的，但景象乃易人而處的：同樣的月色，有「雲破月來花弄影」的情趣，有「月落鳴啼霜滿天」的傷感，也有「欲上青天攬明月」的豪情；至於第三項例範，以「江水」喻「愁」，移情至讀者亦覺無限愴然；第四項例範乃「情」、「境」、「意」的合一；情景相融，乃依靠移情作用。讀者所感受的就是靠這種移情作用的聯想而產生的共鳴；但讀者若不能把詩人的意象還原，就不能接受詩人的表達；所以依照討論一的圖形，作者和讀者的移情作用循環秩序是這樣的：

ＡＢ黑線是作者的創作過程，ＢＣ黑線是讀者傳達或表現的過程，但讀者能領會作者的意念後，通過Ｂ的媒介，箭頭（虛線）直向Ａ的原貌指去，這便是欣賞過程的原貌圖。由此我們證明移情作用不只是作者與景物之間的距離縮短與自我消失而已，讀者由文學進入作者的核心世界去，所以「文字」本身就是一種歸納性質的移情作用，但其成功與否，得要依賴作者的手法是否高明了。

討論三：

這世界多麼微弱
深夜獨行，紅牆寂寂
世紀的泥濘逐漸深了
有人從黑暗的樓頭
挑出一盞熟悉的燈籠

——葉珊：《花落時節》

葉珊的詩是慣於運用悠揚的旋律，優美的格調來處理的；他的詩境都出奇的柔美，這首《花落時節》亦是如此。這五行短短的詩句卻有一種悠揚的韻味和濃馥的古典味。以「微弱」和「世紀的泥濘」等的用字都非常貼切巧妙，而且非常婉約；「深夜獨行，紅牆寂寂……有人從黑暗的樓頭，挑出一盞熟悉的燈籠」的境界更美得使人凝神；這盞出現在紅牆寂寂的樓頭底燈，我們稱之為詩的焦點。詩的焦點是抓住某一刻的新鮮景象與情趣給予永恆的表現。

正如詩中的這盞出現在黑暗中的燈籠表誌着甚麼？（黑暗中的爝火？一種禪悟？引導的人？詩人的自喻？）讀者不禁為之產生一種求知的渴望，同時想像力會把這一劇景式的影像（踽踽獨行的人，紅牆、樓、燈籠）忠實地放射在心靈的銀幕上，聯想力會不斷地打出詢問的信號。人的際遇和環境各有所不同，情緒和年齡彼此相異，正如杜甫的《登岳陽樓》一樣，不同的人不同的情緒去看同一件事物，其感覺便有差別了，從詩中所獲得的情趣與感應也各有所異。這在上文已有詳細的分析過了。詩的焦點已成為讀者的專注點，這便是移情作用的高潮，令讀者產生一種內模倣作用，不斷地求索下去。所以依照討論一、二的圖形，這種移情作用的焦點對心靈感受面上的撞擊過程是這樣的：

當A（詩人）把意念的焦點集中為F^1時，A發力把B（詩）向C（詩讀者）去，力的焦點（F^1）已轉貫於F^2（詩的素材）中，F^2經過嚴格的過濾（藝術的加工）後，與C所造成的更大的衝突與阻力，力點都灌集於F^3去；F^1與F^2的力量是相等的，而F^2和F^3的力量也是相等的，因此，F^2是F^1和F^3的媒介，所以F^3的還原也就是等於F^1；也就是說，如果AB線的構成張力能是1的話，那麼BC線所構成的張力能量也一定是1；從這些詮釋，我們不難明白何以在今天我們仍能感受千數年前李白對明月普照所激起的鄉愁了。因為「時間」這項

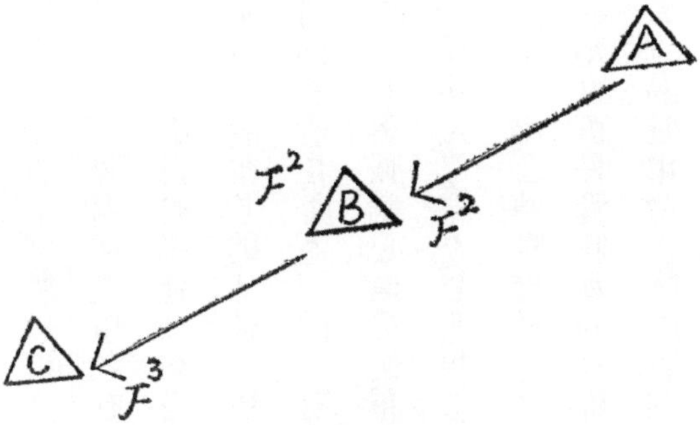

討論三圖形

很致命的因素，卻不能削弱一首詩的撼動力和一個讀者的感受力。它意味的是「永恆」。在這裏要順便論及的是：讀者對詩的還原力。讀者的還原力足以影響他本身對那首詩的價值的認定；因為是F^2經過藝術加工後才轉達至F^3去的，而讀者由F^3還原回F^2的過程中，可能因為學養及其敏銳觸覺而未能達於F^2，如是，讀者所捉摸得到的F^1與詩人原來的F^2有極大的相異了。讓我們來看這一首詩：

你的聽覺只聆聽一個方向
你的嗅覺只屬於一種風向
坐下來啊坐下來，白衣
你已經很累很累了

於是風都老了，很平靜

於是茅花都老了，映着東方的赤紅
於是劍老了，在鞘裏茁長着寂寞的暗青

——温瑞安：《那麼無奈》後二節

這首詩是描述一名有志的少年劍客無奈地忍受着國破家亡，而又不能不被殘酷的時間之潮侵蝕着日子的痛苦；這是作者的原意。但欣賞的角度及其欣賞程度不同的原故，從詩中所得的感受也是不一的。有人會覺得「於是風都老了，很平靜」寫的是時間的消逝，也有人會覺得是等候消息時的絕望。（基於「你的聽覺只聆聽一個方向／你的嗅覺只屬於一種風向」的暗示。）有人會覺得「於是茅花都老了，映着東方的赤紅」是描繪日落餘暉照茅花之景象，也有人會覺得「茅花」、「東方」和「赤紅」都象喻着古老的中國。有人覺得「於是劍老了，在鞘裏茁長着寂寞的暗青」是描寫時間已遠逝，甚至聯想到劍已封苔，人亦已逝去；但亦有人認為它象徵人物外表的老去而已，因為志未酬（「在鞘裏茁長着寂寞的暗青」），仍胸懷大志，等待着時機的到臨。所以ＡＢ線的構成張力是1的話，基於讀者的學識與感受力的差異，ＢＣ線的還原便未必是1了：它可能成為2或$\frac{1}{2}$了，或其他的數字。讀者如要想增進對詩的更深入的了解，那他必須提升本身的學養，磨利感知能力，才能達到甚至超越詩中的境界，晦澀便不再成為問題了。

詩的焦點往往便是詩的生命最活躍的部份，給讀者的震撼也最為強烈。辛棄疾的「眾裏尋他千百度，驀然回首，那人卻在燈火闌珊處。」（《青玉案》）徐文長主張興觀群怨的作品必須具有「能如冷水澆背，陡然一驚」之效[8]，其旨意便是：尚真則不主模擬，尚奇則不局一格；而這種「能如冷水澆背，陡然一驚」的效果則要依賴詩的焦點的經營與表現技巧的處理是否得宜了。像稼軒（上例）的詞，正是這種焦點精煉的絕妙好句。現代詩亦作這方面努力，像洛夫的《無岸之河》中的：

午夜，一哨兵
從槍管中窺視着
一次日出

8　見徐渭（文長）之〈答許北口書〉：「公之選詩可謂一歸於正，復得其大矣。此事更無他端，郎公所謂可興可觀可群可怨一訣盡之矣。試取所選讀之，果能如冷水澆背，陡然一驚，便是興觀群怨之品。如其不然，便不是矣。」（《青藤書屋之集》之十七）

「午夜」、「哨兵」和「日出」等都是各有所象喻，正如葉珊《花落時節》中的「泥濘」、「黑暗」和「燈籠」的有着其獨特的象徵意味一樣。「從槍管中窺視着／一次日出」造成了一種緊湊凝聚的力量，直到第二行的「一次日出」呈現後，讀者們始能鬆懈下一口氣來。由於力點之集中，構成的張力也就愈大，當移情作用表現得最高峰時，讀者已完全溺於詩人的詩中，不能自拔了。

同時節奏與圖形也是移情作用的最有效工具之一，因為音樂和繪畫是移情作用的藝術。中國古詩詞的音韻，本身已具有音樂性了，我們討論是它的節奏所形成的效果，如這首《西廂記》的《酬韻》：

> 側着耳朵兒聽，躡着腳步兒行，悄悄冥冥潛潛等等，等我那齊齊整整，嬝嬝婷婷，姐姐鶯鶯。

用了一連串的疊字，加強了來者的輕盈，待者的急情。這便是節奏所造成的移情作用，效果極佳，如這首《調笑》：

胡馬，胡馬，遠放燕支山下。跑沙跑雪獨嘶，東望西望路迷。路迷——迷路，
邊草無窮，日暮。

「胡馬」、「跑沙」、「東望」、「路迷」、「日暮」的重疊，造成整體節奏的諧和，迷路的馬徬徨的形態，表現得淋漓盡致，而這首詩的情趣也跟着提高了。現代詩雖沒有古詩詞的韻律制限，但亦着重於節奏的安排，請見葉維廉在《絡繹》一詩中的開始：

呼的一聲把鴉逐得一天的黑
呼的一聲，鞦韆盪回了一片滿是陽光的天藍……

《絡繹》這詩題本身就有「絡繹不斷」的暗示，這首詩是刹那間的情景的捕捉，「心理時間」(Psychological time)是極短促的，詩的開始便是一串動象的攝取，透過移情作用而造成了一種急遽的節奏底動速。鄭愁予是中國現代詩壇婉約派的創始人之一，格調是悠遊清美的，而且着重於節奏的配合，像他的《夜歌》的最後一節詩：

這時，我們的港真的已靜了。當風和燈
當輕愁和往事就像小小的潮的時候
你必愛靜靜地走過，就像我這樣靜靜地
走過，這有個美麗彎度的十四號碼頭

「靜靜」的氣氛籠罩着全節詩，這正是文字節奏的移情作用的優美效果了。

至於圖形，一為寫景喻情，另一則依賴文字的排列所產生的視覺效果。前者如：「天似穹廬，籠蓋四野。天蒼蒼，野茫茫，風吹草低見牛羊。」表看寫景，實暗喻情，情景合一，乃高度的移情技巧了。後者如《絡繹》的另一節詩中，（因篇幅關係，無法錄出。）葉維廉一口氣用了整整八十多個「蝗」字，以強調蝗蟲飛來時黑壓壓的一大片，掩蓋了整個天空，這種文字造成的活生生底畫面，便是一種極強的移情作用了。

由「比」出發論至「移情作用」，我們深悉了它存在於詩和文學間的重要性。詩作者如能運用得宜，始能創作出更優秀的作品來。

初稿：一九七一年八月六日
再重修：一九七一年十月十日

少年事四章

刀

那一刀所劃過的光芒，
不是流星，而是太陽。

這是一柄七寸長的刀，薄，而鋒利。

刀柄有紋，魚鱗般的紋，沒有雕龍，沒有刻鳳，因為這刀是用來殺人的，不是擺出去供人觀賞的。

執這柄刀的手，白而嫩，好像沒有了掌紋。這雙手很纖瘦，但指骨骨節凸起，指是尖而削的，指甲有半圓的白暈：一雙藝術家的手！

而這雙手曾彈過琴，拎過棋，寫過書，畫過畫，如今這雙瘦瘦的手，卻會以四隻手指夾着這柄刀，閃電一擊，刺入敵人的咽喉，絕無虛發。那四隻手指，拇指按在刀柄的木紋上，食指橫架在刀柄下，中指居於刀柄的中部，無名指輕拈刀柄之末，穩定了那柄刀，瞄準了那柄刀，肯定了那柄刀以後，一出手，刀快如電，已插入敵人的咽喉！這四隻骨節凸露的手，就鉗在刀柄上。刀柄有魚紋，因為這樣始能抓得緊些，穩些，不是為了好看。所以刀柄是檀木做的，沒有纏絲。刀是用來殺人的。

刀是用來殺人的，所以刀必須要鋒利。它的刀嘴斜斜地彎了上去，刀鋒僅僅是那麼海天一線。刀的光澤是純亮的，然而它竟有一層難以覺察的邪惡的藍汪汪與微黃的光。那是刀的凝點。刀一到了主人手上，刀身便乍亮起一面令人無法展目的光澤，隱伏着一種茫茫然惡毒而又神聖的寒芒。刀的凝點是薄而鋒利的刀身，刀的焦點是刀尖。

刀是用來殺人的，所以刀必須要鋒利。所以它薄得竟然微微自顫着，它的用處生存在速度上，它的速度只生存在一剎。一剎間那藝術家的手沒有了刀，刀鋒劃過氣流，藏首於氣管與食道之間。藝術家平常拿着這刀柄反覆撫弄着，但除非必要，否則手決不離刀，所以刀也極少存身於人之咽喉。

這是一柄七寸長的刀，薄，而鋒利；出手一刀，生死立判。所以持刀的人絕不輕易出刀，接刀的人也絕不願意失手。刀是鋒芒，它依賴忍耐的鞘套。只是當忍耐的鞘終於套不住了，於是骨節凸露的手拔出了刀，露了鋒芒。

刀鋒一露，殺氣大盛。一切的事物都突然靜止了。那敵人盯着這柄刀。刀，七寸，薄而鋒利。出手一刀，絕不失手。那是一個勁敵，掌心汗湧如泉。刀，微微地噏動着，烈日下，竟浮搖着七色的異彩。手，出奇地穩定，穩定着一千萬年的穩定。那勁敵望着這把刀。太陽很烈。兀鷹盤旋。那勁敵望着這把刀。一擊不中，全盤崩敗。那勁敵的手粗而厚，如鐵鑄的樹幹。刀薄而細，但絕對足以致命。四指按在木紋上。如果黑手是代表整個江湖的邪惡勢力，這雙白手，不，這把亮晃晃的刀，可又代表着甚麼？

太陽喘息地趕到後山，俯首洗去僕僕風塵，柔和的燈籠在黑夜的蒼穹裏。刀。白手與黑手。這柄刀微顫。刀一出手，急如閃電，刀鋒破風。此刻正是風高之時。刀入咽喉，必切斷氣管與食道。有人能殺一千個人，卻絕對避不過這一刀。黑手能接得下嗎？

這是薄而鋒利的刀，明麗而淒艷，刀一出手，勢如驚鴻。風急，月西斜，刀要何時才出手呢？那雙黑手，是否能接下這柄刀？刀會不會很精確地，割裂了皮膚，進入了肉體，貼着氣管與食道，攝殺了魔鬼的靈魂呢？

刀光一閃！
刀已出手！
讓未知成為事實。

月光會

一、月光會之前

我們都不是那種常常掛念節日的人。節日並不在我們的心中留下多大的意義。節日對於我來說只是握手相迎和揮手送別，等待一如胃病患者，殘忍而不厭其煩地忍耐着，每一天每一夜，只要習慣了它便不成為甚麼了。

這是中秋。中秋至少還會令人想起攬月的李白和邀月的蘇軾。一個朋友來信說在那天歸來，自老遠的小城，為的僅是要見見當年的「戰友」。於是我對我的朋友說了。便有一位很窮的朋友，忽然拚命地去工作，在最後一夕裏交出了月光會的經費；也有一位朋友把他僅存的一天假期休去；更有一位朋友，連初級文憑考試都暫時不管算了，先聚了再說。我雖然有病，但到那天也實在病不下去了。

這幾天我們都忙着，知道彼此都睡得不好；幾張床，散落於城中每一角，如戀人的靈犀，同時憶起對方。月光會的早上到下午都是忙碌和愉快的。李雖然沒有來，但他那一句：「除非我死了，否則今晚月光會準會有我。」他的確是在艱苦中到來的，但不管他是如何地向他家人解說，那都是多餘的了，一語便足。我們把東西齊備好了，郵差自柵外遞給一封及時的信，廖子這樣地草草寫道：「友誼並不包括誤會。我慚愧我耽誤了你們的行程；不管你對我不起還是我對不起你，我們心中都僅有的是：謝謝。今晚若搭不到車，走也走來。」

我望望站在桌子桌子又桌子之上貼彩紙的老周，捶鐵釘捶着了手的老吳，張大着很月餅的口的老余，正以快刀切瓜的老劉，道：「他還是以前的他。今晚將是個很愉快的月光會。」

我們的佈置是很奇怪的。五十盞玲瓏精美而且是最易燃燒的那種小燈籠。夜來了遠處人家的燈火已亮起，這些燈籠亮起後又是怎麼一種景象呢？

二、月光會之後

我立於星空下，密密麻麻的星空下，月光一排排地向我掃來。寒意自我雙肩落下。夜未央。燈闌。人散。星孤寂。為甚麼我生命的星宿是那最孤獨的一顆？其實人也非散去，他們都笑了一夜，與友伴們再度笑在夢中，我寫詩的床上。何苦我獨醒？何必要入眠？

月亮慢慢地向我走來。河水嘩啦啦、嘩啦啦地流着，已夜得很夜了。橡林夢着不醒的千年，沒有精靈在林邊俏皮地會集。五十盞紙燈籠，僅剩兩盞，一紅一青，一青一紅，搖搖晃晃，晃晃搖搖，是盲女哭泣引路的燭火？還是棄婦滴血的招魂？它們仍在自我燃耗着，儘管是幽暗如螢的光芒；它們豈會想到，數小時前五十盞的燦爛和熱鬧，與數小時後夜色的威皇凱旋下只剩一點淒涼？月亮正巫術般地膨脹着。

沒有燈籠實在太不中秋了。燈籠一盞盞燃在風裏，燦爛得似一隻自焚的蝶蛾。紅玻璃紙燈下的口琴獨奏伴合奏，笑聲和吉他的攙和。僅這麼一次啊溫園的熱鬧和歡愉。就這樣忙忙碌碌地佈置，歡歡喜喜地迎送，似鬧劇中的快鏡剪接，來不及悠閒地凝注。只是月華已漸漸走火入魔般的慘青，燈籠來不及驚喧便相逐自焚。而今人都落於疲乏的夢鄉，如我不眠，又何苦步出門房？若我漫步於古典的今夕，又何苦念念於折柳的明朝？只是啊只是，我不該被這兩盞號哭的燈籠所離魂。

人佇立於太虛下，惟月可促膝談心。談文學？談往逝？談十里長亭的送別？望向小房，會有人夜半夢回，發現夜正獰笑地坐滿一房嗎？月向我移來。

驀回首，遂發現，那兩盞燈籠，竟已成灰！

稿於一九七一年末

人煙

松下問童子，言師採藥去。
只在此山中，雲深不知處。

——賈浪仙

這是一幕景致，在山上，在一座沒有人的山上；殘棋遺落在棋盤上，一隻鶴在千年的古松下獨足而立了很久很久了；曾照過很深很深庭院的、照過陵丘古墓石碑上殘存字跡的夕陽，如今都披在你和我的肩上。我們默立着。從我們筆挺的背影望去，誰都可以肯定地説我們是年輕的；但從我們背負的手看來，我們是少年而老成的。蒼老的往往不是人，而是心。

「我反對遺世，」你説，「這幾天我蒼老得特別快。」

「但我很快樂，」我説，環顧四周，「有一點點霧了。」

「你太禪了；你不能再在山上耽下去了，否則你再也不能是山下的人了。」你的眼睛裏有一點兒憤怒，你不喜歡任何人傷害我，更不希望這座山會剝奪了我的青春。

我笑了。

「我會嗎？我只能把泡着幾片綠葉的茶一乾而盡，不像一葉居士那樣用茶杯蓋碰碰杯沿，一小口一小口地仔細去品嘗。我還有一股不肯屈服的年輕！」

「這樣，就好了。」你也笑了，眼睛很亮很亮，笑的時候有兩盞燈籠在那兒點亮了；你的確是比我年輕得多了。

晚霞把雲燒得很燦爛。四周很是空茫，風吹得很緊，有一朵雲自山那邊走了出來。山顯得更孤獨了。

是的，我們非常孤獨。在年輕的一群中，我們是屬於蒼老的。我們在小房子中大聲讀詩，畫筆和唱片遍佈了我們的小房間。我們都企圖影響別人，但我們都失敗了。在許多許多的深夜裏，枱燈孤獨地亮着。你置下了書，我放下了筆，你侃侃地告訴着我許許多多的事情：你怎麼地和鄙視華文的英文老師辯了一天；你怎麼地對你的女孩子說：「你太不了解我，我不跟你談了，我要回去了，瘂弦的《深淵》等着我。」

松針微顫着，寂寞。白鶴飛了，消失在白茫茫天茫茫雲也茫茫中，寂寞。夕陽完全地紅着，寂寞。山風很急，我散髮，你的袍裙飄揚着，一株茅草沉默地白着頭，寂寞。

「我很痛苦，」你說，「我的父母不了解我，他們反對我作曲；我的哥哥砸壞了我的手提琴；我的女孩也不了解我：她覺得和一位藝術家在一起很榮幸，但她卻從來沒有嘗試過怎樣去欣賞一位藝術家的作品。」

「不過你有朋友，能了解你的朋友，」我很冷靜地說，「你有沒有嘗試過放棄她？」

「她很美。有一種美除了聖潔和高貴外，令你不敢去佔有而只能夠全意全心地去欣賞。她可以說是這一類的女孩，」你痛苦地說，「所以我說要我奏一曲小提琴曲給她，她很高興，但叫我彈奏流行一點的、淺一點的流行音樂。」

我沉默，靜靜地望着你。

你又狠狠地道：「她父親是富商，馬場的大老闆。」

「但和你結婚的是她。」我說。

「可是她絕不可能長期忍受我。」你說。

我忽然發覺你有一股勁，一股說不出來的勁。

你忽然抓住我的手，懇切地問我：「告訴我，為甚麼愛情都是那麼痛苦的呢？」

我深深地望着你，你懇切的面容，和黑而亮的眼睛；你的眸子很年輕，我甚至可以從裏面看出你的童年，我笑了，我拍着你的肩，說：「那就不要太勉強好了。」

彩霞都沒有了，山鳥匆匆回歸，有一輪很淡的明月，自重重疊疊的雲海中升起。風吹得更緊了。

你輕輕地道：「你好像很玄，但沒有蒼老，我在你的作品中讀出你的年輕；是甚麼使你這麼活得這樣的明亮呢？」

我笑着：「我的生命就是我的作品，我的作品還沒有成熟，我怎麼會老了呢？縱然我老了，我倦了，我要睡了，我還是要對自己說：少年，你的名字是奮鬥。」

暮色漸漸合攏了，月也模糊了，我看着茫茫的深壑，說：「今晚會有霧，是很冷很冷的夜。我們……」

後來霧就升起了，白色的，緩緩地流自四面八方，背影慢慢被沖淡了，湮遠了……偶爾崖壁間有一二聲猿啼……

稿於一九七一年末

促膝

一部電影乃誕生自許許
多多靜止的菲林的片段裏。

……

後來呢？

後來夜失足於寂寞的瓶子裏，那少年返身走入了屋內。按亮淡藍色的枱燈是一種喜悦，亮着的是一種無聲的消逝與成長，於頁頁翻去的日記裏。在扭熄了燈火後，有人寂寞地彈起了吉他，弦是柔和的弦，夜是古老的夜，霧白了頭月也白了頭，弦跳心跳，而黑夜是唯一屏息靜聆的聽眾……你必須承認，夜是可愛的。

夜是含蓄的花蕾。

是的，它的燦爛是白天。那少年的身份是很可疑，在晚唐，是否婉約的小李？在南宋，是否瀟灑如辛將軍？他的身份是很值懷疑的，在現代。初中會考的那一年，在那晚的畢業宴會上，他的獻詞把朋友們都説哭了，那夜是不眠夜，風和雨都是冷冷的，他們都自雨中奔去，奔去海邊的冷冷的鐵椅上，那時，身子暖着身子，海啊怒海憂怕的海不息的海訴說着他們訴說的話，浪來浪去，那一夜就浮在一首哀哀的歌上，宛若曼奴興的細弦，猶似尊·拜茲濃郁的嗓子。那夜是一首不快樂的歌，而黑夜是唯一屏息靜聆的聽眾……

是的。後來這群鴻雁都飛去了，留下的是偶然的指爪……

但他們都是鐵錚錚的漢子，有人在每日往返學校的巴士中，與售票員狂辯文學的真義，一連數月；有人早上上學，中午工作，晚上溫習，半夜寫作；有人瘦得像一根迎風的竹，載了一大疊書本為朋友們求索難題。而他更早熟，所以他的愛情都是沒有結果的感情。他與他暗地愛慕的女孩在盛宴一席談後，卻落寞得要數街燈而歸。他第一次送女朋友回家的時候，是在初一那年，那時兩人共一把雨傘，為的僅是躲雨。而數年後他第一次真正地送女朋友回家時，他的心是傘外被撐開的水花，他只覺身側的女孩子的柔髮足以縛住那朵瀟灑的雲，化作雨水在她四周彈響。迄今他仍很懷念那很黑夜的長髮，也很懷念那一夜甜甜的失眠。後來她走了，而在一場越野賽跑中他得到了冠軍，其實他是有個未被人知曉的秘密的。他狠狠地跑着，傷殘着自己，壓逼着自己，痛苦着自己；連她也去了，甚麼事物都留難着你，跑吧，摔掉這一切！據落在他後面的賽者說：他向半空出拳的手，似一股迸裂的逆流……

但這些都不是他的全部，是嗎？

嗯，之後，或者之前，或者當時，總之他想去渡河。那晚月光如龍脊地分兩排刺來，倒注在漆黑的河中。河有風，岸有風，去風化岸上幾座不朽的望鄉石。月波橫素，冷浸蒹葭浦。後來河中的渡河者說：「要渡河，必須自撐舟子。槳於林木間，天快要亮了。」他總算是驚醒了，一身冷汗，有人在遠處說：月偏右，我們以快速渡河……

以後呢？

他的文字並不載道的。他的藝術便是他的「道」了；正如蛹中之蝶，牠的「道」便是孕育和創造。而他覺得藝術永遠要保持一種趕赴百里外的一座城的感受：疲乏、喜悅、痛苦和期待……

稿於一九七一年中，十七歲作品，馬來西亞
於北干拿督埠辦「綠田分社」

白衣九記

此去經年

若你已把話語刻在青柯上，白衣，青柯就垂下來；白衣，若你長髮為我的離去而飄揚，我的遠航都會不朽起來。誰說我會不來呢？有一天我的船會划過海面上的兩排月亮，輕輕地，泊在我的港灣，那時暮色成熟得像美麗的果園，我將棄舟會你，正是七盞燈籠飄在闌珊的暮色中，啊白衣，你為我夜夜守望……

白衣，此去經年，海向無盡的彼岸延展；白雲是你欲展未展的靨，夜晚風是你柔和啊溫婉的臉。此去經年，白衣，我終必纜向你，與你同舟，渡過彼此的靈河。那時，也許你不再聳肩攤手嬌笑地走開了。也許你老了，噢不，不是蹣跚的衰，而是很月亮的老，很天荒地老的老。你就認真地看看我吧，白衣，此去經年，山老在那邊，城老在那邊，哪一天才能喜悅地看見這七盞燈籠呢？哦，那時我甚麼都不管，只選了你，眸中的兩道靈河。

一九七一年十月二十三日

從輕愁出發

誰不愛在黃昏裏呼吸？誰不愛、青髮也好白髮也好、在風裏散飛？啊白衣，在黃昏的斜暉裏我們是血紅的太陽。雨落了，掛滿一天地間的髮絲，愁絕了我們閃亮發光的年輕！我們站在充滿霧氣的窗前，已無法映照彼此坦然的心！我們的笑呢？我們的詩呢？在暮色裏我們看不清窗外的景。我們都忽然老了，你的髮垂落如長長的簾。你的低泣與無助誤殺了我太多滄桑的心！長街的雨落在長街，長街的盡頭仍是長街的雨。你的髮泣落江邊，我是行不去的畫舫，載不起的舴艋舟：有一天，沉沒；有一天，飛航若五月的龍船。暮色蒼老在暮色裏，你的暮色交疊於我的暮色上。沒有掛晶瑩的淚，雨珠都絲絲垂在窗外，髮絲都輕揚在室裏，啊我那愛穿淡紫衣的白蛾，我們怎能在暮色裏交換呼息？我們早已認識在世紀之外，航向，那垂落的夕陽。啊我愛白衣的水仙，黑髮勾得住否，那溫熙的曦陽？黑夜的海浪洶湧且濤天裂地，為何要你的黑髮無法拭乾？回到你的白色碎石路上去吧，回到那爬滿紫色牽牛花的小天地去：草和花雖然荏弱，但都經得起無盡的風浪。能豁達就豁達些吧，要灑脫就灑脫去！有不年輕了的老人問：「你們啊你們的感情是怎樣的？」—啊我綠色裏的向陽，你是妹子也好，小姐姐也好，我深愛的白衣也好，我都懶得分析；望向西斜的夕陽，我左手一撩前髮右手拇食指二指清叩一響，笑着說：哈哈，我的天啊我的美，只剩下這一點點了……

稿於一九七三年二月二十一日

一章散文

都是巧合，一切都是巧合，或許你只要在未上哥哥的車子之前多耽擱一陣子，或者是多咳嗽幾聲，或者是多遇一次紅燈，或者你不是坐在駕駛盤的左座上，更或者是你不在那一剎間心血來潮望出車外……一切，一切都不會發生了。只要快那麼一秒、或慢那麼一秒，一切都會歸回平靜，你會回到你的小樓，隨便地聽聽恬然的「紫竹調」、「山東小調」等，心神會舒適地飛過千重山、萬重山，如大鵬般地翱翱復翱翱。或者你會回到你的「振眉閣」，去交付一個淡然的下午，在「獨立三邊靜，輕生一劍知」的古典芬芳的詩詞下周遊，在歌德費以六十年時間寫成的《浮士德》裏沉溺。但一切仍是那麼巧、那麼巧合，幾乎巧合得令你禁不住懷疑。其實這也不是甚麼湊巧的事：你在大城市裏走，偶然遇見一個以前的熟人罷了，這很正常的，沒有甚麼稀奇的。你這樣地告訴自己。真的很正常嗎？一個熟人而已嗎？……你悠閒地把左手臂搭置於車欞，淡藍色的長袖衣暴曬在城市喧囂的熱陽上，金袖扣在陽光下偶爾閃起幾道無法令人睜眼的光芒。你悠閒地倚着車墊，哥哥沉穩地駕着車，陽光曝曬在他長袖衣沿的金戒指上，爆出幾絲刺目眩人的金光，你呆視了半晌，趕快回過視線，望向哪裏好？就望向車外吧！車外車輛飛駛着、行人匆匆地走着，每個人都趕着赴會，一場又一場莫名其妙地赴會。你環視周遭，忽然一震，啊，怎麼？是她！是她？……

是她，對了，是她。

那是一輛白色的平治跑車，平擠在許許多多的車子之中，偶然與你的車子行一下，又「呼」一地超車，然後遠去遠去了。但在那一剎那間，你已經看清楚車裏的人——那個你不會忘記得了的白衣——來不及一聲招呼。你無奈地笑笑：還是那麼白皙那麼纖小啊，那麼親近那麼遙遠，一切都很正常嘛，你在街上遇見了一位熟人……只不過你不及看清那載她的人是位怎樣的青年。她也是坐在他的左邊，端莊地坐着、嫻淑地坐着，還是那種淡淡的坐姿，那次好久好久以前她在彈琴時的那種。這很正常的，一切。你這麼説。但她那白嫩的小額與秀頷，與那在風中飄揚的髮絲，仍緊緊纏繞在你心中。只不過是一場巧合罷了，一切都很正常的，你自嘲地笑笑。你看見她，她沒看見你，可是你心緒卻波動得那麼可怕。你們甚至來不及一聲招呼。你笑笑。乾硬的柏油道上灰塵仍無奈地揚起，一次又一次。

你在車上一直沉默着，沒有說話；哥哥詫異地望你幾眼，他了解你，雖然不知你現在是為了甚麼，也沒有說話。回到家，你來不及把長袖衣脱下，便回到小房子裏，在抽屜中窸窸窣窣翻動了好一會兒，才找到了那一大疊的發黃了的稿紙，你皺着眉，翻了幾頁，然後不經意地抽出底下的那一小份，緩緩地在長椅上坐下，仔細地展讀那篇散文：

說過多少次要走了，白衣，都沒有真的走成。牽牛花拉着童稚的手，待月草開着動人的葉。我的父母，正拄杖於杜鵑花的門前，含笑凝視那遠山的靄霞，哥哥仍在房裏讀詩、寫詩、改詩、譯詩。我的朋友，仍在樓上把一天的苦愁都交給嗓子，唱着那首自譜的《天狼星之歌》。你呢？白衣，你呢？你或許正在燭暈裏凝思，欲展而未展的秀眉孕育着最純的愁；或許你穿着水袖的白衣，黑亮的羅裙，撥弄着那水流自欣欣的箏，但，我在此時要走了，真的要走了。

我望着那剪翅向遠方的燕子，那將楊柳岸的畫舫，白衣白衣，你以為我捨得扔下這一片親切的土地嗎？船不觸礁，總得前航。你以為我捨得走嗎？啊白衣，那雙黑夜裏穿過橡林的燈籠，你烏江般散落的柔髮！我笑喚你向陽，說你是我燃燈和滅燈的驚喜，是我心裏的江城女子！離開你、家人、朋友，我還會剩下些甚麼？一個提着一本本厚厚的書的少年，骨架能撐起多少空茫？聲聲喚你啊，白衣，心靈的顫動正如你指尖下的瑤琴……

記得你固執而又傷感地說：「我們總會分離了；那時雲是雲，湖是湖，波心僅是瞬間的掠影。我真怕——我們相見時，紅顏老去，青髮斑白，已是連招呼也不打一聲的陌路人了！」白衣啊白衣，我無意要傷你，但我要真正地告訴你：風沙是切不斷歸人的路。不要傷感吧，白衣，縱使歲月斑駁了我的黑髮，腐蝕了你的容顏，我們仍會在機緣中相見的。那是甚麼時日呢？無人知曉……不過，那總不只是一聲淡然的招呼吧？……

你把稿紙合起，沒有再看下去。窗外已經暗了，靜得沒有一聲蟬鳴。那總不會是一聲淡然的招呼吧……連招呼也不打一聲的陌路人了？……你淒然一笑，把身體所有的重量都倚在舒適的長椅上。累了。那時是多麼、多麼遙遠的事啊……

稿於一九七三年二月二十六日

海湄的彼端

忽然驚覺四月如浪潮一般地退去，漸漸湮遠了，五月的柳絲清新得可以沾得出淚滴來。真的是別離的日子近了，還有多少月，多少天，多少白晝，多少黑夜我們能守在一起：你輕唱，我靜聆，我詠詩，你凝神呢？

十二月的初見，一月的笑靨，二月的驚喜，三月的低語，四月呢？四月是驚夢的時候了！渡出四月的流蘇，可以遙望見前路有一班機，正匆匆降落松山機場，有一白色的絲巾，在風中飄揚，這麼快這麼快？日子真的就這麼易逝嗎？

那麼我們所能擁有的，就只有這一握的日子罷了。每次我在溫柔的陽光下去到你家，你迎我以水仙般的笑，我深深視你以兩眸的湖，然後那小天地便漸漸黝黯下來了。每次你送我走過那道木橋，回首望你，你的長髮溫柔如夜，我不禁癡笑起自己來：眾多釵裙，振眉啊振眉你獨選擇了她那兩道宛若星光的星河。然後便是一聲晚安，一聲再見，分開了兩道影。你回到你的小天地裏，我趕四十多里的長路，回到我讀詩寫詩抄詩論詩談詩的閣樓中。縱使是一聲再見或珍重，又能再訴說多少回呢？每次憶及你微顫的唇，執着信箋抖動的纖指，啊那蒼白而纖長的手指，我便不由自主地心疼起來了。假設日後我在遙遠的島上，你讀我的來箋又是怎樣一個景象呢？如果我住得靠近海邊，每次我踱到那浩淼的、深而藍的海天一線處，必看見那在海風中飛散的髮絲，這麼輕，這麼柔，這麼無法整理，這麼近又這麼遙遠，那時我能做些甚麼呢？向陽，我該不該在潮去潮來的沙上，疾書我那無盡的心意，以我猖狂的筆跡？

詩人藍啟元這麼地寫過我：

既然汝的名字是披着白衣的就變雲吧
變做千萬年的逍遙

是的，我的志願是鵬鵬的翺翔，千萬次，千萬里，千萬年，但幾時才能回到你的小天地裏，那第一次初見時的驚喜呢？你在信中說：「沒有人比我更深切地知道：這是四月了；沒有人比我更了解：這是四月了。」我讀出了這一再強調的語氣裏的心悸。我記得我們是怎麼地為「冠蓋滿京華，斯人獨憔悴」及「思君如明月，夜夜減清輝」而驚而憂而嘆息。

而你對色澤是如許地敏感啊，老愛把「絨黃色」形容為「鵝黃色」，那次行過青綠的橡林間，你穿那襲可人的淡黃，我穿淡藍的長袖衣，我們衣上的色彩合併起來，恰好是那青葱的綠色了。

你便笑了，笑靨先自眉尖，後是瞇起的晶眸，隨之是有痣而有些狡黠的唇，最後便是那深深的酒渦了。這一刹那的美，我還能擁有多少次？你提起我第一次寄書給你，正是用紫色的筆，紫色不是快樂的色彩啊，向陽，如果我正站在天也藍海也藍的海湄，我有多希望你紫色的倩影，正立於海湄的彼端！

稿於一九七三年末

那水仙花樣般的笑

聽説蒙娜麗莎是要為自己的兒女而笑的，那一笑，笑成了絕響！那次我固執地、堅持地道：「我一定要和這一群不懂藝術的、沽名釣譽的、冥頑不靈的人周旋下去的！」你用你的明眸望了望我，先是有一些微的驚，隨則有一些微的喜，然後便是諒解、寬恕，加一絲無奈的眼神，亮自你的瞳孔裏，於是你便笑了，對一個戀人的容忍與欣賞地笑了，頰旁淺淺的酒渦浮現，髮絲飄揚自你鬢邊。多美，我不禁搖首，輕嘆：再激烈的話，也説不下去了。所以我這樣地説過：只有你的溫婉，才制住了我的倨傲，可不是嗎？難道不是嗎？

還不是嗎？你偶爾訴説了你自己的意見，又不知我會不會贊同，於是在眉心打了個問號：嗯？我當然用力快快地點頭：唔。你便笑了，笑得十分自然，又有點洋洋得意似的，像一朵水仙，綻自你面靨，啊白衣，你就是擁有這份令人痛惜與心疼的明麗，如你那份小小的敏感，那令人心折的氣質。

最令人心折的美，莫過於在初吻前的淺笑與初吻後的羞笑。那麼淺淺的笑渦，如清幽的笛：那麼怯怯的羞意，如淒怨的簫。那一抹羞紅如向晚的彩霞，我珍惜地用手撥過你鳳冠前的流蘇般的長髮：啊我的新娘。你的眼色忽然迷濛了起來，你垂着首，低低地問：「記得我們唱那句『花常好月常圓人長久』的歌的那個日子嗎？萬一你不記得，我就恨你。」我笑起來：「詩（四）月十五日，圓月的時候，怎記不得呢？那是我們訂婚的日子呀。」你驀然抬頭，明眸展示了一層清朗的喜麗！啊向陽，一朵水仙花般的笑，就這樣綻放自你臉靨上。

稿於一九七三年末

就連固執也是美好的

第一次知道固執也是美麗的，那份小小的固執和迷信。有一次我在寫給你的信中說：「……於是我們便走在彭亨州東甲埠的街道上，忽然傳來一陣清麗的華樂聲，一首又一首，整座山城都好像被這裊裊的樂聲所迷住了。啊那一首首親切的華樂，我多高興啊！也不管友人詫異的眼光，我一步衝上那不知叫做甚麼會館的樓上；館中無人敢攔我，只接待我以驚奇的眼神。我朗然而笑，看見笙竹琴箏與簫笛，發出清幽的音色，自那些纖纖十指，或薄薄的紅唇上……」你的來信呢？這麼地說：「如果你衝上樓上，那樓上吹笛鳴琴的是我，那該多好。那一定是我了。」我最喜歡的是「那一定是我了」這句話，好像是正在賭氣時說的，有些固執，又有些自負，而且迷信，對一份美的虔誠迷信。

記得在二月訪你的時候，你牆上掛着四月的日曆；那日曆是一大片的葱綠，綠得像從橡實裏初生幼芽一般的草地，地面上睡了位長髮的女郎，我一下子被那嫩綠色所震住了，說不出話來。你問我：「美嗎？」聲音又低又柔，我忽然想到那首《給愛麗絲》的悠揚音韻來了。「這是二月呀，怎是四月呢？」我說。你忽然望向我，那頑皮的、固執的眼神又出現了：「我才不管呢，這綠色多美呀！我就把它翻到四月去了，我才不管是不是四月！」我忙不迭地點頭，我是多麼希望，多麼希望能在你清純的心靈中，永遠保有這一份，任性而固執的美啊。

只是而今已四月梢了，如果在九月我便乘學生班機自天空消失的話，我還能有多少次，再到你那小天地中，凝神你那張綠色的四月，和你眸中的一盞任性、一盞固執呢？

稿於一九七三年末

離我最惦記的你

如果我真的會在今年離開，又如果我在走時說：「此番別離，最惦念的是你。」則一定引起許多譁然，好像這是一句大逆不道的話似的：「你有你的親人長輩，你有你敬愛的哥哥，你有你親愛的朋友，難道他們你就不懷念嗎？」懷念，當然懷念，而且是必然的懷念，離開他們，不止是剖心之痛，而且是連根拔起的痛楚。父母深恩，自不可忘，至於我的哥哥與摯友，天遙地闊，山不轉路轉，路不轉人轉，我就不相信會再見不到這群志在四方的好男兒！只是啊只是，最令我擔心的，便是柔弱的你了；記得我常怎麼地許願嗎？但願你如勁草，柔弱而堅韌。

最令我深記的，是你一再堅持要我離開這兒，勿再留戀了，前途要緊。我深知勸自己的所愛的人早日離開是一件不單需要全然無私，且需要極大的信任。我有遠志，何嘗不欲遠離，只是啊只是……

此去經年，應是良辰好景虛設。
便縱有千種風情，更與何人說？

上次我娓娓告訴你一些小事：有次把老二怎樣從家裏的枷鎖中掙脱出來怎樣地日夜工作半夜還要爬起來讀書寫作，怎樣負了重傷扭傷的腿正溢鮮血仍拚命練武拚命大笑——我的結語是：「他是一條好漢。」你憐惜地搖搖首，然後你蹙着秀眉，很擔心很擔心地問：「掙扎和練武是好的呀，但怎能傷害自己這麼重呢？」啊我的向陽，你可知你一心要我去深造，對你來說，也是一種很重很重的傷害？

稿於一九七三年末

回歸

在機緣與反省之後，我將回歸。

...I'm here if you should call on me
You think that I don't even mean
a single word I say
It's only words and words are all I have
To take your heart away...

這一首歌，在很久很久以前的一個夜裏，那寒山的夜裏，我和你走過冷冷的長街，它便唱起來了，不知是從哪一所山上的住宅、哪一間住宅裏透出溫柔的燈色播放的。六弦琴聲聲彈動，無限淒其！那是個寒冷的夜，山間的燈火閃閃爍爍，淚光一般地晃動着，那聲聲的歌，隨着憂勃與沉愁，催動着如水夜涼。

這真是很久很久以前的歌嗎？不是的，它常常隱隱約約地在我耳邊響起，時遠時近。遠和近之間的距離，只在一個決定，我忽然到遙遠的島上去，去尋找我的理想，就這麼樣，我留下了一首詩，在我那幀實在笑不出來的照片之後：

我折斷了我的弦
我帶走了我的歌
曾對你笑得年輕又莊嚴的雲
正飄揚在隱隱的青山
愴然裏有多少未訴的情感
一揚袖，白衣去了天涯

如果一揮手一揚袖那便是別離的全部，我實在無法詮釋些甚麼。向陽，這一走，走得灑脱，但多少離別後的愴然，夜夜彈響在我們的心中。這一揚袖間，那水仙花般的笑，便在遙遠的海之彼端了。以後許許多多詩社的盛宴裏，我無法陪你一道出席。餞行會便是我最後的輝煌。

那晚你重唱那首我曾欣賞而傾耳聆聽的《我彷彿在花叢裏》。啊，我彷彿在花叢裏的那段日子，使人憶及在嚴酷的長冬裏苦守了無天無日的歲月後，一開門，迎面竟撲來縷縷勝碧，毿毿如金的錦繡山河的驚喜！只是這一切，這一切，如今都已遠去了嗎？

不是的。我將回歸。數千里的距離只在乎一個決定。浮雲遊子意，落日故人情。而這遊子，已如浮雲一般地飄回來了，飄回家鄉來了，飄回詩城來了。沒有絲毫的悔意，因這是一切禪悟後一切反省後的決定。我將回歸，如遠去的鴻雁，鴻雁歸自遠方。這本來是一個全圓，一個大輪迴，看我們有無勇氣去填上這最後且最有力的一筆。

你寄我的信中有這樣的幾行詩：

我嗚咽的禱告裏
呢喃復呢喃
自己的交談

而在你這無望的交談裏，請安心守候，這寂寞的交談，不久會有我傳自遠方豪邁的語訖。這些日子以來，長久的煎熬與守候，我絲毫未老，且有風霜過後如劍身般瑩然的年輕！

啊啊青年！每天在這小樓上，遠眺遙遠的彼岸。早晨的時候吟朋友相贈的風鈴，深夜的時候靜聆你贈我的音樂小盒。

窗外綠葉轉紅，由紅而成棕褐，然後落下，落下秋天的一句話，落禿了一樹，也落下了千言萬語，人們所讀不懂的語言。竹風由輕淡轉而濃郁，秋已深，冬將至，而我在這裏，卻深深地憶起你，啊溫柔的向陽，惟有你的白衣，才讀懂這楓葉的淒紅，竹葉的蒼葱。有多少話，我未能訴說的，有多少誤會，我未能解的，都在你容忍和溫柔的眸中消散。憶起這些，我常常這樣問自己，我的回歸，啊那回歸的鴻雁能給你一個驚喜嗎？終使牠是微小的，縱然牠是微小的驚喜，我仍願以我的一切去換得牠，即使是一瞬間的美，一刹那間的永恆。

稿於一九七三年十二月

今我來思，雨雪霏霏

合上你手抄的散文集，是十月天晚秋的入暮，我走出了振眉閣，在試劍山莊的紗窗裏望出去，天色灰濛，萬里蒼穹，我忽然想到一些楚辭以前的南方歌曲。譬如鄂君子皙泛舟河中，越人急就的美麗歌辭：「……山有木兮木有枝，心悅君兮君不知。」譬如延陵季子北遊南返，徐君已歿於楚，他把心愛的寶劍留在墓前：「延陵季子兮不忘故，脫千金之劍兮帶丘墓。」這是徐人為表達這一段情義所唱的歌辭。又如孔子遊楚時，聽見小孩子在唱：「滄浪之水清兮，可以濯我纓。滄浪之水濁兮，可以濯我足。」當然我還想到那位偉大的楚人屈靈均，在憂國懷鄉中度過離亂的歲月，在壯麗中帶清秀，雄偉中帶情趣，山聲水影的楚國江邊澤畔，遙望天野，長吟不絕：「有鳥自南兮，來集漢北。好姱佳麗兮，牉獨處此異域。既惸獨而不群兮，又無良媒在其側。道卓遠而日忘兮，願自申而不得。望北山而流涕兮，臨流水而太息。」終於投汨羅以自盡。我不知道為甚麼看了你的散文集後總是想到這些，也許是因為你在散文中寫了：「為甚麼想盡辦法去寫那些滄桑的人呢？想盡心思去感受冰天雪地的冷呢？我已經先把世界的下半生寫下了。我不會活到那個時候再寫。因為你已不在了。我當然要去以後的日子中找你。」「你」是誰呢？也許有答案，也許沒有答案。然而漢江之水，縈回轉折，穿過數千年的辛酸歲月，依然流失。不知道為甚麼，我很欣幸，因為你的散文集終於要出版了。

昨天我已看完你散文的下半卷，今天倒回來看上半卷。先看完下半卷，是我的幸運，也是我的不幸。我看了很難過，彷彿看到當日的初遇初逢，乍驚乍喜，暮色蒼茫才驚覺已過了許多時光，襄陽不再，向陽仍在不在？叫一朵花而春風了整座江南，還差那麼一筆，就把整個江南畫了給你，這些都是曾幾何時的詩句？我又彷彿看到這數年間詩社的風風雨雨。十年燈。巴山客。而你跟我去流浪，這些日子來，真叫你辛苦了。

我有時候經過文學院，看見寂靜的內院裏有棵老樹，蔓藤都垂下來了，所幸還沒有人去修剪，便很想叫你去看。以前經過新生大樓，看見夾竹桃千手萬手紅粉紛紛的小手向天際招手，又很想叫你去看。有次醉月湖蓮花開了，襯着亭，映着柳，有些兒江南，也想叫你去看。你來時，已入暮了，蓮花都垂謝了，看不過癮。你說不喜歡醉月湖，大風雅的名字最容易附庸風雅，不如直接叫台大湖。有次很夜了，我們在湖畔，湖水在黑暗中居然有千點洋洋灑灑的銀片亮，遠處有人吹甚麼樂器似的，細聽時已中斷。你說多想到那湖中心的亭子去彈箏，為甚麼沒有渡向那兒去的曲橋，乘風聽了就說：我一葦渡江帶你去。那晚真靜，乘風來台的第三晚，燈火潦落，在遠處無人地閃亮。

有時候用腳踏車載你來回台大，公館地區車多，羅斯福路車聲喧天，把你放在車後，常常要回頭來看，因為不放心，怕忽然。你噤聲不響，怕我分心，其實我也沒十分把握。一到台大校園，總載你到傅園，轉轉折折，我在賣弄駕車的技巧，你在呱呱大叫，總是兩人都驚出了汗。所以你寫下這樣的文章：「每個日子都可能是重逢。偶然的驚見。如果在校園中，在匆匆趕上課的步伐聲裏，你和我是人群中最多情的震住。是流動的腳步裏最不捨的依靠。你一定會在發現我的那一刻怔住裏飛奔而來。」

這些時日裏，你一直堅持你對我的快樂的容忍。我愛讀書，愛詩社，愛做大事，上一刻在家裏替孔孟學會寫篇文章，下一刻已到了國父紀念館。有時候忙忙碌碌地跑過來叫你小娥，下一刻就去了和兄弟們扮鬼叫。你總是能容忍。以前我來台升學，以為你會勸住我，不料你反而勸我來台。後來才知道，你幻想中別離是美麗的惦記，一旦我上了機艙，別離成了兩面的天涯時，你真的要哭了，才灑脱不起來呢。真是一種美麗的上當。所以你寫下這些文章：「臨別的前夕，你替我安排你離開後的事。『如果你還是參加詩社的聚會，那當然最好。但如果最近心裏不喜歡，也不必勉強去。我的兄弟們一定會了解的。』你說。你還安排一些別的事以及我明年要飛的手續。當時我不知為甚麼，聽了很覺刺痛，忽然不由自主地流下淚。我自己也感到莫名。第二天到達機場時，時間已經太遲了。飛機快要上空了。我沒有來由地緊張起來。如果時間不這麼趕就好了。我反覆地想。你握住我的手，一臉鎮定，平靜地和我們告別，平靜地走入玻璃門。你進去之後，你的兄弟急急喚我趕上陽台眺望。我遠遠地望見你走進機艙，回頭再揮手。太遠的視線，看不清楚，我探頭望去，很想看你臉上的神情，機門已經關上，堅閉了……我以為別離只是一個名詞，想不到這兩個字會在感情中活起來的。」

我上當的時候還多着呢，開始見到你時，你躲在人群背後，好像很憂鬱的樣子，我以為你愛靜，所以不敢太吵鬧。現在才知道中計了。每次我有事思考時，總喜歡在山莊的長廊裏踱步，你就一定在我身邊説，昨天晚上你做了個甚麼夢，你喜歡甚麼，最最不喜歡甚麼，那時候我思潮裏正想到下一季我們詩刊推出的是甚麼計劃。有時候你遇上大眼睛的王小媛時，你們在前面走，我們在後面跟，只見兩朵黑髮，臉龐都在忙着講話。別人能做到「臨危不亂」，而你們兩位，一個臨危時想到吃飯，一個臨危時想到畫畫，實在令人佩服得緊。還有你又很饞嘴，愛喝蓮子湯，吃很多很多的東西，新鮮的、可愛的、美麗的——但都吃不完，帶着半歉意地推給我，我只好以一整張苦瓜臉吞下去。唉，上當的日子，還多着呢。

每天我忙我的上課，忙我愛念的書，忙我的「終生事業」，而你呢，除了忙你的詩和散文，以及忙你的愛照鏡子。每次走進房間來，假裝在鏡子裏偶然碰見，又驚又喜。以後我一定買一間房子給你，一房都是鏡子，大的小的圓的方的長的闊的哈哈形的，給你照到夠。你的散文中有這樣的一段：「以前每逢有人讚我，我高興極了。高興到出了面，當場就笑起來。熟悉的朋友還說：「你不可以笑，要假裝不高興。」但我怎能忍得住呢。其實笑過後我就沒有去記它了。現在總是和別人格格不入。找不到一個知音，心裏越來越孤寂，遇到讚美時我都記下來告訴他。我開始不喜歡自己那些上了一層樓又一層樓，越寫越孤寂的詩了。在最高的樓上，我花盡心血想墜樓。只望自己死了之後能揭開墓幃，看陽春白雪潺潺流過。」那個「熟悉的朋友」當然就是我。其實這就是你散文境界上的超升。你是個肯努力但不勤力的孩子，有張愛玲的敏銳，沒有張愛玲的冷酷，你的詩的境界，很是孤寂：「台前的親愛的一家人／幕後是互不相干的角色」，沒有人知道你每次洗衣服時在浴室裏唱到呱啦呱啦叫，出來後又抱怨怕手指會洗粗了。每天起來總埋怨這裏疼那裏疼，到最後原來肚子一個大洞，最終目的還是肚子餓了。我在外面走我風雪的長道。你在振眉閣中發現一隻螞蟻，小心翼翼地把牠拈起來，拎到欄杆旁，從四樓扔下去，為牠設想一個詭秘的行旅。而我還在趕我風雪的長道。你在山莊裏走來走去，常給小東西嚇到，嚇到了便呱呱叫，又怕鬼又不敢睡覺。而我還是趕，趕我命定的長道，只要有能力，為你擋風，為你擋雪，為你趕長長的大道。只要有一天我能擋得住。

現在詩社多了幾位有靈性，唯情唯美的女孩子，你總該不會寂寞了吧？又或許你根本沒有寂寞過，因為有你的琴你的箏你的高山流水。只是這些日子以來，從星馬到台灣，人人物物，是是非非，都是一條風雪長路，而你一直在我披風右側，關切問照。這些路程，使你捲入了江湖，叫你辛苦。而在風露中，你的散文裏，透切着越人舟子之歌的深摯，徐人之歌的俠情，孺子之歌的情真，甚至有屈大夫悲壯的幽思，在楚水之濱，天茫野闊，無盡哀婉……為甚麼你的散文集不叫做《行吟》呢？

稿於一九七六年十月九日。台北。二十二歲作品
神州社慶溪頭大聚會

龍哭千里

從厚厚高高的書本中逃出來，你有嘔血的感覺。你輕輕地咳嗽，一聲聲，一聲聲，你用手帕掩住口，甚至想到當你把白巾自唇邊移開的時候，上面已染滿一大堆淒艷的鮮血。美麗的血。一直在你胸中翻騰如今卻凝在手帕上的血。一種無法被補償的驕傲。你腦裏想着的是吐血的事，同時順手打開了門，啊啊是晚風晚風啊，涼風為你澆一盆冷水，你登時清醒了許多。抬首，仍是八千里路雲，舉杯相邀過的月楊柳岸邊的月嫦娥的月悲歡離合過的月陰晴圓缺過的月，如今仍是。黑夜不是全盤勝利的大旗，它密佈破洞：點點的星光。屋外是黑，是月華，是蟲鳴，是一片鬱鬱的黑橡林，是安詳入眠的小道，於是你決定走出來，每一步都抖落一些學問：鋼琴的悠緩，提琴的幽怨；二胡的哭訴，古箏的琤瑽。

夜是清涼的。惟有在寂寞時才能享受寂寞。這一刻你是安詳的，一如明月的恬睡，足下的蚯蚓也不再翻土。但你很快發覺月華是慘青的，青得像三島由紀夫裂腹的刀鋒，你腦中翻騰過無數的意象：一個畫家在白布上揮上黑色的第一筆，一個男孩耳熱心跳地偷窺自己暗戀的女孩的第一瞥，指揮棒所劃過的一道彩虹，滿天的落霞映照在一個吐血的少年兩頰上所輝映的厲艷⋯⋯為甚麼總是想到吐血呢？你還年輕啊，你可以參加任何電子吉他樂隊，你可以賭三個通宵不眠。是的，不眠，你不眠而在藝術與文學上苦苦追尋，你枯瘦而乾癟，難怪會想到吐血了。

你一直很懷疑自己是否走入魔道，你只知道有一股很大的力量正壓向你，你唯一的反抗便是創作，唯一能維護自我的是藝術。這些題材都不是適合一個剛踏上十八歲的少年的你，而卻都在你小說構思中出現了：幾個飽經滄桑而滿腹學問的學者正在討論一個人類最基本又最無法解破的問題：人的存在意義。沒有人能有一個真正的答案，他們只好滿懷希望地去請教一位年逾百齡、身着白袍的老學者，老學者陷入久久的沉思中，忽然雙眼發出逼人的灼亮，顯然他已尋得了答案，於是眾人紛紛興奮地追問，這學者微笑良久不語，原來他已仙逝了。這是第一篇小說。一個必須要在風雨的黃昏中趕回家鄉的旅人，他坐在一部黑色的計程車裏，這部車子的號碼很模糊，這疲乏的浪人只希望馬上抵達家園，沒有注意到那戴着低帽衣着全黑的司機的容貌。一路上這浪子思路很紊亂，驀抬頭，細雨紛紛的暮色中，車外是一片荒原，情節在那浪人猛見那司機的臉容發出一聲驚心動魄的嘶叫聲中結束。這是第二篇小說。一對於藝術恆在求索而不惜耗費所有的金錢與生命的兄弟，做兄長的見識遠超其弟，他的弟弟有疑難尚有兄長為他解答，但做兄長的卻更為孤獨。某夜，兩兄弟追尋了一生，由於一無所獲，終於不禁對藝術有所懷疑。弟弟到門外一陣，忽聞其兄在背後歡呼：「我知道了……」弟弟衝回房時，其兄已帶着笑容逝去，只留下更孤獨的弟弟在思索着答案。這是第三篇小說。一個少年目睹一隻跟了他十二年的老狗臨死前掙扎的過程：這頭狗死前把身體在地上不斷地摩擦，爪子恰好在牠四周劃了一個圓圓的圈……這是第四篇小說……

貫串這四個故事的主旨是：死亡。可惜你仍未能肯定死亡美麗不美麗，不然真可冒險一試。活着畢竟是件美麗的事。你記得你在〈人煙〉中說過這樣的話：「我的生命就是我的作品，我的作品還沒有成熟，我怎麼會老了呢？縱使我老了，我倦了，我要睡了，我還是要對自己說：少年，你的名字是奮鬥。」一年前的你是你所處的環境中的一股逆流，如今你外表似已收斂了許多。在異族的眼光下，你是一支狂人樂隊中突兀的洞簫。而你呢？透過眼鏡片的熾熱仍是高度的，白色的衣衫總散發着一股濃濃的寂寞，比狂歡舞會過後那種還要深更無法遏止。於是你寧願埋首於金庸與金銓的武俠小說與電影中追尋那一絲芬香的古典，你甚至把自己也埋首在那種創作中，把「社會」喻為一座黑森林，把環境的各種阻力寫成十三名巨盜，然後把自己化成一匹「追殺中的狂馬」，「不能退後，且要追擊」。幸而你有一位驕傲得像一柄青鋒的哥哥，他的筆是劍，他的手是千人樂隊的指揮棒，他的生命是燃燒，散髮是他的自由，瘦是他的意象。由於他的策勵，你仍不忘藝術的探索。仍不致迷失。

夜，清涼。雲來，雲去，月仍是月。你回眸亦喚不起雲飛，風亦不會在這時候擾動安詳的林子。一種深邃而成熟的意味，籠罩着這整座園林。空氣稀薄得如一闋《清平樂》。沒有夜鶯，沒有深夜中過橋的白衣，沒有河哭在腳下。你吸進一口給薄荷冰鎮過的氧氣，你的胸襟啊是一漠大原。可幸你仍年輕如星之晶晶，這裏的氣候雖不宜一株梧桐的生長，但畢竟你有幾位志同道合的朋友。你仍愛撫拭小刀，看見小戀女仍無法不心跳。記得上次你聽《滿江紅》的時候，雨尚未歇，長空劃過兩隻匆匆的雁，燕子啁啾，雨正滴滴答答地踢着石子，地上陸陸續續延展着青苔。那整個晚上歌聲都回旋在你心上、腦上、神經上，響在你每一根骨節上，你雄性的喉音上。激昂處，把你的脊髓骨抖得筆直，如一座驕傲了幾千年的大山。嗓子如弦絲一般地微微顫動着，胸腔浮起幾許激情，透過你的雙眸，漾着薄薄的淚光。一座斷崖。一輪殘月。一座怒海啊不息的海高高低低嘆息的海。一幅畫，黑墨與白紙。從此刀便成了你的象徵，每出鞘必然沾血。

談到哥哥和那一群朋友，有他們，你畢竟是幸運的。那次旅行回來，海關人員以驚異的目光打量這一小群行李箱裝滿書籍的少年，這麼小的腦袋怎能裝得下禪學啊、存在主義啊、中國文學批評史啊……那海關人員的眼鏡掉到鼻樑上來，眼珠子幾乎要突破上層眼皮那樣地看着我們；後來你們在車上大笑，在客棧談了一夜的詩。其實你們都是痛苦的，當你們看見且感覺到自己的文化被壓在垃圾箱底，且無法容忍某種輕蔑的眼神。所以，那一拳揮出後的呼叫是令你絕難忘懷的。你們都是駝子，高大的駝子，蹲着都比別人高大的駝子；你是守着綠洲的沙草，為母體抓取每一分暖土吸取每一點養份的根鬚；你是拜星者，你是一具不完整的血嬰。

你疾步走過密密麻麻的星光下，月亮以異樣的青黃向你一排排掃來。你驀然回首，小房裏的燈火已那麼遙遠，那麼遙遠，那麼遠不可及。你看着遠燈，腳步仍在後退着，你彷彿是為了膜拜而前往的朝聖者，腦中的信念是：必須前去。你彷彿聽到踏過的步履，一聲聲單調地傳來，如深深的山谷的回響。你仍向前走，路很快便走到盡頭，路的盡頭接到另一條小徑，那是，一大片荒墓。你走着，想那些可憐的人，曾經活過的，曾經笑過的，曾經哭過的，如今都閉着雙眼無聲無息地躺在硬地下，以碑碣上斑斑的篆字證實自己一度短暫的存在。月在冷笑，冷冷地笑着，青苔如毒蘚般長滿在碑上、石上。

你步行出來，以一種恐怖的孤寂。一種全城只剩下一位清醒者的痛苦。你啊你，異域的少年，怎樣使那些搖頭晃腦唸着教科書而心裏對中文厭倦得要死的教師信服呢？老教授們活在他們愚昧的世界裏，說：「年輕的一代不知搞些甚麼鬼」；有人在茶館中吟詠那四平八穩的箱子似的酬酢古體詩；有人今天競選文藝研究會會長、秘書等要職明天參加藝術晚會後天趕去藝術館剪綵；有人一落筆便要人去擁抱生活啊舉起鋤頭，窮喊地主剝削勞工啊三輪車夫最偉大；有人永遠「媽離不了你」，總是一把眼淚加上一攤鼻涕加上一點心理變態加上幾聲嘆息，且把那樣的貨色稱為「雄偉美」「失落美」，對於這些人，你發誓與他們周旋到底。因為你是年輕的刀，而刀是無情的，不講情面的。為此，你已無意中替自己樹立了不少敵人，他們不止一次群起圍剿你、攻擊你，結果自然是你的刀化做了筆，不止一次派上了用場。

但是你的性格也有柔的一面。你迷信白衣，且深深愛上向陽——啊，向陽——這個名字。可惜的是，那襲白衣始終不曾出現。你迷信愛情，而不善處理感情。你容易迷戀，美麗的迷失，危險的相戀。你曾為一位清麗的女教師練琴而終日躲在教室裏遠遠地聆聽。多少折柳、多少濯足，而今雖説那純情的一幕已逝，偶爾你仍會想起在小樓上那柔柔的清唱金馬崙高原上奮亢的高歌畢業晚會上泣然的哀調。黑奴啊黑奴，當你的唇離開那低沉的二十四格時，是否有一顆晶瑩的淚正淌落潮濕的黃土？

很多個晚上，你都把自己反鎖在書房裏，與蠹魚同齧中西典籍，每次從房裏踉踉蹌蹌出來，只覺天旋地轉，自己正在長高或縮矮，那分不清楚。有時你拿起六弦琴低低地唱那首 Blowing in the wind，一次又一次地重複那些問題，難道那答案真的 blowing in the wind 嗎？你不知道，你只輕輕巧巧地把調子一轉，彈起活潑的「春花美麗」來。你有許多事不知道，你畢竟還小，但你最少知道有些事可以不做，有些事非做不可。那天你還沒把余光中的《萬里長城》讀完，渾身血液已沸騰，你在斗室中不斷地來往行走，手指顫抖地夾着那篇高信疆寄給溫任平、溫任平寄給他弟弟溫瑞安的剪報，腦版中現出的是巍峨無比、你一生都難以攀及的那象徵着龍族的光榮的長城。你再也無法坐下，你在烈日下把報紙送到每一位詩社同仁家裏閱讀，讓他們也分享到這一份感受，讓他們也無法閒坐，讓他們不能不好好地想一想。你幾乎奮亢得想把劈面第一個讓你看到的人一手抓來，把這件事告訴他，把文章拿給他看……那時你自己才發現，原來你是一個這樣的人。

你的眉心鎖住愁，鎖住深思，當然那還需待更上層樓。你的眼鏡框子十字架似的扛起許多疊疊的層壓，因而雙眉得往上揚起，揚起兩把刀的鋒刃。記得那個笑起來總露出兔子牙的小女孩嗎？她曾笑着說：「你揚眉的時候，就像……就像兩條昂然抬頭的龍。」你忽然心緒恍惚起來，小女孩啊小女孩，若自己真的像一頭龍，那只是一頭折翅的龍，一頭困龍，一頭鬱結萬載的龍！一頭鬱龍，你含淚走過星月下，你的命運將是化石，抑或成灰？

陡然，一聲淒厲而狂野的嗥嘯，一刀刺破了夜空向我刺來向我耳膜刺來刺來向我心臟刺來刺來——

是野狼在哭嗎？月發出蘚苔般邪惡的光芒，一種如狼吠月的獷獷。你恐懼，你雙目完全張大，如盲者試圖在黑暗中尋找一些甚麼。嘯聲不再。嘯聲不再。你膚上仍佈滿雞皮，你是聽錯了嗎？那只是幻覺幻覺而已，驀地又是一聲狼嘯——尖銳如利劍破空而過——你不禁顫抖起來，你彷彿看到磷火的閃動，周遭是古老的墳，這是很郊外的地區了，是甚麼力量差使你來呢？而那聲狼嘯，是不是在提醒你自一個前面的陷阱及時止步？

你額前滲出了冷汗。一塊老大的烏雲飄來，一口噬下那刺青的月亮。天地都黑下來，一片漆黑，沒有一絲光，只有一點點閃爍不定的墳塚上的磷光。磷光。你屏息地凝視着點點慄人的光點，心緒反而平靜下來。你在全然的黑暗中，完全無意逃避。此地是荒涼的墓園。你知道在你的前面有錯錯落落的碑，碑石代表着已模糊的人，碑下躺着的是殘骸與骨灰，千百年後，此地將一無所有。你的呼吸平和。這些人，有些是鬱鬱以終，有些也許含笑而逝，他們也許死在古老的朝代，或疾病肆虐的現代。他們也許生前曾轟轟烈烈過，但如今都沉寂地臥在碑碣下，在圓形的死域中沉思、回憶，也許他們忽然驚悟甚麼，但那也無濟於事，因為他們此刻甚麼都不是，是死亡。在漆黑中，他們也許在你面前嘆息，並陰毒地盯住你。

狼嗥呢？那是過去的事了，你站在這兒也很快將成為過去的事的。我似被某種魔力、某種催眠所蠱惑鎮制住。你耳中是一陣陣細碎的風聲，自滿山葉隙間襲來。然後風逐漸轉烈，那聲音已是鋪天蓋地地傳遞着、延展着，從這邊來自那邊去，狂放、喧囂，且野性畢露。它捲起一地的葉，捲起墓園清明時號哭過的滿地碎紙。你被包圍在風中的是：你。風的潛力不斷發揮，夜於你嗅覺中、聽覺中、視覺中漸而濃烈，你有一種潮濕的感覺：雨將來臨了！

雨將來臨，雨將動員所有的兵力所有的能力所有的分子來侵襲你，你應該回去了。你應該回去了！這句話似自遙遠的古代疾射而來，你倏地警覺，乃極目四周，只見千樹搖擺如群妖張牙舞爪，塚們悲淒地呻吟着一首古老的歌。你該回去了！少年，你有最安寧的小房子，你僅是一頭哭在千里的龍，你年紀輕得連感時憂國都說不上，也沒有人會相信。一般人的心目中你只是才斷乳便假裝吶喊幾聲的孩子，在朋友的心目中你只是身着白衣負手皺眉的不合群，少年啊少年，只有你兄長始洞悉一些你的心境；只是鵬飛千里，鵬在天涯，這兩頭困龍又何其鬱鬱啊！何其鬱鬱！

你毅然返身往來路大步走去，風厲嘯着自你腋下頸下自耳旁踝間急掠而過，你整個人浮在風中。一園的墓碑也似為你的離去而淒笑厲哭。你連頭也不回地邁步，每一步踩熄簇簇爍閃的磷光，每一步俱踏響五千年土中的骨骼，他們在我腳下輾轉慘呼嘶吼，一直到我遠去。

稿於一九七二年中，十八歲作品

時在大馬，編《綠洲期刊》第二十期「詩專號」

西江月

這是露營。所謂一夜不眠的露營。妹子，你在吟詩。我在寫詩。一直寫回遠遠的唐朝去。空山不見人，野月當空，浮雲當頭，絕壁當前聳立。不遠處正橫過一道飛簾，把夜霧的清涼濺濕我們的衣襟。冷月浸透我們的衣衫、長袍，風卻從四面八方把它吹乾。妹子，你視我佇立於荒野的營火前，你知曉我在想些甚麼？

長袖紛飛，白衣紛飛，白衣
寒泉流到山下去要多少時候呢
沒有梆聲，你一次又一次地等待

你期待着甚麼？妹子，不，不，你不會這麼問。寒泉錚鏦，夜風也錚鏦，於是你纖纖十指也錚鏦起來。火光熊熊地紅了你白色的羅衫，你秀眉緊皺，啊啊回眸煙波，冷月無聲，好一闋二十四橋！錚鏦歇處，啊妹子，你我皆默然

雞鳴　霧瀰漫　煙瀰漫
朦朧的是一夜的月亮
有人　一夜　吹簫

這是古韻。這是絕響啊絕響。當最終的休止符仍然湮遠，妹子，你便是清笙幽磬的瘦石孤花。我的簫聲呢？那哀哀淒淒非常李煜的洞簫，能否把峭壁吹出棵故鄉的梧桐來？墳空，碑冷，落木蕭蕭，我們是被家鄉遠逐，空望東方，戍守營火的異客。可是望斷天涯，你又能望着些甚麼？

於是風都老了，很平靜
於是茅花都老了，映着東方的赤紅

於是劍老了，在鞘裏茁長着寂寞的暗青

簫聲戛止，倏然傳起淒厲的《瀟湘夜雨》，一聲聲，一絲絲，妹子，你的明眸我的雙瞳都浸在一泓清淚中。那是故鄉的哭聲，音色轉向低柔，刀風是另一首尖拔的小調。你說是二胡，奏自故鄉；我說是琵琶，響自江湖。驀回首，無人在後；是誰？是誰？是誰在笑，在說着脆亮的京片子：

我很想再拉我的二胡，故國的悲痛
但你們都不是知音人
我醉時你們全力把我搖醒

月亮不自然地腫脹着。我和你更爭着說話。我說我們愛聽，你說我們都一併醉吧。於是我吟起「多想跨出去一步即成鄉愁」，你唱起「到底月色可不可以掃」；你吟着，我念着。我念着，你吟着。於是我說着你也說着你唱着我也唱着。我們都競相表達。此時那低迷的歌聲又再蕩起：

村上有許多挽髻的小童，笑道：
水牛漉漉地從河裏冒出來
黃昏落雨了，那劍客又醉醉地走過了

啊啊小公子們都唱在我背後
啦啦啦（七歲時我已學會了吹簫
　後來提槍搠下了十來個胡羌）

勿思鄉，勿思家，白衣
你僅是漂泊於江湖外的
心裏長滿了白髮的劍客

休休，要弈棋的都弈棋去吧
要練劍的都練劍去
醉的是我，笑的是你

就在這兒躺下來吧，白衣
上面的天空很藍很闊
染紅的是你的城，哭倒的女牆

蘆花老了，白花在風中微顫
你的眼追着一隻長空的雁
你的劍悲哀地埋葬在鞘裏

風霜延長你的眼角與唇邊
你看看你的掌心吧，白衣

瀰漫了厚厚的空茫
於是你想哭了，白衣
你的劍也哭了
你的簫哭了一夜

你就想這樣地飛渡那座山
但你只能乾着高梁
曰：卿且高歌，卿且放歌……

歌聲漸沉，夜風迴旋着被撕裂的情感。妹子，你我竟無語凝噎，執手相看淚眼！我們已無能追究歌者為誰？彈者為誰？只知家在雲外，江湖寥落，知音人仍在！露仍重，夜好濃，我們已如斯孤絕，不得不互相依傍，於火前取暖，並同哼着一首歌，在露營的山上，有水聲，有火光，有冷月，有你和我……

草雖然都很柔軟，但已枯萎了
無盡的黑幕中
遠遠燃起了一盞晶晶的燈籠
你的聽覺只聆聽一個方向
你的嗅覺只屬於一種風向
坐下來啊坐下來白衣，你已經很累很累了
這是甚麼季節了　竟
如此沁寒　我忽然酒醒
在林邊一直哭到夜落……

稿於一九七二年七月二十三日，十八歲作品
於大馬宋溪鎮創辦「綠原社」

拍岸的潮

其實今晚我的心情應該是很愉快才是的；但我並不。在黑黝無盡的沙原廣場的石墩上談到半夜十二時許才歸來，心中有很奇異的感覺。我一再重複：其實我應該是很愉快的，因為我那些朋友都是知己，一些生死患難的弟兄，而且，今晚我們談得很愉快，談藝術、談創作、談文學，也談音樂和電影，甚至第一次聽到他們談起女孩子來了。我們都談得那麼愉快，忘了一切，後來在曠場上痛快地笑着，笑得肚子也痛起來。可是，現在呢？

現在呢？別過他們，我獨自走過一排排幽冷的星光與月華，用鑰匙扭開了門，回到自己熟悉的房中，開了電燈，忽地把全室的黑暗都踢到屋外去。我坐在舒適的椅上，竟無法移動半分，我還沒有疲倦，而且也不算是一個懶散的人，可是我無法做甚麼，只能透過紗窗，望見屋外淒戚的星光。時已一點，凌晨一點鐘了！我沒有睡意，我真的沒有睡意，於是我把電燈關掉，轉而按亮桌上的那盞藍色的小燈，於是我的整個房中都充滿了幽異的、澎湃的藍色。

你知道我為甚麼要關掉那盞光線強烈的燈嗎？小妹？啊，我是怕鏡中反映出一個陌生的、空洞的自己，我害怕我不認識鏡中的那瘦長的青年。這感覺如洞簫般地裊裊響起，然後把我整個人吸引了進去，最後不能自已，而房裏這動人心弦的藍色，使我癱瘓在舒適的椅中，一直如是。我想起我念高一的時候，有次我望着那幾度青山的夕陽，告訴一個筆名叫飄零雁的同學：「要了解一個人，必須要先了解他的寂寞。」他卻忙不迭地頷首道：「我當然懂，因為你沒有朋友。」我愕然，我是沒有朋友嗎？不不，我有很多的朋友，有片面之交，也有患難真朋，他太不了解我了。我真的是沒有朋友嗎？你當然不會那麼想的。我現在正處於這麼美好的環境中，我心境應是很完美才對的。我輕輕地搖着腳，輕輕地拿起六弦琴，手指在琴弦上反覆撫摸，弦韻聲聲迴旋在房中，我的心情終於比較平靜下來了。我忽然記起詩人葉珊的一句話：「她們像一群美麗的春鳥，一起飛走了；留下我，和我自己的傲慢。」留下我，和我自己的傲慢。我反覆吟詠着，詠唱着，指尖在弦上迅速地換着 Chord。留下我，和我的傲慢。但飛走的又是甚麼？留下的是甚麼？在我來說，「她們」是甚麼呢？是青春的消逝？是即逝的追憶？是愛情，那逝去的愛情？是歡樂，那歡樂後的空虛？

我遂把一張唱片置於唱盤上，唱片在旋轉着，一圈又一圈，旋着，轉着，在它深沉的圈圈鬱黑裏，有多少悲涼的細訴？我很閒適地再度坐下，隨手拿起這張唱片的封套，在柔和的燈光下，一個很小很小很嫩很嫩的女孩子，披着長長柔柔的髮，穿着花格的小裙，抱着吉他，眼睛望向遠方，眉宇像正領住一些甚麼，令你不得不，不得不聽她細訴，聽她細訴啊聽她細訴。於是細脆的音籟自室中響起，一下子與一房澎湃着的藍色融為一體，且深深地烙印在我心裏。

那是一首很輕快但卻教人無窮傷感的歌：Circle Game，鬱鬱地唱着，唱出一個孩子的成長，一段歲月的蹉跎。我能夠說些甚麼呢？若你在，或也清淚盈眶。這小女孩，歌聲自她仍帶童稚的嗓子流出來。我以前不是想過華人想把西洋民歌的風味唱出來，只怕是一件吃力不討好的事麼？但我現在，或許，應該修正這個意念了。室內室外一片寂靜，再沒有誰仍在這子夜醒着的了。陳美齡清脆的嗓子在細訴着：

Yesterday a child came out to wonder,
Caught a dragonfly inside a jar,
Fearful, when the sky was full of thunder,

And tearful at the falling of a star.

多麼的純。我把眉心深深地皺疊而起。多麼純，又多麼遙遠的夢啊。這歌聲把我帶進曲裏，在carousel中轉着、轉着，那是很遙遠的事了，遙遠的孩提與童夢，一切一切……她一直在反覆吟唱着：

And the seasons, they go round and round,
And the painted ponies go up and down,
We're captive on the carousel of time
We can't return, we can only look behind from where we came,
And go round and round and round in a circle game.

那上上下下，起伏如波如潮的木馬，那不能回轉，只能回顧的歲月啊歲月，我們一圈圈地盤算着，恐懼那殘忍的摧折：

Take your time, it won't be long now,
Till you drag your feet to slow the circle down.

一切消逝得如斯之快，又如斯殘忍。歌聲漸漸低沉，終於靜息；好一會兒我才站起來，再把唱針放在原來的地方，然後我再一度地坐下來，不管夜已深沉，讓那拍岸的潮水，再度拍擊我心裏空漠的沙灘……

稿於一九七二年十一月二十九日，大馬，十八歲作品
舉辦「石山露營大門詩」

八陣圖

功蓋三分國
名成八陣圖
江流石不轉
遺恨失吞吳

——杜甫

「這裏不適合我們。」
「虛偽的臉，荒蕪的心。」
「你和他們的約會是在甚麼時候？」
「十一時半。」
「……嗯，我們就離開這兒吧！」

我們都沒有説話。沒有。車子平平地向前駛去，不算太快，也不算慢，但子夜的寒風迎撞而來得很是猛烈，又喧嚷着撲噬到後面去了。我們都沒有把玻璃鏡上起，風颯颯地湧進來，我的手擱在車窗檽上，凍得冰涼，就像死人的臂；可是我沒有把手抽回。哥哥就坐在我右旁，專注地、沉默地，又似悠閒地駕着車，水藍色的長袖衣擱在駕駛盤上，骨節凸起而修長的手指，正微微地彈動在駕駛盤黑色的塑膠外皮上。這是一個很濃很濃的夜，在這條超級公路上，車子已近乎絕跡了。車子穩健地往前吞食着公路，車窗一口一口地豪飲着寒風。車內只有哥哥和我。我們彼此都沒有説話。

我們都沒有説話，車外風啊黑夜的風狂吼，夾着微弱的馬達聲。黑夜裏街燈亮着淒清而倨傲的白芒，一列列從前方迎來，自後方遠去，如長城的女牆上放哨的戍卒，守一宇宙無盡的黑衣。燈是送我們的嗎？我們自一華宴中匆匆趕回。燈是迎我們的嗎？我的朋友在遠方苦待。車前映起一片強烈的光芒，按號一聲，一輛黑色的轎車夾着呼嘯狂號超越了我們，留下兩盞紅色的信號，遂而消失於稠濃的黑暗中。哥哥沒有説話，我也沒有。我們的車子沿着硬溜的柏油道上的白線，平穩地駛着。但一切都似忽然、忽然暗淡下來，抬目處，前面已沒有了路燈，而後面的一列列高瘦得像戍衛似的燈正迅速地遺棄了我們。我回頭望着那最後一盞燈的光芒，一直呆視着：守城畢竟是過去的事了。

畢竟是過去的事了，寂靜也是過去的事。我們仍然沒有説話，但哥哥一探手，扭開那錄音機一雙妖異暗紅的眼，這是黑暗中最刺目的紅芒了，歌與音樂，自車內共風迴旋着，旋轉着。我舒適地靠在車座的背墊上，靜靜地聆聽着幾首放任的、撕裂般的情感。這般強烈的情感。這般沉猛的音樂。這種吶喊式的唱法，是不是真的能把我們這一代的失落、彷徨和苦悶切合地表達出來呢？我們這一代的積悶，真的是那麼無可抵制嗎？風狂吼在車外，夾着一天地間被撕裂的夜色，我的眼界一片迷茫。旋律不知在甚麼時候，都轉向柔和了，那仍帶着幾分稚氣但成熟的嗓子在追回着他的《蝴蝶》：

But still I have to say good-bye
Butterfly, my butterfly
I'll come home to you one day
Butterfly, my butterfly
Wait for me don't fly away

我忽然有了點笑意：「Wait for me don't fly away」，多自私多真摯但又多夢幻的話啊；戀愛本是自私、真摯且執着和迷信的，尤其是那動人心弦的初戀，沒有人能在初戀中贖回完整的自己：一如你的小名，多年沒人叫喚了，一旦被喚起，總會有些惆悵的——但又何必讓記憶殘傷着自己呢？冷冷之初未必就是冷冷之末。蝴蝶，蝴蝶，那男孩子反覆地、愛憐地吟唱着。他有他的蝴蝶，我呢？蝴蝶飛來，翩翩復翩翩兮，來自神話，去向古典。那襲內衣，那襲白色的輕裳啊，會寥落地為你彈一闋《塞上曲》，十指過去，湮遠的都是朵朵音符。如這一切都能留住，如這一切都能留住，該多好，該多好啊該多好！我笑笑，把支頤着下頷的臂略略更換了一些微的位置。旋律終止了，另一曲響起，這是那悠悠的女民歌手瓊·拜茲（John Baez）的低訴。低訴啊傾滿在凝結成大塊大塊黑夜的車內，濃濃鬱鬱地迴響着、交替着、重複着：

How the winds are laughing
They laugh with all their's might
Laugh and laugh the whole days through
And half of the summer's night

風在車內車外狂狂野野地笑着。我不知道它們笑些甚麼，我真的不知道。我坐在車內，車子平平穩穩地向前航去。車內的黑暗凝結成塊，那錄音機的紅眼顯得分外刺目。這麼濃這麼多的苦愁啊！我望向一片森沉的車外，樹枝正以手臂解剖整座黑夜。我忽然想起白衣，那在靜夜裏笙歌曼妙的白衣。那愛穿淡紫衣的白蛾，那酒渦深深的水仙。騎火疾閃，笳鼓悲鳴，腰間弓，匣中劍，就這樣，我在風沙萬里的江湖中去來至今，白衣啊白衣，你是否仍在空谷鳴琴？玉樓笛斷，但我在這裏，車中也好，畫舫中也好，卻未可聞，且絕不可聞！笙呢？簫呢？當然都不會夾雜在適才的華宴中：它在萬里外喚我，聲聲喚我，直至弦斷、刀斷，人去

去

去

去

去向天涯！

一錯愕間我的額撞在窗櫺上，刺痛令我猛抬頭：車子照常前駛。哥哥瞥我一眼，唇角有一絲了解的、而又詭秘的笑意。一剎那間他看出了我甚麼了？他知曉我在想些甚麼嗎？時針

航向夜的深處，車燈戮殺着前路的黑。時針滴答地走着，馬達單調地吼着；一切正常，一切正常得有點幽異。前路。後路。樹叢疾飛，沒有一幕是留得住的景。我的視線凝聚在前路一座座隱現的碑，被強烈的燈火照射下，慘白一片；遂而逼近，逼近，最後消失的車沿。碑上的字指着路程的數字，以及前面驛站的名稱；但甚麼是前面的驛站呢？我瞪着那一行行聳直地被車燈逼得在路邊隱現的里程碑，忽然毛骨悚然起來。前路是甚麼驛站呢？碑石慘白，如嗤嗤冷笑不語的木乃伊。它們僵死在路旁的草叢裏，不分晝夜地站在那兒，指引着路。不過前路是甚麼前路前路啊前路是甚麼？碑石僵直地向前伸延，一些常年吸收着日月精華的蘚苔，爬滿碑石的一身，在風中慘吼。我雙瞳張大，在車中的小天地裏幾禁不住尖叫起來。我驀地回首，望向哥哥，他一臉嚴肅地駕着駛盤，嘴角有一絲奇異的笑意。我看到他的金袖扣在發亮。錄音機的紅眼也在發亮。但我甚麼也聽不到。風聲，盡是風聲，慘呼狂喊在我周圍。馬達的呼號羼雜在狂風裏，沉悶而有力，車子向前疾飛，表上的紅針已指向八十，前路里程碑，忽而多，多得妖異；忽而少，少得零落。車子在急速的轉彎中，每一座碑石都急速地穿上縞衣，慘笑地期待着一次慘重的意外——

我不清楚適才發生了甚麼。我真的不知道發生了甚麼。一切都回歸平靜。表上的紅針指在五十上，車子平平地向前滑去，像潛入了牛奶的河道，又如一道萬里無波的行程。我望向哥哥，他唇邊仍是含着一樣詭秘的笑意。金袖扣奇異地閃耀着它的光芒。車內紅燈亮着，只是沒有那麼刺目了，我又聽見那柔美的弦韻……適才的都是幻覺嗎？我努力為自己適才的恐懼去搜集一些證據：石碑仍高高低低地、疏疏落落地往前方延展，往後方湮沒，車燈掃過處，路旁的香煙廣告牌蠱惑地亮了起來；車外的風聲仍充滿了一天地，我的手臂仍冷得發麻，周遭仍是一漠留不住的夜色。一切都回歸原來的面目；我適才被冷汗所浸濕的衣襟，已被風吹得乾爽。難道甚麼都沒有發生過嗎？那種無可名狀的、碩大無比的陰影，那摧心裂魄的、無可拒抗的恐懼，何時隱身在我心靈的深處呢？難道它是一種預感、一條終有一日橫身攔在我前路的黑影嗎？它終會在我即逝或日後的生命裏出現、一如誕生與死亡的循環嗎？我不知道，我忽然感悟的是：為何有白衣人在子夜的大漠裏泣月，在日暮的斷崖上投江。

「看到燈嗎？有燈自遠方亮起。」

「總算可以看到燈火了。您知道地獄嗎？如果在地獄裏走長長的橋，不知會不會看到燈火闌珊？」

「唔。快到了，想來他們仍在等你。」

「麻煩您先送我到沙原去。哦，對了，您自己呢？今晚讀詩還是寫詩？」

「萬事雲煙忽過，百年蒲柳先衰。而今何事最相宜？宜醉宜遊宜睡。」

「乃翁依舊管些兒：管竹管山管水。」

「哈哈哈哈。」

「哈哈哈哈哈哈……」

「飛霞」一二八駛入沙原，輪子輾過鬆軟的沙地，吃力地駛着，車廂外一片漫天瀰地的塵沙。我用有點麻木的手肘撐開了車門，哥哥深意地望着我：「好好地談談吧。」他倒了幾次車，才擺好方向，「呼」地向遠方駛去，沙粒瀰漫中我只見那漸行漸遠的兩道淩厲的紅芒。我揮揮手，有點茫然：「晚安。」塵埃終會落下的，但我想不到塵盡埃滅時，夜穹竟如此雅麗！月麗如水，如水月明；星佈滿穹，滿穹星佈。我的影子正躡足拉長我的影子，我向前緩步行去。而他們，呵呵他們他們我的朋友們，正坐在月下的石墩上，含笑接迎我的前來。

就這樣，見了面。就這樣，談了話。就這樣，星空下互訴着星星點點的寂寥。被聽的和去聽的都恍然不覺，不覺星漸稀稀，月向西斜。夜央。霧寒。那笑得像座大海的黃昏星忽然站起來，道：「這次所要舉辦的天狼星詩人大會，正如在如許夜深裏仍談着文學藝術的我們——看來在這國度裏，再也找不到第二次或第二批了。」

我望月，月好像忽然近了；我望星，星星忽然都那麼可親了。「那麼，今晚是甚麼會呢？」我望向北斗，再望向獵人座，笑着道：「不如就叫做滿天星斗大會吧。」

「滿天星斗」大會、「藝術殺街」、「九一八」草坪等等等等，對我們來說，都是非常熟悉而且特殊的名詞。在「黃昏星」大廈裏我們深夜排演詩劇；在「振眉閣」裏哥哥與我徹夜不眠地縱論文學；在「藝術殺街」裏我們以詩為矛，以書為盾，每人手上拿了本厚厚的詩集，誰要來嗎？且住，聽吟一闋音節鏗鏘的現代詩，再欣賞一篇悠遊天下的散文，君若非知音，且去！休擋吾等去路！在沙原上，就是這個靠近橡林旁沙原地石墩上，我們看星望月，談一夜悲歡離合，奮鬥、掙扎、幸福、理想與愛情。

愛情？

愛情是甚麼？愛情非將來
來吻我吧，雙十的情人
青春是不中用的東西

這首詠嘆調，早在余光中先生的散文裏唱過了，現在卻遺下給我們，給我們配上悲涼的調子，反覆吟唱。「青春是不中用的東西」？我們唱了，然後互相對望一眼，再唱下去。我們歪歪斜斜地亂步着，沙原上一片空漠，夜深沉；夜夜深深沉沉。我們如月下的精靈，酩酊於太白的月下，或起舞、或弄清影，但絕不止三人！想我們第一次在詩會中喝過的酒——酒瓶狼藉高高低低，東倒西歪。一夜的哭訴，一夜的嘔吐。想那次胡笳十八拍的月夜，我拔出兩把瑩亮的小刀，飛舞於思君令人老的月下，刀起刀落，刀去刀來，燦閃如我年輕的生命！啊白衣，我學的是國粹，練的是國術，但寥落江湖，竟無一可談之人。我活着，是因為我的誠和真，我的勁和熱，還有不能忽略的是：

我的

狂傲

啊

狂傲

我們歪歪斜斜地走着，偶爾搭着彼此的肩膀，偶爾落寞地唱歌，我們都是哭在千里外的龍族，無人知其瀟灑和落寞。你有你的苦愁，苦愁，我亦有我的。我們都想了解和幫助對方，但是，請勿干涉我們的自由。我們活在現代，活在無根的現代，讓我們痛苦地站起來，走向未來，也走回傳統和古典去。

「我們不能空穴來風地創造新的傳統，但卻可以活用舊有的；我們以新的形式，新的象徵和新的內容，把它重建起來。」

「我們的重建並不是破壞，而是改良。我們要求的是新的生命、新的意義。」

「甚麼是我們新的意義呢？」

「Coleridge 的 *The Rime of the Ancient Mariner* 中的信天翁。」

「易卜生的 *The Master Builder* 中 Soleness 的那座空中高塔。」

「Heman Melville 船長 Moby Dick。」

「或是但丁的《神曲》，如 Thomas Carlyle 稱之為『Architectural emblems』也好，如 T.S.

Eliot 所稱的『Visual imagination』也好，總之，它是我們的抱負，我們的理想，我們所真正需要的作品。」

我們像不醉不眠君休去的夜客。橫橫拖拖地行着不丁不八的步姿；沙原已到盡頭，黑壓壓的橡林當頭罩下。休止符望望落在鬢邊的月亮，忽道：「月偏右，我們以快速渡河。」然後笑了一笑：「葉珊詩句。」余雲天一皺眉頭，笑吟：「儘管終夜爭吵，到底月色可以不可以掃？——王潤華詩句。」葉遍舟忽然激起一片落寞的豪情：「誰信京華塵裏客，獨來絕塞看月明。」沉默了好一陣子，藍啟元嚴肅地開腔：「像每扇釘着獅頭銅環的紅門，我們堅持着輝煌的沉寂——變奏自葉珊詩句。」黃昏星忽然臉色繃緊，吟道：「還是王潤華的詩：你的臉色蒼白如刀，為死亡的千歲切着生日蛋糕。」這時候我們已全然進入橡林，凌亂的樹葉低叫在我們的鞋底下，月亮已完全被橡樹的陰影吞食了。吳超然忽地以一種奇異的音調念溫任平的《死前一剎那》：

單調的鼓聲
是我的心跳

在長方形的黑暗中
沒有人知道
沒有人知
沒有人
沒有
沒

聲調幽異，似響自一個很近很近、很遙遠很遙遠、很陌生又很熟悉，很空漠又很多洞穴的地方。我回望一下周遭：無邊無際無涯無終無止無天無地無岸無緣的黑暗。我細聽、細聆一下周遭：錯落的步履步履的錯落步履錯落地響起又響起聲聲的錯落錯落的聲聲錯落。有一個聲音，在遠遠的最黑最無可抵止的地方喊起：叫你不要提起死亡不要再提死亡死亡死亡不要再提死亡死亡啊死亡不要不要不要死亡死亡。有一種噩兆，那麼熟悉，或許在遠古，或許在未來，在心靈深處的最最深處，如水聲般淙淙地響起，細細，微微，逐而清晰、吵雜、喧囂，鋪天蓋地地響了起來。

少年啊少年，你又何苦來此啊何苦來此！在路是一片死死的漆黑。我不知道我是否正走在橡林的小道上，還是已步入林中的深草裏；樹葉與樹枝，與我擦肩而過。我走着，聽到他們的步履以及呼吸。我知道在不遠的前面有一座神龕，但我不知道我們是否能抵達它。記憶中那神龕甚麼也沒有，只有一盞常年燃着的暗黃色油燈，搖搖晃晃，晃晃搖搖，與那刺鼻的油味，拋弄着那神像的影子。那座神像臉目猙獰，張目而露齒，往往有重重厚厚的蛛網把它捆綁。那只是一座小小的、幽詭而令人畏怖的神龕而已——但我不知我能否抵達它。兩小時前在公路上飛車時那詭秘而熟悉的聲音，又開始、開始在呼喚我了。

但是仍沒有誰先開腔，沒有人提出回頭的意思；他們都在走着，沉重地呼吸着。他們都在感悟着些甚麼嗎？或許，我想，那是死亡的壓力與生存的迫切。我們不知道在我們咫尺間站着的是一棵樹抑或是一具戴着帽的僵直死屍，但我們都扛起同樣沉重的夜色，聽着夥伴們的呼吸與步履，向同一方向走去。惟有呼吸與步伐才能證實我們的仍然存在。我們堅定地走着，儘管我們的心裏正陷於極大的恐懼中，而且，我們不知道自己能否走到神龕，更不知道我們是否走對了方向。

我們是不應該念那幾首死亡的詩的。我們走着，傾耳聽着彼此步伐下那奇異如迷信的節奏，一聲聲，始凌亂，後來都漸漸疊合在一起，變成同一種節奏了。我的心不正常地跳動着。一座座里程碑。車後的兩盞紅燈。車內刺目的紅芒。冰冷如死人的手臂。詭異的微笑。冰冷而戴着翎帽的殭屍。那熟悉的聲音在我心靈中顫抖着、顫着、抖着，震起縷縷回音。這些事物一直在我腦中、眼中、耳中、我所有的感覺中出現，但它暗隱的主題是甚麼呢？看來我必須面對它了。

我必須面對它了。我只怕一件事，我不怕打擊，不怕失敗，不怕失望，只怕死亡，因為它是我唯一克服不了的命運，改變不了的終局。或許，為了一件具有偉大的意義或真理，我不惜以生命去換取；但我憎惡死亡。可是沒有人能自死亡的巨網中逃脫；既然如此，我惟有以生命的光芒去照亮死亡。我本身的光芒也許是很微弱的，但我會以我的撞擊去發出我所有的星花；生命是悲哀的，死亡是可嘆的。但我蔑視它們，既然我無法逃避，等它來吧！在它未來之前，我會盡量放發我的星花，讓更多一些人能分享它片刻的溫熱與光芒。

不能征服死亡，那麼，不要被它征服吧！死亡是碩大無比的，也許它的本身並不可怕，可怕的是它的滅絕。死亡造成的是對生存的遺憾與生命的留戀，但連遺憾與留戀都不能再容納了，因為死了便等於甚麼都沒有了。死是痛苦的，他，或她，只能靜靜靜靜地蜷伏在冷冷濕濕的黃土中，每一晝每一夜晝晝夜夜地躺着，不能移動也不能說話，沒有思想也沒有感覺，直至有一天他們變成了一堆白骨，由白骨再化成泥塵，永遠，永遠永遠永遠永遠地消失在世上；儘管他們在生前或許是聖賢豪傑，或是絕世紅顏，但那都是些過去的事了；如果他們曾在世上擦亮起一片燦爛的星火，那麼，或許有人會追念他們在星月下。但追念又能彌補些甚麼呢？仍生存着的，只平添一種淡淡的輕愁；已死去了的，已完全沒有感覺了。我們活着的一天，有多少時候是去為那些逝者而緬懷而追念呢？多少名將會憶起岳武穆的雄風？多少名士會追念蘇東坡的豪情？就像我們這群專研文學的，有多少時候，會默默地為那給世界思潮巨大影響的學人柏拉圖、亞里士多德等低首追回過？更休說那些成就不及這些偉人的冤魂了。一將功成，枯朽的豈僅是萬骨而已？一次改革，熬白了多少人的青髮！但那些人呢？枯了，朽了，隨風而逝了，他們曾經活過，曾為自己想過，也為別人想過，但而今呢？偶爾想起他們的，又有誰為他們呢？甚至他們已被淡忘了，他們的名字已隨歷史的踣塵而湮遠了——最殘忍的是：他們已化為泥塵，不管被憶或被忘，都與他們無關了，死去便是甚麼都沒有，包括追念和回憶。或許如今我們正踩在他們的頭頂上，在他們在冷濕的黃土中，亙古以來所發生的事，已與他們無涉：他們已甚麼都不知道！他們連甚麼都不是了！覆蓋在他們頂上的，是如此美麗而古典的星空，但他們知道嗎？他們知道嗎？

我們仍疾步走着，被蠱惑似的走着，被趕屍似的走着。如果前面忽然出現的是一具無瞳無目長舌滴血的攝青鬼，對我們來說，或許還是一種存在的證實——至少我們知道，死後還有再生，雖然這種「再生」是等於「死活」，或許是活在一個更慘詭的世界裏，但這畢竟是存在啊存在！只要有存在，有意識，便算是有價值的活了！只要死去不是甚麼都沒有：沒有回憶，沒有過去的痛苦和歡樂，也沒有現在的痛苦和歡樂，更沒有將來的痛苦和歡樂！就連我們現在正想着生存和死亡，但有一天，忽然連這一點痛苦的思索都無存了，那該是多殘忍啊殘忍。

殘忍。

人渺小，人太渺小了，很容易被死亡所擊敗。夭折，壽終，都逃離不了宇宙的冷視。宇宙究竟是甚麼呢？如果我們抬目，只見一片黑壓壓的枝葉，就這樣扼殺了人的視力。就算我們能仰望星空吧！我們所能見到的，是浩淼的星海。哪一顆星離你最近？設若你神遊到那星上去，在那兒望見的地球，是不是也是星海中一顆隨時可以幻滅的小星？而你只不過是這小星星上的一丁點兒些微的小東西罷了！你可以幹出一些甚麼偉大的事業來？也許吧！在這大宇宙裏，我們能了解的是多少顆星星？唔，從這裏望去，是一片無盡的雲海，那麼無盡的雲海外又是甚麼？無盡的雲海之外的無盡雲海之外的無盡的雲海之外之外之外又是甚麼？是邊際嗎？邊際之外又是些甚麼？要永垂千古，要永恆，要不朽，在我們的星球上已難做到，每一個星球都有它們自己的經典，我們能做到的又是甚麼？星星之外的星星之外——我是說在最強的瞭望鏡中，能看到的是多少顆星星？星星之外呢？這浩淼的宇宙啊——宇宙真的浩淼嗎？這整個「無限」的大宇宙，是不是一個「無限」的神它指下的棋盤，棋盤上放滿小星星，所謂時間，便是它們的對弈的黑子白子呢？我不知道，沒有人能知道，如果人類以後還有千千萬萬的歷史，等有一天他們「征服」整個宇宙後，才驚覺他們只是從一個太極八卦圖裏跳出來而已，那是何等荒唐啊！八卦兩儀以外的呢？所以當我們望星，當我們整個融入大自然時，我們早已被那藍得深永的雲海所溺斃了！

宇宙啊無限啊是一個永遠無法解開的玄。正如讀杜甫的《八陣圖》後的感觸：

功蓋三分國
名成八陣圖

江流石不轉
遺恨失吞吳

一刹那間，時間和命運的洪流淹蓋了一切，我，人類，以及一切一切。未知的無限，對悠悠之天地的無奈與哀恨，都浮現在我所有的感官裏。前人的遺恨，今人的虛寂，如戲劇而且是悲劇地在空漠的時間之流裏魚貫走過，多麼 ironical！但是我能做些甚麼？我們能做些甚麼呢？我們仍然年少，仍然狂熱，仍然渴切着把自己的輝煌映照在別人的身上！怎麼能因為時間、空間與命運的汪洋便喪失了渡航的勇氣呢？如果有命運，如果真的有命運的話，命定了我現在要因恐懼而停頓我的步伐，我偏走偏要走要走要走要走——如果有命運，命運那廝要我現在不能開口，我偏要開口，開口笑：哈哈哈哈哈哈。這算是給命運的一種反擊？究竟是我敗了它？還是它敗了我？是它本來要我沒來由地笑起來？還是我沒來由的笑已驚破它的掌握？我不知道，我知道我的夥伴因為我笑聲而放緩了步伐。我不能知道得那麼多了！我還年輕，我仍豪放，我的刀尖而利，我的簫並不凄涼！我是龍啊龍是我我是龍龍龍龍龍龍龍龍龍龍龍龍龍龍龍龍龍龍龍龍龍龍龍……周遭還是無天無地無邊無際無岸無涯無遠無近無生命的黑暗。我忽然發覺：我聽到自己的步履，夥伴們沉重的呼吸聲愈來愈輕微了；我甚至已聽不到他們的步履聲。但有一點我可以肯定的是：我們離那神龕尚遠，尚遠尚遠，我們就連那兒淒寂的油燈也無法觸及……萬一，我是說萬一，抵達時只剩下我；或者，走出此林時我忽然自這世上消失了，我想，在我們的以後的殘生裏，會有一段入肉見骨的刀傷；在記憶裏，會有一滴血流膿永不止歇的潰瘡；似毒蟲一般的，噬囓着我們的記憶，我們的殘軀，每每在午夜夢回時，如巨影地壓滅過來，把我們擰在血掌中，擺佈着，玩弄着……

我只是說萬一。但我全身的毛孔都在冒着冷汗。因為有一個熟悉而幽異的聲音，在最深的暗處再三地呼喚我的乳名。

一九七三年一月稿，馬來西亞，十九歲作品
為任平兄創立「天狼星詩社」

美學批評實驗：論溫任平的《廟》

原詩抄錄：

廟[9] **溫任平**

嚴冬的廟
楹柱破爛的對聯
正抽噎着　哭訴着
彼此共同的冷
龕前的帳幔

9《廟》一詩，溫任平作，初刊於台灣《幼獅文藝》，一九七二年九月號，第二二五期；後刊於香港《純文學》雙月刊，一九七二年十二月號，第六十六期。

不再發出耀目的金黃
它一臉灰敗
在北風中神經質地尖叫着
品字形一列香爐蹲在那兒
縮在牆角的無常　長舌左右搖晃
佛就坐在那兒，裸着兩粒肥乳
深凹底肚臍積滿了垢

不知甚麼時候

純白的雪已跨過了石級
　跨過了門檻
全面包圍那一堆蒲團了

小引

十九年了，就如斯匆匆十九載。吾自二年級起即開始嘗寫「連圖故事」式之創作，至今已從無間斷地寫了十一年了！十一年來，嗜書如命，閉門讀書寫作，幾不知晨昏，個中苦況，筆墨難宣。十一年來幸得兄長任平與各前輩們之啓蒙，始得以淺嘗藝術之奧秘，然生有涯而學無涯，偃鼠豈有飲河之量？近日粗研美學，日久亦有小得，不禁技痕欲試，美名為「美學批評實驗」，以「美感與距離」及「神話與悲劇」論家兄之《廟》與《水鄉之外》二詩，實屬雕蟲小技，不足為有識之士一哂焉。按本文之上篇「美感」乃完成於壬子（七二）年末，且視之為吾十一載研讀之結晶；下篇「距離」將完成於癸丑（七三）年首，視作為吾第廿歲生命之開端作。瑞安資質魯鈍，思有未週，倉促成文，難免掛漏，望蒙賢達君子不棄，親賜教誨，至所感禱！

上篇：美感

劉若愚教授在〈從中國古典詩看中國人的思想諸貌〉裏提到：「……詩人（泛指中國詩

人）並非是在某一特定的時刻，從某一個人的角度來看自然的。自然永遠是自然本身。在中國詩裏，詩人並不介入所描繪的全幅景物裏；或者，他們可以不干擾的融入景物中……」[10]「可以不干擾的融入景物中」所造成的是「物我同一」的境界，而造成這種境界必須要通過的是：移情作用。美學主要的任務是分析美感經驗，而美感經驗與「移情作用」及「物我同一」都有關係。沒有通過「移情作用」就不能達至「物我同一」的境界，沒有達至「物我同一」的境界就根本無所謂純粹的「美感經驗」。甚麼是美感經驗呢？美感經驗是當我們欣賞或者創作一種自然美或是藝術美時的心理活動。比方說：當我們讀到秦觀的「霧失樓台，月迷津渡，桃源望斷無尋處。可堪孤館閉春寒，杜鵑聲裏斜陽暮。」時，不覺被詞境裏的那種面對四下封閉而來的春寒，「霧失樓台，月迷津渡」中「桃源」斷絕的孤獨淒清感所感染，同時為斜陽暮去、時間流去、生命逝去而傷感；或是當我們聽一首很幽怨的名曲；我們的感情隨之波動，甚至在眼前幻覺出一模糊的畫面：一幕悲涼的情景，一孤獨少女的低泣；或者是我們看到北朝武人陶俑，被那劍眉聳峙、豹眼突睜的彪悍胡風所吸引，不禁為這雄渾的氣

10 見賴瑞和之譯文：刊於《蕉風》月刊之二三八期，一九七二年十二月出版。

魄而深深的震撼着；以上都是一些美感經驗的實例。當我們能真切地進入秦觀的詩境時，便可以從「可堪孤館閉春寒，杜鵑聲裏斜陽暮」感受到作者的情感。但這作者的情感，是轉移到物中去的，而我們卻能從物中得回，這便是「移情作用」；前者是「創造」的移情，後者是「欣賞」的移情。有了「移情作用」，所以才產生「物我同一」之境，或是王國維在《人間詞話》中所指的「無我之境」。朱光潛先生在《文藝心理學》中對「物我同一」有很清楚的分析：

> 物我兩忘的結果是我同一。觀賞者在興高采烈之際，無暇區別物、我，於是我的生命和物生命往復交流，在無意之中我以我的性格灌輸到物，同時也把物的姿態吸引於我，……在美感經驗中，我和物的界限完全消滅，我沒入大自然，大自然也沒入我，我和大自然打成一氣，在一塊生展，在一塊震顫。

朱光潛同時在〈談美〉一文裏的「我們對於一棵古松的三種態度」中有下列一段對「美感」與「形象的直覺」簡單而明晰的闡釋：

注意力的集中，意象的孤立絕緣，便是美感的態度的最大特點。比如我們的畫畫朋友看古松，他把全副精神都注在松的本身上面，古松對於他便成了一個獨立自足的世界。他忘記他的妻子在家裏等柴燒飯，他忘記松樹在植物教科書叫做顯花植物，總而言之，古松全佔領住他的意識，古松外的世界他都視而不見聽而不聞了。他只把古松擺在心眼面前當作一幅畫去玩味。他不計較實用，所以心中沒有意志和欲念；他不推求關係、條理、因果等等，所以不用抽象的思考。這種脱淨了意志和抽象思考的心理活動叫做「直覺」，直覺所見到的孤立絕緣的意象叫做「形相」。美感經驗就是形相的直覺，美就是事物呈現形相於直覺時的特質。

唯有依賴「直覺」才能達到「物我同一」，所以「直覺」是「移情作用」的過程中的必須條件。意大利美學家克羅齊（Groce）把「知識」分為兩種，一是直覺的（Intutive），一是名理的（Logical）。直覺的知識是對於「個別事物的知識」（knowledge of individual things）。比方説我們觀賞落日的時候，不禁被它的悽艷的血紅色所感動，頓覺得滿天血霞、隱隱暮山，似正欲道出一遍「青山依舊在，幾度夕陽紅」的惆悵。這是直覺的，我們把知覺或情感外射到物的本身去，使它變為物的，而且從中分享物的情感，所以「移情作用」也是一種外射作用（projection）。名理的知識是對於「諸個別事物中的關係的知識」（knowledge of the relations between them）。比方說，我們觀賞落日的時候，並非凝神於落日的本身，而是覺得落日是一種自然的現象，它可以從天文學中得到解釋晚霞的紅色只因受到日光的反射，我們所見到的紅色亦是必然的。這是名理的，它是科學的，而且富有邏輯性的，但卻把美感破壞無存。我們所需要的自然美與藝術美，是依賴直覺的感受而非名理的。

前面劉若愚先生所提到的「在中國詩裏，詩人並不介入所描繪的全幅景物裏；或者，他們可以不干擾的融入景物中」，這正是中國詩的一大特質。中國詩中沒有冠詞、前置詞、連接詞以及代名詞的制限，所以更能做到王國維在《人間詞話》所說的：「有我之境，以我觀物，故物皆着我之色彩；無我之境，以物觀物，故不知何者為我，何者為物。」這個論見葉維廉在《秩序的生長》及余光中在〈中西文學之比較〉已有很好的分析，不多贅。像上面所列的那首秦觀的詞，並沒有第一人、第二人或第三人稱的敍事觀點，也沒有表明是過去發生的還是現在發生的，它是「激動我們深深的對人生宇宙，發生超乎自己的恐怖和悲憫，因而不得不對人生在無限宇宙中的生存意義，發生無窮的心誦、沉思、和默念。」[11]這節情感是從詩裏的景物中移情給我們的。李商隱寫落日為：「夕陽無限好，只是近黃昏」，王維寫落日為：「大漠孤煙直，長河落日圓」，秦少遊寫落日為：「樹樹皆秋色，山山盡落暉」。三人俱是寫黃昏落日，借物表達情感，所營造的境界就不同了。到了姜白石的「數峰清苦，商略黃昏雨」，陶潛的「採菊東籬下，悠然見南山」，辛棄疾的「我見青山多嫵媚，青山見我應如是」，李白的「相看兩不厭，惟有敬亭山」，已真的能做到赫格爾（Hegel）所說的：「藝術對於人的目的在讓他在外物界尋回自我」了。

明白前面所述的美感經驗與移情作用，我們不難從溫任平的詩作《廟》中領會到他所要傳達的美感。《廟》這首詩實在「移情作用」後「物我同一」的昇華。它的開始是：

嚴冬的廟
楹柱破爛的對聯

11　見陳世驤之《詩論》：「中國詩之分析與鑒賞示例」，頁五十，文學雜誌出版社出版。

正抽噎着　哭訴着
彼此共同的冷

我們必須了解兩點，才能對《廟》有充份的了解，一是作者所運用的手法，一是其內涵。作者在《廟》中是利用電影技巧去攝取一系列具有代表性的鏡頭，經過俐落的剪接後，把它們都安排在一起，讓這些鏡頭去表達作者所要表達的情感。這些所要表達的情感，是這首詩中的內涵，要洞悉這些內涵，必須要進入作者所營造的一片景物的象徵世界中去尋找「自我」。這裏的「自我」是作者要表達的情感或概念，所以它的手法及內涵兩者是息息相關的。這首詩的開始是開門見山的映出在滿天風雪下的一座破廟，這個鏡頭是全景的，由於是「全景」，才能顯出《廟》在「嚴冬」中孤寂與無助。接下來鏡頭移近，那是「楹柱破爛的對聯」，加上強烈的音響效果，風聲，雪聲，所以才有「正抽噎着，哭訴着彼此共同的冷」二句，是作者通過電影技巧灌注於詩中以圖表達某種情感及意念。但作者僅僅傳達給我們的是這一幕凄厲風雪中的破廟而已嗎？當然不是的，這種創作法近乎「六義」中之「比」體，情感與意念乃托附於外界事物的描摹（description）出來；透過象徵，我們可以把作者注移於物中的「情」

發掘出來。比方說第一節詩中的「廟」。廟宇是一個可以代表中國古舊文化的意象，我們若假設它就是代表中國古舊的文化的話，那麼，在「嚴冬」下的「廟」，是不是能叫我們聯想到那正處於水深火熱中、破敗的中國文化？「楹柱破爛的對聯」把這個推想表露得更顯明了。「對聯」是能寓意中國的文化的，有了這點聯想，我們不難領會到作者灌注於物中的真正蘊意了。

前面我們曾經提到在欣賞自然美或藝術美時，其所必須的條件是依賴「直覺」，而直覺是「對於個別事物的知識」；這也就是說，美感經驗是一種聚精會神的觀照，是凝神於一個絕緣的、自給自足的意象裏，而不是牽涉到其他事物的關係。如果這個理論是成立的話，我們是不應有聯想的。可是聯想又分「想像」（Imagination）和「幻想」（Fancy）兩種。依美學家愛德華．洛布（Edward Bullough）的說法是：聯想有「融化的」（Fused）和「不融化的」（Non-fused）兩種，前者是「想像」，後者便是「幻想」。「想像」是可以幫助美感的，它是受全體生命支配的、有定向而且具有必然性的聯想：好像當我們讀姜白石之「二十四橋仍在，波心蕩，冷月無聲」時，不禁聯想到這景象的冷寂淒美，月華灑落在蕩漾的波濤上，橋上的故人沉默地依戀着一種「人去物依舊」的情景下；這種聯想，是「想像的」，有助美感的。「幻想」是雜亂而飄忽無定的，沒有統一的定向而且無必然性的。比方說讀到「二十四橋仍在」時，聯想到報上所發表的那座崩的橋樑，又想到橋毀後所造成的交通堵塞，由交通堵塞想到美國的超級公路；這種「聯想」，是「幻想的」，離題的，而且有損美感的。我們在前面提到：想像不能與美感經驗並存的；但「想像的聯想」是對美感經驗有所助益的，它雖不能與美感經驗並存，卻可以發生在美感經驗之前或者之後的。凡藝術，尤其是詩，一旦缺少了聯想，不但無法創作，同時也叫人無從欣賞。《廟》是一首富有象徵性的詩，聯想力不高的人，是難以領會其內涵的。

我們把「廟」這個名詞當作是中國輝煌而又破敗的文化，純粹是靠一種「想像」，但這種「想像」未必就是等於作者所移注入物的情感。比如林逋的「疏影橫斜水清淺」的「疏影」二字，便是一個完美的意象，有人把它想像成幾株楊柳的「疏影」，也有人把它想像成幾個行人的「疏影」，更有人把它想像成幾株梅花的「疏影」；各人的聯想雖都是有定向的想像，（聯想仍繞在「疏影」一詞中，沒有離題）但各人所揣測的都有些差異。正如李商隱的《流鶯》[12]一詩，表面上看來為抒寫流鶯，但卻處處注入了作者自己的情感；但它所寄物之意念

12 李商隱之《流鶯》一詩，茲錄於下：「流鶯飄蕩復參差，度陌臨流不自持，巧囀豈能無本意，良辰未必有佳期。風朝露夜陰晴裏，萬戶千門開閉時，曾苦傷春不忍聽，鳳城何處有花枝。」

為何物，各家所說不一，金聖嘆云：「此悲群賢不得甄錄，遂致各自分散，而特托流鶯以見意也。」[13]張爾田云：「亦寫客中無聊陳情不省之概。」[14]馮浩云：「頷聯入神，通體悽惋，點點杜鵑血淚點！亦客中所賦。」[15]揣摩不一，難以為確。我們不能肯定說「廟」便一定是象徵輝煌又破敗的文化；這可能作者本身不同意，因為它同時可以象徵老年人，或者孤獨寂寞的人的心境，也可以象徵一種陳腐的傳統。越是能多方聯想的詩，其境界就越高。第一流的文藝作品，往往能把概念融入意象裏，使意象雖然象徵着概念，但卻又完全不流露概念的痕跡，朱光潛先生在《文藝心理學》中把這種現象形容為「一塊糖溶解在水裏，雖然點點水中都有甜味，而卻無處可尋出糖來」，確是契合得很。《廟》是一首富有象徵性的詩，我們所分析的只能代表一種看法，是部份的而非絕對的。我們當然不能指定別人一定要這麼想或那麼想的，但卻無妨提出我的淺見。

回到我們所討論的詩中，接下來的詩句是：

13 見金聖嘆選批之《唐詩一千首》。
14 見張爾田之《李義山詩辨正》，經輯入《玉谿生年譜會箋》，中華書局出版。
15 見馮浩之《玉谿生詩箋註》。

龕前的帳幔
不再發出耀目的金黃
它一臉灰敗
在北風中神經質地尖叫着

在技巧手法上，它正如鏡頭的漸漸移入，由「廟」的全景到門前的「對聯」，由「對聯」移入「龕前的帳幔」；由於全詩層次的逐漸揭開，我們能感受到一種特殊冗長的、荒涼的、悽惻的意味，這些我們可以從「不再發出耀目的金黃／它一臉灰敗／在北風中神經質地尖叫着」感覺得出。在這首節奏出奇緩慢的詩中有「在北風中神經質地尖叫着」的強烈音響，充份地發揮了一種「對比」的效果，加強了它的「鬼氣森森」近似淒厲的氣氛。

鏡頭逐一把「廟」、「對聯」、「帳幔」特寫過後，正式轉入廟裏，作了一番非常「恐怖」的大特寫：

品字形一列香爐蹲在那兒

縮在牆角的無常　長舌左右搖晃
佛就坐在那兒，裸着兩粒肥乳
深凹底肚臍積滿了垢

這些「物」經過鏡頭的特寫後，呈現在我們的視覺中，是出奇的醜陋的。但這種「醜陋」只是皮相的，它在藝術中，仍是美感的。在美學中，對於「醜」的價值各家的意見不一；克羅齊把美解釋是「成功的表現」（successful expression），醜是「不成功的表現」（Unsuccessful expuession），但這種說法有一個矛盾，那就是承認「醜」雖相異於「美」，但仍是屬於美感價值的。我們故且先不研究「醜」與「美」之間究竟是程度上的不同還是絕對上的不同，但可以斷定的是：藝術中的醜與美是不同於自然中的醜與美的。我們見到一位美女，便聯想到能做自己的妻子該多麼好，或者想到性慾上去；這種聯想是「幻想」的，而且是求實用的，並非對美女本身的美作凝神的直覺，而想到美女和自己本身的需求，這種「美」是皮相的，不是藝術上的「美」。相同的，皮相上的「醜」也不同藝術上的「醜」，如上文述及：我們看到北朝武人陶俑，被那劍眉聳峙，豹眼突睜的彪悍胡風所吸引，不禁為這雄渾的氣魄而深深的震撼着。「劍眉聳峙，豹眼突睜」在外形上雖然並不是「美」的，但它卻有藝術上的「剛性美」。美學中的「美」，正是這種藝術或自然的美，但兩者之間是不盡相同的。在《廟》這首詩中，我們找不到一個外形美的意象（除了「純白的雪」，這在下文將有論及），縮在牆角的無常，左右搖晃的長舌，裸着兩粒肥乳的佛，積滿了垢的肚臍，這一切象徵着神明的物象，經過溫任平的刻意安排，所呈現在我們面前的都是「醜」的；儘管它是醜的，但這些外形醜陋的形象的表現仍是成功的，所以它們在藝術上仍是「美」的。如果「廟」真的是象徵中國古舊但又輝煌的文化，我們不難明白在這四句詩中作者有意醜化這些陳蹟的理由。我們甚至可以了解到，「長舌左右搖晃」與「裸着兩粒肥乳」是兩性的象徵，作者把它醜化而且同時安排在一起出現，所出現的地方又是代表神明的：它是極具意義的。「長舌左右搖晃」與「裸着兩粒肥乳」是「性變態」或「性無能」的象喻，於嚴冬的廟所受風雪的包圍，正成了互相回迴應的效果。詩人就似一個點石成金的魔術師，把他筆下的每一件品物都一一點化為意象，而他的概念就藏在意象的核心裏。這些都經過高度的移情作用，才會產生美感，否則不是成為一些藻美無物的形式，便是一堆未經美化的理念而已。但詩人仍在不知不覺中表了一下他的立場。「佛就坐在那兒」是非常口語化的，但同時也充滿諷刺意味，那是因為「就」

字的原故，無論讀時怎麼沉重，這「就」字都會表現出一種無奈、諧趣的感覺。一部好的作品並非在於它為讀者解答一些甚麼，而是在於它所提出的問題是一些甚麼。解答應是讀者自己的事。雖然這句詩並不是敗筆，但卻能把讀者的多方聯想範疇縮小；在讀這首詩的時候，有人站在痛惜而無奈的觀點上，也有人是站在幸災樂禍甚至冷然的觀點上，總之越能作多方聯想的作品境界就越高。「佛就坐在那兒」一句，顯然加強了它的無奈感及諷喻性，但卻減弱它的嚴肅感與沉重性；這是因為作者與他詩中的距離一下子拉短了，這在下一章論及「距離」中有詳述，現暫不贅。接下來的一節詩，是全詩的最後一節；通常最後一節詩章，都是含有歸納作用的：

不知甚麼時候
純白的雪已跨過了石級
　　跨過了門檻
全面包圍那一堆蒲團了

因為「物我同一」以至「物我交融」，這正是「有我之境，以我觀物，故物皆着我之色彩；無我之境，以物觀物，故不知何者為我，何者為物」，其實都是因為移情作用的淋漓盡致。辛棄疾的「我見青山多嫵媚，青山見我應如是」便是「物皆着我之色彩」而且達到「不知何者為我，何者為物」的境界。在辛棄疾的筆下的「山」，已完全人格化（Personification）；溫任平的詩作《廟》中的「雪」，也是一樣。因為在作者的心目中的「雪」是對「廟」的一種外來壓力，是具有侵略性的，所以才會「跨」過了石級，「跨」過了門檻，「全面包圍」那一堆蒲團。因為凝神於物，才會進入雪的生命中，進而分享雪的生命，與雪活在一起，人格化了雪的本身，這是移情作用發揮到淋漓的境界了。「蒲團」一般來說是處於廟的中心的、置於神像之前的，它充份地代表神靈，儼然不可侵犯，但而今已被「雪」自四面包圍了，而神像也零落不堪了，它存在還有意義嗎？它只是一種絕望的存在而已。在我們「欣賞者」（欣賞事物的態度分為兩種，一為「旁觀者」，另一為「分享者」，這在下一章「距離」中將會論及；這裏所指的是「旁觀者」的「欣賞」，特此聲明。）的眼光中，那些雪已再不是「純白」的了，「純白」令人有「純潔無疵」的錯覺；它應該是「慘白」的。不過「純白」二字同樣也可以造成一種強烈對比的效果，這是一種「矛盾句法」（Language of paradox），在這種淒厲的狀況下卻出現「純白」這樣和諧的意象，是很不自然的，由於它的不自然，所造成的矛盾就更大，使人聯想到「純白」是「死色的白」或「空洞、無意識的白」，與詩中其他的意象起了衝突，這種衝突有強烈的對比作用：這種特殊情形（應是「慘白」但卻為「純白」）與正常情形再次成了對比；凡對比必有諷喻（irony），效果或許更大。綜觀來說，「慘白」二字比「純白」更具完整性與統一性，但詩人似已反省到這點，所以這首詩重刊於《純文學》第六十六期「大馬詩人作品特輯」時，「純白」二字已被「慘白」所取代了。

統觀而言，《廟》是一首「詩人並不介入所描繪的全幅景物裏；或者，他們可以不干擾的融入景物中」的詩作。在美學上來說，它是一種完美的美感經驗，是一首「物我交融」後所達至的「物我同一」的作品。

重修於一九七三年一月十二日

下篇：距離

在上篇裏我們討論過「美感」；而《廟》是一首極具美感的詩。當我們討論「美感」的時候，常會接觸到另一美學上的名詞：「距離」；例如我們在討論「佛就坐在那邊」一句及

「純白」或「慘白」二字運用的時候，就一再提到「距離」的觀點。但甚麼是「距離」呢？

美學上的「距離」係指「心理底距離」（Psychical Distance）。美學係與心理學、藝術學與哲學切切相關，但美和美感都是受心理直接影響的，所以美學與心理學之間的關係更是密切。心理學的美學以「形勢心理學」（Gestalt Psychology）、「實驗心理學」（Experimental Psychology）及「精神分析學」（Psychoanalytic）影響最鉅。在這三類心理學的美學上，有四種學說最為重要：第一是「移情作用」（Empathy）說，源起自畢士爾（Robert Vischer）與浮龍李（Vernon Lee）等學者；第二是「遊戲」說，源自席勒（Johann Christoph Friedrich von Schiller）與朗格（Konrad Lange）等學者；第三是「慾望昇華」說，源自佛洛依德（Sigmund Freud）的論說；第四是「心理距離」說，源自布洛（Edward Bullough）的著名論文：〈當作在藝術上的中介者與美學原理的「心理底距離」說〉（'Psychical Distance' as a factor in Art and an Aesthetic Principle.）。

我們明白了「距離」說在美學上的地位及其起源後，便能討論它與文學藝術之間的關係；明白了這二者之間的關係，我們便不難發現到溫任平的詩作《廟》中的距離角度與觀點了。但藝術與距離之間的關係是怎樣的呢？在討論它之前，我們先得明白「心理底距離」的意義。「心理底距離」在我們實際生活中也是常有的例子，在布洛的論文中曾提出一個很好的例證：一艘船隻在霧裏的大海上行駛，船上的搭客見到滿天漫地的濃霧，失去了方向，更不知前面是否正是險惡的急灘，或無底的深潭，內心不禁焦急異常，躭心自己的安全，以致坐立不安；但是如果搭客是以另一種心境去看這濃霧，白霧迷茫，如臨仙境，船在霧中緩緩而行，不是一幅極美麗的景象嗎？這兩種全然不同的感受，分別在「以另一種心境去看」這一點上；「以另一種心境去看」便是一種距離的變換，換句話說，這種距離的變換造成了兩種不同的感受：一是實際的、另一是美感的。我們在上篇論美感中，有提到以「直覺」與「名理」的兩種態度去觀賞悽艷的落日，前者是把知覺或情感外射到物的本身去，使它變為物的，而且從中分享物的情感，因而產生美的感受；後者是科學的而且是實用的，只能因觀落日而覺得這是自然的現象，而且作出「既是日暮，時候也不早了」之類的聯想，但這卻與美感無關；所以藝術美和自然美是依憑直覺的感受而非名理的。換言之，以直覺去觀賞一件事物是一種心理的距離，以名理去觀賞一件事物又是另一種心理的距離；前者着重於一刻的凝神，後者着重實際與邏輯；因為距離的不同，我們從中所獲的感受自然也不同了；所以距離與藝術的關係是相互依存的。藝術離不開表現與鑑賞，表現與鑑賞都與心理底距離息息相關，所以距離不單在美學上是一門重要的課題，同時也是藝術上的一種特殊之本質。我們明白了「距離」的意義，便可以探究它與藝術之間的關係：我們無法給「距離」在藝術上的意蘊下一個定義，但卻可以從藝術的表現與鑑賞上肯定「距離」的地位。

我們先討論藝術的表現與「距離」之間的關係。藝術家不能創造新的資料，卻能創造新的秩序；由於秩序的安排各人不同，所以也有各人不同的表現方式。成幼文[16]有寫過這樣的詞句：「風乍起，吹皺一池春水」，實際上這句詞是接近傳統上詩的三大主要表現方法之「興」體[17]，「興」乃是見物起興，把情感移入景物中；或是觸景生情，外在事物觸發了內心世界的情感。基於此論點，「興」與美學上的「移情作用」[18]非常接近；同時在這種解釋下，「興」與英文上的「描摹」（Description）也很相近。成幼文看到風起水波動時觸發的心情也許是一種幽思，這種情緒是人類共有的，但作者不直接表達這種情緒，而創造出

16 朱光潛在《文藝心理學》（台灣開明版）一書裏第二十至二十一頁中提及這首《謁金門》，作者是馮延巳；但參照胡雲翼編的《詞選》（香港文淵版）之第卅七頁，此闋詞作者為成幼文，不知何者為是，按此處乃根據「詞選」，特此聲明。

17 按中國傳統詩的三大表現方法為「賦」、「比」、「興」，合「風」、「雅」、「頌」並稱為六義。

18 有關美學上的「移情作用」說，茲曾專文論介，請參閱〈論詩的移情作用〉一文，刊於《純文學》雙月刊之六十五期「大馬詩人作品特輯」，頁一一九，一九七二年十月出版。

另一種新的秩序、另一種新的表現方法，把外在的景象描摹出來；由於這外在景象能激發起作者的情緒，它同樣也能把讀者共有的情緒導發出來：由即景生情至作者把它描摹出來再次使讀者激發同樣的情緒之過程，是移情作用；但作者棄直接傳達他的情緒而不用，卻臨摹外在景象來表達他內心感情，這種轉移是「距離的變換」。如果作者把它直言出來，我們是能明白作者的情緒，卻不能同感作者的情緒，這是因為作者與作品之間的距離太近了，近得不容我們能作出多方的聯想。如果作者只淡言「風起水波盪漾」，我們只能了解到外在事物的情景，而無從感受內心世界的情緒。這是因為作者與作品之間的距離太遠了，遠得不容我們作出多方的聯想。藝術家和詩人對事物的看法往往與眾不同，這是因為他們能把表現的距離擺得恰到好處之故。摩萊（Monet）和梵谷（Vincent van Gogh）等人往往能從一張椅子或一粒蘋果中表現出一個情趣雋永的世界來，原因是他們的表現距離不致太遠（若距離太遠則只能模倣出椅子和蘋果的外在形象），也不會太近（若距離太近則只能表現出無法欣賞的抽象），而是恰到好處。距離的「恰到好處」是表現的最高境界，也是藝術所要追求的理想。溫任平的《廟》這首詩——如果它要表達的是「中國輝煌而又破敗的文化」的話——如果距離太近，它一定會陷入知性的說理；如果距離太遠的話，則完全陷入對外在景象的臨摹。因為表現的距離角度擺調適當之故，《廟》才能說是一首物我交融的好詩，雖然它的距離角度仍然不能做到已然完善，但至少已離完善不遠。

我們再討論藝術的鑑賞與距離之間的關係。大凡一部成功的作品必定有它的可鑑賞性，但因為鑑賞者的經驗、角度、學養、感悟力不同，所鑑賞得到的也自然相異。一個批評家與一個普通的欣賞者最大的不同是：前者能把握距離的角度，後者則不能。能否把握適當的距離與鑑賞者的修養有極大的關係：學養不高的人往往把自己完全融入作品中而分不出好壞來，他們往往為一段悽惻的傳奇故事而痛哭流涕，卻不理會這作品的真實性與藝術價值；或者把自己完全從作品中抽出，只能以作品中的內容與主旨是否正確或合乎道德的準繩來批判一部作品，這些都非真正的鑑賞者，也永遠不能成為優秀的批評家。能否把握適當的距離與鑑賞者的經驗亦有很大的關係：這正如為甚麼我們對遠古的事物特別容易感受它的「美」，而對眼前的事物忽略；或者是對外地的景物特別容易感覺到「美」，對自己周遭的景物卻反而難以激起「美」的感受了。同樣的，一個鑑賞者的感悟力及其鑑賞的角度也對距離的把握有極大的影響，感悟力不高者，根本無法對藝術作出正確的欣賞；若鑑賞角度根本錯誤，如僅以「文以載道」的觀點來看《金瓶梅》等作品，一開始便把距離的角度錯置，更休說鑑賞了。朱光潛曾說過一句很有見地的話：「距離近則觀賞者容易了解，距離不消滅則美感不為實際的慾念和情感所壓倒。」所以在美感經驗中，我們既要超離現實，又不能脫離現實；一方面忘我，一方面又要以自己的經驗來鑑賞與創造（或表現），這是矛盾的，也就是布洛所說的「距離的矛盾」（The Antinomy of Distance）。依照布洛的論說，一部藝術品的創造（表現），與鑑賞是否成功，乃依靠「距離的矛盾」配調得當，既不能過遠，亦不能過近，應是「不即不離」，也就是我們前文所說的「恰到好處」，才是藝術的理想。自然一部藝術品的成功與否，「距離」的把握是因素之一，但絕非因素的全部，這點認清是必要的。關於鑑賞與距離的關係，朱光潛在〈美感經驗的分析之二〉一文中列了一些很好的舉例與分析：

欣賞者對於所欣賞事物的態度通常分為「旁觀者」和「分享者」兩類，「旁觀者」置身局外，「分享者」設身局中，分享者往往容易失去我和物中應有的距離。一個觀劇者看見演曹操的戲，看到曹操那副老奸巨猾的樣子，不覺義憤填胸，提起刀走上台去把那位扮演曹操的角色殺了。……在一般演戲者看，扮演到使觀眾忘其戲時，技藝已算到家了，但是觀眾在忘其為戲時便已失去美感的態度，像上文殺曹操和送錢買炭的人都是由美感的世界回到實用的世界裏去了。看戲到興酣采烈之際鼓掌叫好，一方面是表示能欣賞，同時卻也已離開欣賞的態度而回到實用的態度。這都是「距離」的消失。[19]

距離的消失或距離的誤置都不是正確的創造和鑑賞方法。鑑賞者對於藝術品的欣賞距離殊為重要，足以影響其本身對這藝術品的評價。例如王建的《新嫁娘》一詩：

三日入廚下，洗手作羹湯；
未諳姑食性，先遣小姑嚐。

欣賞者至少可以三種不同的態度去讀它，每種所得效果不同。第一種是以人稱代名詞「我」去讀它，變成了「（我）三日入廚下，（我）洗手做羹湯」……來唸，成了純粹敍事性的詩；第二種是用人稱代名詞「你」去讀它，變成了：「（你）三日入廚下……」成了純粹告誡式

19 見朱光潛著《文藝心理學》一書，台灣開明書店印行，頁二十二。

的詩；第三種是用人稱代名詞「他」去讀它，變成了一首具有客觀性與普遍性的詩。三種距離的角度不同，其感受亦不同。姚一葦先生分析這三種情形，且作了明晰的比較：「在第一種情形，即第一人稱的情況下，作為作者經驗的形式出現，直接而親切。欣賞的距離最短。在第三種情形，作為一個普遍的情形來看待時，欣賞的距離就拉大了，讀者在欣賞時便顯得比較冷靜或理性，因為顯得理性與冷靜，甚至會把它放大到一個更大的範圍，把它看成為一種隱喻，那就不只是『新嫁娘』如此，在這個世界上有許許多多近似『新嫁娘』的心情的，近似『新嫁娘』的境遇的，都是如此。在這種情況下，讀者完全由感性的欣賞進入到理性的欣賞了。在第二種情況下，由於作者的口吻所含的教訓意味，因此便含有實用性，欣賞的範圍最狹，除了準備或過新嫁娘的，恐不易引起共鳴。」[20] 由此可見出欣賞與距離之間相互依存的關係。

我們討論過「距離」在美學上的地位與藝術間的關係，便可以「距離」的觀點來看這首溫任平的詩作：《廟》。《廟》寫的是純粹景物，但我們能從景物中分享到作者的感情；我

20 見《中國詩中的人稱問題芻論》之第一章「總論」，姚一葦著，華岡學報抽印本，《華岡學報》第五期，頁三十八。

們不單能融入作者的情感，同時也能分享到物的情感，兩者都能把我們帶進一特殊的想像範疇裏，而在這範疇裏想像能不受限制地活動，這是因為作者能善於把握上文所説過的「距離的矛盾」之故。我們能分享物我之間的情感，但物我的情感並沒有局限了我們的想像力，這種超然的詩境，正是「可以不干擾的融入景物中」所造成的「物我同一」之境，在中國古典詩詞裏，亦不乏此佳作，如馬致遠的《天淨沙》：

枯籐老樹昏鴉，小橋流水人家，古道西風瘦馬。夕陽西下，斷腸人在天涯。

以「距離」的觀點來説，溫任平的《廟》與馬致遠的《天淨沙》是接近的，都是把「物」的秩序作一新的安排，藉此具現出「人」的情感；作者只設計了一種想像的導向，而本身的意念卻不介入於讀者的想像中。在《天淨沙》一曲中，景物是有程序地展開：由「枯籐」至「老樹」至「昏鴉」，再到「小橋」，「流水」和「人家」，又轉至「古道」，「西風」與「瘦馬」，最後一句的「夕陽西下，斷腸人在天涯」才是情、物、我交融的昇華；溫任平的《廟》裏，也是把景物一一呈現在讀者的眼中，先是「廟」的全景、門前的「對聯」、「龕前的帳幔」，然後移到「廟」裏的「品字形一列香爐」、「牆角的無常」的「長舌」、「裸着兩粒肥乳」的「佛」與那「深凹底肚臍」，最後是「純白的雪」「跨過了石級」和「門檻」的寫照，以及那堆被「包圍」的「蒲團」的特寫。這最後一節是內景與外景的交融，也是情、景、人的交合無間之昇華。這兩首詩之表相是冷靜而主知的，寫景而不寫情；但它們的內涵卻是強烈而抒情的，是一種觸景生情。它們之間的創作的距離是相似的。

但是在一首詩中，這種距離的觀點不是永不變換的；我們來看李白的《送友人》一詩；

青山橫北郭，白水繞東城。
此地一為別，孤蓬萬里征。
浮雲遊子意，落日故人情。
揮手自茲去，蕭蕭斑馬鳴。

詩的開始是純粹外象的描摹，詩人本身並沒有表明立場，但在第三及第四句裏，作者已介入這場別離中了；第五第六句是以物興感，最後二句是寫對方別時的情感。在這首詩裏的距離曾一度是以純粹客觀的敘事觀點來寫，最終卻變換為介入詩的事件中，轉為以第二稱之口吻敘述了。這是一種距離之變換，同樣的，在溫任平的這首詩《廟》裏，也有距離的轉移，雖然是極其輕微的，但對這首詩的影響，卻是相當巨大的：

品字形一列香爐蹲在那兒
縮在牆角的無常 長舌左右搖晃
佛就坐在那兒，裸着兩粒肥乳
深凹底肚臍積滿了垢

這節詩乍看都是外在景物的描摹，但其中有一句卻暗隱距離的變換，那便是「佛就坐在那兒」一句；這一句之所以會有距離觀點不同之故，全在「就」字上；這一「就」字的形式，乃起自詩人已介入詩中。這「就」字能造成讀者對這些代表神明的偶像有一種「嘲弄」（Irony）」之意，換句話説，詩人首次在這首詩中表明自己的立場，那是諷嘲的，因而有兩種可能導致之效果：一是詩人的意念——這裏的「意念」係指詩人通過詩作而傳達出來的主旨或思想——明顯了；二是局限了這首詩的多面性。第一種效果使到這首詩的諷喻性提高，而造成一種「悲劇之嘲弄」（Tragic Irony）——大自然的侵蝕與壓迫；第二種效果卻因為詩人與之間的距離忽然拉近，詩人正式揭櫫本身的觀點立場，由於詩人的介入，讀者從詩中所能感受的意念是詩人所揭露的意念，如此一來，便把聯想的多面性切斷了。雖僅是一字之差，但足以影響這首詩的觀點與立場，所以這是「距離的變換」是相當重要的。

雖然在這首詩的第三節中第三行「佛就坐在那兒」裏，詩人忽然介入詩中，把距離的角度拉近，揭露了本身所要傳達之意念；但在這首詩的最後一節的第二行詩：「純白的雪已跨過了石級」一句中，詩人卻隱身於物外，把距離的角度再度拉遠、隱藏了本身所要傳達之意念。最後一節詩是描寫那被風霜所圍困中的廟：

不知甚麼時候
純白的雪已跨過了石級
　　跨過了門檻
全面包圍那一堆蒲團了

這是一片淒涼的景象，「雪」這意象在此間，已變成一種外來侵略性的象徵，本來這是悽厲的、殘酷的，本來不可能再給人有純潔的白色的感覺了，但詩人卻捨「慘白」不用而以「純白」取代，其間造成了一種強烈的反比效果，越發顯出大自然的無情而且萬物所無法抵擋的逼害。如果詩人用「慘白的雪」一句（如此詩發表於《幼獅文藝》第二二五期時），也許會使全詩更具完整性；但若詩人用「純白的雪」一句（如此詩發表於《純文學》第六十六期時），則其諷喻意味更濃。這兩種不同的效果，乃源自距離之觀點相異：前者詩人介入詩中，後者詩人自詩中抽出。所以距離能直接影響美感；如果距離的角度和觀點（或距離的矛盾）配調不宜，同樣也會影響一部藝術品的完美性。

《廟》這首詩的距離配調得宜，以致它的境界高遠，既不流於純粹理念的傳達，亦不僅流於外在景物的描摹。《廟》這首詩證實了劉若愚的話：「……詩人並非是在某一特定的時刻，從某一個人的角度來看自然的。自然永遠是自然本身。在中國詩裏，詩人並不介入所描繪的全幅景物裏，或者，他們可以不干擾的融入景物中……」不單可用在中國古典詩裏，也同樣可用在中國現代詩中的。

完稿於一九七三年三月五日

大江依然東去

是如此令人驚住的愴然！我忽然用手拉開桌前的百葉窗，窗外給予我視覺的是：那一大片灰白的天空，旋轉着一天地間的風，風呵呵地舞起椰樹的瘦腰和橡樹的千臂，又舞過那叢叢勁草，勁草亂飛，滿地都是落葉，落葉打着旋兜，被風攫住送到這邊以及那邊，是風是風，是那一天地間的灰暗的白，是被堵塞着的發怒的風。而我，一下子便被這狂馳奔突的風雲驚住了。

我很快地關上了百葉窗。風的咆哮都被關在外面，我的小房子仍是很安全的溫室；雖然仍在風雨中。我看見那反映着慘白色的鏡子。我看見滴滴答答滴答滴答終於又指向傍晚的鐘。我看見桌上又高又厚，參差不齊的書本。然後我坐下來，在那黯淡的微光下，重溫我舊時的散文：

風在車內車外狂狂野野地笑着。我不知道它們笑些甚麼，我真的不知道。我坐在車內，車子平平穩穩地向前航去。車內的黑暗凝結成塊，那錄音機的紅眼顯得分外刺目。這麼濃這麼多的苦愁啊！我望向一片森沉的車外，樹枝正以手臂解剖整座黑夜。我忽然想起白衣，那在靜夜裏笙歌曼妙的白衣。那愛穿紫衣的白蛾，那酒窩深深的水仙……

哦，那是我不久以前的散文，我把它命名為《八陣圖》，那時我正被杜甫的「功蓋三分國，名成八陣圖。江流石不轉，遺恨失吞吳。」一詩所引起的悲哀：對宇宙的無限，時空的殘忍，命運的洪流所掩蓋，這種悲涼的情緒迫使我寫下二十四頁稿紙長的散文來。於是有人以為我是悲觀論者，老是愛談死亡；其實我厭惡死亡，也絕不悲觀，你可以讓我老，使我死去，但我心裏一股年輕如刀凌厲如刀的意志，卻是不停奮鬥，永不絕滅的！那股愛指着自己鼻子哈哈一笑說「我是甚麼人」的勇氣和勁兒，仍是在的，雖然是酷陽和厲風疾雨，我揹起行囊，吟一首詩，唱一支歌，向着我的方向，不停地走去。風雨飄搖，阻撓不了我向前的願望。只是在這漫長的旅途中，我禁不住要瀏覽路旁的景色，本來是為賦新詞強說愁而更上層樓，但總是被那獨上高樓後望斷天涯路的情境震住了。天涯路遠，怎麼行得！怎麼行得！在反覆的追問下，必需是衣帶漸寬終不悔，才能達到「驀然回首，那人卻在燈火闌珊處」的驚喜！

這卻是個美好的驚喜！有朋友說：「在一個偶然的場合上，你見着了她，然後在很自然的情況下，你又認識了她；於是你對她傾慕，開始注意她了，而且夢魂牽繫了。你開始問自己：這就是愛情了嗎？你不知道，直到有一天，你鼓起最大的勇氣，向她訴說你的感情時，她眸中掠起一片茫然的欣喜，以微顫的唇，娓娓地說：『啊！這就是我所等待的那一天！多久多久了，漫長如整個世紀，我等了好久的……我從見到你第一次起，那兩道安靜如海水般柔和的目光……我就想着，有一天，有那麼一天，你會向我走來，這樣地訴說你的感情……』」那朋友一笑說：「你看這是個怎麼樣的故事？」我笑着告訴他：「如果這個驚喜的故事，再加上你是將要遠行的人，在『你』要遠行的前些日子，才會鼓起勇氣把一切傾訴，豈不更合理些嗎？」那朋友忽然以他晶瑩而冷靜的眸光注視着我，然後緩緩地道：「如果『你』的離去是為了要追尋更高的學問、更博大的知識，而『她』是個偉大的女性，『你』明知此行迢迢，相見只怕不易，便有打消此行的念頭，但『她』卻頻頻相勸、懇求，要『你』勿為『她』而耽擱前程……『你』會遠行，但當『你』知曉，在水湄的彼端有白衣女為你鳴琴，為你斷髮，為你揮手，為你揚巾的話，你心裏該有多難過呢？」我有點無法忍受他具有透視力般的眸，我說：「我們不談這些不愉快的事好不好？」然後接下來，便是一片靜默。

沉默。

沉　默。

在沉默中我清楚地記得那篇散文是怎樣地寫下去的：

……騎火疾閃，笳鼓悲鳴，腰間弓，匣中劍，就這樣，我在風沙萬里的江湖中去來至今，白衣啊白衣，你是否仍在空谷鳴琴？玉樓笛斷，但我在這裏，車中也好，畫舫中也好，都未可聞，且絕不可聞！箏呢？簫呢？當然都不會夾雜在適才的華宴中：它在萬里外喚我，聲聲喚我，直至弦斷，刀斷，人去

去

去

去

去向天涯

錯愕間我的頭撞在窗櫺上，刺痛令我抬頭：車子照常行駛……

人總是苟且偷安的，從阻力中再去認定自己，畢竟是件好事。我雖活得歡愉，但仍要遠行的；至於前方的驛站是不是幸福呢？這些我都不在乎了，只要我知道這樣做並沒有錯便行了。有時候在深夜裏我的目光由書本滑落在身旁高腳木架子的刀上，我探手攫來，舒然拔刀，刀鋒利亮，青春般的利亮，似一湖碧瑩瑩的川流，我緊緊地執着它，忘掉指甲已刺入我的掌肉中。我彷彿從那兒，看到我昔日的豪情：一個穿短褲瘦小而蒼白的初二學生，如何在大庭廣眾下，與高三的學長們力辯不休，以憤怒的眼神與不屈的辭鋒；如何與一位生死同心的朋友，在分離的前夕，帶着七分醉意舞刀月下；一群專研文學藝術的青年，如何「藝術殺街」，如何在橋下石墩上，仰視一夜奧秘而穆靜的星光！從刀的利芒中，我看到年少的自己，挑着上揚的眉，抿着堅忍的唇，如何疾言厲色地說：「我只能在黑暗中，以我的低音口琴，把整個夜高音起來。」為了這個抱負，使我有勇氣從這一段長長的暗巷中走進歷史去。我不得不遠行，雖然我不知道有一天，流浪的雲是否在我家鄉哭，甚至更不知道，我歿時是誰家漢女哭倒在我的青塚。我仍得前往。不過記憶總是刻骨銘心的，與我那輕柔的妻，共渡蘆葦的江流，航向兩個世紀的霧，確是件理想和夢想的事，記得第一次與她靜聆聽音樂時寫下的文字嗎？

……這是一首中國音樂，我不懂它的名字，只知道它純粹是由中國樂器合奏出來的音籟，我無由地激情地喜歡它，而且每一次聽它就想到黃庭堅的這闋《清平樂》。（春歸何處？寂寞無行路，若有人知春去處，喚取歸來同住。春無蹤跡誰知？除非問取黃鸝。百囀無人能解，因風吹過薔薇。）這些音響起自一處很遙遠的幽谷，終年有霧，所有的花都是白色的，而且主莖很瘦，疏落的葉子一如修長的竹，雨點要是落下來，那些葉和花就會有滴答答的聲響。等到雨初晴，霧也散了，白花盈盈地笑了，笑意漣漪了整個夏季荷塘，天氣晴明得可以遠眺長安。長安有一撫琴的書生，舞着的是一位仙姿的少女，在一座無名的幽谷，一座很空茫的山谷裏……音樂忽然停了。

後來，星夜送你歸去，我為了紀念這一刻的虔誠，趕到唱片公司去翻了又翻找了又找終於搜出了有這首曲子的唱片，踏着比愉快更愉快的步伐，一路哼着這曲子回家。一回到家就坐在電唱機旁靜聆，再重溫那一刻的恬美溫馨，然後拿出紙筆盡力把音樂的譜子記下，想寄給你，讓你也重拾那一刻的醇美。但我一直無法確實地抓着它的譜子，嘗試再三，不覺夜已深沉，星已稀疏……甚麼是真？甚麼是美？甚麼是愛？甚麼是純情。那一刻，我想我都能答得出來。

歲月殘傷得令人懼怕，於是我想到那清靈的山。我約你上山，感謝你的允諾，在你那封建而且有些固執的小天地裏，應諾男性的邀遊不是件普通的事，真慶幸我能有這份榮幸。我們一路吆喝着笑着鬧着硬生生地把午寢的山吵醒，爬上它六千六百六十六尺的髮頂，燃起熊熊的營火，競念詩詞，由唐詩吟到宋詞，擺開擂台，你誦一行余光中，我背一句王靖獻，於是乎，古今各家名詩金句紛紛出籠，戰個旗鼓相當，好不熱鬧，然後我們在深夜裏下山，各自在熊熊的熱火裏拿起一柄焚燒的木柴，一路唱着回到山腰的小鎮上。後來，在深夜裏我約你出來，你行於疾風中，我看見你飄揚的髮絲上，正隱約地飾着一二柔和的星光。那一刻，我真想再問你：甚麼是真甚麼是美甚麼是愛甚麼是情？你望向我，你背後的星座綴在你的烏髮上。山間的寒流以五十度的冰涼喧嘩在你的身後，你是欲語，我是還休，在沒有一句話的寧謐中，我執住你的纖手，感覺到彼此的溫熱。那一刻，我們所擁有的，不僅是浪漫的柔情，還分享到古典的崇高與穆靜。我知道：這一刻，深邃地銘刻在我的記憶中。有時候美也會令人心悸的。以前在校園裏，那位女教師彈着琴，細細柔柔地教我唱《懷念家人》：「念我家遠隔關山重重，迢遙無窮，念家人往日歡樂融融，一別後再難逢……」我仍少年的喉音也在唱：「飄泊人生，無限悲痛，苦樂不相共。啊，我心煩惱與時增重，不能歸去心何慟……」且每每唱到此處，竟為噎咽，久久無法言語。那時候我懷念些甚麼？我不知道。我尚年輕。但那位可親的老師又懷念着甚麼，她的家人呢？是誰教她這首歌的？是她可愛的兄長姐弟嗎？我不知道。我那時候沒有想過。以後的日子，每次回到校園中，聽到那聲聲沉重的琴聲，想着那位已被調走了的老師，內心沉重，踏車就走。我不清楚為何我要逃避。

我的確不清楚為何我要逃避。或許我太重感情，不是濫情，而是太迷信有情。那天聽到你溫柔而清麗的嗓子在唱《倫敦小調》：「我心中懷着美好的願望，像蘋果花在樹枝上搖盪，它飄落在你溫柔的胸膛，在你溫柔的胸膛，親密做伴。我願像蘋果花鮮艷又芬芳，讓你無意中把我摘攀……」啊，無意中的摘攀，初逢的驚喜，一剎那間我凌厲的筆鋒，都變得溫柔起來了。

這是最後的時刻了，正似
我們那驚喜的初逢
只能緊執你冰冷的手
用我全然的溫存
再低語一遍你的
婉約的風姿

啊那驚喜的初逢
如詩篇裏的
美好的偶頓
拾起一些親切與熟悉
你珍惜我的甄選
我選擇的正是
那水仙般的葉

窗外的雨，由嘩啦嘩啦逐漸淅瀝淅瀝起來了。窗外風仍急，黃昏的老太陽仍隱約地透來一些稀薄的餘暉。這是黃昏，不是寒夜。令我憶起山上的寒夜，急風與黑夜的寒流在山上互相呵暖着。你在黑暗中說：「你聽……」我傾耳細聽。你小聲地：「知道它叫甚麼名字嗎？這首歌。」我沉默了半晌，最後你吐出了一個字：「Words」。

啊 Words！

我的心，忽然抽疼起來了。

就是在這樣暮色裏，我把你立在山巔的一剎攝入我的相機裏；記得我題在那沖洗出來的相片背面的幾行詩嗎？

而是山雨空濛，最後
霧把整座天地都蒼白地交給你
你右側的松，堅持着它的手指
你立在不可憑的風中，風過時
髮便舞得狂，煩惱一般地回纏

在落雨的窗前，我撫拭我的刀，我惦着你，向陽，以及我的詩。也曾亮過劍，那如一泓清潭的劍，那是散髮在風中飄揚的哥哥，很久以前，我便在散文裏說過：「哥哥已亮出和他一般筆挺尖利的劍鋒——他的劍也就是他的指揮，棒未落下，千人的管弦乃作風雨欲來前的沉寂。」我是刀啊那雙刃的刀，如我藝術的筆，帶我航向記憶和勇氣的島。就是那一夜，我在《八陣圖》裏記下：

……想那次胡笳十八拍的月夜，我拔出兩把瑩亮的小刀，飛舞於思君令人老的月下，刀起刀落，刀去刀來，燦閃如我年輕的生命！啊白衣，我學的是國粹，練的是國術，但寥落江湖，竟無一可談之人。我活着，是因為我的誠和真，我的勁和熱，還有不能忽略的是：

我的

狂傲

啊

狂傲

我們歪歪斜斜地走着，偶爾搭着彼此的肩膀，偶爾落寞地唱歌。我們都是哭在千里外的龍族，無人知其瀟灑和落寞。你有你的苦愁，苦愁，我亦有我的。我們都想了解和幫助對方，但是，請勿干涉我們的自由。我們活在現代，活在無根的現代，讓我們痛苦地站起來，走向未來，也走回傳統和古典去……

而此刻暴風雨已經停了。

我探手扭開百葉窗，微風迎面給我一肺腑的清新，視覺給我一胸懷的綠。遠山黛眉般地跨過那些綠油油的橡林子，彩虹懶洋洋地跨過了山腰，幾處裊裊的煙，正在虹上作初醒的懶腰。薔薇紫它的紫紅它的紅白它的白，紛紛地爭着攀爬過籬牆，以它們綠色的葉帕向風揚曳，夾帶着因跌落而驚呼的雨珠——滴答滴答滴答，滴——答——雨真的停了。它在告訴我：停——了。

我推開門，一山一野的綠像把一切都活躍起來了。啊綠，啊自然，我把喜悅拋給你而你又拋回給我那喜悅。我以祭禮儀式似的肅穆走過雨後的草地，那草盛住雨珠也盛住我潮濕的鞋底，我的喜悅自我心腔裏竄出來。摻合了和風，很快地傳到這裏那裏去。一瞬間所有的風都被喜悅化了，自四面八方作小小的偷襲，呵着氣胳肢着告訴我它們的乳名。風。風。風。風，我就是風：雨後的天地如斯美好，君不見牛從池塘冒出，咩咩地驚走那叫小湖浮起漣漪的鴨子？君不見橡林瀟灑地彈落一片黃葉，卻是在煦風中窸窣地撫起一襲新綠？絳珠草、山藥王、金的稻、綠的草，正在爭相嶄頭露角，那開紫花的小藤蘿，一口氣爬過椰子樹的腳下，繞過了木瓜樹的細腰與芭蕉樹的肥腰後，抬首一望；卻震驚於「森林之火」在樹間燃燒起的大半生的紅。榕樹安靜地微笑，花崗岩和磐石也似乎溫柔了起來，這一切都像在等我，等我走過去，帶着我的癡，我的戀，我的敏感我的詩走過去，走過綠極欲流的草地，走向我未來的風和雨，我下半生的執着與斜陽。

然後我看見你和他大步地走來。看到你們奇異的步姿，奇異的笑容，我忽地想起你們奇異的、昔年我替你們取的筆名：黃昏星和休止符！哈哈。我忽然高興起來了。你們含笑向我走來，仍是那麼年輕，那麼愛笑愛鬧的兩位！多少爭吵，多少衝突，仍然保持了那份親切的友誼！你們笑着向我走來。我無由地笑起來。你們看見我笑，也跟着笑了。我激情喜悅得如雨後初晴展翅破空的燕子。你們在大笑聲中以熱情的手臂攬上我的左右肩膀。我彷彿看見：昔日那三個，不，那一群人中的三個白衣的中華少年，如何地在校園中跳過噴水池的闊度，如何在草地上練武撲擊，如何與異族雄辯不休！多少風雲，多少滄桑，如今仍是不變的友誼！我無由地激動起來，一瞬間，我激情地笑起來、叫起來，雖然我們未曾交談過一句，但昔日的年少，昔日的豪氣，在一剎間已攫住三顆熾熱的心靈。我們笑得年輕，笑得豪放，多少奮鬥，多少掙扎，不變的是，友誼，友誼不變，愛情執着，生命美好。多少苦愁，多少別離，換來的是，真和善和美，多少哭，多少泣，多少打擊，多歡悅，美好的生命！我若有弦琴，此刻必高揚它的六弦，我若有口琴，必橫跨它的二十四格。白衣啊白衣，此刻你在，要如何為我們歌奏，直簫橫笛，都隨你喜歡，隨你喜歡！

「我們本來是找評理的，現在我把我們剛才在吵些甚麼都忘得一乾二淨。」你說。你說話仍是那麼不顧條理，再急一些，只怕風都給你的語音追上了。

「但我可沒忘記。」他可不是善忘的人，一年前我向他借一塊錢的情形和地點，他都記得一清二楚，天生就是個財政人選。「我們剛才第一場論戰是：詩中應求節奏自然的流露抑或是故意安排。兩人辯個平手。第二場是：意象是屬於象喻的範疇抑或應納入象徵的範疇——他蠻不講理！」

「老樣子，好傢伙！」我暗地裏讚嘆一聲：在此時此地，能為這些純藝術的論題做認真的探討的人，已少得近乎沒有了。「不過現在最好不要談這些，我是剛從書本裏逃亡出來的，不要再包圍上我；我會自己回去的！」

「好！好！」你比甚麼還要爽快地連聲道，「那麼談甚麼呢？」

我發現那無聲無息地合過來的暮色，心中忽然惆悵起來了。多麼快，彩虹不見了，來不及在墜落前發出一聲驚呼，多麼快，那冉冉的老太陽，老不隆咚地把臉藏到鹹海裏去了。多麼快，綠山都紫了，朝日無光了，待月草又搖搖顫顫了。此際，風蕭蕭否？易水寒否？那股魂兮歸來般的離情，從遙遙的長城，從古遠的棲霞，從孤傲的桐柏，從喧鬧的元宵，箭一般地疾射到我心坎之中。

暮色冷冷地沉澱，沉澱了濃濃厚厚的山和樹和我們的情緒。是誰先吟起我那首《惘然外記》的後半闋：

甚至連迷失也是美麗的
還有錯覺，錯覺都是温婉的
降臨，是美好的

親切是遠去的簫聲
你塑造了我的無形

如今我落在靜泊的池裏
而你落在淒然的池外
你清澈的眸落下兩道冷晶的河
我乍然跌坐
無法細數那淒美的錯愕

真正的感情總帶有迷惘的成份。患得患失的惘，似真似假的迷。一段戀情逝去，但仍是令你低回不已的。如果是我，是我和我的白衣，那麼在共聽過的低柔的歌裏，在昔日無言相對的閣樓中，有多少刻骨銘心的記憶，要待我們拾取？多少深情的相盼，會在午夜夢回裏重現？一次戀中包含了多少次緣？孕育了多少靈犀？造成了多少塚？問誰，誰也不知！

黃昏星忽然起來，笑得那麼灑脱：「來！讓我們來較量較量！四弟，沒跟你交手有一個多月了，不知你進度如何？」正如沙漠上的土狼，他，自家的鐵柵裏衝出來，自生活的鐵絲網裏躍出來，自創作讀書的困惑裏超越出來，自感情的漩渦裏泅出來，自工作與時間的巨掌中鑽出來，你可以在逐漸蒼老的臉上讀出：歲月的悲涼。你亦可從他笑時的明眸裏讀出：年輕得足可燒死一切的眼神！他的心緒永遠是潮漲和潮落。潮漲時淹過所有的岩穴。潮落時海蟹也敢在空漠的灘岸上橫恣。永遠是海，海的濤海的浪。亂石崩雲或驚濤拍岸。永遠是玉碎，沒有瓦全的微機。如是者，黃昏星也。

接受他挑戰的是休止符。當然他是從一節樂章跳接到另一節樂章的休止符而非曲終時的休止符，他是休而不止的音符。從悠柔變奏到激昂不息的導火線。他的炸藥永遠引發在他的拳中，口中，筆中。於是他只一矮身，沒有說一句「請」，業已擊在黃昏星廣闊的胸膛上。黃昏星捱了一拳，被打得耳鳴目眩，星斗滿目，卻不退反進，躍身箭步，三環套月，逼住了休止符。休止符一聲龍吟，拚命搶回攻勢。月是出奇的亮。出奇的明亮。海在笑，潮洶湧，撞擊在不年輕也不年老的海岩上。我放心，我也絕對了解，我們的友誼，都是從練功比武中堅實起來，當然不會因這些對練而至反目；所謂了解，是他們心中的潮，無可宣洩的潮。月夜。明月夜。風急，風急掠。黃昏星的連環腿與休止符的拳虎虎生風。水長流在域外。城荒涼在女牆。蘆葦白向河岸。沙灘仰向黑夜。黃昏星雙龍汲水，轉金絞剪架住休止符的雙龍出海，飛割腿踢中他的膝。休止符躬身倒地，急施臥鴛鴦腿，絞倒了黃昏星一個鯉魚打挺跳起來，衝到我的跟前，夾着黑虎偷心的虎吼：「老大，勸君莫作獨醒人！」好個勸君莫作獨醒人！金縷衣！少年時！惜花折花、浪去浪來。我以鶴頂急作封架，以迴旋腿逼開了他；黃昏星忽從右側欺近，施的是楊家拳。月奇大，故鄉萬里。我長嘯，馬步腰拳，彈步挑擊：「好！咱們就來打個痛快！」……

在白天，你的視覺絕對容納這一草坪的翠綠；在晚上，它給你意想不到的恬靜與沉寂。月平靜地渡過蒼穹，好不容易一朵雲才追上來，夾帶着少許的風，一口吞吃了那羞怯的月亮。在那一陣子不激烈的風中，引起少許的騷動：草葉在地上磨着牙，橡樹以枝椏對同伴作短刃相接。那朵雲終於揚長而去，月被遺棄於當空，十分寥落。我們讓草的千臂擁着那二百零六根鬆弛中的骨骼。好倦好倦好疲倦，似格鬥過的狼們，忍不住嗚咽自己的傷口。我們靜靜地歇息着。不知道是誰，先開口說話：

「聽說真正醉的時候把月亮看成三個，李白卻把自己的影子看成三個。Samuel Taylor Coleridge在他夢中完成了Kublai Khan；而我們呢？我們的呢？會不會是李義山的《獺魚》？

還是 Goethe 費時六十年的巨著《浮士德》呢？」

「二句三年得，一吟雙淚流。」

「語不驚人死不休。……有遠大的抱負，當然是好的；但若不能下功夫去做到，豈不等於幻想?!」

If thou best to strange sights
　Things invisible go see
Ride thousand days and nights
　Till age snow white hairs on thee

「吟得好。我也來湊個興兒，念個氣魄雄厲的……嗯，對，適才你提的柯立基的《古舟子之歌》：

　And now there came both mist and snow,

And it grew wondrous cold;
And ice, mast-high, came floating by,
As green as emerald
And through the drifts the snowy clifts
Did send a dismal sheen
Nor shapes of men nor beasts
The ice was all between
The ice was here, the ice was there
The ice was all around;
It cracked and growled, and howled,
Like noises in a swound!

「我的『她』偏愛白居易，且吟一首白居易的詩：『綠蟻新醅酒，紅泥小火爐。晚來天欲雪，能飲一杯無？』」

我們又同行在一起，一齊談，一塊兒笑，一道兒愛我們的藝術。夜漸深了。我們由草坪一直走到沙原上。彼此又漸漸沉默起來了。沙原上新築了一間平房，從門前走過，可以窺見屋裏的佈置，整齊華美。一座平凡的屋子，新築在沙原上。我們望了望；恰巧有人自屋裏緩步踱出來，他的頭髮斑白，微微佝僂着身軀，沉思於大門外。門內的水銀燈蒼白地漏了出來，映得他的鬢髮更灰白，也襯托出他那滄桑的臉。那副臉佈皺紋，因為皺紋多，他看來比實際年齡更老。他的臉容有着疲乏、滿足、感慨的複雜。那銀色的燈光披在他的臉側，他發呆似的愣如一具破廟裏的殘佛，泥垢塵灰都積聚在深深的褶縫裏。他站在有銀色燈光的門口，門內有小孩兒的嬉笑，是他孫兒吧？那幾個穿紅衣的藍衣的小孩子由一張沙發跳到另一張沙發上，他們是多麼興奮與和悅啊。那些沙發和家具都是嶄新的，沙發上還鋪一張紅得令人疲倦的布，紅得令人驚心的毯子。那上好古老的檀木桌子，就擺在門口盡頭的牆邊，顯得又高大又巍然，棕色的古木塗着深黑的漆，桌上有煙火嫋嫋圍繞，那紅面長髯大刀的關雲長就坐在正中。那些孩兒在沙發上嬉戲，是的，他們稚嫩的童心等了多少天了，才能在由一根根柱一塊塊磚堆疊起來的「新房子」裏大鬧一通？該是他老人家的孫兒吧，不是兒子？以他的年紀，兒子是不會這麼小的。他的兒子和媳婦呢？他的老伴兒呢？該是在房子裏面吧？

這樣一間屋子，該是熬了多少心血，才有能力蓋起的。一座住宅，矗立在沙原上。此刻，天漸深沉，月再度被烏雲侵蝕，氣壓逼人，雲自天上連接到地下來。那老人在沉思。風燭。殘年。雨將臨。多少人類的智慧，多少年代的演變，才有這樣一座舒適的房子矗立。銀色的燈光亮在黑暗的沙原中。我們踱步，那老人漸漸縮小，離遠，那孤獨的老人。他的目的已達到了，房子建起來了，孩子有了，孫子有了，他為甚麼還不高興？他為甚麼不高興呢？難道一個人達到目的後，他的意志都消失無蹤嗎？人登高山，千辛萬苦，終於上了山，在峰頂的孤獨的大寂寞裏，是不是死？向下猛地一跳，便是最好的終局呢？誰是，誰是寂寞的長跑者？誰是，誰是在異鄉哭泣的人？我們忽然沉默起來。眼睛從遠了的灰白燈光移轉到密雲的沙原上：不知天何其高地何其厚天地何其黑暗啊黑暗。他倆也是出奇地沉默，是因為比武後的疲勞，還是被這山雨欲來的景象而致心神摧折？可是我們正處於風起雲湧時，我們的心，是不是經得起風雨？

雨。雨臨。雨降臨。大雨降臨。我們在傾盆大雨中，以整齊的步伐，向來路走去。而充耳的，僅是雨聲，充眼的，僅是雨水。雨雖狂烈，但對我們武者來說，畢竟是可以淡然處之的。我們曾經從詩人大會的雨、從六千六百六十六米的金馬崙高原大聚會的雨淋着去淋着回，今夜如斯的雨，是絆不住我們的。此刻我們行着，至少我不是寂寞的獨行者，我的摯友，皆在我左右，我歌，我笑，我哭，我狂傲。我深深沉思，剛才的事件。我深深思念，我遠方的向陽。首次見她，她展示一朵水仙樣的笑，使我愛念深永。距今又是半年，十年後呢？二十年後呢？在我年老的林泉旁，是否仍會伴着她嫵媚的微笑？西線無戰事。今天無事。在室內我神馳至無所不至，從激鬥中我讀到友情和忍讓，從一座新屋子和老人，我譯出生命的一頁重要篇章。想起我年幼時與摯友踏單車冒雨去河畔。此刻雨着。想起我在樓上彈琴讀詩。此刻雨着。想起我敬愛的兄長，兩人大步跨過橫斷的板橋。此刻雨着。此刻雨着。我的髮梢有雨水掉落，我的衣衫盡濕；我心燒得熾熱。雨水群起而歌，而我的理想中永遠永遠是那襲不可觸及的白衣。雨水在我身旁，群起而歌。幼時的易逝。少年的夢醒。中年的喟嘆。老年的感傷。雨水群起而歌。譁然齊集、沖激、流轉，到江流處。而大江依然東去，前浪被後浪追殺，生生世世，永無休止，從江月初照人至人初見江月升起，直至今夕。今宵。月圓月缺。起。落。圓。缺。陰和晴。陰天暴雨。晴天暴日。人生如許多難。九月鷹揚。三月鶯飛。大江東去。蜀道難行。散髮飛揚。龍哭千里。魚龍舞。八陣圖。金縷衣。少年時。而大江依然東去，雨水自四周唱起，世事依然流轉啊……

而大江依然東去

稿於一九七三年中，大馬，十九歲作品
建立「黃昏星大廈」

散文的意象：雄偉與秀美

——略論余光中、葉珊的散文風格

唸高二那年我完成了一篇二萬字的論文：〈散文意象論〉；但那不是一篇成熟的論文。近日重閱那篇文章，在該文之第二章：「散文意象之研究」中有論及「雄偉」（Sublime）及「秀美」（Grace）。所謂「雄偉」，是剛性美；所謂「秀美」，是柔性美。剛性美與柔性美是藝術上兩種不同的風格及境界。我在這篇論文中，試圖就這兩個名詞作一番闡釋及界說，而且舉出當今中國現代散文界中兩位典型的代表——余光中與葉珊，把這兩種風格作一番討論。這就是重寫〈散文意象論〉這一個片段的原因。

首先，我先界說我這裏用的「散文」的意義。我這裏的「散文」，係指「純散文」或「現代散文」，與雜文、小品文、應用文、小說的文體、論文等無關。所謂「純散文」或「現代散文」的意義，與溫任平所劃分的「寫實的」散文不盡相同[21]。所以在這篇論文裏，我先把「散文」當作是一種文學藝術上獨立的文類，有它自給自足的藝術特質。接下來我要以美學的觀點，來看甚麼是「雄偉」，甚麼是「秀美」。任何事物，只要經過完美的表現，都能令人產生「美」的感覺。但「美」的感覺，卻往往因形象的不同而改變。當你看到一頭雄赳赳的怒獅，與看到一隻在細雨裏展翅的燕子，感覺是否相異？當看到聳峙的斷崖，當看到那矯捷的豹與疾風中的勁草，曹操的橫槊長歌，大漠的風沙，不是會有一種「肅然起敬」的感覺嗎？這種美的感覺，是「剛性美」，我們形容這種感覺為：雄偉。當看到蜿蜒的清溪，當看到那婉囀的鶯飛在初綻花蕾的幼枝上，捧心的西子，晴空的皎月，不是有一種「婉約清秀」的感覺嗎？這種美的感覺，是「柔性美」，我們形容這種感覺為：秀美。在文學上，蘇東坡的「大江東去，浪淘盡千古風流人物。」是雄偉的，傾向剛性美的。晏同叔的「金風細細，葉葉梧桐墜。綠酒初嘗人易醉，一枕小窗濃睡。」是秀美的，傾向柔性美。剛性美與柔性美的配合，也就是雄偉與秀美的摻揉，若配合得不好，很可能有不調和的效果；如一幅畫裏，

21 見溫任平的〈散文的寫實與寫意〉一文。

把小麻雀畫在蒼古的老松上，這便有不調和的感覺。但現代畫家卻能利用這種不調和的情景，表現出調和的感覺來，這便是藝術上的「從不和諧中求得和諧」。如果配合得宜，像三變的「念雙燕難憑遠信，指暮天空識歸航。黯相望，斷鴻聲裏，立盡斜陽。」在主題的離情別意上，是秀美的，但在境界如後二句上，卻是接近雄偉的。可見剛性及柔性美若配合得當，是可以成為成功的藝術品的。剛才所談的，只是廣泛藝術上及詩藝上的雄偉與秀美，那麼，散文的剛性美及柔性美，與意象的雄偉與秀美，又是怎樣識別與區分呢？

我是主張論文應該是強烈的說理及有嚴密的邏輯系統的，否則就不為論文了。論文的基本要求是：論點清晰及多方說服。為了要做到這兩點，我素喜以例證說明及示範，這樣才有事實根據，才不致空穴來風，才能令人更加領會明白。我認為剛性美或柔性美，是指一部作品的整體而言的；至於「雄偉」或「秀美」，係指一部作品的境界與神韻而言的；如果是意象上的剛或柔、雄偉或秀美，應是它本身的「積極性」或「消極性」。我們討論一篇散文是屬於甚麼性質時，應注意它究竟是積極性意象，還是消極性意象。積極性意象能使一篇散文有雄偉的感覺或具有剛性美（當然取材也有關係，如果它的主題只是一個人的自悲自憐，那麼無論怎樣積極性的意象，也不能表現出它的雄偉來。）；消極意象卻能使一篇散文有秀美的感覺或柔性美（當然，相同的，它與取材也大有關係，如果它的主題是描寫一場大浩劫，無論它的意象怎樣消極，也流露不出秀美來。）取材是先決條件，因為我們是先決定心中的意念，才能把意念紀錄下來、或描寫出來，題材決定後，便等於是決定了意象的積極或消極，我們在此先略過主題的抉擇不論，因為題材是因人而異的，但是它對意象的積極或消極，有決定性作用，是不可忽略的。甚麼是散文的積極性意象或消極性意象呢？下面是兩個例子，前者是摘自余光中的散文：〈莎誕夜〉，後者是摘自葉珊的散文：〈八月的濃霜〉。

例一

……真像這世界已沉入仲夏夜之夢底，月光的邪説，螢火的謠言，已然統治了夜，統治了幾千年了。如在吉普賽女巫掌中的水晶球，球面的黑斑顯示着神秘的象徵。螢火蟲的燐焰，照不出夜的輪廓，徒增夜的迷惑。巨瞳而隆腹的蛙族拜月而唱，如中蠱的原始部落，克羅可可啊克斯可阿克斯可克斯。匪夷所思地唱着。施法念咒似地唱着。傳遞密碼似地唱着。

例二

那豁然的驚訝是生命中許多風景的一片。穿過波克麗丘陵的山險，我看到碧藍的湖；爬到高處，有些風中的蒼松，老邁而沉鬱，有些遠眺的憂傷，一年了，校園裏的綠草地依舊淺淺，花落如去夏，街道上的吉他聲仍然重複着瓊．拜茲帶憂鬱和淚光的民謠，訴說風沙中遊俠的寂寞，和窗户內少女的哀傷。金門橋還在遠處，白帆瀟灑，綠水蕩蕩，我所記憶的已不再是星光下的果園，已不再是飛舞着紅蜻蜓的草塘，而是路，是歌，是淚。是子夜的彳亍，是凌晨的濃霜。

例一的散文的意象是積極性意象；因為它的意象是積極的，所以很可能造成下列效果：（一）強烈的；（二）獷厲的；（三）節奏隨之增快或加重。因此它的境界往往是「雄偉」的。積極性意象往往有下列特點：誇張的、稠密的而且具有高度彈性的。這裏的所謂意象的「誇張」，是指意象的發揮程度，所謂意象的「稠密」，是指意象的結構能力，所謂意象的「彈性」，是指意象的互相呼應及聯想的伸縮能力。例一中余光中的散文都具有這些特點。在這段文字裏，至少有三個比喻，都是強烈而且誇大的：喻景色為「沉入仲夏夢底」，喻月輪為「吉普賽女巫掌中的水晶球」，喻娃族的拜月而唱為「中蠱的原始部落」。這是誇張的。它的意象結構十分嚴密而且能夠互相呼應。比如說「匪夷所思地唱着。施法念咒似地唱着。傳遞密碼似地唱着。」正與前面的：「……螢火的謠言……女巫掌中的水晶球……中蠱的原始部落……」互相回應。所有意象語句，都經過聯想的想像過後，沒落在同一個指向：這夜色的幽異淒厲。所以它的效果是強烈的而且獷厲的，並且節奏也隨之加重。要了解作者所要傳達的意念，讀者必須要通過作者刻意營造以及運用的意象結構，再「剝繭抽絲」的尋找出來[22]；所以現代散文決非一般人所謂的「說話的文章」，懶以用腦的讀者是無法領會的。由於意象的加強，作者不得不在句子中加入了許多「頓」，造成它最後一句比一句沉重的音樂效果，我們讀它時，便會有這樣的感覺：「月光的邪說（稍帶神秘與恐怖的語音），螢火的謠言（神秘與恐怖的語音更濃了）；已然統治了夜（「統治」是誇張及強烈的字眼），統治了幾千年了（更強烈的字眼）。」又如例一文字的最後一段形容青蛙的拜月而唱為：「匪夷所思地唱着。（稍頓、更加強語氣：）施法念咒地唱着。（稍頓、再加強語氣：）傳遞密碼

22 由作者通過作品進入讀者的精神世界，以及由讀者通過作品而進入作者的精神世界的軌線與理由，我在〈論詩的移情作用〉一文裏已詳細談及，現不重複。該文刊於《純文學》六十五期。

似地唱着。」意象的性質與文字節奏的速緩甚有關係。這段文字給予我們的感受是強烈的，獷厲的，節奏是沉重的，所以它是一篇近於雄偉的散文，也就是說，它具有剛性美。我們面對「雄偉」或剛性美的事物時的心理第一步是驚，這是因為事物的偉大而見出自己的渺小，這時的心情，正是美學家康德（Kant）所說的「霎時的抗拒」，甚至它帶有幾分痛感；第二步是喜，因物的偉大而注入自身的情感，分享這偉大的欣喜與痛感，這過程如另一美學家立普茲（Lipps）的「移情作用」說（Einfühlang）[23]，顧名思義，就是「把自身的情感移注於物並分享它的生命」這種說法，也正合乎了黑格爾（Hegel）的「藝術對於人的目的在讓他於外物界裏尋回自我」。勃克（Burke）認為雄偉之中都含有「可恐怖的」（Terrible）。余光中散文是屬於剛性美的，他獷厲的風格與文字的強烈彈性，正與「雄偉」的說法切合。

例二的散文的意象是消極性的意象；因為它的意象是消極的，所以很可能造成下列效果：（一）和諧的（二）婉約的；（三）節奏多為輕緩。因此它的境界往往是「秀美」的。消極性意象有下列特點：抒情的、均衡的而且具有相當密度的。所謂意象的「抒情」、「均

23 Einfühlang是德文，後由德國美學家韋孝（R. Vischer）及美國心理學家迪辛靭（Tichener）把它譯為Empathy，中文應譯為「移情作用說」或「感情移入說」。

衡」及「密度」也是指其發揮程度、結構能力與其互相呼應或聯想的伸縮能力而言。例二中葉珊的散文都具有這些特點。在這段散文裏，它給予讀者感官經驗（Sensorial Experience）的震動遠比認知的打擊（Shock of response）為大。這段散文的描寫方法一直是以俯景成鳥瞰景（Bird's eye view）去「攝取」的，鏡頭和畫面一直是輕微地擺盪着，直至以全景（Full scene）「攝取」丘陵、山隘、碧藍的湖、高處的蒼松等等，畫面一直以「溶入、溶出」（Fade in, Fade out）法交接着，那是說前一個畫面與後一個畫面交疊，前一個畫面逐漸消失，後一個畫面卻延續下去。它的節奏是緩慢而且從容不迫的、瀟灑自若地從一個層次推進至另一個層次，由一個境界進入另一個境界，畫面由蒼松而至綠草地、紅木小徑、小橋下的流水、花落、街道、淚光、遊俠的寂寞、少女的哀傷，一一通過作者從容的筆觸，讓我們接觸到一個又一個的意象。這段文字裏隱伏着相當濃烈的感情，但這種感情的流露卻是經過古典的抑制，所以才不致流入感情氾濫的漩渦裏。這段散文給人的感覺是和諧，它的風格是婉約的，節奏是相當輕緩的。直到「是路，是歌、是淚。是子夜的彳亍，是凌晨的濃霜」，哀愁不斷地撞入讀者們的心靈感受面上，激起一連串輕輕的顫抖。我們面對「秀美」或柔性美的事物時是單純的，不像面臨「雄偉」時心境的多變。斯賓塞（H. Spencer）認為「秀美」的印象源自筋肉運動的筋力節省說，但一般人都比較同意法國美學家顧約（Cuyau）的「現代美學問題」裏所說的：「……秀美的動作總是伴着兩種相鄰的情感，一是歡喜，一是親愛。」我們對「秀美」的心理感覺是可親的、喜悅的，究竟這是因為「物理的同情」（Sympathic physique）或是「精神的同情」（Sympathic morale）呢？還是兩者皆兼而有之？這卻不是我們所要討論的問題了。我要證實的只是葉珊的散文是屬於柔性美的，他婉約的風格與文字的感染力，正與「秀美」的說法切合。

「雄偉」與「秀美」，正是藝術的兩大傾向；在今日的散文創作者來說，我覺得余光中與葉珊（現已更筆名為「楊牧」）的散文，正是這兩種傾向的代表。當然，能寫得一手有剛性美的好散文的人，為數是不少的，如司馬中原、朱西寧等便是，但他們甚少有「純散文」的作品發表，不能作為這種傾向的典型代表。能寫得一手有柔性美的好散文的人為數更眾，如曉風、張菱舲等都是，只是她們的作品雖能做到「秀美」，但卻不及葉珊在「秀美」中又作適度的古典的抑制，才不致落入純粹情感的傾吐，而缺乏理智的思考。所以，我用余光中、葉珊作為這兩種傾向的典型例子。但我用余光中、葉珊的散文作為這兩種傾向的代表，並不意味着：葉珊的散文純粹是柔性美，不存有一點「雄偉」的成份，或余光中的散文純粹是剛性美，不存有一點「秀美」的成份。下面的兩段文字，例三是摘自葉珊的〈芝加哥鱗爪〉，例四是摘自余光中的〈伐桂的前夕〉。

例三

祖國顯得多麼迢遠！在唐人街，我們遇見許多黃皮膚的美國青年，血濃於水，但三千年的文物已經在他們的舉手投足間散盡。我們不能不感嘆，不能不傷心。我回到公園的一角，看雪地上反射星星，樹林黑暗，石像沉默，背後狂吹着越潮南來的北極風，突然覺得更冷更孤獨了。芝加在公園外喧嘩地呼吸，唱着，也痛苦呻吟着。

例四

月光從桂葉叢中瀉下來，沾了他一身涼濕。現在他完全進入它的芬芳了。冰薄荷的夜氣中，他貪饞地吸了一陣子。好遙好遙的回憶啊，那嗅覺！因為那是大陸的泥香，古中國幽渺飄忽的品德，近時，渾然不覺但愈遠愈令人臨風神往。秋天。多橋多水的江南。水上有月。月裏有古代渺茫的簫聲。舅舅的院子裏。高高的桂樹下，滿地落花，泛起一層浮動的清香，像一張看不見躲不開的甚麼魔網。他便和表兄妹們一火柴匣地拾起來，拿回房去。於是一整個秋季，他都浮在那種高貴的氛圍裏，像一個仙人。

我們可以從例三中見出葉珊那份非常理性的沉痛感，這段文字的最後幾行，意象出奇的悽厲、強烈；意象一個一個地被貫串起來，強烈地投射到同一個焦點去。它給我們的境界，已不止秀美的喜悅感，同時已帶有雄偉的痛感了。而例三的文章裏，我們同樣可以從「雄偉」之外感覺出那親切的「秀美」感來。這點便證明了葉珊，余光中的散文並非局限於剛性美或柔性美之中，而是他們的風格偏近於剛性美或柔性美而已。從例三及例四中，我們雖可以見出它同時具有「雄偉」與「秀美」，但葉珊的散文意象仍是比較婉約、和諧、節奏也比較平柔的；余光中的散文的意象仍是比較獷厲、強烈、節奏也比較鮮明。余光中散文的「雄偉」、葉珊散文的「秀美」，仍是他們的特色。余、葉二人的散文，我認為，足以作為現代散文的兩種典型的代表；而且，以他們在散文（先撇開詩創作不談）方面的嘗試與成就，無論是誰要寫一部現代散文史的話，他絕少不了他們二人灼亮的名字，我想。

完稿於一九七三年七月十一日

美麗的蒼涼

猛抬頭，竹風瑟瑟，柳絲搖曳在悲涼的秋夜：這竟是中國的秋！離馬來西亞如斯遙遠的故土！我是誰？誰是我？為何我在這裏，極目一片空茫！我是誰呢？一頭旱龍，仍在此地嗚咽。天旱地旱年旱，只沒有那一聲春雷，震醒我的恍惚！

我是誰呢？為何、為何我要到這裏來？許多許多的告辭、許多許多的叮嚀。那餞行會上一夜的哀歌。幾千里的噴射雲。景物驟然下降而至模糊不見，又由模糊不見而清晰可辨。一小火柴盒一小火柴盒的建築物，翠綠草坪般的小園林，這便是台北了！空中小姐的語音仍在縈回：「各位親愛的旅客，我們現在已抵達台北市的上空了……時間是下午四時三十分……氣候是華氏七十二度……」猶如恍然一夢，一覺醒來，模糊的仍是熟悉的，清晰的卻宛然陌路，其間卻相隔了幾千里。熱帶氣候的陽光換做一片淒濛的秋雨，楊花般地向人臉撲來。人們在吞雲吐霧，在此地，隨手可摘下一片冰冰涼涼的雲朵。我忽然想起一首大家齊唱的歌，兄長穩重而且令人信任的步姿，家人們慈祥的語音，社員們純潔而年輕得發光的臉。啊。一抬目，雨霏霏哭在我臉上，新生南路的柳絲青葱，椰林大道的杜鵑淒紅，像是一回眸，即可見到古典很美，現代很艷。陶潛正含笑望着遠山，李白仍在松風賞月醉倒，王維還在山間流泉鳴琴。只是我的故事呢？屬於我自己的故事呢？

遠了，日落、斜陽，遠山含笑，但這不是我的。故事遠了，如落日般地，湮遠得很遠了。

可是我是誰呢？萬一我遺失了身份證，那就連這一點憑藉也抓不住了。在白天我騎腳踏車渡過了溪流，驚見於河岸開着細細綴綴的小藍白花，碎碎地裝飾着明藍的碧空！可是我是誰呢？一個少年，握着他的拳，和他的好友，騎車行過河岸。花啊花不為他而開，天啊天不為他而藍。我走過河邊的碎花，好沁涼的氣候，可是我已在千里之遙了，我再看不見那親切的弟兄，那溫柔的向陽。向陽。兄弟。沒有他們，涼沁沁的夜不再有暖熱熱的心。在黝黯以及多風的夜裏，我和止符穿着厚厚的夾克，把手插入唯一暖熱的袋裏，走過砌方磚的甬道，看見那兩盞孤寂的門燈，再見那天旱時黃塵漫天雨季時泥濘滿佈的黃泥道，後見那梧桐，獨披着月光寒淒惻的梧桐，多少年的歷史了，它沉荷着腐敗的輝煌，古遠的榮耀；它殘缺的枝椏冷冷地沉寂着，如土地上那裂成蛛網般的紅磚。我們走着，失落了國籍。梧桐過後，宛然便是一條長長的，街燈亮着不暗也不明的長街。寂寞的長街。我和止符踏着一方方的磚，走着節拍緩慢的步。我們是很快樂嗎？歷盡艱辛地我們來到了這夢寐以求之地，我們是快樂了嗎？我們是快樂了嗎？我把手插入夾克的袋，止符也是。我們落寞地走着，唱着流浪的歌。我們走在長街上，街燈不為誰地明亮着。我們在台北的晚秋裏，在淒冷的夜風中，在人們都酣睡的子夜，我們聲聲地厲呼着他們的名字。啊你們在哪裏，你們酣睡了沒有？我們千里迢迢趕來，想抓住一些甚麼，可是連風也抓不住。我們是快樂的嗎？水影在泥濘裏倒映着街燈，雨紛紛地下着：下着、下着，飄在我們微仰的面上。吸一腔涼涼的雲，啊，那不是一幅沉鬱的水彩嗎？一街的晚燈都模糊了。

摯友寫信來緊緊地追問：你們快樂嗎？我們快樂嗎？淚水和雨水，都是伶仃的棄嬰。記得那首歌——《窗外雨歇》。窗外真的雨歇了嗎，為甚麼又會有一大片的不透明？「相隔兩地又何妨」，真的是「相隔兩地又何妨」嗎？為何心坎裏的痛楚仍那麼隱隱？贈我的歌和歌詞，此刻唱不出了；只有離別了的人才真正地離別，離別的創痛是令人連離別二字都不忍聽、不忍提！是的，只有遺忘，但我們願意去遺忘嗎？我們寧可懷着懷念，也不願意去遺忘這深誠的眷念，獲取一些麻木的快活。我們不忍為之也不屑為之。也就是因為這點不屑，我們瑟縮在寒夜裏，把手插入夾克裏，自找苦吃地聽那迷惘又切實的樂，唱那令人心疼得欲哭無淚的歌，並肩走過長長的方磚道。風在我們的周遭怒吼，多麼淒厲和艷寒。

於是我們仍把手插入皮夾克的暖袋裏，唱着不知名只知愁的哀傷，望向中天月，悲涼在夜央的霧中傳染。破舊的圍牆，卻培植着盛開的杜鵑。殘缺的月，仍靜靜地拂照着這幾千年莊嚴的國土上，我們把手插入皮夾克裏，踏過一塊塊的方磚，走着，走着，影子和月亮，美麗的蒼涼。

稿於一九七三年十一月，十九歲作品，台灣
首次赴台

狂旗

文學中常常表現的是這兩種題材：寂寞與不平。「冠蓋滿京華，斯人獨憔悴」是寂寞，「俱懷逸興壯思飛，欲上青天攬明月。抽刀斷水水更流，舉杯消愁愁更愁。人生在世不稱意，明朝散髮弄扁舟」仍是寂寞啊寂寞。「涼風起天末，君子意如何。鴻雁幾時到，江湖秋水多。文章憎命達，魑魅喜人過。應共冤魂語，投詩贈汨羅。」是不平，「興酣落筆搖五嶽，詩成嘯傲凌滄洲。功名富貴若長在，漢水亦應西北流」仍是不平啊不平。是這種寂寞與不平，讓江水般的歌，日以繼夜的自江湖傳來。歌聲悠揚。歌聲悠長。歌聲悠傷。彷彿有那麼樣的一個故事：故事漸漸不止一個。有遊俠一般的少年揹着行囊踱過日暮的長街。有愛思想的少女在火爐旁靜靜地看向窗外。故事裏總有遼遠的深山，翠綠的森林，和那一群可愛的笑臉。多麼親切，多麼令人深深撼動啊！你想起來抓住它：你的手搭在一位心愛的妹子的秀肩上，她忽然板着帶血的臉孔，狠毒地盯向你，你蹌蹌踉踉往後退，看着她的身子像在漣漪中的倒影般切斷了三截，每一截都是他們熟悉的身子……你大叫翻起：他們呢？他們呢？他們在哪裏？你只看到，牆上那一壁奔馬，在黃褐的宣紙上四蹄飛揚，黃塵漫天，似在很遠很遠的地方，向你奔來，帶着赤鹿、洛書、河圖、玄鳥趕來，又飛砂走石的越你而去。你定睛看時，馬匹仍在，而那幅畫，是昔日十聯文藝研究會的兄弟們贈於你的。

你愴然地爬起了身：他們呢？他們呢？為甚麼一個親愛的妹妹，也分成了三截!?他們是在很遠的青山，那兒正有狼煙直冒，你看那翠峰上，濃煙不斷，旋轉着旋轉着，是那群江湖兒女，被困九州中，正在設法求救？你應該去的呵！軍令既出，君何忍住？那受傷的馬，那受傷的王，那馬聲聲嘶鳴，哀而淒厲！王呵此刻是否在日薄西山的大槐樹旁，希望他最悍勇的將軍策馬而至呢！可是你又怎麼能啓程？大霧瀰漫江上，蘭舟無從催發。日暮了，暮靄沉沉，滿天滿江都沉紫一片，我要點一把火，衝上陣去！天下的弟兄們啊，準備你們的劍和刀，備好你們的馬和船，我要來了！

那一個古遠的年代，曾經有刀、有劍、有意氣風發的英雄年少，有筆意飛動的高士大夫，而今呢？我們何許陌生地生存在陌生的土地上。昔年三孫子弟，從談笑行殺戮濺血滿長衢後，留下來的人，是太稀少了。留下來的這些人，有兩樣事是忍受不了的：寂寞與不平。這些人幾乎不能去看任何古玩、任何古畫了，你看那挺胸氣壯的銅人陶俑，你看那三疊二分出水渾成的中國山水，不覺愴然身退，胸中似有一股血泉，隱隱欲吐。他們活着，只想告訴你一些事實。為甚麼有些人，在暗夜裏獨自撫着閃亮的刀！為甚麼有些人，夜赴深山去尋找一條河。他們從多風多雨的年代走來，是很累了，很倦了，但一定會走下去的。負載是太多太多了，因而一定要負載下去。

遠方的狼煙，隨風幡動。你在山頭望過去，除了不安的翠綠，甚麼也望不到。那兒的距離無以飛渡。你想着那兒幢幢人影；那兒的衣鬢紛飛。記得一個遊藝會上，一個白衣少年，被一個師長喝令解開扣在頸喉處的那顆紐子，「別好像穿中山裝一樣，這是甚麼地方，甚麼時代！」那中年人滿頭青筋與滿面紅光，「別『死牛一邊頸』，合合潮流罷，小老頭。」你沒有反駁過一個字，你只用劍一般凌厲的眼神去看他，然後你的同伴們也圍了上來，用一種不是凜然的眼神來看他，直看得他尷尬地笑着走開了。記得有段日子，為了要在學校裏堅持出版一份中文刊物，每天都得被校長召入室內，痛罵整個小時，當你出來時，只見友人們都焦急地守候在走廊的兩旁。你還記得嗎！你有一個胖胖的窮朋友，為了救一個被欺負的、更窮的孩子，不惜一拳揮過去，把那欺負人的傢伙打飛，然後飛也似地與那傢伙的打手們競跑，他直跑到你家，還興奮的對你説着適才意氣飛揚的事，而人已追來，你和他及兩位朋友，馬步一擺，有膽過來，就把那群傢伙唬跑了：好痛快的事呀！次日那有錢人的孩子向學校告了一狀，連家長也施以壓力，校長要處罰他，令校役把那窮而胖的孩子的書包自教室扔出來，你在別班上課，猛飛出課室外，接過書包，與同班三十八人，諫書校方平息此事。那是何等痛快的事呵！那是昔年的事了，事雖小，但堅持到長大了，那卻是千千萬萬人要做的事了！那個國度，那個國度，是了，那個國度，正在青山彼處，狼煙飛湧處。泣血處處，家人，兄弟，你在此處，無翅如何能翔？烽煙急馳，你卻無以為渡！原諒你呵！在飛機凌空拔起時，你已夠傷情千萬處了！

你神傷的走回書齋去。滿房四壁的燙金書，如厚重的城牆；曾經輝煌過的，曾經博大過的，曾經喬皇過的，而今沉默地靜立着，沉實厚重地望着你。你忽然伏倒在案上，久久不能把頭抬起。這一切已經告訴你了。這一切已經告訴你了。寂寞與不平，乃何許淒然的事！正如娥真那〈第一次秋天〉裏：「你可曾看到一些街旁的店門前，垂掛着中國古代式樣的小燈籠。那麼雅致的燈籠，卻在蒼涼的秋風中伶伶仃仃地搖首，像在守望着甚麼，每天望到的卻是遺忘他們的行人，不經意的來來往往……」多麼的寂寞，多麼的不平！又像黃昏星詩中的：

每次我都忘記旅途中的你，兄弟
不要悲傷，走了這麼遠還如此長
每一個夜晚，當月
偏西

年歲悠悠，時復與同。飛蓬各自遠，且盡手中杯。許多許多故事，都在英雄的斗篷裏獵獵飛揚起來！你還能說甚麼呢？一面大旗，慢慢在江湖中豎起，在高處與風激烈地對峙着，永不停歇，絕不屈伏！

稿於一九七四年十二月十八日

勝雪

你有一篇文章名為：〈滿座衣冠似雪〉，裏面寫的是甚麼，幾已無可憶及了。每每觸及這一個題目，你的心像是高速行駛中的物體，猛然與另外的物體碰擊起來，胸中奇痛難奈。是的，滿座衣冠似雪。是的，滿座衣冠勝雪。是的，滿座衣冠是血。記得嗎？那一群百里迢迢自江湖各處趕來的子弟，來到你的振眉閣下，一夜縱論天下，煮酒焚棋，劍出如風的日子嗎？是的，那一群五陵年少、倜儻風流、意氣飛揚、都聚集在聽雨樓前，金碧輝煌得連掛在兩行樹梢的燈籠也紅了臉，是害羞？是妒忌？昔年可不管這些！在一排長明燈下，兩位白衣少年酒酣耳熱説文章，男的擊鼓、女的鳴箏，一時之下，所有的浪漫精神古典傳統，都自那兒的盛宴上衝開！

但是突然間燈熄了。不懂有多少夜行人剎那間數以千計的湧了進來，武功高絕，暗箭難防，死的死，活着的人活着等於復仇。那些白衣泣血的英雄們，流落江湖之東西南北，往返不歇。在大寂寞的時空裏，你和你身邊的幾個人，踏入機艙，風起兮，千千萬萬里。在機艙裏看留下來的人揮手，生命便成了最流離的傷憂！飛機拔根而起，逍遙九霄，九霄外，仍是無根無依的沉重的心。終於終於，落在一所新的樓閣的一爿室裏，但仍沒有停止它的奔馳。常常夢迴數千里，同你的白衣，守候着期盼的時陰。恍若一行金衣受戒的少林僧人，佛袍晃動間，沉厚的獅吼已響遍江湖。你舞着劍，白衣揮着水袖，而時正秋，你們等着的奉常、衛尉、太僕、典客呢？你掌着燈，白衣彈着箏，而時正冬，你們所苦守的天鳳、玉爐、五更鐘、輕羅扇呢？天寒，地凍，你們仍得走哇！天寒地凍，你們的路，越走越荒蕪、更行更凄惻，而你們仍得千秋萬載的去赴約。

雪地上的足印。這兩行千辛萬苦而永不止歇的足印，一面走一面向狂飈般的北風凄切地喊：東天東嶽帝君，北天北極玄武大帝，南天南極仙翁，西天我佛如來，急急如律令，遇難見神靈。「江湖路遠」，正如你在你第一本詩集上自跋的命題一樣，真的是一條很遠很遠的路。有天你們走到一所金青黑色的大廟裏，梵音的金衣僧們不動的唇裏迴旋而出，像招魂一般地迴盪着，拍打着將醒、而未醒的人，醒、醒醒、醒、一醒來呢？睜目，究竟身在何方？你驚見威皇剛忻的神，足踏龜蛇，威武而凄壯！滿座衣冠似雪！滿座衣冠勝雪!!滿座衣冠泣血!!!泣血中你流落到一個很遠很遠然後更很遠的地方，於是你開始幻想有天他們會突然列隊出現，而他們開始幻想你會從天而降！一切一切都是廿世紀裏的遊俠與神話，因為湮遠，因為不為真實，所以追念如追念陳舊了的書頁一般的追思它。

但你想告訴他們的不止是這些絕望悲哀的泡沫。而是有一天子夜裏，風響鈴動時，掠窗而入的，是你和你的白衣，那時，滿座衣冠俱雪的壯士們，花啦啦的九環大關刀與霍地一聲張開的白色水墨儒士扇，那輪舞開揚的時候：到了！

稿於一九七四年十二月十九日

振眉書[24]二章

生命

是個怔忡的晌午。你從陰涼的小樓走到街上，想尋訪一位朋友。正橫過馬路，偶爾看見一隻隨你同過馬路的小狗。小狗棕黃色，長長的鬈毛，烏亮的瞳子。多可愛啊，你想。一輛豪華的車子疾駛而來，你驚醒地快走幾步，小狗駐足回望，當然沒有人知道牠在望甚麼。你看見汽車侵食了小狗原來的位置，小狗忽然不見了。然後是你聽到車子的前輪，「砰嘭」一聲，跟着是後輪。你想喊，可是一切都無法挽回了。豪華的前座大概有兩個人。有個人回頭一瞥，嘴角掛了半個奇異的微笑，車子仍一樣速度，往前駛去，那人也別過頭。你回頭望那隻小狗，看見牠又急又快痛得把那變了形狀的頸磨着碾着在柏油路上，血染紅了牠的鬈毛，

24 「振眉書」是我的劄記。

哀號及嗚咽，幾聲過後，隨着軀體一齊靜息了。你看到牠凸出來的眼睛。幾個襤褸的小孩在小狗的血泊中看熱鬧。你握緊雙拳，指甲深陷入你的掌肉中，但你當然知道，你當然也無看熱鬧的必要。

所以你告訴自己：這是個偶然的晌午，你偶然外出，偶然看見一隻小狗，而小狗因偶然回望，便偶然死在一輛車下。太偶然了。也許小狗的主人，小狗的母親，仍不知曉牠死得那麼慘。煮了牠的飯的主人，仍叫牠的小名來吃飯，殊不知牠已躺在熱騰騰也殺氣騰騰的馬路上。甚至碾死牠的人，已早把此事遺忘，反正碾死的又不是一個人。只是你的心神仍無法安定，那小狗活潑的生命力，仍一再出現於你的腦海中。

稿於一九七四年一月十七日

夢裏的城

那天夜晚，坐在白色飛霞裏，趕去探訪二十多里路遙的一位朋友。窗外一片黝黑，偶爾經過一處小鎮，燈火二三，燭光盎然。我探首車外，黑風迎面兜給我一頭的涼，我沒有看見任何一個人影，只看見稀疏的燈火，幻想它是一座城，一座詩城，有名俠義士，路經此地，也有世外高人，隱居此地……想着想着，轉眼到了城市，興趣索然。

再有那天晚上，信疆兄和我們同訪「國父紀念館」，拾級而上，只覺氣勢如山，巍峨的高山，把我們吞食了似的。走廊上靜寂無人，只有盞盞古典的燈，信疆兄掌劈西瓜，蹲在石欄上，一面吃一面看遠處子夜城裏可悲的燈火，想長安的王榭大宅，想車如流水馬如龍的古代……信疆兄說：假若此際，有一黑衣俠客自屋簷掛落，是何等情趣……我自己在想：如果當他落身下來時，忽然嗆然一聲，大門自開，廳堂中孔明燈分左右而列，此閣主人早已恭候多時了……這更是何等沒味！想着想着，像回到風雪會中州的年代，信疆兄與大家說甚麼，我再也無法聽到。

迄今我仍是常常跌入我內在意識層裏的王國中，這王國總有一些熟悉的城，一些熟悉的人，有劍也有詩，有愛也有恨……我知道在現實生活它是不存在的，但我仍一樣地緬懷它，並夢想它有一天會真實起來。這樣也好，因為我知道，有許多人，在他夢想中，已沒有城了。

稿於一九七四年一月十七日，馬來西亞。二十歲作品

綠洲社承辦「天狼星詩社文藝獎」

更鼓

初更：薄涼

蘭君，世界在窗外下着雨。百葉窗前琰黃絲綢簾子微微晃動，風鈴般把窗外的沁涼帶進來；屋外子夜的世界，像荒原上唯一的枯樹和月，蒼涼得可怕。單調而繁複的雨聲，穿過琉璃瓦，和夜同樣給人一種安寧的蒼涼。是殘缺了的午夜，是午夜未眠的人，在這瑟縮的世界裏，憑藉着他室內一圈微明的燈，給你寫這片段的文字。蘭君，適才我和友伴們自電影院出來，雨就稀裏嘩啦地下着，戲院出來的人，都愣立在院前廣告牌下，在日光燈黯敗的銀芒下尋找自己的立足地，像神爐上香火盛時排得密密麻麻的香腳骨子，不惜踏在其他燃盡了殘斷了的香腳骨子上來維持自己的立足。笑談中偶回首望，蠟黃的面孔有的像粉團上用炭筆畫上模糊的五官，沒有笑也沒有哭的表情。甚至沒有表情。有的似椰皮般粗糙的臉上，綻裂着令人冷酸的假笑。有的目光淫穢得逼人，前頭的長髮女郎領口開得太低；有的愣愣凝住瓦簷下的雨滴，嘴裏喃喃有詞，似老媽子揑着琥珀念珠念咒，天殺的、地殺的、這場該死的雨……驀然驚覺這是了！是了！是這個熟悉而又陌生、人情薄涼的世界、愴寒的世間了！我無意間的一瞥，從停擺一旁的一輛腳踏車的銀亮的車燈蓋上，花亮亮也正有着我被扭曲了的臉孔，橢圓形的光影獨獨誇張了證明呼吸的鼻和吃東西的嘴，眼睛和腦子都瞇成一線，像橄欖的核尖。我沒有往下看，我說：我們走吧，有傘的人送沒傘的人回去。在豪雨紛唱的黯濕宇宙裏，我們幾個朋友，衣沿沾着衣沿，衣衿貼着衣衿回去……這灰暗的世界裏，畢竟還有着父兄的情。蘭君，走過冷濕的長街，別過朋友，回到中房，捻着了給人感覺親切溫柔的燈，家還是熟悉的家，房還是熟悉的房，一股溫暖從冷濕的腳心湧上四肢來。前廳及後院都黝黯得擠不出輪廓，我忽然想到你親切得就像坐在我身側。而在我靜寂或輝煌的下半生裏，誰也不能斷定誰還能並肩而行，但我必須攜你同往，與你同在，如果是在中年，仍沒有心愛的妻，當夜暮闌珊燈火二三時，寂寞的悲涼會把你折磨得心悸。坐下來翻書，窗外的雨不斷地摧着老樹，洗着殘花，我讀到張愛玲的「生在這世上，沒有一樣感情不是千瘡百孔的」。赫然大悲，在哀慟中深切地惦記你，隱約地覺得你是我要照顧的女兒，是要照顧的母親，最後還是溫婉的妻！啊蘭君，雨如煩絲，亂復難理，世間仍蒼涼如故；我只知曉，那麼深那麼無由的，沒有欲念地想你，在這情薄的世界裏。

次鼓：微涼

同樣是這個殘香黯敗的世界，兄長，在同樣的雨夜裏你我乘同一部車子回來，一彷彿間像是適才的事。是大風雨的夜裏，白色的「飛霞」吃重地撐開兩盞昏黃的燈，駛到前院才熄去，車子「吱咿——」地和着泥濘停下來，引擎還在雨聲裏「噗噗噗……」地響着微弱的氣息，兩個人凝端車前的雨刷子，「噗——嗤——噗——嗤——」地使人想到它是絕望地把半圈的雨水撥去，而不是希望的。您熄了引擎，天地間只剩下風聲和雨聲，在黑暗的世界裏威皇地走過——像在隧道裏黑而龐大的火車忽然闖了進來，你只能在光芒未被吞沒前瞥見它赫赫鐵黑的第一節車廂，它就轟隆轟隆地駛過——然而我們並沒有等它過去，開了門就往石階上衝，衝到騎樓已濕得甚麼似的，您稀裏呼嚕地喘着氣，敢情是衝鋒時引動了您焦辣的狂野，呵着氣說：「好啊——好大的雨啊！」我笑着用鑰匙旋開了門，捻亮了電燈——再亮燈時，紅木雕花几已不再油亮而是斑駁，同樣的燈圈只有寂寞的溫柔而不是溫暖。只有屋外的雨永遠地連綿着、嗚咽着、哀泣着……把一個一個遲重的夜，緊緊地承襲着，像焦瘦的手咿咿呀呀地拉着昆曲的二胡，從輝煌的唐宋拉到現在，是越拉越瘂了，微弱了，細碎了……但仍一樣令人鼻酸。兄長，讀了您的〈暗香〉我一直想哭，到現在還沒有哭出來。在這整個午夜是女媧填補不上的哀泣，悽惶地籠罩整個世界，沒有誰能把微弱的泣摻糅得進去。我想重讀〈暗香〉，是因為這一切都在浮動，一彷彿間，已是關山萬里外的黃昏，一輪月，正淒涼地照着人間：照着那些思念樹身的落葉、思念綠葉的枯木……像京戲裏落下一場戲，一陣喧天的銅鑼鈸響，再掀幕時的一齣，已是青絲成白髮的數十年荏苒了。而雨仍下着。一個世紀一個世紀地下着，電線被風吹着帶動燈泡在晃蕩晃蕩，小房也像在小舟裏暈着船，我喝一口茶，茶盅裏淡黃的菊花浮屍在淡黃的水上，我知道它是用自身埋葬了自己。茶杯裏一絲微弱的白煙，仍緩緩裊裊地冒起，而在這寒縮的雨夜裏，它開得如斯絕望，如缺了一支的雨刷子，絕望地固執地劃動着沉溺時求救的手……而這世界的雨，仍密密麻麻地落着，下着……

二鼓：透涼

在如此這般潺潺的雨夜裏，在前半夜才與我一同撐傘嘩啦嘩啦地走過落雨的長街的朋友們，你們可曾睡了？在風和雨裏一行人互相依挨在傘下走過是好的，因為往下半生還不知道有多少條街要走，多少場雨要落。許多朝代過去了，老法長三堂子那一路子的人從風雨裏走過，年高德昭的那撮子的人也過去了，我們遲早要走——而且得走下去。在天空鳥瞰下望，無論匍匍跳跳的、舂着的、爬着的，都得一一走過。可是再走下去，是越來越孤單了，望不見一個相熟的人。年輕的歡笑換來悲哀的妥協。所以在往後許多個雨夜裏，年老的人都蜷縮在床榻上，夜雨淅瀝淅瀝像一首不完的歌，一首 Old Black Slaves，一首清平調，乍聽倉促，細聽不覺悲涼。古今中外，都是一樣。這是雨夜，我身上所有的瘀傷都哭喊着它們的骨骼。朋友啊，沒有睡的人在台桌前呆坐着，細聆碎落的秒針走過，良久良久，驚覺在光滑的磨石上有你面目模糊五官不清的影像，「當」的一響，你悚然驚覺，在最謐寂的房中，你等的正是後面無聲無息伸來的一隻毛茸茸的大手，無聲無息地把你攫去。睡了的人朦朦朧朧間聽見外面佈滿了窸窸窣窣的衣袂和哀號，猛捻亮燈旋開百葉窗一望，門外正有你伶仃的白鞋，在黑暗一前一後，像有個半跪的人正穿着它——誰知道呢？誰知道這風雨的半夜，我們古老的後裔們會遭歷些甚麼！其實我說的故事，一點也不好聽，應該聽的人只要在半夜的雨聲裏爬起來，淒淒寂寂地自然會聽到這些故事，不該聽的人有天清明時節到黃土青塚上去上香，疏疏的雨也自然會告訴你這些——該聽的人聽了恐怖，不該聽的人聽了也悚然一番，想想不覺荒唐，或許莞爾一笑。而朋友，雨還在世界外面下着我們前半夜撐傘的故事，我仍側耳細細惻惻地聆聽着。有時像一首昇平氣象的國樂，在白天裏仔細聽去，卻彷彿告訴你幾千里外無人煙。有時像一排蠟黃面孔的人在齊聲唱着歌，歌聲幽異，活像男高音拉壞了嗓子變成了撕裂的女音去了。而雨仍然下着……

末鼓：沁涼

雨聲從倉促漸轉沉寂，「吧嗒——吧嗒——滴——答——」靜夜裏聽備覺沁涼。推窗望出去，一輪劫後的月亮蒼涼地浮起，半聲不吭地懸在夜藍的碧空裏，有一種黯然的神傷。一畦一畦的水影浮着月的屍體，乍看是昇平氣象多看不免淒涼。我重新坐下來，聽着單調而深奧而幽秘的雨滴聲，惆悵地聽到，兩隻雨後的蟬，從來沒有那麼悲涼地鳴着。是深深秋裏唯一的蟬，唱着最後的歌，一聲一聲都是悽楚的絕響。啊蘭君，乍聞的一刻裏，我所有瘀傷都痛哭起來，泣給它們的骨骼知道，一切受傷的故事。這是個瀟瀟的夜央，在寂靜的月光下一切都是涼冷的。蘭君，更鼓聲聲，始於伊而終於伊，而另一個故事，在長街末稍的黯夜裏又再開始，梆子一般地一更次一更次地流傳着。從張愛玲女士的《流言》裏讀到一則很沉哀的故事，故事很短，一開始便是撲面清涼的一句：

這是真的。

有個村莊的小康之家的女孩子，生得美，有許多人來做媒，但都沒有說成。那年她不過十五六歲吧，是春天的晚上，她立在後門口，手扶着桃樹。她記得她穿的是一件月白的衫子。對門住的年輕人同她見過面，可是從來沒有打過招呼的，他走了過來，離得不遠，站定了，輕輕地說了一聲：「噢，你也在這裏嗎？」她沒有說甚麼，他也沒有再說甚麼，站了一會兒，各自走開了。

就這樣就完了。

後來這女子被親眷拐了，賣到他鄉外縣去作妾，又幾次三番地被轉賣，經過無數的驚險的風波，老了的時候她還記得從前那一回事，常常說起，在那春天的晚上，在後門口的桃樹下，那年輕人。

於千萬人之中遇見你所要遇見的人，於千萬年之中，時間的無涯的荒野裏，沒有早一步，也沒有晚一步，剛巧趕上了，那也沒有別的話可說，惟有輕輕地問一聲：

「噢，你也在這裏嗎？」

這個平凡而動人的故事，名字叫做〈愛〉。我想愛是深沉的，尤其在那個時代，「她」會深深地惦住桃樹下的驚鴻一瞥，但不可能「常常說起」，況且越說不起的感情就越深沉，沒有人知道也是一種厚重的美。而我們的故事，也該是結束的時候了。許多許多其他的故事，正等着開始。蘭君，更鼓聲聲，卻又似有似無，也不知響自何處，只覺聲聲催着，催動倦意，催促睡眠，催動人愁，催着人老，催着那東流水一般的歲月，雨聲一般地過去……

完稿於一九七四年二月十九日晚，馬來西亞，二十歲作品
舉辦「振眉詩牆」徵文比賽

天火

這是一個很可怖的旅程。是這樣的，在一個寒冷的子夜裏，我們三人，在熙熙攘攘的人潮裏穿過，搭上一列夜快車。車子過了啟行時間還沒有開行，像是在等待甚麼；後來終於開了，車內的燈光都一齊熄去，開始是不穩的、顛簸的，最後像一艘船似的向前流去。從城市流出郊外，從郊外流出野外，一直流着，像黑水河般流着。因為沒有光，所以大家都沒有說話，感覺着彼此的呼吸，濃重、急促而緊張。我們耳鼓裏都是馬達引擎的聲音，濃重、急促而緊張。他居右，她居左，我居中，就這種坐在車裏的燈光完全熄了的座上。黑暗中有一枚煙蒂撐出紫金一般的紅光芒。車子繼續向前走着，我們仍然沒有說話着。黑暗在外面更換着黑暗，每隔一陣，便有一列列淩厲而寂靜的路燈飛掠而入眼簾、而過！就算是闔上眼皮的人，也會驚覺得一團灰藍灰濛濛的光芒無聲無息又飛快地貼上眼皮，猛睜眼，一支路燈幽靈般地落在後面，另一盞疾快地而紋絲不動地撞上來。恍惚間，更像是那在千里外的一座城了！啊那熟悉的遙遠的城，有敬愛的詩社，有親愛的家人。那些夜上怡保市的一行疲累的人，有一次在車上用華語對話，被人恥笑為老土，於是群起反擊之，一起唱着激昂的歌，震住那些忘本的心……那段歲月呢？……那些朋友呢？……那喜歡握着拳頭大笑喀喀喳喳哈哈嚇的二弟呢？那一天裏需要上洗手間十多次的四弟呢？那白臉文秀但鬍子卻長到臉頰去了的三弟呢？……彷彿彷彿，恍惚恍惚，幾個人快樂且溫暖地笑着，走過冷冷的黑的長街走向「彩虹樓」總社長的期盼裏；也走過長街，也走過墓園，也走過痛苦，以及，走過快樂的成長……可是那班人呢？車子用一種永遠同樣粗重的聲音，單調地回答着。車外有黑夜的長堤，點亮着盞盞銀燈，又黯又無光。

遠遠的黑色山崗，山腰竟亮着一大團散碎的燈光，像一座新冒起的星河，帶着如許欣心悦意的新意，舒放着銀光，就這樣地在深夜裏亮着，就像一座盛唐的城，譁然都是亮而無聲。是沉寂得太久了，所以再重新亮起時，再也沒有聲息，那盛偉的朝代。我們遠涉千里，甚至要連根拔起，都是為尋找它如尋找一條河，而來的——如今我們尋着了它也失去它，它就亮着，像一個王朝，你永遠走不近它，你只有困守在車廂裏，聽黑暗，聽風，霸佔了整個空間與主題。我們究竟為甚麼而來呢？我們又為甚麼要去赴約呢？我們究竟赴誰的約呢？為甚麼我們會回復當日孩童時第一次出門旅行時那未眠夜裏忐忑的心情？

接着是另一座黑色的大山，高高的數百盞瘦瘦的燈，像一干勇猛的起義，陣容強大地從那座山頭排到這座山頭。為甚麼車總是在走着，而我們永遠沒辦法到達呢？我們的信箋，為甚麼沒辦法寄到呢？我們的心靈，為甚麼沒辦法傳達呢？最後的等待已然絕望，像一則故事：一個人在午夜寒風的街道裏走着，他雙手插在皮夾克的袋子裏，在想着，他少年時好不容易才愛上了一位女孩，鼓了最大的勇氣才敢寫信給她，盼盡了時日，卻沒有一絲回音。而今他離開了他的鄉土，在這兒等信，等往日朋友的信，一封也沒有。他的信，在他最窮的時候，一封封寄出，為的是獲得鄉音。他的信終於來了，是報訃的，他最敬愛的父親病逝了，母親瘋了。他躑躅在街頭，看清楚沒有人的時候，在多風的街頭，他，掏出一瓶火酒，倒注入一座街頭的郵筒裏，然後投入了一根亮着的火柴，在熊熊的火舌自郵筒裏噴出來的時候，他慢慢離開。

車外飛掠而過幾座殘堡，建築的形狀各有不同：有的像尖塔，有的像圓塚，有的像方場，最後最後，我們闖進了一條無人的街道。兩旁冷冷清清的街燈冷冷寂寂地亮着，把街心照成了透明，把街的兩旁照成了一座死城。靜而無聲，沒有人。像一座恐怖的城市，人們都在暗夜裏攜眷而逃，剩下的是一座空虛的城，和一所一所裏面不知有甚麼藏匿着偷窺着的事物。記得那遠方，也有這樣的城，每隔數十里，深夜裏策車經過，看見一座座沒有人了的城，和一柱柱枯守的銀燈。那時有那時候的記憶掠過，現在有現在的。記得那封信：「親愛的哥哥、嫂嫂、翰怡侄兒：再見的時候，孩子已經長大了，我們也老了，那時候我們相遇，有一陣子迷茫，好像那座山曾發生過甚麼似的，後來又只剩下了夕陽。弟瑞安拜。」青山、殘陽，最後的信，清涵箋，最後的箭，射穿所有碎了的心。他的，她的。我的。你的。好像又有那樣一個故事：有一對很有學問的兄弟，正在着手研究着一個科學上的重大發現，黑夜裏乘車歸家時，弟弟車毀人亡，哥哥趕去時，看見弟弟用染血的手遞上一本記事簿，一句話也說不出來便逝去了。哥哥花了最大的時間與努力去研究，發現筆記簿所記的都是一些平凡的瑣事，惟有最後一頁記着一些深奧的原理，而原理裏最後而又最重要的一行，卻有幾個奇怪的文字，句子本身有些字像是不可能會在那兒出現的，但這句子發展到一半便中斷了，弟弟大概是在那時遇事，寫不下去了，哥哥抓據此點，苦心研究了大半生，終於借此得到了一個高妙而完整的科學原理，正欲發表時，發現弟弟遺物的一本日記中，每遇到如是句子，便一定寫錯，終於他發現那可疑的句子，原來是一些錯誤的符號和一些別字而已。哥哥大驚，再翻查弟弟之記事簿，但已無蹤跡！那麼他研究出來的原理，一下子都變成了空中樓閣，沒有了依仗，它真的是完美得無懈可擊嗎？難道弟弟遞給他的不是這一頁，而是其他在簿子裏看來平凡的語句嗎？裏面究竟暗示些甚麼？難道他窮數十年之研究所發現的真理，只是一個偶然嗎？但弟弟已去世數十年了，簿子也失去了，這些問題，永遠也沒有人能解答了……

大概除了死寂的長街外，唯一足堪告慰的是，路旁不時閃過的一些殘破的廟宇了。車子走過長堤，長堤兩側，有孔明燈一般的燈光，浮在河上，遠遠望去，像兩排白衣人守着一條長路，通向他們的海和山莊。車子馳在陌生的海堤上，無盡無休無止，海就在一座大黑暗裏呻吟呻吟復嘆息，彷彿有着恆河一般黃河一般的悲涼與神聖的身世：救救我吧跳下來陪同我吧讓我們一齊成為黑暗的海水吧。我們像是在摩西的指引裏，唯一能從海水兩分的陸地上逃遁的人。記得那封信嗎？「五弟：想不到人別離了之後，連心也要別離；說了一次再見，已夠痛苦的了，居然還要再說一次；喝酒吧，大聲讀詩吧，唱最悲愴的歌吧，可恨老大，無緣再隨伴。溫瑞安上。」如果這個時候，有你們在，該多好啊。該多好。我聽到他也在說着，喃喃地在說着，是的，若你們在，該多好。我復看到她的雙眸在黑暗裏有晶瑩的淚光，像一圈圈往事：她也赤誠，她也狂熱，她也痛惜着這個世界啊而因為我碩大陰影的存在，別人忽略了她的友情，她的往事。她忽然說話，幽幽地，向着落日的地方可以被喚做：向陽。有一天，我記得，她告訴了我一個夢魘：她和她的姊姊走到一個森林裏，森林裏有一間奇怪的屋子，這屋子彷彿令她隱隱覺得：這是屬於她的一個仇人的，而她最親愛的姊姊卻在這屋子裏替屋裏的人洗衣服！這是不可能的，太不可能了。她又看到林子外透進來的月亮，黃得非常奇異的青白，慢慢而緩緩地在空中自轉着，轉着，轉着，轉啊轉，漸漸增大了起來，膨脹了起來，隱約有一個聲音，在龐大的天空裏陰惻惻地笑着，她卻一點也不覺恐怖，四周黑突突的天空，像一屏萬頃無盡的天幕，忽然躍出了一些星星，再定睛看時，卻跳出了兩隻橄欖核一般的灰暗色的物體來，漸漸成形為一雙下垂而幽深的眼睛，而沒有眼珠！她覺得非常吃驚，但她姊姊卻在此時喚她進屋，她萬分不情願地進去了，再出來時，月亮大得像血盆大口，那雙下垂的眼睛仍像無盡哀思地望着她，整個天網，像一座古希臘雕像的臉部輪廓似的。她後悔因為走進屋裏而沒有看清楚它的演變過程，隨即又想到：為甚麼她的姊姊總是不肯出來像永遠也不肯出來一般？她忽然像領悟了甚麼似的吃了一驚，但隨即她就從夢中驚醒了。醒時不知自己身在何方，像一顆星，懸在無涯無岸，而且無際無止，更且無盡無休的黑藍黑藍深深邃邃的大太空裏。

車子繼續前駛。車上有個暗青色的掛鐘，指向十一，在黑暗中盯着全車黑暗中的人。車子開行之前，因為是長途的夜車，所以由女剪票員先點上一炷香，插在車前的大玻璃旁。香燃盡時，再換上一支，在冷夜裏燃香，很有些宗教儀式的味道。香在奔馳的車中晃着搖着，煙被紅火劃成一圈一圈，如一圈圈的迷霧。不知道從外面看這疾飛中的龐然大物，會有甚麼感想？在外面，那炷香在玻璃前，那微弱的紅光，映照在每個人的臉上，會是暗青還是暗金？會是恐怖抑是艷美？似雪一般的恐怖還是血一般的美麗？如果外面是一條雪路，有斷柯處處，如果是一條雪路，走啊走，走剩下，三個人。如果是一條血路，走啊走，走成一片遺憾。遺憾總是美好的，但往往十分可悲。那是另一封信：「七弟，能夠再見時，我們會不會都老了，都不認識了，在風中，我們拄杖而彼此搖擺着往前走，終於擦身而過。溫瑞安上。」時鐘仍指着十一，原來時間已經停了，我們已不知曉我們真正的時間，而時間永遠是那暗青色的十一。外面的東邊，燈火在黑暗裏聚集得像一個小小的王朝膜拜，正拒抗着對岸那燈火雲集的盛宴！對岸那些小小而閃亮着銀的藍的白的燈還是星，湧起像擁護一座小小的神，燦爛輝煌得像封禪大典一般的燈火齊明！千萬點星火！千萬點人家！這是從漁舟唱晚時舟子倦歸時看到那歸岸的燈火，還是幾千年來從未熄滅的河岸的長明燈！會不會，會不會是大宋盛唐裏的一座城，透過倒錯的時間與空間而在誘惑着我們？也許他們一直隱藏在高大而黑暗的喬木林裏所以從未被看見！車子疾速經過了它們，而拋向了後頭，我再也望不見那王族了，只有黑漆漆的山谷裏有二三盞燈火！究竟那山谷裏的人，是怎樣忍受那寂寞？就在我們經過的這一刻裏，他們究竟發生了些甚麼？我震驚起來。是一隻青色的毛手從窗外伸入？是供奉着的聖母像忽然怒笑了起來？……於是她又告訴我一個令我不寒而慄甚至哆嗦的夢境，在她一恍惚間，她看見許多陌生的人如陌生的魂，沒有笑也沒有痛苦地直挺挺在路上走，最後走到一座戲台上，台上一陣鬧咚咚鏘後，只剩下一個滿面塗血的丑角，打了一個跟斗後，幕下景滅，剩下黑暗的車廂外，他，我身側的他，身子在黑暗的車裏像那些陌生人一般走動着，穿着黑色的长服，但頭顱卻在車窗外，正咧着大口向她笑着。我聽了猛轉右看向他，他也正好看向我，眼睛與眼睛裏互相震落一些恐懼。然後我忽然在錯愕間似乎看到一座很恐怖的山向我走近，像我曾攀爬過曾迷失過在其中的主幹山脈其中之一山，那是一座黑色的大山，然後我看見那晚山中的月亮，又大，又黃，又青，又近，像是永遠也不可能的大山。而他的另一半臉呢？青黑色而幽幽地笑着，有一天，它會突然轉過臉來。

車子仍在滑翔着，有時像在高處，有時候在低處。車子終於在第一站停了下來。我開始以為是到了，但隨即又問自己：究竟是到了甚麼地方？我望出車外，只見一所野店，屋茅破飛，三三兩兩，迷濛燈火，自店內透出，大家相繼下車，大概是漫長的旅途裏一個驛站吧？我下車如下馬，外面風寒如同風冷着身子再往冰窖裏一浸才往人的臉上吹，把她吹得倒退回車內。我們兩個走走，我對她說，你自己歇息一會兒好嗎？大家都往野店裏竄，以擁抱一所熱花花的浴池的姿態去擁抱一碗湯麵，我和他走到店後的山坡上，走到野店的招牌底下。這店子「福祿壽」三字，用血紅的大字寫在黃裏滲白的大紙燈籠上，一滲一滲的微光自紙縫裏透出來，把三個血紅的字堆成三個大大的血影，驅鬼符一般地寫在山坡下，野店它自己的屋頂上。從山坡上望下去，店子的茅頂破落處，那群人正忙忙碌碌熙熙攘攘地製造熱力的麵和吞滅着有熱力的湯。孤獨。渺小。他們？不，我和他。忽然，我們感覺到天上充滿着一片黑幕，烏烏沉沉地低壓下來，與這搖搖曳曳的微光不成比例，而目擊者，卻只有我倆！「福祿壽」！我不知道甚麼是「福」，甚麼是「祿」，甚麼是「壽」，但我看見自遠方那轉彎處，有公共汽車額頂上置放着三盞可怖可詭的幽異的燈，蜿蜿蜒蜒地向這裏駛來。我在寒風中覺得忽然滿身大汗，急急與他走下山坡；在沒有離開的剎那，我用我的右腿，以一個飛躍側踢的姿勢，向那三盞大而無風自動的燈籠，遙比了一比。

車子再向前駛着，黑暗中有無盡的蒼涼。車子終於停在第二站。車未停定，神迷意亂，車子戛然停止——定睛看時，只見到一座龐大的廟！廟前有一方蓮池，黑暗中，池裏伸起的荷花托着黑色的蓮，像黑色的手自黑色的水池裏向黑暗的天空伸去。池心有一頭大象，張其牙而舞其鼻，背上有一白色的佛，正是拈花微笑，釋迦牟尼。我們三人，越過蓮池，走入廟門，廟門迎接我們以兩方黑金字的對聯！放眼望去，從廟門走到廟堂，經過一路白色砌成的石板路，兩旁園圃，在黑暗裏，翠成黛綠；夜幕沉沉，樓閣層層，昔日輝煌如逍遙山莊，大概亦此而已。我們走過時，只見前面遠遠，金色和紅色的廟，佛聲喧天，心中驚震之間，錯疑為當日嵩山少林寺，山連山，寺連寺，少林寺一百零八位羅漢，禪杖降魔杵，豈有我們插足的餘地？探窺左右，漆黑一片，兩旁樹叢，不知會不會有大批高手，潛伏於彼？一時之間，覺得煞氣逼眉，汗涔涔下；有人迷信三人同行，屬於奇數，認為不祥，我們此刻，豈非也正是危機暗伏？心中驚疑不定之際，忽聞一聲佛號，一位金衣火紅袈裟的僧人行近了來，如蒼木古石般紋絲不動，但又疾快無倫，大風在黑夜裏吹來，他的僧衣翻動不已，猶如一頭金色的獅子，我們都頓然一醒。跟着他後面有七八名，不，一共九名，九宮八卦陣一般，九名尼姑唱着佛號像唱一首很動聽的歌：「喃——嘸——阿——彌——陀——佛——喃——嘸——

阿——彌——陀——佛——」跟着僧人走動，後面還有十六七個善男信女，赤着腳，跟着高僧之後與群尼之後，走着。他們一個圈子一個圈子地走着，走得很慢，邊走邊唱，走過了大殿內再擴大到大殿門前，圈子漸漸大了，旁邊看的人也棄履赤足，紛紛跟了上去，一圈一圈，繞過了假山轉過了小樹圍住了小亭，一行人，像一個陣勢，前面一個金衣，後面九個灰衣，再後面有男有女，有老有幼，繞着旋着慢慢走，像一個大祭，不，在黑夜裏，像一個輪迴。那梵唱在暗夜裏，就像招魂，我彷彿看見大風裏有幡旗翻動，上面狂草着我的名字。梵唱一聲又一聲，像無盡無休。因為無盡無休，那六字真言，於是也成了無頭無尾，變成是一種生命或一種死亡，無岸無涯地發展下去。唱得最大聲的是一位全心全意、目不抬眼不動的灰衣尼，她的聲音近乎清和濁的分野，尖嬌而矜持，有一種奇怪的媚，攙和於梵唱裏；最恢宏的是那金衣僧的梵唱，像一口鐘，從嵩山千萬里的雲中敲下去，共共空空恐恐，連綿不絕。跟隨的善男信女們，各式各樣的人都有，穿西裝打領帶的，穿中山裝的、穿旗袍的、衣衫襤褸的；有的在大聲唱，有的在小聲唱。他們唯一的共同點是：愁眉苦臉，沒有一絲表情，除了詭異的虔誠和悲傷的安詳外。有人甚至拖兒帶女來，母親拿炷香蹣跚地走在前頭，小孩們睩着大眼睛四處張望，那天網一般的梵唱，終會把他們的靈光慧眼抹揩得一乾二淨、點塵不染的。只是等到他們長大後，若還能逃出迷信的囹圄，可以想見他是多麼地怨恨那宗教，曾在幼童時扼殺了他們多麼多的放紙鳶的時間，逼他們抓住一炷香取代抓住一根放向天堂的線。黑暗裏，梵唱是如何地逼真，高的低的，海潮一般地載着小船，而風浪，永在世紀安詳的另一端在吼在放。我發現他們的唱和之中竟也有我的聲音！我轉頭過去，只見她和他也同樣沒有表情着，同樣悲憫和詭異，同樣虔誠與安詳，而且同樣唱着唱着，節奏接近那蠱術一般的梵唱！我更發覺人影閃動穿插，整座大殿，整個庭院，七曲九迴，都是跟着走跟着走的人影，像趕屍人與屍一般。我們三人，像是被包圍了！我急急地推出雙掌，撞向他與她的背心，並大聲地說：

「走，我們離開這兒」……

我們匆匆惶惶地衝上了車，甫一坐下，車子就開動了，車子就像一直在等着我們回來一般，難道，難道同車的人都沒有下車嗎？我轉過頭來看他們，在黑暗裏他們一個個都沒有動，像是睡着了一般。耳中又響起了那「喃——嘸——阿——彌——陀——佛——喃——嘸——阿——彌——陀——佛……」的梵唱，彷彿那些灰衣僧，又曲曲折折地在黑暗的花樹間默默穿插。我轉頭過去，只見他的眼色也一片驚惶。而這明明是幻覺啊，難道車上的人，都在一剎那間換作那些僧尼嗎？然則她拍拍我的左肩，輕輕地奮悅地說：

「到了，到了。」

車子停了下來，我知道它是停在第三站，但我不知道第三站是不是終站。我錯愕地同她和他走下來，完全被驚愕所驚愕住了。這是一片黑黝黝的郊野，平地卻撐起了一柱煙囪似的柱子，直高聳入雲裏，柱的巔峰，劈里啪啦地燒啊燒。風來，風便全面張開地擺啊擺，雨來，火便全面上漲地升啊升。風像火的生命雨像火的灌溉，而我始終不明白，這火，這把火是何時燃燒起，竟燃燒到今夜來！是誰，點燃這把火？是誰，最先看到這把火？是誰是誰，最吃驚地叫起來：你看那火，那半空的大火！是誰是誰，最後看到這把火，然後瘋狂地奔向荒漠的沙流，哭泣起來！我們，究竟是，最先還是最後？是誰啊，繼我們再看到這把火，車已不在，我們後頭，沒有東西。我們沒有方向，何處是南？何處是北？只有半空中的一輪大火，永遠輝耀。它像告訴我們那轟轟烈烈的、那輝輝煌煌的，那曾死去的以及曾經復活的。像那暗青的時鐘。像那灰衣女尼。一千張金袍袈裟揮揚在空中，一萬張黑旗蓋不住，連一晚的黑夜外衣也是。黑暗的天空，被逼出千里之外，光明燦爛的天空，亮閃閃地招上來。那大火像大熔岩一般地奮奮滾滾憤憤困困地燃燒着也照耀着，光輝，啊，光輝，以前和未來的，一剎那都被照明。我看到他金色的眸瞳和她金色的眼睛。黑而亮。清而金。我們既沒有能力擔心那死亡的力量，讓我們接受光芒。生命是甚麼？饒你多大的努力，死亡突然降落在你的星座上，你便頹然倒了下去，永遠也無法避免。甚麼是永恆？甚麼是不朽？大悲是甚麼？大歡又是甚麼？太史公的死，屈大夫的死，雖然有意義，但他自己，卻不能得知，他們死後的意義是甚麼?!千秋萬歲，意義也隨時代改換。一朵花是一個天堂還是一粒沙芒？永恆，永恆究竟是永愛還是永恨？因為一次大水，他們的作品可以盡付東流，因為一次洪荒，人類可以死亡殆盡，回復到原始時代，重新有另一種「文字」，另一種取代。生前身後名究竟是甚麼？丹心照汗青又是甚麼？誰也不知道，沒有人，包括文明，能經得起一次大破壞。桃花源毀。諾亞方舟不再。不朽也許是另一個星球上的生物，也許連生物都不是，我們永遠也無法了解，前面是甚麼？過去的，一一如幽靈，有沒有比時間更可貴，有沒有比岳家軍、楊家將更著名？我們生無所知。死無所遺。只要一個時代失傳，一旦湮沒，一切一切，就在不朽中朽了。我們究竟爭執些甚麼？我們究竟去赴誰的約？我們的車子呢？車子不在。風在狂吼。我們所能看見的是，半空一柱大火，燃燒起來，照着過去，也照着未來。

完稿於一九七五年一月九日。二十一歲作品
夜上屏東找阿廖之行

馬鳴風蕭蕭

我房間的牆壁上，掛着徐悲鴻的奔馬，黯黛綠色的卷軸，淡褐色的宣紙，畫着意興遄飛的神駿，上面題有激越的兩行字：

我的生命是一頭追殺中的狂馬
且不能退後，且要追擊

這是兩年前十聯文學研究會成立一週年紀念時送給我的，我一直把它掛在牆上，讓我能時時望見，那些激越的日子，那群激越的人，以及激越的自己。生命有時真像滾下山坡的石子，明知道終究是落入無底的深谷，正如死亡之不可避免一般，可是它仍要滾動，要碰擊；這總比半途擱在山腰而慢慢生了青苔的好。生命或者就像流星，流星在殞滅前是要發出一瞬光芒四射的星光的。

希臘有一則神話，說天帝要責罰一位天神叫薛西弗斯的，便命他去搬一塊大石頭放在一座高山上，可是石頭一放到了山頂上便又滾下山來，薛西弗斯只得重新再搬一次。於是，搬石頭上山，便是他生命的過程，明知徒勞無功，但仍要去幹。拿過諾貝爾文學獎的卡繆，便把它寫成一部非常具有象徵意義的小說。這種努力追尋而終無所獲的命運，據西方學人的看法，是具有極大的悲劇性的；悲劇性在於它明知命運的乖常仍要作不竭的搏鬥，在於它的荒謬形態與疏離感。它尤其適切於現代人的處境。西潮東漸，也促使中國本土(留學西方的更不必說)的知識分子，產生了同樣的想法。大部份作家，一致認為現代人的社會是約定俗成的、刻板的、無意義的、荒謬的，於是寫出類似卡繆的小說；小說中的人物，沒有追求，沒有感情的存在着；最後免不了走向精神分裂、神經錯亂、自我毀滅的路向。他們以為這就是西方大師們所提倡的「存在主義」，事實上，他們已忽略了「存在主義」的基本精神，最重要的精神：它的積極性。這正如唸莊子的人，只看到他表面的避世，而看不到他精神的入世一般愚昧。

有人說中國人對命運與自然只有恭順與服從，從來沒有英雄人物敢來與天神衝突，所以中國神話裏沒有深刻的悲劇意義，因為沒有矛盾與衝突的悲劇——這種最高藝術形態——就不成其為悲劇了。這些話都是國內一些有名的學者説的。首先我反對他們用西方的尺度來測量我們的精神，實際上，西方所定出來的悲劇定義，不一定適用於中國。就算是阿里斯多德，對悲劇的六大定義，也未必盡合用於現在的西方。中國的悲劇形態與西方不同，因此悲劇二字的意義，可以由此而擴充，而無須也不必把中國的悲劇精神全放進一個死框框來度量；這是可笑的。第二點我所不贊同的是，就算以西方對悲劇的定義來衡量中國的神話，也不見得我們沒有極大的矛盾與衝突，而只有順從與調和。拿「愚公移山」來説，山代表自然界牢不可移的一種力量，但愚公用他（人類）生生不息的生命之力，終於把它夷為平地，這不是對自然力量的一種拒抗嗎？而且這種拒抗，這種人與自然的衝突中，人還得到了成功哩！西方薛西弗斯的神話，不是與我們「夸父追日」的神話相似嗎？夸父追日，是知其不可而為之，是徒勞而無功的，可是他必須要這樣做，所以他力竭而歿，就是一種具有悲劇性的人與自然的衝突。薛西弗斯一生，不過在循環地負起他的無奈的職責，可是夸父死後，卻以血肉之軀，化成高山大澤，反而成了自然的一部份。難道這代表中國人的原始思想只是順適自然而已嗎？還是（把它提升到）只要人能轟轟烈烈雖死不竭，必能和神（自然）居同等地位？中國人對神的崇拜，往往也就是對人的崇拜，這可以從神的偶像諸如關武聖、岳武穆、觀世音等見出，中國神話中還有「精衛填海」一段，一個女孩子被淹死，居然有這樣曠偉的心胸，化成小小的精衛鳥，抱着填平大海的偉志！這不是證明了：中國神話中所顯示初民的精神，決不止於順適自然而已，而是超升到一種人可以與自然相契合，甚至可以與自然的無窮，命運的無情、衝突的力量……！中國神話仍記有初民對自然的遠應的過程，但也寫出了他們叛逆的精神。只是我們沒有像西方的學者一般整理出一套完整的神話理論罷了。而我們卻因而喪失信心，喪失自尊心，對自己的民族失望，甚至大聲疾呼說：因為我們沒有完整的神話，沒有強烈的衝突，所以我們沒有史詩！

撇開後人沒有整理出一套完整的神話的事實而不談，首先「我們沒有史詩」就不是我們的恥辱。中國雖沒有很大篇幅的史詩，可是我們有極優美、極成功的抒情詩。不是我們寫不出史詩，而是中西民族的生活情態，生命觀念，適應態度根本不同。西方的成就在敍事詩，因為他們的生活比較開放，中國人受種種限制，所以往往向靈魂的深處探掘材料，所以成就在抒情詩。我們有極優秀的抒情傳統，這可以唐宋以來留下來的幾十萬首詩（失傳的又何止此數！）為證。第二點跟悲劇的情形大致相同——史詩的定義，是不是看它的篇幅而已？如果不是，中國人只是用一種與西方迥然不同的手法處理「史詩」而已。這可不可以說得通？陳世驤先生曾拿一首杜甫的短詩《八陣圖》來說明：

功蓋三分國　名成八陣圖　江流石不轉　遺恨失吞吳

這四句二十字的絕句，表現的是一個大時代，一種浩大的氣派，一種無情的命運，一種無可底止的時間空間與人類命運的對比。第一、二句只用了十個字，已把豐神俊朗、奇才絕世的諸葛亮點了出來，可是第三句巧妙的一轉，把人的偉業安排在時間之流（這江流也可能象徵時間之流）裏，一切功業霎時成了悲哀的、渺小的一抹。當人的事業與無情的時空背景相接合時，一切都成了荒謬、反諷，絕大的悲哀了！最後一句「遺恨」二字，不只是點出了孔明的一生，也點出了人之命運的渺寞與虛空。這短短二十個字，已處理了一個大人物的豐功偉業，也處理了一個大時代的盛起與幻滅，更處理了生命的無常與時空的無情；這豈不是已具有了史詩的架構、史詩的形態嗎？只是它用一種更凝煉的語言，更精省的意象，把這史詩的題材高度爊煉一通而已！再說像《史記》、《左傳》、《戰國策》，本身就是具有精省的語言，換另一個角度來說，這才是我們的史詩。中國真的沒有史詩嗎？

上文我曾提及現代中國小說家專門跟隨西方的潮流，描寫荒謬、失去常理的人性；可是剛才我也提到，杜甫的《八陣圖》，表現出人在命運的巨流的映照下顯得何等的荒涼和可笑；那麼，這兩種「荒謬感」，是否可以合而為一呢？這點我未能作答。我能說的只是，所謂「荒謬」、「存在」、「疏離」、「孤絕」也不是西方才有的名詞，只不過有些對自己的傳統研究不透徹的人，見到西方一些新名詞，就如獲至寶，似通非通的濫用一番而已。我想，在我們這個民族裏，在我們這個國家裏，在我們這個時代裏，作家們更重要的任務是反映我們的精神，我們的面貌，我們的生活！對！是我們自己的，不是舶來品，不是別人的！不是沒有自信的抄襲，不是過份自傲的繼承，而是汲取傳統，且求得變化的我們的文學！與其寫一些莫名其妙的精神分裂症，一些忽如其來的自殺，不如去處理我們身邊的生活，我們每天所耳聞目見的，更迫切的問題！譬如：所謂的「傳宗接代」，我們這個時代的人對之有何看法？我們有代溝嗎？如果兒子娶的是洋人，兩代之間的看法和反應會如何？……我們是有五千年傳統的泱泱大國，可是從大學畢業出來的學者卻只冀求到異國去留學，而且只「留」而不歸：這會造成甚麼後果？甚麼影響？……等等，等等，這類題材在我們而言應是取之不盡，用之不竭的，而我們卻有餘裕來寫別人的東西，這是哪一門子的道理呢？

愛之深而責之切，這是一句至理名言。我看着牆上飛躍的馬，揣思我們的民族性應是激越的：有李白的不羈，有髯蘇的狂放，有辛棄疾的劍氣，有岳武穆的豪情……怎麼而今國人都是一份淡然的情感，冷靜而老成的處世態度呢？難道我們真的願意自己是生苔的石子嗎？我望着牆上的馬，風湧雲動的奔近，……「落日照大旗，馬鳴風蕭蕭」……我唸着，忍不住激動起來。

稿於一九七六年五月四日

振眉閣[25]四章

夏天

夏天的台北市街道：這兒沒有空氣，只有汽車的油和焦辣的煙。人的汗和陽光的亮，甚麼都有，就是沒有風。有人潑一桶水灑在路上，一陣嗞嗞的響，像油在鍋中炸，並且即刻滾起一道塵，濃濃地往水潑來處攫掠回去，就像路上都遍佈着復仇的菌。水一下子就乾了。馬路上依然是風馳電掣的車輛，震得人心發疼；有時穿進地下道，就像衝入老龍之口。帶着一陣驚心的頂上車聲的怒吼。有時它們都因一盞紅燈而停下，整個視線都焦慮得已經沒有感覺的人；車與車迫在一起。車後都亮着紅燈，彷彿車與車之間，都可以擠出汗來。

25 振眉閣就是我的書房睡房廳堂。

故事

一個大學青年而今看到他苦苦愛戀着的女友，與另一個男孩手牽手走在一起。他是第一次看見，這事實已相傳了很久，可是他不相信。他想：兩年來他在班上用各種不同的角度來看她，替她描繪下各種不同角度的倩影，又怕同學們看見，躲躲掩掩地畫。因為太心儀，而無法不畫。他想：兩年來他猜準她的出沒處，作經常偶然的碰見。在心裏盤算着明天如何招呼，笑還是伸手？……他想：兩年來他常無緣無故地跟常瞟她的男孩子鬧翻，想盡心思在眾人照片堆裏假裝無意地買下她的照片……他忽然沒命地衝進枝葉濃密的杜鵑花堆裏，亂紅化着千萬點，像雨水一般落在遍地。杜鵑上只剩下枝和葉，雖然沒有花，但掛着些衣衫和血跡……任何人要傷害自己的花，自己都會用枝或刺反擊他。

樹

台大的夾竹桃樹冬盡春初時像傲岸的梅花，尤其伸向向晚的天色時，朦朧得看不清楚，可是嫩麗嫣紅，仍在心頭。夏天，從夾竹桃樹下望去，彷彿芭蕉外有許許多多頭頭手手，向你招手，向你點頭。從高處睇下去，才知道她的手手頭頭，都是向風微笑而柔。羅斯福路三段路旁種有一排排的小樹，晚上的路燈照來，你偶然抬頭望，看到一葉潤嫩的葉子在銀沐中招招曳曳，在晚風中快快活活，在星空下輕輕盈盈；而全部行人，竟沒有顧盼一眼。人是何等浪費自然的動物啊！把樹種到人所謂的花園裏，再把它修修剪剪，甚至剪成動物，剪成字母。就是不還它自然。人是把一棵樹種得不像一棵樹而高興的動物。最明顯的例子就是聖誕樹。

振眉閣

振眉閣的女客人是個可愛的人。她喜歡買各種花樣的麵包回來，整齊放在桌子上，一面欣賞一面吃。可是有時候螞蟻也老實不客氣地排隊來作賓客。她躊躇了。不能用指頭捏殺也不用DDT，她只好用一隻、兩隻手尖兒，拈起小螞蟻，一隻隻從四樓丟下去，心裏替螞蟻設想一個驚喜的旅程。振眉閣的女客人又很喜歡照鏡子，喜歡躲在事物的背後露出兩隻眼睛看鏡子中的自己，而且照到好看時一定到處抓最親愛的人來一同觀賞，要人家一同高興一同歡欣。她一天到晚在家裏走來走去，誰躲在家裏「哇」的一叫，一定嚇着她，而且每次都嚇得到。她總是向後吧啦吧啦地吵小鵝般抬足跳了一跳，才嗚嘩一聲叫起來。聲音拔了一個尖的山峰，反而把唬人者嚇得半死。振眉閣的女客人是一個可愛的人。看到漂亮的女孩子就看得目不轉睛。叫她燒飯她就可憐巴巴地看着十隻水仙花纖細的手指。叫她洗衣服時，她先開了唱機，播送一首又一首的歌……振眉閣的女主人真是一個可愛的人。

稿於一九七六年五月二十二日。二十二歲作品
在台北創辦「長江文學研究組」

長信

將軍百戰身名裂，向河梁，回頭萬里，故人長絕。易水蕭蕭西風冷，滿座衣冠似雪。正壯士、悲歌未徹。啼鳥還知如許恨，料不啼清淚長啼血。誰共我，醉明月。

辛棄疾

天狼星詩社，從今天起，要變成神州詩社了。我們的退社信寄出才兩三天，想您還沒有收到。您收到的時候，不知會怎樣想呢？寒流迫近，天色欲暮，車聲在很遠的地方響着，有一兩聲莫名其妙的鞭炮聲傳來，不知是慶賀還是要驚破。您收到退社信一定會震怒，一定會咬牙切齒，我記得您憤怒的時候，臉色更加青白，坐在那兒不言不語也有一種煞氣。不過我想您一定會忍耐得下去的。古龍的武俠小說裏有一部叫《流星、蝴蝶、劍》裏面講兩個幫派存亡的故事。孫玉伯是一個領袖，大金鵬王也是一方大豪，孫玉伯派他的得意門生律香川去向大金鵬王求情赦免一個老朋友的罪。律香川是一個文秀的書生，大金鵬王沒把他看在眼裏，帶他去看愛馬，叫他去選一兩件名貴的古董，作為禮物，但對於赦免的事，根本沒有商量的餘地。律香川默默身退，第二天，大金鵬王起來的時候，發現早餐的食盤裏有一隻馬頭，正是他最心愛的那一匹馬！以平常大金鵬王的火氣，曾為了侍女不小心打翻了盤子而大動殺戒，這一次，卻完全平靜。他安安靜靜吃完了早餐，然後把那朋友赦免回去。這才是大金鵬王，也正是大金鵬王之所以為大金鵬王。所以後來律香川那一批人正在慶功宴時，幾乎被殘殺殆盡，措手無及。我們兩人，都看過這部小說，我想我們兩人都注意到這點。不過我既不是孫玉伯，您也不是大金鵬王，我更沒有派出過律香川來招惹您。我只是派出了我自己，全然地派出了我自己。也許是我自己過份地派出了我自己，而不知您已經生氣了，那兒的天色太黯了，許是我沒有好好觀察，不知道我已惹怒了您，而且已經無可挽救地，您已下了毀滅的決定。

任何血染長街的廝殺，都是可怖的。而您現在收到我們的退社信，不管偽裝得怎麼好，心中總會很難過吧。當年我們是一起創社的人。我在十三歲的時候辦《綠洲期刊》，封面是我自己設計，您題的字。現在那十餘冊綠洲，七、八年來的成果，不管是油印的還是手抄的，好像都留在您那兒，我沒敢要回來，有點怕您會燒了，您會燒掉別人的東西的。這些年來，您在彭亨州教書，我們書信一直不斷，有時候每天一封，有時候數封。我戀愛的時候，我一定把我怎樣徘徊不前，不敢找她談，以至最後鼓起勇氣，站在她面前，期期艾艾說不出話——這些，彷彿是錄了音，攝了影，一字不漏的，在信上向您傾吐。還有我的掙扎，我的寂寞，我痛苦和快樂的成長。我多麼興奮地寫信告訴過您，清嘯曾向我無限遺憾的説：如果我的哥哥好像有你哥哥一半，那就好了。黃昏星還要編您的專號呢。那晚我們在「黃昏星大廈」門口，很涼很冷，黃昏星、清嘯、啓元、遍舟、雲天、超然都赴了會。我説，我哥哥忙，沒來參加會議。他一個人在趕稿。他從開始到現在，一個人走了十多年遠路了，所以現在我們才踏上一條近路。他迷失於舊詩、「大眾詩」、「豆腐乾體詩」，而在這些迷失中他重認了自己，而且協助我們認清了自己。他幫我們看稿改稿，夜越來越黯，他越來越瘦——你們，他的門生，難道就甘心讓他一個人自己寫下去？難道從來沒有想過，你們有責任把他的作品留存起來，把他的努力介紹出來，把他給我們的愛分與出去？要做，立刻做去。難道要等到他絕望了，孤獨了，青絲成霜，或已撒手塵寰了，那時我們才來追悔，還有甚麼用呢？我們不能給與他任何安慰，我們辜負了他……那晚星很亮，夜很涼，兩三輛摩托車，停在加油站上。

印度孩子在遠處講着話，油站旁的水龍頭滴着水。他們沒有說話。黃昏星一口氣發出了三份通告，要一連編三本綠洲，推出您三個專號。這是件大手筆，我深深欣喜，第二天你也該有個安慰。

我記得我還寫信告訴您，我編《華中月刊》，給校長罵，給教務長罵，給級任老師罵，給任課老師罵，在班上給同學罵，在校外給馬來人罵，回家還給爸爸罵。L、C、E考前，別人都忙着應付，透不過氣來，我還在搞《華中月刊》。因為《華中月刊》是唯一的中文校刊，馬來文版出來了，英文版出來了，中文版當然也存在。我在這間學校的一天，這中文版是少不了的。所幸這條路我走下去，卻並不孤獨，因為我有一班兄弟在一起。我有一次要組辦文學社活動，如果沒有校方支持，家長是不會讓子弟去的。只得求校長，這硬着頭皮一去，足足捱了兩個小時的罵。我只能點頭，只能說「是」。「這個時候搞甚麼中文？」「我才不替你們負責，文人無行啊！」「年少的時候總喜歡搞一些熱鬧的把戲，年老不是一場空！」這些「是」嗎？是的，是的。我想。捱着、忍着，只要他洩了氣，點了頭，大家就可以去了。所以，是的，是的。可是到最後他還是沒點頭，兩個小時後我從校長室出來，猛抬頭，看見他們，我的弟兄，他們全部等在校長室門口，靜靜的看着我。等了兩個小時多了，從我進去那一刻開始，他們就沒有離開過。盧永田倦了，身體仍是挺直的。丘伯和一臉戲謔的臉容變成關懷。周清嘯低聲說了句：「他媽的。」黃昏星只說了一句話：「辛苦了。」

辛苦了？我辛苦了嗎？沒有。當我推開那兩扇彈簧門，門仍在身後伊伊啞啞的晃動着，而我呆住了。校長室門前，一群少年，有些倚牆而立，有些坐在綠草地上，三兩人在柏樹下喁喁而語，一群白衣白褲的年少，正在等待。我會辛苦嗎？沒有。我們只是千萬里外，離鄉別井的一撮五陵年少，堅持要發出我們的聲音罷了。因為我們恰巧生長在異域，我們就非承擔起這責任不可。恰巧祖國選擇了我們這一群人作代表，那我們就沒有前瞻或回顧的時間，只有奉獻，只有奮鬥，不惜任何代價。我們不談犧牲，擺在五千年的文化大國面前，我們只有全力以赴的份兒，不是我們選擇了她，而是我們的心在那兒，我們的根在那兒，我們血液像黃河一般歌唱在那兒，所以我們在遠方，也要喊出我們的聲音，發出我們的力量，不折辱了她老人家的威望。我們是妳的兒子，不為甚麼，因為同一個族系。正如許多華僑，有名的或無名的，生存的或滅亡的，在泰國，或在菲律賓，在被改上了印尼名字的爪哇，或其他任何的一個角落，都總有這些人出來，撐持到最後一兵一卒。那，我會辛苦了嗎？我忝為你們一群人的老大而已。我們拍拍肩膀就走，失敗等於再努力，沒有人可以頹喪的，我們做得太少了。

我記得我把這些都告訴您了，寫信告訴您。我們是好兄弟。我記得我們把所有自己的書，都收集起來，在我家的「聽雨樓」上，開了一個書展，從樓上排到樓下，連樓梯都是書。這些書當然是我們「再版」的，也就是說，在那兒買不到好書，曾向您借來看的，而在短短的歸還期限內已把它「再版」了一次——重抄了一次，從頭到尾，連封面到封底的設計。這沒有甚麼稀奇，讀書本來就應該是這樣子的。後來的綠野分社才夠絕呢。為了我們這個書展，您遠從百多英里的淡馬魯、駕車回來參觀這個「書展」。好遠的路呵，一路上趕程，而您只有兩天的假期，來回已去了一天。我們這個「書展」，只有您來參觀；然而我們這個書展，也着實是為您而開的。您看到我們這麼努力，一定很欣慰，您以前本來一直就是這樣的人。您每次在靠近家裏那大轉彎的時候，總是砵砵的砵砵的響着喇叭，我們剛好把書擺完，正在編着花圈——您知道，幾個大男孩在拾花編花圈那股尷尬勁兒——忽然聽到您回來的聲音，大家都連跌帶爬的滾上樓了，想給您一個驚喜。偏偏三弟藍啓元不爭氣，砰砰嘭嘭滾到樓下來，把花圈都壓扁了。套在您頭上時，大家都忍着笑。這些，您還記得罷。我今年回馬，興高采烈趕到您的家，您皺着眉頭出來，隔着深鎖的鐵柵，冷得像一塊鐵。您不讓我進去，青着臉説嫂嫂的妹妹在，她從英國回來所以不便讓我進去。我當時有「不該未學成就回來」的感覺，雖然我也是出國唸書，但您似乎不認為我在唸書，而是在「流浪」（您的信中一再這樣説過）。是「不自愛，不自重的社員，天狼星詩社不需要」。然後我在您門外，等了差不多四十五分鐘，您出來帶我到茶舖去，沒有問我們的生活，沒有問我們的歡樂悲戚，只追問商晚筠是不是跟我們共住在一起——難道山莊中人手有多少比山莊中的人是否還活着更重要嗎？我興奮得忍不住告訴您詩社史要出版的事——我千里迢迢回來，這件事我想親口告訴您，這也是我回馬極重要的一個主因。以為您會高興，以為您會微笑，只要您嘉獎的深視一眼，一切便都值得了。我曾有過許多嘉獎，但那不是您的。於是我告訴您，激動地告訴您，口水都乾了，再叫杯菊花茶説完為止。外面太陽像一面冷牆，街道上彷彿一切都靜止了。您冷着臉，青着額筋，我看到您桌上的咖啡已冷了。您説：「我反對詩社史的出版。」我的心也冷了下去。

您説：「從前的事，我都忘了。」忘了？哥哥，十年來的奮鬥啊。一生的願望啊。我們激動着的血液啊。我們不甘雌伏的年輕啊。我們在台，兩年來的掙扎啊。有時候窮到只剩下五元銅板，走在冬天的街頭，我和小娥，冷和飢餓。我就説，把銅板拋上天去，看它落下來是公是花。是公就買麵包，是花就買生力麵。房東恰好走過，他說：「溫先生，這一個月哦，我們手頭很緊哦，能不能哦，早一點交房租哦……。」他的話裏總有許多溫柔的「哦」，生怕他的話太硬把人嚇走似的。我們就這樣，撐了兩年，一面唸書，一面捱餓，一面寫作，一面把詩社的大旗舞得獵獵作響。因為在一九七一年，我們大夥兒爬在六千六百六十六尺的金馬崙高原，風雨中，我們分不清是淚還是雨。因為，在畢蘭鎮的寒夜裏，筆傲和乘風，為了不能把我的《將軍令》及時在餞行會時出版，自責而醉酒，我的哥哥和我一同夜上寒山。我記得您大叫「乘風，殷乘風！」我大叫「筆傲，張筆傲！」路黑無燈，山腰陰嶇，山頂黑漆漆的一座老龍般的廟宇，在月黑風高的子夜裏負傷般的潛伏山巔，隱透梵音。我們叫到聲嘶力盡，其時雨大風狂，廟裏鐘聲崆崆傳來。我們都在風裏雨裏緊相並肩：我們要找他們，把那兩個孩子找回來。因為，因為何棨良一句不了解的話：「我在天狼星裏看不見一顆亮的星」，您派我們追擊他於首都。因為，因為我們開書展，您駕車回來。因為，因為以為您會高興。因為，因為您，我們才撐下去……而您說忘了。我在台未返馬前，我拿着美媛的畫對她說：「我一定會把這些畫給總社長看的。」她眼睛亮得像美麗的露。我帶着這些畫，幾千里風，幾千里雲，然後聽到您這句話：您說您忘了。

我知道我不能苛求您。也許您走下去，已經倦了。您說過，要出名便得不擇手段，製造事端，打筆仗都是最好的方法。您也許太快把這些手段都教給孩子們了。我知道我們處於這個世界上，兇險無比，我們不得已要用許多方法；可是我們不能因為許多人都忘了正義，我們也不管正義了。因為每一個時代，不管輝煌還是破滅，總會要這些人出來堅守不退的。也因為有這些人物，才襯托得出那時代更偉大，更輝煌！孔子說過：「隱居以求其志，行義以達其道」，「行義以達其道」和孟子的「達則兼善天下」是狂者入世的抱負，也是求真者的操持。雖然「道之不行也，我知之矣」，夫子不免失望與嗟嘆，但他並沒有絕望，周遊四方，席不暇暖，棲棲皇皇，猶未嘗放棄他用世的企圖，救世的理想。我們只是一些追隨者而已，遠不及他「知其不可而為之」，而我們居然已懂得如何用方法，用手段，如果這樣達成了我們的目標——問題是：那還是我們的目標嗎？

如果您不會甚麼都忘了的話，應該還會記得，您每個假期回來，兩人生活在振眉閣中，常常是通宵不眠的。我娓娓不絕向您報道：我影響了這個人，我影響了那個人，一個叫Logidazan的印度人也為我們而辯了，一個Godip sigh孟加里人也談中文詩了。您聽着、建議、嘉許，然後您說您的創作計劃，讀書範圍……我們有時候好幾晚沒睡。眼看這樣下去不行了，您說：「今晚我們一定得睡覺，誰熄了燈不睡覺，就罰三十元。」談到十二點，話題中斷，訕訕然關了電。我睡振眉閣，您睡在隔壁房。大家都沒有出聲，卻知道彼此還在清醒着。忽然您說：「我只有最後一句話要說。」我馬上問：「甚麼話。」您說：「我們為何不辦一個詩人大會，馬來西亞文壇第一屆中文現代詩詩人大會。」我說：「對呀。不要老而臭的所謂詩人，要真正的，付出熱情去播種，甚至默默無聞的一群，統統邀請過來。」您從床上跳起來說：「對呀！我們辦一屆盛大的詩人大會！」我從床上爬起來開了燈，您一腳踢開了門，兩人興奮的撞個滿懷，我告訴您我有十七點建議，您駁倒了六點，要實行十一點。那一晚商量到清晨五點。雞啼曉破，我們立刻在曉風中出去，通知「黃昏星大廈」裏住的高手……。

我記得我們一起唸余光中的《萬里長城》，您寄給我，我讀了，那時下着大雨，我騎腳踏車去找他們。他們一個讀了，傳給另一個，「黃昏星大廈」裏的人傳完了，便分頭出去，傳給其他的人看。雨停時，全城我們的人都讀完了。我們現在所做的工作，也是把一個棒子傳下去而已，既然傳到我們手上，我們就努力把它跑好，以最快的速度，最安全的方法，送到下一個接棒人的手上。記得我們走在黑暗的路上，要到達一個地方，我們總是有人開口：「喫着五毛錢的魷魚乾／這條路我走得好吃力」，另一個就會接下去朗誦別人的詩句。

這叫做「鬥詩」。像從前經書都是寫在竹簡上的，攜帶很不方便，所以把書都背起來。我們卻是因為沒有錢買書甚至有錢也買不到書，只好都背起來，有時是背整篇長文，有時是一首短詩。一路上由短詩鬥到長詩，古詩鬥到新詩，真是不亦樂乎，旅途上也不覺寂寞。記得有一次，鬥了兩個小時，藍啓元、周清嘯、黃昏星還不分勝負，於是再鬥唸一首詩，要對方填作者名字，結果還是不分勝負。又再鬥打油詩，再從打油詩鬥到出口成詩，結果東拉西扯，用了別人的句子都不知道，尤其是黃昏星。後來到了目的地「石山」，紮好營帳，生好柴火，打開瘂弦的詩集一看才知道他出自何典，不覺啞然失笑。我們在山岡上紮營，廖雁平忽然興致來潮，大聲朗誦張默一首很激昂的詩：

俺要呼一次全人類的呼吸
俺要把三大洋連接起來跳一次最大的圓舞
俺要在每個星球上放一首光芒萬丈的現代詩
俺要出版一本巨無霸的詩選集
把日光月光春光秋光電光閃光統統地蓋住

俺要把全球最好的草原拼起來舉行世界詩人拳擊大會
俺要封李白為詩聖詩王詩宗詩祖
總之最偉大的詩人皮膚都是黃色的
俺要轟轟烈烈地突破
俺要把諾貝爾的評審員統統宰掉
俺要替咱們的列祖列宗出口氣
廿一世紀文學的草原都是中國人的

唸到最後一句，正是最激動時，忽然飛來一隻蜜蜂，對準他的蒜頭鼻就是一叮，也許要給他打鎮定劑吧，雁平整個人跳起來，哎喲呼痛。搽了藥油之後，頭暈腦脹，只好先睡，鼾聲喧天。我們都為之搖頭太息，皆謂雁平是赴義而亡。這些，我們都曾寫信給您，讓您知道，您也一起笑，一起快樂。而到今天我們還是這樣地活着，不是我們不窮，不寂寞，而是在更大的寂寞未臨之前，我們懂得帶淚的歡樂。您記得我們的《剛擊道之歌》嗎？

我要笑，我要笑
我們喜歡笑
笑啦，哈哈：笑啦，哈哈；
笑個痛快吧
笑啦，哈哈；笑啦，哈哈；
笑出眼淚來吧，哈哈哈
絕不哭喪着臉孔
絕不皺起了眉頭
面對着，暴力，我們要笑
面對着，死亡，我們要笑
面對着，光明，我們更要笑哈哈哈……

我們沒有機會懼怕，我們不會退縮，因為我們有信心，有目標，來不及憂慮，而不是我們缺少了反省。反省太多的人可能成為懦夫。不要忘了「見山是山」是第一層次的境界，「見山不是山」是第二層次的境界，只是一個過渡，為的是第三層次的境界「見山仍是山」。如果只是第一層次，是看不仔細；如果只是第二層次，是看錯了。唯有從不清楚與錯誤中，我們才能把握到第三層次的堅持。那兒有太多的人是第一層次的境界，這兒有太多的人在第二層次的境界。因此我們愈是要做下去。我們之所以來台灣，當初，我們都不是要完成您的意願嗎？而今我回來，借錢回來，在期末考時仍徹夜寫小說賣錢的回來了，您卻說：「小心他，他可能是台灣間諜。」

您更不該的是怎麼能對爸說這種話啊。爸爸年紀大了，他本來就是一個很愛我們、很憂慮的父親。您這樣說，如果不是要使我回不去台灣的話，可能只是要我住在家裏，多受爸媽的注意以及予我牽制罷了，而您不住在家裏，可以完全免去這些煩憂。因為您知道，我不可能是勞什子的間諜。這一點您不會不了解的。可是您為了這麼一點對我的阻礙，就這樣一說，要害父親躭心多少次，您曉得嗎？接下去的事情，就更加可怕了。如果我有錯，當眾提出檢討指責，我都願意承受，可是除了危機四伏以外，您駕車回到「聽雨樓」來，只罵完了我們就走，您是夠飛揚了，可是我們呢？一頭霧水的站在那兒。您說：「誰敢踩到我的腳趾我就踏斷牠的尾巴。」的確夠英雄本色。我想回您一句：「誰想咬我一口我就一杖打斷牠的七寸」，如果我這樣說，您又會怎樣想呢？豪情彼此都是有的，但豪情用來折傷對方的自尊，那跟地痞又有甚麼兩樣呢？

您知道黃昏星是怎樣回馬的嗎？回馬以前，他已經吃了兩個禮拜又三天的味丹什錦麵了，跟殷乘風一樣，手都脫了皮，手掌都是皺皺的。可是他要回去，回去見他的女孩，見您。而您在他女孩的面前說了甚麼話，敬愛的任平兄，您是他當日所最敬重的人啊，您怎麼能失了身份，在他女孩面前說了甚麼？那女孩漠然，知道該在甚麼時候用鼻子哼一聲代表是笑，該在甚麼時候移動一下身軀以坐得更好看——可是您漏了把一個真情的女孩還回給黃昏星。他一直都是受傷的孩子，找不到多少溫暖，而他唯一能把握住的，千里回歸，卻仍是一個假的虛行。我們兄弟的事，幹嗎要扯到他們戀愛的頭上？他們的情感是無辜的，您又何等殘忍！您又知道娥真是怎麼回來的嗎？有一次我們在台大朗誦詩歌，李瑞宗代表大家出來說：「天狼星詩社是馬來西亞溫任平先生創立的詩社——」他激昂的說，他從我們對文學的熱忱，想到關山萬里的社員！我們那時已經瀕臨決裂的邊緣了，您寫信來說，要全力與我一戰，也許我會勝，但你也會把我殺得傷亡殆盡的。我回信告訴您說：殷乘風來台是唸書，你我都沒有權決定他一生。我不跟您作任何戰鬥，因為您是我哥哥，我尊敬您。您真的要攻我，我捱打就是。您再寫信來說：我不喜歡這些一把眼淚一把鼻涕的話，動不動就喊死，動不動就衝動得想殺人的話。我那時想：真情是兩方面的事，不聽就算了。那晚在台上，李瑞宗雙眼望向遠方，激動的說了這番話，娥真涼涼的手握住了我，她激動的說：「如果任平兄，任平兄在就好了。」我彷彿看到您很安慰地笑着，兄弟間總有這點了解啊。第二天就收到張筆傲的信，說他不做剛擊道的代理掌門了，說我們怎麼會認為乘風一走詩社便要倒了。而這些，是您在乘風未來前給黃昏星、周清嘯寫的信：「我溫任平跪下來求求您們，詩社就要倒了，張筆傲天天在酗酒，扯倒了半爿詩社。」這是您說的話。所以清嘯他們寫信激您，說堂堂天狼星詩社有您在，怎會因一個殷乘風來台就崩潰呢。又激勵筆傲，不能喝酒了事，要全力協助您。可是他怎麼會反過來說，我們認為詩社自乘風走了之後就要倒呢。這段日子裏我想您是傷心的，最折磨您的一定是「仇恨」，但您「仇恨」我們些甚麼呢？就算一個完全不相信的人，甚至是一頭狗，他來到美麗的寶島，我們也會盡一番落日故人情的照顧啊。您要我們不理乘風，可是，他究竟犯了甚麼滔天惡行？他千辛萬苦的去趕赴他的目標，沒料到最阻撓他的人，居然是他曾予奉獻最多的詩社，您想他是何等傷心，我們何等羞愧。如果我不管乘風的死活，任由他一個人在這裏自生自滅，我還是您的弟弟嗎？我還是他們的大哥嗎？而在這段日子裏，我收到的都是譴責的信，有些莫名其妙的事情，無端端的賴在我頭上。他們說：總社長哭了，總社長瘦了，你們這些不仁不義的東西，回來看看他吧。我們呢？難道我們笑了，我們胖了？您可以買酒與筆傲對飲，這一場酒過後，他可以激動得寫信罵我們。而我們沒錢買酒，也不敢寫信以下犯上。而現在我們真的回來了，從那時起，天天發狠要儲錢，終於回來了——寫信的人，怎麼散的散，躲的躲，暗算的暗算，而一個都不敢見我？我就坐在美羅鎮振眉閣中，這條路，以前你們天天走，天天來，有時只為了要問我一個問題，便不敢再干擾我，起身馬上就走。每次來回都是跑步，每次來回都是熱烈的眼神。而今我單人匹馬在此守候，多少日子了，您真的要我日暮黃昏青絲成霜，仍在誤會中消磨嗎？您怎麼不網開一面呢？我就坐鎮在振眉閣中，是敵是友，你們來找我呀！

有一次，台北有一位社員因為一些事做得不夠精神，受到幾位決策小組的苛責，他受不了，跑來跟我說，他們怎麼不了解他。他認為他們沒有唸書、翹課。偏激、「讀書人不是這樣子的」。那時天色已入暮，天穹漸垂漸低。我聽到我的社員，正在批評我的兄弟。他們是沒有唸書嗎？他們是翹課太多嗎？一個同學病了，他跑去替他洗碗、請假、交作業，所以沒上幾堂課；難道一定要堂堂都上的學生，才是有成就的學生嗎？他們是太偏激了。他們看到自己的社友沒有交稿，便天天催，天天罵。催來做甚麼？不過自己多改一點稿，多花一點時間；罵來做甚麼，不過徒增別人對自己的生氣。我們又不是寫作研究班，既不收錢，又沒有名望。他們何必要冒「讀書人不是這個樣子」的罪名呢？他們絕對可以「那個樣子」，比方說天天上課，比方說做個好學生，可以做到不亦樂乎，做到忘了自己是替社會的模型唸書，還是替爸爸媽媽唸書的好孩子，還是替同班的立身楷模唸書，還是替自己唸書？為自己，唸，一點點的，書。真正的書。他對我說着。我沒有表情，但激動地想着。然後我請他先到「黃河小軒」去。我寂寞地站起來。我愛這位社員，他聰明，他可愛，一個善良而敏感的人，常常會無意間更受傷害，我要不要譴責他呢？我看到暮色裏小娥的臉，因為激動，所以白裏透紅。娥真只說了一句話：「如果任平兄在就好了。」我如冷水澆背，猛然一醒。娥真只是一個女孩子，但她俠氣，她也有她激越的柔情。她彷彿是金庸筆下笑和傲慢的白衣，必須的時候，在千山絕仞下，她會讓我在斷橋上與敵人同歸於盡——如果我沒有這份勇決，她有。所以我也有了。「如果任平兄在就好了。」好一句話。我左手插入衣袋裏，右手叉着腰，望着暮天共一色的台北街頭。當年 God father 初到紐約城流浪的時候，或許也是這樣望着紐約城的自由女神像罷。我是您的愛將，記得您看到愛將被人折辱時，總是不會置身事外的。當日我和徐仁國因十聯而起衝突，您聽到他在外人面前損我的話，憤怒得從樓底下飆出來，握住我的手，手都冷了。您大可不必如此，我也大可不必如此。現在您變了，可是我沒變。既然我沒變，我就要把您當日的精神繼續下去。他們就是我的愛將，我的兄弟。他們有難，我們就一起落難吧，我敞開着衣襟，走到「黃河小軒」，然後我說話，說着，說着，「如果任平兄在就好了。」我咆哮起來。您在的，不管您死了沒有，您變了沒有，在我心目中，您永遠在的。您從前活過，活在我心中，萬一您不在了，我還是會把您的生命延續下去，把您精神的火點燃下去。沒有人比我更了解您，而我愛您，我不能眼看您拐了一個大圈子走回原來的路，所以我走下去，我孤獨寂寞地走下去，累了，喘氣；倦了，睜大了眼睛。因為我不是一個人在跑，而是負擔您和我。雖然您的形象已在我身旁隱滅，而我仍得跑下去。讓風雨打擊我吧，讓飛砂擊中我吧，如果我的身軀能為身後的人擋那麼一點點。您有生之年，也許會了解，您會安慰的。我要為真正的您而掙扎，作寂寞的長跑。我說着，我怒吼着，我也不知道我在說些甚麼。我靜下來的時候，發現自己站在水銀燈下，他們沒有一人抬頭。我走出去，很疲倦，晚風吹來很涼，娥真追了出來，握住我的手，柔聲道：「任平兄在的話，他一定很驚訝，很高興的。」我真要哭出來說：您在的，您在的，您本來就在的。

可是為甚麼您不在了呢？為甚麼我們痛心疾首地從大馬回到台北，您還發出無數的這種信來打擊我們呢？

××

敝社已於日前改選職員，附上複印新聞一份，供吾兄過目，瑞安目下為天狼星詩社八個分社之中的「綠洲」分社負責人，他並非詩社執行編輯，因此他不能代表天狼星詩社，亦非弟在台發言人，瑞安及其「江湖兄弟」在台行動，余在馬來西亞鞭長莫及，約束無從，故此彼等之行為所帶來之道德上及法律上一切後果，天狼星詩社及弟本人實無法負責，彼等即視自己羽毛已豐，可以為所欲為，倒行逆施，仗一點粗淺武功君臨自由中國文壇，弟雅不願看到彼等在武林中所造成之騷亂，劣跡，辱及天狼星詩社數年來慘淡經營之清白聲名。寫這封信，心如刀割，無限沉痛，實迫不得已。敬祈

垂察是盼。　專此

並　候

撰安

天狼星詩社總社長　温任平

一九七六年十月十八日

我收到這封信時，一直不敢相信是您寫的。直到認清您的筆跡之後，再讀到您在《中華文藝》等刊物中傷我的文章後，才敢證實。我仔細看那些在旁劃線的語句，我深深地感覺到一股憤怒，一股悲哀。我們兄弟之所以會破裂，不僅在於那些旁枝碎節的因素，而的確是有人奪去了我那為正義而戰的兄長。我既來了台灣，是所有人反對之下來的，當日您所鼓勵的。現在也許您的政見變了，但我勢必要堅持到底。是那兒的某種生活形態，使您安於生活了。是那兒的某種思想形態，使您脫了節。是那兒的某種壓迫，使您改換了鵠的——但我還要堅持下去。這是我們最大的分歧，決裂的重點。如果我寫下去，只怕會連累了您。我愛自由，我愛我的國家，這點我無法與您妥協。就這樣了。至於您提到我們這一群「江湖兄弟」，不如直接用「武林敗類」更好。您深知在武功上，我因諸事煩忙，已棄習許久了。大家也是。剩下的只有一份氣節。我們認為在古中國「武」「舞」本就是同一份事，甚至「文」「武」

也應在一起，也許可以從武術的精神裏，可以給文人一點甚麼：精神？營養？或是泰山崩於前不動於色的大國氣派。林懷民可以用他的舞來表現他自己，在一刹那間充實，一刹那間奔放，我們為何不能用我們的武來在瞬息間精神與肉體合一，達至超升的境界？武道第一個精神是「制約」，唯有從「制約」中才體會如何把握「放縱」時的全神。因為武士的精神每分鐘都可能是死亡，所以他們要把握每秒鐘的準確而有意義地活着。在這個糜爛的社會裏，道德淪亡，禮教敗落，不正需要這樣一種精神，一種制約，一種至高無尚的道嗎？我們社員中有很多是體弱的，肢體殘缺或有病的，讓他們練一點武，從肉體的充實到精神的煥新，不是很好的一件事嗎？當日您是最了解這一點的。以目前空手道的地位，您是大馬日本剛柔流的總秘書，遠比我聲隆，而您會這樣在外人面前説我，是甚麼意思呢？

再前些日子，您信中甚至還跟人家説：「他們是吃我奶水長大。」唉。再這樣下去，我們只有退出一途了。這一退出，將會有更多的流言，説我們忘恩負義，説我們叛逆，説我們無恥，然後勸我們復合——但是我們的退出能使您心平氣和一些的話，我們願意幹。從我三年級寄出第一封信起，就是寄給您的。您後來寄回給父親，批改得七零八落，爸爸氣起來叫我以後凡寫信都要先給他批改過後才寄出去。後來我們在一起，很要好。您常常寫信給我，説您怎樣聽交響樂，怎樣恥於與那些庸庸碌碌的人平起平坐。我們很嚮往夏濟安、夏志清兄弟，覺得他們兄弟學問真好，感情真好，人品真好。我們常常談起他們的事。有一次，您病得很利害，我説，我想把您所有給我的信拿去出版。每一封信我都珍藏着，綑着，有上千封了罷。每一封信我都不止閱過一次，有些發表在綠洲裏，有提到大家的，我就給他們看。您説，您也保留着我的信，你説裏面有一個少年的成長與奮鬥，歌和淚，是珍貴的文學史料。我聽了多高興。最近您在《草根》十五期發表了一篇文章，叫做〈用火光照亮那一疊書簡〉，其中一段：

> 下午四時，我把高達一尺八寸的大小信件，用一根火柴燃亮。那一把火燒了大約十分鐘，因為信箋摺疊的原故，燒得很慢，我用一根小而長的青竹竿挑着來燒，火光灼灼中，隱約傳出來幾聲短促而尖鋭的哀叫，但又不敢十分肯定，也許是紙屑乾裂脆開的聲響，也許，也許是……甚麼都不是。那只是一團火，一團愈燒愈亮卻終歸熄滅的火。

我在香草山書屋讀完這篇文章，不覺淌下淚來。那賣書的女孩子在找書，我把臉埋在書裏，我只想躲起來。您燒得真灑脫，燒得真夠英雄感。您短短幾句話，就把我的童年，我的少年，我歌我哭我歡狂，都燒光了，都燒乾燒盡了。我不會再寫給第二個人看，也不能再寫第二次。您的信有些綑在我「聽雨樓」裏，有些紮在我「振眉閣」裏，那兒還留存一些您的鋒芒，您更上層樓的情感，我仍是會把它珍藏的。感情不是一把火就能燒光的，正如生命不是一刀兩斷的事。感情是生命的脈動，生命是無限的延續，在一花一草一木。

娥真隨我回馬，在大變中，她隨我喫了很多很多的苦，但沒有怨過一聲。江湖是多風多浪的，不幸我已經衝了進去，她也只好山月照彈琴。回馬後，我落入困境，她在家裏，無盡躭心。在那段恐怖的日子裏，要不是她在，也許我就已經崩潰了。有一次我用僅有的一點錢去找陳秀芳，要求她安排我見筆傲五弟一面，她說：「筆傲是不會見你的。而且，你還是不要見他的好。」我想到那金馬崙的寒夜裏，山雨欲來風滿樓，我和您連袂上山，大叫他和乘風的名字，彷彿是千萬里外的一陣悲風吹來，我哽咽嗆不出一個字。我回到怡保，找到娥真，告訴她我要崩潰了。她平時很荏弱，現在她說：「會嗎？美媛、小戚、玄霜在山莊天天等她們的大哥回來，而她們的大哥卻為了一個張筆傲崩潰，這樣對她們不是太不公平了嗎？

筆傲不肯見你，你又何需見他。你立在你自己的土地裏就是一座王朝，他如果是張筆傲，他千里也會趕去見你，赴湯蹈火也會去見你，否則，他沒有資格值得你傷心，不值得你叫他做兄弟。」停了一停，又說：「我們看電影去囉。」

我驚訝的深注着她，她是我時常驚喜的發現。一個孩子陪了我那末久，是我的妻子也是我的兄弟也是我的弟子。我要回馬，苦思應對之法，比方說，我深知可以用奇襲，先見社員，博得支持，再見總社長。可是我不屑如此做。但不如此做就可能給您完全封鎖了。但我想您不會的，我反覆的思索，在山莊來回踱步苦思，小娥也陪着我走，以為我帶她「逛街」。我是太早把這些苦難都交給她了。但她在成熟中，還是那末露珠。露珠中，又見出幾許滄桑的歲月。真正的清靈都是受過磨煉的。像剛才的話，已經是一位堅強的婦人了，而在最後一句，又變成不懂事的孩子，變得那麼快，快得像是她對我的喜歡和生氣。但永遠給我一片清涼。

小娥陪我回馬受盡驚嚇，而我知道要速退，所以九月初就要回台了。不回，只怕您一次震怒之下，我們就屍骨無存了。當日陳美芬是文武道的大姊，在雷霆之下，不是幾乎護照被奪嗎？這件事我們也是參與者，現在是怵目心驚。啓元三弟當日的「叛變」，我風聞而寫長信怒斥，現在聽他解釋，看見他從熾烈變成淡漠的臉，我才知道許多真相都是悲哀的，所以許多事情都沒有真相。我這一決定速歸，致令小娥的家人，無法與她共渡中秋，——唯一娥真回馬後能共渡的節日。多少工作，多少辛勞，她家人才能讓她回馬。而才一個月不到就走了，她沒有怨言，她家人沒有怨言。黃昏星是一個傷心的人。回到家，耕田、種菜，怕我受襲，常常來振眉閣，天天等回心轉意的消息，真正在家裏渡過的，還不到七天。是何等一個不孝子，在他窮困的家裏，在他母親血壓高的時候。更不幸的是：乘風不忍我們在「前線」力拼。要死就一齊死吧，我不能忍受他們為我而死。他想。於是用盡方法，趕了回馬，不到七天，被迫離開。因為我們也不放心他一個人陷在那步步重圍的地方。他得令，沒有怨言。這是一個沒有怨言，只有了解的家，敬愛的任平兄長，如果這平息不了您的震怒，抹不去你的懷疑，那我們只好接您的招了。這些年來，您所教我的我們還未敢忘記。凡有必要的戰鬥，我們絕不迴避就是了。

我們靜悄悄的退卻，正如來的時候，我們不想激起太大的波濤。而真的要臨時，我們是全面的降臨，不帶一絲違抗，不帶一聲驚呼。我和娥真，掠過南太平洋的萬里波浪，平安降落在松山機場。與黃昏星提着大小十三箱行李走出來，見到美媛、小戚，沒有說話。還有清嘯，他興奮得鼻尖都是汗。我問雁平為甚麼沒來。他問我乘風呢？我說乘風過一兩天就回來，他說雁平會趕到山莊。我說試劍山莊好嗎？他說很好唉很好。美媛假裝看不見我，小戚頭髮撒下來，都在圍着娥真。我心中默默在說：乘風，我們先走了，先回到山莊，等你回來，我們再搞出一番大事業來。忽然記起三年前我們離開台北，任平兄您、清嘯和我。信疆兄來送行，握着我的手說：要為中國做一點事。我噙着淚進了機艙，這次回到台北，您仍在大馬做您的天狼星詩社社長，清嘯在這兒接我。不是很像一場夢嗎？聚聚散散，來來去去的，總是這些衣鬢人影，就像娥真的詩，寂寞而真。

那麼現在我和您是相隔千里了。我曾想打破這些距離，卻引起您的不悅。現在我的速退，恐怕您還被我臨走時所佈的疑陣所迷住，不知我在哪裏罷？爸媽老了，沒有工作了，您是大兒子，和嫂嫂有月薪近兩三萬，不要忘了您曾是我的兄長，活得像有氣度一點。海外的中國人多少人都在掙扎着，我們怎能還迷眩於求名奪利。那才不是我們的宏願。望您自珍自惜，自重自愛。

我們的退社信很短，是這樣寫的：

我們從綠洲社開始已十年，參加天狼星詩社自其創社伊始亦已四個年頭，可是因為總社對我們誤解叢生，不予解釋，我們問心並未作出使詩社丟臉的事，無一日不替詩社鞠躬盡瘁，無怨無尤，只求把詩社的威名弘揚，把詩社的旗幟飛揚，然詩社卻對我們諸多挑剔，懷疑嫉妒，甚至在吾兄弟姐妹信息被封鎖，對我們紛紛起仳離。大丈夫可殺不可辱，單刀赴鴻門，生死等閒事耳，背後下毒手，乃真壯士所不為也。故吾等決定割蓆離衣，以短痛絕長疾，今後一切行動組織，與天狼星詩社無關。除非貴社痛改前非，消弭誤會，否則永無復合之日。

神州詩社全體同仁謹上

這封信雖短，一共兩百三十九個字。入社十年，大小百餘戰，兩百三十九個字。裏面千言萬語，多少話，您懂不懂？暮色深沉，您收到的時候，會不會感覺到人生裏總有許多割捨，許多一念之差的斷決？我和您便是了。窗外還是有一二聲爆竹，陰濕的街道上仍是有冷靜的車聲。從開始寫來，寫到現在，也快要寫完了。那麼就容我以一首詩結束吧？

在錦繡未腐朽之前
請容我將一爿山河帶走
萬花散盡，萬階行盡
所有的紛繁落盡
所有的豪華皆寂靜
最初的遇，最後的逢
相識或不相識的我
與我來生重聚江湖，握手言歡
互問消息：那人呢？
散了，去了，去了
或在三月裏失了蹤
彼此陌生地愛着
彼此很愛地陌生着
如來，我佛，給我一個卍

眾生裏唯香火裊裊
而一切盡在變遷
髮白了，樓塌了，燈枯了
而不變的仍是：
那一明一滅的燈！

——摘自「碑帖」

稿於一九七六年十一月九日

洛水[26]五章

弟妹

收到你和他的照片以及信時，對樓的琴音正好響起來，一聲一聲，不是甚麼名曲，但是首兒歌，而這時候，我是傷心的。琴聲回蕩，我不知是在甚麼地方，相聚時和別離時連成一線，像你和他那水濛濛的黑白照裏，曾是嫵媚一笑，卻是看不清楚。越看越愛，越愛越誤解。但在萬里的一幀照片下，你心裏有千山萬水千水萬山喊出一聲來的大親切。也許，人在遠方，還是不要看照片是好，不看只難過，看了才知見不到。

兄弟

我們曾是一道同生共死的兄弟，一齊做過許多事，黑夜裏追殺過敵人，白日裏一齊跑過長長的街，留下雲和煙。那麼就在這麼一個彷徨的黑夜裏，在我最崩潰和無助的時候，你不知

26 洛水是我心中的源泉。

道，或者你知道也沒有伸手，而我被你看着，我沉下去。也或許你認為你站的地方是浮沙，而我沒伸手救助你。那麼我們從此就不再理睬，心想這是獨立，獨立後仍會一般強盛，否則叫人看不起。但是，親愛的人，我們更曉得我們是一柄斷了的羽毛拍，沒有人願意再用。

某人

你不知在想甚麼，但你眉峰上都白了。我知道你一定在想着不易想的心意。你連眼皮都沒抬起，也許覺得這世界已沒有再值得你看的人。也許你對我有了一層隔閡。可是你不要忘記你說不出話來的時候我也說不出。在街上碰見一隻可憐的狗而你手上正好有食物。吃了一碗很有幾十年前家鄉風味的麵，在大熱天回到家裏還有風扇，都是平凡而可喜的事。偏偏是我們不平凡地比賽痛苦下去。我沒有說話，斟了杯熱茶，茶冷了，你還沒有喝。

洛水

傳說中國有一道洛水，聽說還有位洛神，洛水在我想像中是濛濛的，山水得很，有時候望得見，有時候望不見。像國畫的最高境界，好像甚麼都沒有，好像甚麼都有。這兒有一本書，叫做《洛神》，寶藍底，金的字，美得輝煌。我就開始想像，洛神一定是穿着白衣的，水幽幽的，像沒有人知道的泉水，不知流過還是走過？或者有點像鄭佩佩年輕時穿白衣古裝，連柔也是英氣的，洛水就這樣流啊流，流出了山川流出了海，仍一涓細流，到了我心中，到了我血液，靜靜地左旁右插，又清清自我筆端淌了出來。

姑娘

雁過長空，魚游溪間。雁無意留蹤，魚無意投影。你的信來，清純、可愛，大概有執拗的唇，可以成美的慟哭，也可以成可哀的笑，我不勝感懷，她寫詩給你，我寫甚麼給你？我寫我的不見到給你。因為一個人寫江湖，千萬人寫江湖。因為一個人舞劍，千萬人隨劍而舞，所以劍非劍，江湖非江湖，而你也落花非落花，因為落花的感情是水，可是水被人們錯以為是不應的流動。其實感情沒有甚麼不應該的。我了解，我明白，你無需自責，因為世俗是世俗，不是第一個拔劍的人，不是第一次江湖，不是望斷天涯而投身深崖的落花。何況不止我知道，還有她也知道。我們沒有同情，只有關懷，你該歡笑，你該知道。

稿於一九七六年。台北。二十二歲作品
《長江文集》出版創刊

野柳四章

決定

我人到了這裏，心還趕不及，遠遠落在後頭，蒼茫的那一處，怕我驀然一回頭，看見驚怯纖小的她。遠遠躲開，可是畢竟心仍是我的心。我曾鋒鋭如刀，柔情如劍，而今雙手空茫，還我的仍是在風雨俗世中的猛然一悟，乍然一缺。亭外風雨，亭內淒遲，有人繪畫，有人寫詩。沒有人敢畫我正如敢畫一座海。沒有人敢寫我正如寫一座山。寫詩人不在，畫者在遠方。遠方有小小的泣，仍透過所有的山所有的海傳來。極目蒼茫，我在山頭。當我行文悠遊，學而自在；當我散文鋒利，有人因而激發。於是看見，白衣人不止雙袖。獨一隻海鷗，自沙灘飛起，直掠往天蒼地茫的海的中央。

她有勇往直前的決定，我呢？

沒有

我永遠沒有。我知道我有誨天碑地的大志，碎天門的豪情，但我仍沒有。我知道縱坐在我身邊也是一種安全感，跟在我後面也是一幅模倣，可是我沒有。我直衝九霄雲高不勝寒的眉仍在許許多多的牽牽絆絆。許多椰子樹，許多青草坪，許多忍不住的愛憐，許多喜歡的就欣賞。長久以往，不了解終於了解，了解終於誤解。我恨是謂風流，因為我跟風流看法不同。如果我在七十歲後還能寫詩，那我一定仍在戀愛，戀愛一草一木，這個世界，一字一句，一個懶腰，一個噴嚏。所以我永遠沒有。

不悟

三年前我也像你一樣望見海不會坐下來而以拳頭擊打石欄，然後一坐下來心沉落如重重的秘密。三年後的今天，但我不是不坐不站，要站我是青雲，要坐我是岩石。在塵俗打滾裏，我仍保留了我的真，雖然血流披臉，痛苦而堅持。我怕世間事磨平了我的大志，像一個陌生人要把我的詩亂改。你十七歲已生華髮，我除了一臉短髭，也不見得沾上任何漂白。因為我是色彩。因為我是山海。所以在世上沒醉而戀愛，或者沒醒而執迷。悟的最後是不悟，偏偏我已學會分析感情，而且常常成功，所以我害怕。你沒聽說過山水也害怕吧？你看那浪花。

下棋

我肯定那幾張靠山的石櫈子一定曾有老者來弈棋，因為它自然。弈棋的老者正替我下了一盤，我人生的棋。還沒下完，海已沖蝕了山的另一方，他們已聽見潮打山腹，他們聽見。而我而今聽不見，我知道我來晚了，可是我仍一樣來了。那棋也風化成石那石也風化成風，當然那老者也風化成風。而我仍趕來下這局無盡的棋。因為這盤棋是世界上唯一屬於我的，所以不管有棋無棋，一攻一守，守守攻攻，我仍是要，守攻，攻守，我仍是要。天地越來越白，潮聲拍擊着山腹，就要穿破，就要吞沒。我必定要在它的巨大來臨前下完這局棋。讓天地蒼茫，伴我一人，下完這盤沒有棋子的棋。

一九七六年。台北。二十二歲作品
編《神州詩社史：風起長城遠》

鐘聲

傅鐘沉宏的聲音，在薄暮的雲空裏響了二十二下……為甚麼不是二十四響呢？一天有二十四小時啊？傅斯年説，留下那個小時，讓我們沉思、默禱、反省，讓我們回想自己在那二十二個小時裏究竟做了些甚麼？甚麼還沒有做？做對了甚麼？甚麼做錯了？一位三年級的同學，曾經在我來到台大第一次聽到這鐘聲的時候，這樣地向我解釋。

而今後聽到這些話到現在已半年多了。半年裏，匆匆忙忙，提着書本上課，像一匹出關的快馬，然後挽着書本上課，彷佛成了不勝負荷而須橫渡大漠（猶有千里）的駱駝。飆風起時，椰林大道上的孩子髮揚衣飄，椰子樹被吹得彎下長長的腰，舞弄着它們不止一雙的長臂——這些風，真的能吹得淨我們臉上的塵嗎？秋天是飆風季，冬天是令人哆顫的寒。杜鵑花城和傅園，就像台大的那一堵紅牆，寂寞而無聲，堅守着青青子衿的數年寒窗。冬天裏，花未開，陽光未暖，大家穿着厚厚的夾克或棉襖，趕着匆匆的行腳——從新生大樓跑到文學院，從文學院到普通教室——也不知道是冷還是累，只覺得大家越來越少歡笑。大學是孕育人才的地方，而且學風自由，景色美麗，怎麼大家反而鮮見笑靨，而愁煩愈甚呢？是為這自由付出了太大的代價？還是美麗中帶來的只有失望？或是在這些匆匆來、匆匆去的日子裏，大家來不及停下腳步來欣賞，來聽一聽宏亮的暮鐘如何地在薄夜中敲響？……

然後是春天初臨，台大的杜鵑花怒放出容色的傳奇，冬天穿厚衣的人，成了打傘行在春雨中的賞花者。傅鐘仍聲聲敲響，在一個寒暮裏，帶來了寒假，又在另一個清晨中，送走了寒假遠去的跫音。同學們又匆匆忙忙拿着書趕着路。半年了，究竟有沒有人肯抽出兩聲鐘響的時間，來想一想，今天獲得些甚麼？失去些甚麼？做了甚麼？要做甚麼？……

我不知道。可是在這些行色匆匆的日子裏，我覺得每個人都應該作這樣的詢問。也許在真正的尋思與反省之後，路才會趕得有目標，有意義，而且在趕路時才會感到柳暗花明的替換。

稿於一九七六年，台北，二十二歲作品
入學台大

激雪

我們本來圍成一個圓圈，正在談笑，笑意很濃，新來的人和舊有的人在聚會中融洽得像一首民間的歌，熟悉而且親切地流廣。突然間，你們兩個，一個霍然地，斷然地，決然地，錚錚然地自口中吐出了鐵板銅琶的詩：「每次你讀我的詩，驚桌碎案！」一拳擂在榻榻米上，每個人都感覺得到那雷動一般的拳風，每個人都不相信，出自這樣一位荏弱女子的手上。然後另一位以一種大好河山的豪情大聲朗誦：「半個好字驚碎了半壁江山！」這十一個字是牙縫裏逼出來的，像每個字的圓滑都被伶俐的皓齒咬嚼過似的，只剩下似劍還刀，有棱有角。你們兩個人，數月前未見這樣的拳風，這樣的氣魄，我們欣慰而激動，「因為你們都是我教的」。

你們繼續朗誦下去，滿室溫暖裏打擊外面的滿山風雨。你們是刀光劍影，互相碰擊，一個是俠氣，一個是豪情。你們繼續朗誦下去，越發激動，而我也越發不能自已。你們的朗誦越來越急：「你哭道古典比古道更遙遠／在城市裏望夕陽／忽然驚覺馬鳴風蕭蕭／那一去不復還的壯士／姓甚名誰，天下只有你我二人共知」像猝急的雨打在琉璃的瓦面上。中國的街。中國的巷。長安。襄陽。劍、花、煙雨江南。俠膽。琴心。不醉酒。望長江。你們繼續朗誦下去，我眼眶盈滿了淚光，將傾未傾的一種半滿。你們繼續朗誦下去，室內都充滿了你們交擊的詩音：「歌曾經慷慨激昂的唐宋／舞曾經皓首窮經的三蘇／你退身少林，卻仍苦練收復中原的金剛經／我大悲大笑。你狂舞。我仍無」你們一句緊接着一句，像美麗的退潮美麗的漲潮連成美麗的浪潮，而我們正乘舟出海，棹垂長釣。你們繼續朗誦下去，使我想起那時我寫這首詩的情景。試劍山莊，長江劍室。兄弟的摯誠，人世的突變。這首詩寫時情真義在，沒料今晚你們念出來，已人為權移。我不知道這境界是愈漸悲涼的「枯藤老樹昏鴉」，還是愈漸可喜的「小橋／流水／人家」，但其中有多少不可告人的悲愴，以及不必相告的昂然拔劍。阿戚、阿燕，人生裏有很多事，正如有很多詩，不可不做，不可不念，雖然做了會痛苦，念了會傷心。

你們繼續朗誦我的詩，最後一段是：「你長嘯風動雨搖，擊案碎桌／衝出來半步踏完了山莊／你說寫詩要是不激動得有話要說／就一生不寫詩／我說你去抱劍吧／我重上少林要成為鐘／你說你在江湖因為要代表少林／我說楚之武者……／你說不出來你長嘯」長嘯未畢，聲音頓歇。全室的人都靜了下來。我感覺到窗外有一股很奇怪的悲風，轉折了七八個角度，不斷地撞擊着玻璃窗，如我們內心的血脈，哀傷或憤怒地一起一伏，激動不已。那股風不斷地撞擊着，使我們的心緒，跟屋外百丈的驚濤駭浪一般，激起千萬堆，情感的雪！

稿於一九七七年四月五日福隆大聚。二十三歲作品

在漸暗的窗邊點亮燈光

××：

您好。最近我正撰寫着兩篇文章，一篇是討論有關中國神話的，一篇是討論有關中國詩中人與自然的衝突及其位置。這兩篇論文撰寫之時，是相當費心力的。因為有關那兩個主題的理論，有不少學者都寫過了。我當然不會重複他們所寫過的，而且往往有提出意見不同的地方，難免要引經據典以達致多方說服，這就是我所說的費心力之處。因為只有從意見紛異之處擇其善者而從之，學問上與知識上才會有所改進。但社會上一般的意見都是附和的居多，很少人會提出反面的意見。一是因為反面的意見需要自己收集資料與例證，及需要在「前無古人」的情形下獨立思考與判斷，甚不易寫；二是因為反面的意見常招致詬病非議，甚不易「招架」，故有識者多為卻之不恭，這是有礙於社會上的進步的。就以目前國內《中國時報》上的「人間版」所節譯之《史前文明的奧秘》一書來說，原作者 Erich von Däniken

在眾人為神學而考古，為考古而考古的情形下，他居然勇於提出「神即是太空人」這嶄新的論說，無形中也等於是擴展了考古學的領域，甚至更伸展到太空與太空事業的範疇裏。對於考古界來說，Erich von Däniken 無疑是有不容磨滅的貢獻的，可是因為他發表了自己獨特的意見，把史前文明帶入了一個新的世界，所以他遭受到的攻訐也特別多。各類譏罵之信件如雪片紛至沓來，甚至使他在年輕的時候便輟了學。難道我們真的不可以提出懷疑的態度嗎？沒有懷疑就沒有了進步。牛頓先生看見樹上掉落蘋果，要不是他思索「為何蘋果都是往下墜而不是向上？」而是抓起蘋果擦擦衣袖就把它啃吃了，那麼地心引力，到現在還可能是一個謎。可是在一門新的學問成立之前，常常是會受到各方面的大肆攻擊的，個人之力怎敵得過群眾的力量呢？事實上，能在如此逆境中仍能開宗立派的論說雖不勝枚舉，但因而湮沒或三緘其口的，也大有人在。這對我們來說，真是可悲的一個大損失，這使我忽然想起最近台灣文壇上的「唐文標事件」，也令我有同樣的感觸。其實唐文標所提出的，還不算是一個新的理論。因為探討社會性、文以載道、浪漫與古典的辯爭，幾乎每個時代都有。每當學術風氣鼎盛時，就會有一場爭辯。這原是無可厚非的。這次論戰，因為是由唐文標引起的，他的一連串「僵斃的現代詩」及「一級一級走進沒有光的所在」等論文，對台灣當今的文學來說，無疑是一陣又一陣的雷鳴。我認為這打擊是好的，只有學術需求變成曖昧不清的時候才有正規的文學爭論。只有不斷的爭論才有希望進步；一個大的時代應該能有容納諸多學說的胸懷，從一個學說紛繁的時代可以窺見當時學術風氣之盛。這本來都是好的現象。唐文標勇於提出他的見解，勇於倡導他的文學觀，這應該是無以詬病的。像關傑明提到的詩已失去了國籍。當中文詩以英譯出現時，讀者簡直不能相信它原來竟是中國詩。這一點不是很發人驚省嗎？不是可以引動了我們兩項非常值得思考的問題：我們的祖先曾經有過令人一看就知道這是中國詩的中國古詩，而現在我們的現代詩，就算是原文，也看不出它有多少份中國，跟現代有甚麼關聯。中國當然不是嵌入幾句禪和成語及刀光劍影就可以概括得了的。其實唐（文標）、關（傑明）、尉（天聰）等人的話確是很發人深省的。我們用這一點來看現代小說，拿比較負有盛名的七等生來說，無疑的，他寫的小說很好，可是又有幾分民族性可言？又如叢甦的小說，當日的《文學雜誌》上小說的主將之一，他的小說，又有幾分社會感？那麼說，究竟他們是中國的小說家呢？還是西洋小說家？我們當然可以借重西洋小說的技巧，可是我們中國小說的技巧就不值一顧嗎？我們當然可以描寫留學美國學子的心境，但是我們還有千千萬萬子民在本鄉本土啊！為何也不寫寫自己的東西，以一個例子來說，我們的中國神話、傳奇，已有不少因沒有發掘而湮沒了。而我們卻把注意力集中在西洋神話。這是對自己國家沒有信心，還是對自己沒有信心？更或是信心要從別人或是別的國家才能重新拾得？這是非常荒謬的。如果那答案乃「是」的話，那麼我們真是「開天闢地」的一群。至少在唐朝、宋朝以及所有的朝代裏的詩人作家們，都從來沒有那麼失去信心過。七等生的小說，葉石濤的〈論七等生的僵局〉及劉紹銘的〈現代中國小說之時間與現實觀念〉兩篇文章裏，都有對七等生的小說提出指責，《中外文學》第三卷第九期周寧為文〈論七等生的《我愛黑眼珠》〉反駁葉、劉之批判，寫來甚具說服力，但無論七等生在小說中如何表現多重人格，他們表現的，跟我們的文化與道德，還是有一段無法跨越的藩籬。我覺得劉紹銘所說「以中文寫作，卻對中國的風俗習慣毫無興趣，對文化或道德毫無敬意，視鄰居的狗比自己生命還重要的作家」，雖然過份諷刺，但卻提醒我們的作家：中國究竟需要的是，表現西方精神的作家還是東方的？我們與其在西洋文學蓬勃而廣遍世界之際，把自己的力量獻身進去以求「錦上添花」，還是掉過頭來，給予自己尚未闡揚的精神文化「雪中送炭」？

談到這裏，我不禁要表明一下我的看法，坦白說，我和唐文標的看法，不盡相同；我激賞他把文學與生活打在一起的主張，但我反對他只用文學有否參與人生來作為品評文學高下的唯一準繩。因為事實上，文學是表現人生，但文學不等於人生。如果要真正做到教化人生，我覺得文學是有責任，但不是唯一的責任，教化人生的工作，完全而不保留地落在文學家的身上來，是不公平的，而且也是難以收效的，我相信還有許多工作比文學更能遊刃有餘的教化群眾、反映社會。我再強調：我認為文學表現社會是應需的，在目前來說，甚至是急需的，可是文學本身表現社會的責任，卻不是必需的。唐文標在今日提出這種主張，無疑是發人深省的，因為今日的文學，太過局限於自己的喜怒哀樂之中，這是不公平的，我們當然不能對這社會這時代交白卷。可是唐文標提到詩人諸如余光中、楊牧、周夢蝶、洛夫及小說家如張愛玲等，他們的作品，自有他們不可磨滅的地方，如果不純粹以社會主義的眼光來看的話，他們在語言上的提煉，風格上的營造，節奏上的嘗試，都有相當的成功，自不容一筆抹煞，而且縱要抹煞，也抹煞不了的。就算以純粹社會主義的觀點來看，張愛玲、楊牧、余光中的作品，也有他們所表現的社會背景，民族意識，至少他們所寫出來的，背景或透過背景仍是中國，中國的光榮，中國的悲哀，而且有深刻的時代感。在中國以前的朝代裏，至少不曾出現過這樣的詩，這樣矛盾的詩，這樣浮雲遊子的中國詩。當然我不是說這些詩一定是好的，而是說這些詩也有他們的代表性，或多或少已表現了這個社會，或者是他們那一群，那一群縱然是少數的一群，不過也是構成這社會的分子，難道不是嗎？如果社會主義只是寫廣大的一群，寫實主義只是寫表面上的實，而對他們每一分子的真正不加以刻劃，或者是隱瞞了個性表達非個性的，那麼這種寫實主義，是空泛的、虛浮的、偽寫實的。此時此境的現代詩，的確太西化、太現代、太抽象了，除了覃狀雲潛意識死亡的黑V，就是純粹空無野狐禪，跟現實生活的確是太脱節了，與我們的傳統相去太遠了，所以唐文標的呼聲，是值得重視的。可是一味現實，到最後一篇作品因沒有表現群裏就是不好，那就太過偏了。實際上，所謂藝術上的大眾化，是有程度的大眾化，好的音樂、好的繪畫、好的電影，能夠欣賞的，僅僅是一小撮的人，而一小撮的人是不能說已夠大眾化了的。這很令人感嘆，不過我們既然作為知識分子，所應做的任務當然是盡力推廣而不是自命清高。其實曲高和寡，應該是件悲哀而不是清高的事。不過我再次強調：無論是怎樣表現現實、接近大眾，只能夠做到程度上的。趨向大眾化的努力是值得慶賀的。現代詩方面，像羅青、高大鵬和林煥彰，（也許您會認為羅青、高大鵬並不往這條路走，可能他們本身也不同意，可是我還是認為，像羅青的詩，既有使用類似章回小說的傳統結構，而又不似前期現代詩的意象繁陳與晦澀，我想這就是我所說的「有程度的不離開大眾」的現代詩其中之一了。高大鵬本身，我看過他詩作不多，像《桃花扇》、《蘭陵王》、《臨泛仙》、《看花》、《招手》諸篇，巧妙地借用了傳統詩中的節奏，字句深入淺出，讀來一氣呵成，很見功夫。可惜我手上沒有他的詩集，希望將來能為文論之。至於林煥彰，他的努力是有目共睹的了，我不必在此多贅。）都有表現，大眾化和反映社會絕不是一股勁的往裏邊鑽，以致今日詩壇上，流行着一些一行三四字的類似占卜斷語。作者只要隨便化身為勞動階級者，叫賣幾聲，淺入淺出或者淺入不出的幾句，便算了事，這種人工化的現實，不是接近群眾，而是欺騙群眾，更是罪不可恕。唐文標見此今日現代文學，如果知道他也有部份引起的責任，真是也不知有何感觸。其實唐文標開始的旨意，本是令人喝彩的，只是我想，他的文章發表以來，必遭受到攻訐無數的，這就太失寫作人的氣量了，為何沒有容忍的胸襟，聽他細說清楚？更糟糕的是，有許多繼唐文標、尉天聰、關傑明之後的人，也執筆寫類似的文章，用語刻薄，十分挑釁，結果文壇鬧了好一陣子軒然大波，使到把開始的唐、尉、關諸人之構想變了形狀，不忍卒讀，漸漸從檢討變成了破壞：包括對中國傳統的破壞，甚至中國道德文化的破壞。創作的自由應是自由國家的特色，而這個爭辯的發展無疑對這個特色是一種揑殺。第二卷第八期的《中外文學》就有兩篇針對「唐文標事件」為文的，有一位李佩玲寫〈余光中到底說了些甚麼？〉談到余光中對唐文標的反駁之字，有下例文字，大意是指余光中對唐文標的觀點，就是「詩須有社會性的功用，詩必須為群眾服務，現代詩脫離了社會群眾，因此現代詩已經僵斃」沒有提出不同的看法與反駁，只在論及杜甫的詩時說「一千四百多篇杜詩，如果只保留三吏三別等三四十篇，則所謂『社會寫實派』的詩人杜甫，充其量只能算是一位次要的詩人，因為那樣的杜甫，缺乏深厚的個性和高妙的藝術」。接着又舉了幾個例子說「《敕勒川》、《江南可採蓮》、《生年不滿百》、《涉江採芙蓉》等千古傑作，究竟又有多少『社會性』呢？」因此李君認為余氏「文不對題」外，還「不僅沒明確說出自己的主張，甚至沒有肯定地反駁唐文標的觀點」。別的論見我或許同意，對於此點，卻是大惑不解？上面余光中的話不是說得很顯著了嗎？且不管他的話有理無理，是對是錯，但他已說明了他自己的看法了。難道李君對論文的要求是袒裸相見，非破口大罵不可？含蓄一點又如何？而余光中是否有一定的必要反駁唐文標的話？因為據我所知，余光中提倡現代詩趨向民謠風，這同樣是把詩介入大眾的一種方法，他不一定有這個必要全盤否定唐文標的話啊。當然我想李佩玲君並不希望他倆吵一場，不過這種文章卻有推波助瀾之嫌，很容易會引起雙方的誤解，如果余光中看了李佩玲君的文章後，便寫了一篇文章大罵唐文標，唐文標也為文反駁，互揭瘡疤，那麼，這個批評界，未免太不夠氣度，太沒有胸襟了吧。

好了，寫到這裏，不懂您是不是看厭了呢？我常常是如此，一旦下筆，就收不回來，對人抱歉，自己也辛苦。以上的話，我自己讀過一遍，也有無限的感慨。我們都是從馬來西亞負笈來台的人，我們深知馬來西亞有好一些文藝界前輩及青年，對台灣文壇充滿希望、充滿信心、充滿期望，他們視這兒的文壇為依歸，寄予滿腔熱血與熱情，我真希望這兒的文壇是純潔而清淨的園圃，以不負他們所寄予之厚望。基於目下台灣文壇的需切，我尤為欣賞葉慶炳教授的話：

……就文學論文學，言志的、唯美的均有它存在的價值，血淚交迸的是文學，吟風弄月的又何嘗不是文學？若要使文學的地位更升高，生命更充實，載道文學毋寧應得到最大的關注。和社會民生脫離的文學，儘管風格何等清空，修辭何等雅麗，但給人的感覺是何等蒼白！少數人蒼白無關緊要，絕不能蒼白到多數人身上。一個人可以自由決定此生要獨善其身還是服務社會，但無疑的我們必然希望社會上的多數人是屬於後者；誰都不願自己生存的是個蒼白冷酷的社會，而是希望生存在一個欣欣向榮的社會。那麼，文學作品應發揮它促進社會欣欣向榮的影響力，該是責無旁貸的。總之，載道的作家是令人欽佩的，言志的作家是令人同情的。至於對吟風弄月、咬文嚼字的作品，當然也不必吝嗇報予欣賞的一瞥。……

（《中外文學》第四卷第一期「文學理論專號」）

那天您談及表現人性的電影，諸如《切腹》、《紅鬍子》等，我聽後頗有感觸。如果現代作家撇開人性而不去表現，那世界上真是有沒有作家都是一樣了。其實世界上有兩樣事物是非常人性的、非常愛心的、非常令人感動的。一是真正的 hippies（我不喜歡把它譯作「嬉皮士」，因為有「嬉皮笑臉」的意思，而「喜痞士」更要不得，就像「地痞」一般，當然大部份的所謂 hippies，他們有他們嚴肅的一面），另一是卡通的世界。我所指的 hippies，是真正的 hippies，是無所為而為，有所為有所不為的 hippies，不是時髦的那種。是愛和平、愛唱歌、愛自然、愛人類，關心世界的那種。而不是愛遊行、愛暴行、愛示威、愛大麻、愛唱反調的那類。像 Bob Dylan 和 George Harrison 在麥迪生廣場為東巴難民募款演唱，應該是這嚴肅而人性的一面。像魏晉南北朝的那股文士，也可算是 hippies，不過他們更是真純一些，更是悲哀一些罷了。我記得電影《Butterflies are free》裏面那女主角的話：「我當 hippies 是因為沒有人要當，後來我不當hippies，也是因為人人都要當。」的確很有意思，至於我所說的卡通，我想許多「成人」是看不明白的，他們以為卡通僅止於孩童的世界而已，以為看卡通的人是心智上都未成熟的，可是他們忽略了像華特迪斯尼卡通影片裏透露的主題：愛心與人生。我記得在大馬時，家兄任平有位很窮的朋友，讀書不多，一天忙到晚，僅有一點錢養整個家，且供弟妹唸書，可是他總是儲了一些錢，每當卡通片上演的時候，他就購定門票，請那些想看而沒有錢看的孩子們看。而且在未開映之前，站在戲院門口，招呼一些年紀較大的年青人看，並表示錢由他付，當然這換來的往往是嗤之以鼻。沒有人知道他那麼做是為了甚麼。我每次想起他，心中就很感動。他為的是甚麼？每次看了卡通片出來，心中總是覺得很欣悅，人間很溫暖，年紀愈長，這種感覺就愈清晰。真的沒有人願意去想想，有一些人，竭力要把他所有的一點溫暖，傳達給人們，已經幾十年了，還沒有人知道。如果那些把卡通片批評得一文不值的學者，肯去看看《Mary poppins》，《Broomsticks and Bedknobs》這一類影片，看看那些人世間的關懷與同情，以及人世間的善良與愛，不知會不會慚愧起來？好了，還不要再說下去了，我們都是沒有力量去改變別人的，是嗎？您看，像《The Long Gray Line》，《To Sir With Love》這一類寫實而動人的「人性電影」（我覺得這名詞很切合它們），是越來越少見了。像《巨人》與《The big Country》裏男主角為正義及和平之戰，是越來越難看得到了。我們呢？也就越來越少喜悅，越來越少溫暖，越來越少感覺到愛了。記得第十三期的《龍族》詩刊裏，林煥彰評介吳瀛濤的詩，尤其讚美那一句：

啊，此刻，該在漸暗的窗邊點亮燈光吧！

我也以這句話，獻給您，獻給我自己，以及所有在風雨中的掌燈人。

祝您還愛。

溫瑞安拜

古遠的回聲

——談武俠小說

這是一個很有意義的題目，卻很容易受人非議。可是從唐代的俠義小說如《謝小娥傳》、《聶隱娘傳》，到宋代的諢詞小說如《大宋宣和遺事》（其中第四節講梁山伯宋江等英雄眾義，實為後來《水滸傳》的底本）、《大唐三藏取經詩話》（共分三卷十七章，後為《西遊記》之所本），在在都不離俠義小說的形態。我們可以說俠義小說是我們文學上的一個傳統，問題是這個傳統沒有甚麼人勇於承認它的地位。事實上，若要談古典小說，要撇開俠義小說不談，在質在量上，均是不可能的；若要談近代小說、出版的小說集中，不可否認武俠小說是極有份量的一環，既然它有這種份量，我們就不能置之不理，因為作為復興文化的這一代知識分子，保留優秀的傳統以及根除敗壞的德行是當仁不讓的事。

俠義小說發展到極峰便是武俠小說。它的過程是從着重於俠情轉於武打，這種轉移的傾向是壞的，因為過份的武打使小說的素質流於誇張、虛浮，可是這種傾向很可能是數十年來文學批評者對於武俠小說不聞不問而導致的。好的武俠小說家在沒有批評系統的建立下，不免流於濫寫、刻意營造戮殺來迎合一般讀者的趣味，乃情勢所使然。近代學者對武俠小說稍有關注者，據我所悉只有夏濟安、夏志清、余光中、劉紹銘、高信疆、溫任平諸先生而已，而他們也未嘗作專論為文來闡說之。所以武俠小說可以說是文學裏的棄嬰，對它有三類不同的看法。第一類是反對者，他們根本不當武俠小說是文學範疇裏的創作，無視於武俠小說曾在中國文學史上的貢獻與成就；第二類溫和派，多數鮮少看武俠小說，評的時候多數以一種超然的態度，可是武俠小說加上近日武俠片的渲染，使他們認為武俠小說難有可為之處，或是讀了一兩本壞的武俠小說便不再去讀它，或者讀了一兩本好的武俠小說也不再去領教；對寫武俠小說多以姑且鼓勵，看看也無妨的心情來觀之，這類觀點，當然談不上同情的批評，甚至不算客觀，因為觀得十分輕率。第三類是純粹的武俠迷，在武俠小說上消磨時間，作為一種消遣而已。

以上三類人我都有與他們詳談過，我發現他們的共同點都是沒有以一種嚴肅與客觀的態度以觀武俠小說。輕蔑和仇視，甚至沉迷，都是不正確的態度，做學問如果有了類似的偏見，便看東西不周全了。而嚴肅地看武俠小說的興亡盛敗的也不乏人在，但因為人數太少，還不足以成為第四類人，可是這一類人必須喚醒，不管所研得的評價是好是壞，這類認同反省的工作，是急切需要人做的。

武俠小說首先它便具有四種特殊的意義：第一、它是民間的。古時候的《詩經》，流傳於民間，後來成了我國的經典之作。武俠小說有極大的吸引力，流傳之廣，令人咋舌。《三國演義》中張飛、關夫子的形象，遠比《紅樓夢》劉姥姥、香菱的形象流傳得廣。目下《老人與海》這部書，聽過的人不少，但比起《七俠五義》的情節，遠不如它家喻戶曉。你去跟人談西毒歐陽峰與北丐洪七公，可以談一個晚上，但若是談建安七子，除非是頗有學識的研究者，否則說不上幾句，便曲終人散。武俠小說之所以能流傳下去，而且流傳得這麼廣，乃得色自栩栩如生之文筆，文筆乃文章之主體。這份文筆的異趣，為何趣味尚在許多文學鉅著之上，這已經是一個夠有趣的課題了；單是回答：因為讀者欣賞力弱，是不切實的答案，因為一個朝代的流傳下去，已不在是讀者的事，而是文學的力量。

第二、武俠小說有讀者、有民間的力量，民間的力量是不容忽視的。時間可以淘汰一切，好的作品自會留下，武俠小說雖被當今視為旁門左道，但幾百年過去以後，研究它的人可絕不會那麼想，這便是距離作用。可是，我們是不是有責任去研究它的好壞，而不是要等到後世人才發掘出來呢？我們常常說因為讀者品評能力太低，這種象牙塔式的說法是蔑視事實，早已站不住腳。在眾多武俠小說裏，讀者品嘗的力量真的那麼低能嗎？君不見濫竽充數的武俠小說不是逐漸消失，而好的鉅著不是仍一版再版，甚至盜印出版嗎？

第三、武俠小說是最能代表中國傳統文化精神的，它的背景往往是一部厚重的歷史，發生在古遠的山河裏，無論是感情和思想，對君臣父子師長的觀念，都能代表中國文化的一種精神。我們可以去找每一個國家的小說，都沒有在武俠小說方面像在中國那麼如火如荼，有聲有色，千變萬化的。《羅賓漢》、《三劍客》等只是一個文學史上的點綴。這個點綴往往束縛了想像能力，那些俠義小說往往顯得空間狹隘。我們的武俠小說充份地表露了我們的思想精神的揮發淋漓，我們應為我們在武俠小說上殊異成就而驕傲，一方面我們應多化苦功研究：因何各國都有武俠（不同形式的）的衝動和創作呢？胡金銓、張徹諸服務於第八藝術的導演們，已獲國際的重視，為甚麼我們不回頭來反顧一下我們的武俠小說，而一定要外人來發現呢？

第四、作為一種創作類形，武俠小說的時空比一切創作都要廣大，聯想的作用可以發揮得更淋漓盡致。武俠小說的特點甚至能以他們本身特殊的技能以達到操縱時空力量。他們生活裏的輕功便是一種現實的幻想，取代今日的車輛，正如刀劍暗器取代槍炮，點穴取代着哥羅芳，還有各門各類奇門陣勢，每一個佈陣就像是一個渾然自足的世界，你不易闖得進去，卻也不易出得了來。如果文學是聯想再加智慧的產品，武俠小說該是一種很好的表現方法。有人以為武俠小說訴諸於血腥打鬥，而事實上，目下已有某些武俠小說家不僅於此了。古龍筆下的「盜帥」楚留香便是手未沾過血腥的，他在《俠名留香》中與薛衣人一戰，在《風流盜帥》中與「妙僧」無花一戰，在《大漠風雲》中與石觀音一戰，在《畫眉鳥》中與水母陰姬一戰，不但沒有絲毫血腥，而且聯想力揮霍淋漓暢盡，不是武鬥的摧殘，而是智慧的結晶！那數役中的哲學意味、象徵意味之濃，就像那亂石崩雲驚濤拍岸的赤壁，更反映出那大時代的英雄人物，戰火殘痕，灰飛煙滅！

武俠小說在今日鮮少有知識分子的問津下，不少作品寫得很濫，但同樣也有人孜孜不倦，寫出一些激越沉勃的、具有一種文化的厚重感的作品了，像金庸就是一個，他的《天龍八部》，就是宋朝五胡亂華時整個天下的一個縮影，那大時代的悲喜劇在他細膩的筆下連成一條似斷卻續的脈絡，點化在許多英雄年少的身上，不管是「南慕容、北喬峰」，我們都可以從他們的飛躍的英氣中見出那國破山河在的沉痛！我們更驚訝作者對祖國山川河流的了解詳知，以及契丹、西夏、大理諸族的服飾、語言、行動、風俗、出產，無不瞭如指掌。更至人體全身脈絡穴道、易經、詩書、五行八卦，甚至琴、棋、書、畫，無不深悉，而且仗恃着那令人沉緬的故事，把這些學識藝術化了！

這使我想起金庸在《神鵰俠侶》中，在丐幫大會上蒙古高手和大宋豪傑的一戰。那一場戰鬥裏，從最平俗但卻最精奧的「打狗棒」法到一面打一面吆喝以助聲勢的蒙古「狂風迅雷功」，最令人迂迴不已的是天南第一書法名家，一燈大師的徒兒朱子柳，把「一陽指」與書法融為一爐，文中有武，武中有文，「銀鈎鐵劃，勁峭凌厲，而雄偉之中，自有一股清秀的書卷之氣」，他用「房玄齡碑」（唐朝大臣褚遂良所書碑文，乃楷書的精品，前人評褚書如「天女散花」）應敵霍都王子，「筆法剛健婀娜，顧盼生姿，筆筆凌空，極盡抑揚控縱之妙」，由楷書戰到草書，一面喝酒一面狂章《飲中八仙歌》應敵，更由草書用筆凌空刻石鼓文，勁力加強，筆致有似蛛絲絡壁，勁而復虛，筆法又瘦又硬，古意盎然，（書中的黃蓉認為：「古人道瘦硬方通神，這一路褒斜道石刻，真是千古未有之奇觀。」）與霍都王子的縱橫開闔，奮袂低昂、高視闊步，目無全牛，鬥了個旗鼓相當，一個用白扇子，一個用筆，最後朱子柳用大篆在霍都王子扇上書下「爾乃蠻夷」四字，大敗霍都。這一戰看似武鬥，但幾千年後的今日回顧，那勝利的歡笑，不是成了破碎而沉寂嗎？那由「楷、草、碑、篆」的筆法到了今天，不是那斜落的金漆嗎？朱子柳在未戰前輕笑的一句：「敝人筆桿兒橫掃千軍，殿下可要小心了。」這一句的自許有多少苦況？多少自嘲？還是作者自我的映照？

金庸的作品有幾部鉅著，是博大而沉哀的。像《笑傲江湖》劉正風和曲洋那《士為知音死》的一曲，成了千古絕唱，又像那武當山下令狐沖以眼觀敵人劍法中的破綻，不動一指而破了武當「兩儀劍陣」，箇中境界如許層次，為甚麼一直沒有人去發掘與研究呢？難道真要等這一代過去後，下一代才發掘出來嗎？許多人認為武俠小説都是一些冗長的打鬥，但是有些名家的手裏，如古龍，他着重的只是氣氛的營造，至於真正的打鬥，往往只是兩盞黑暗的紅燈籠越來越亮，或是亭裏的煙旱火紅光芒一盛，更或是刀光一閃，出擊只有一招半式，卻是生平武學之所在，這已不是人與人之間的搏擊，而是藝術與藝術之間的較量了。

又像金庸的幾部配合史實寫成的大書裏，如《書劍恩仇錄》陳家洛與乾隆觀錢塘潮漲的一幕，一舉手，一投足，都是整個象徵世界的架構，在那潮升潮落的一幕，那大時代裏的人物呢？那一場的象徵結構和語言的凝煉，近代小説中，除了《老殘遊記》，是不是有其他的著作能比得上呢？而《老殘遊記》裏，何嘗不是成功在它的俠氣盎然裏呢！

我們現在來談武俠小說，來給他冠於寓言性、神話性、悲劇性，都是不必要的，我們不該因於它有某種特性才來欣賞它或品評它，而應從欣賞和品評中觀照出它所具有的特性。自然武俠小說毒草叢生，連像金庸、古龍之類的，大家亦不少更有濫竽充數之作，所以武俠小說的園地更值得我們去摧陷廓清，以正視聽！在武俠小說壇中，除了本人以外，一直向少致以真實姓名發表武俠作品，部份人卻怕是因寫武俠小說而影響自己的清譽，而這一種能不受西洋文學侵蝕，保留文化傳統光輝的作品，卻被人認為是消遣、黑色文化，以致把它們好壞不分的混為一談，這是多可惜而可悲的事啊！

我想到金庸的筆下，楊過對着獨孤求敗的劍塚的感受，在「劍塚」上刻道：「獨孤求敗既無敵於天下，乃埋劍於斯。嗚呼！群雄束手，長劍空利，不亦悲乎？」獨孤求敗一生求不得一敗，他的第一柄神劍，「凌厲剛猛，無堅不摧，弱冠前以之與河朔群雄滿鋒」，「紫薇軟劍，三十歲前所用，誤傷義士不祥，乃棄之深谷」，第二柄劍居然六七十斤重，連劍尖劍鋒都不開口，刻道：「重劍無鋒，大巧不工，四十歲前持之橫行天下。」第四柄劍竟然是木劍，「四十歲後，不滯於物，草木竹石均可為劍，自此統修，漸而進於無劍勝有劍之境。」像這種境界，楊過追思，不覺神馳，而再隔幾千年的我們追思呢？日暮黃沙，甚麼是那隱隱約約而最牽痛的一刻？像這種有大國情操的激盪鉅著，我們能不能把它當作純消遣性小說來看待呢？我記得古龍的《決戰前後》名劍客西門吹雪與「白雲城主」葉孤城一戰之後，江湖無敵手，陸小鳳等一干人嘻嘻哈哈走過深夜的長街，那歡笑的聲音，隔着幾千年聽在我們的耳中，是不是已成了哀涼一片呢？……

（本篇因字數所限，只能略為觸及武俠小說，若有機會，筆者另撰寫專論，詳細討論每一個細節，或試評一些武俠鉅著，或者可以成為一部專書。我們確實需要有這一類的書問世了。）

新人物志

鐵弓因緣

我房裏有一張鐵弓，三支黑箭。在我今年生日的時候，師妹曲鳳還、文書戚小樓、督察部秦輕燕、水紅帶陳劍誰，合送我這鐵箭長弓，還有一張大紅壽帖，除了一張登山臨水壯士射雁的水墨，便是「射鵰彎鐵弓，誰是大英雄」十個龍飛鳳舞的大字。今年我才廿四歲，大紅壽帖由師妹雙手奉上時，我當之端然；但廿四歲卻正是劍擊長空，赤手擒鷹之齡，弓箭我受之無愧。我捧帖在掌心，端詳這送帖的四位弟子，不過二十歲左右，一個長得圓滾滾，一個長得瘦巴巴，以前有人叫她們做曲胖胖、戚瘦瘦。另外一個眼睛小小的和一個眼睛大大的，一天到晚山莊裏總是眼睛小小的砰砰碰碰走路聲和眼睛大大的嘰嘰呱呱吵架聲。嘿，這四個人，便是神州社裏的四名新起大將嚒?!

是的，他們雖形貌各異，但英氣如一。我之所以與曲鳳還結義，是在民國六十五年初時福隆第一屆大聚中，室外急風寒雨，海浪濤天，她朗誦楊牧先生的《延陵季子掛劍》：

呵呵儒者，儒者斷腕於你漸深的
墓林，此後非俠非儒
這寶劍的青光或將輝煌你我於
寂寞的秋夜
你死於懷人，我病為漁樵
那疲倦的划槳人就是
曾經傲慢過，敦厚過的我

鳳還用一種萬丈悲情的、壓抑的、寂寞的用聲調彈動空氣震盪我的心靈：當時，我正是非儒非俠，很可能成為一個「曾經傲慢過，敦厚過的我」，而「死於懷人」、「病為漁樵」。我在馬來西亞自十三歲奮鬥起，六、七年來大小數百餘戰，終於創立了一個使當地寂寞的寫作青年有一個共同的家，但我離開後，只因帶走身邊一個愛將，全社的人都還棄我。最令我傷情的，還生恐我那鐵手無情的兄長，下捕殺令或是開除令！曲鳳還這橫豪悲壯的一唸，我便抓她出去，告訴她說我在這朗誦中見出大悲大喜的自己，也見出了她底真性情，於是當晚在怒濤澎湃登山臨海的走廊上結了拜。這一次結義，是我生平裏最得意而且不會後悔的一大快事。我送她一柄青鋼短劍，她幾乎是每次聚會，都悄悄帶去，而且寫在枕頭底下就寢。我在想，如果劍有主人靈氣，鳳還遇難時劍應自出鞘作鳴才是。

曲鳳還的人圓圓，屬於用π^2能量得準那一類人。喜歡東家長、西家短，南北兩家，不長不短。她的話匣子一打開，有了個開始，可以從一隻蒼蠅談到大笨象，也可以由國家大事談到她童年時第一個噴嚏。她說話，很容易相就人家，這是她弱點，在詩社之後，卻慢慢成為她優點了，因為遷就不等於該說的也不說。由於她這種態度，許多人樂於跟她共事，像輕燕、小樓，就很樂於跟她一齊辦事；劍誰也常向鳳還傾吐；玄霜更常說鳳還是最了解她的人。每次她來山莊，大家最開心，因為她沒脾氣，遇到不順就時，忍字到了家；別人調侃她，她也自嘲一下便了。但她很重感情，一句重的話下去，她會眼淚汪汪。她可以模倣各種不同的口音，而且就擬摹各類人的動作，學艷婦、歌星、酒女、土豪，簡直是入木三分，煙視媚行到了家。她第一部話劇便是當黑面包公，頭上頂的是西瓜皮；第一次跳舞是《公無渡河》，她飾演海浪。她又最重義氣，人家是任勞任怨，她是連勞怨是甚麼都沒想到。每次她說要走了，隔兩個小時還是在山莊，總之她說「我要走了」時，你別管她就沒事。她又是遺忘症病患者，先後丟掉數十張自己的、別人的車票加學生證，連眼鏡手錶，無一不掉過。戚小樓轉學考時的休學證明書，便是給她弄丟了，結果掀起一場風波。她的字體很漂亮，畫畫很行，水墨顏彩設計剪貼樣樣都別出心裁，凡是她編的長江，莫不是最愛精美的。她是目前神州社裏唯一的「老秀」，我們跟她開玩笑說「上不接天、下不接地」，既跟「老頭子」攀不上關係，也和「中秀」接不上邊。她在詩社裏，負責資料組大堆的文件和書冊；也負責了攝影組，最近才換了玄霜。負責的還有神州記事、設計組、虎組，成為了山莊最多實務的人。她眼睛滾碌碌的，唱歌最不行，每次輪到她唱時，她總要唱《三隻老鼠》。她對顏色最敏感，但身上的衣服配色最差，自稱有廿六顆蛀牙，在詩社裏僅次於劍誰老弟。

劍誰原名素芳，因為賞識她有英氣，故給她個男孩家名字。鳳還在社裏，是最可信的門人，每次聽我有難，她都第一個上來拍胸膛；每次我不悅，她都要做好事情。社裏的事，她常打圓場、鼓勵人，日後可以自成一家。而劍誰脾氣火躁，跟清嘯不相上下，但她更怨天尤人，白天怨太陽大，晚上怨走路黑，夏天怨熱，冬天怨寒，春天秋天怨太短，讀書怨字小，唱歌怨聲大，睡覺也怨做夢夢見埋怨大王。但是她對忠義兩字，卻死守不移，一步也不退讓。她好批評人、批評事，説話很辣，七分霸氣，三分才氣，倒是有了名望。她辦起事來，倒也明快，賭起錢來，贏了不捨得走，輸了不甘願走，倒是痛快。她説話嗓門大，又急又快，鄰座都會被她吸引過來。對於忠字，她是至死都維護；對於義字，她更不多讓。這種品質，可以在昔年清洪二幫做個當家的而無愧。她不會喝酒，但有人敬她酒，她問過我同意後，定必一仰首就乾完，絕不婆婆媽媽。要是詩社有事，她立刻留下來，天大事也先管社裏的，這點除黃昏星外，社裏十年來能與她相比的只有筆傲、阿戚三數人耳。她又最可以承認錯誤，只要沒有情緒作祟的時候，別人罵她錯誤，她總是坦然承認，決不遮遮掩掩。她又是最不識趣的人，每次來山莊，玩笑開過了份成了傷害，批評罵過了份成了刻薄，反而使別人生氣反感，最近她轉而內斂反省，痛定思痛，做些修身養性的功夫了。她是事無分大小，一旦交給她，必雄赳赳熱鬧鬧的去辦，因為她既不心機深沉，又素來快意恩仇，每次在莊裏聽她劈里巴拉的上樓聲，總是感覺到剛擊道的兄弟們又聚在一起，無禁無忌地仗義拔刀，快樂逍遙。

戚小樓則是不愛講話，一旦講話，聲音彷彿在道人家的秘密。她一來到，平常講話細水長流，源遠流長的曲鳳還立刻變成了嗚咽流泉水下灘，此時無聲勝有聲。陳劍誰的長江大海滔滔不絕立即成了礁石亂灘，有一聲沒一聲了。秦輕燕的一詠九嘆，開朗爽落，遇見了她，也變成空谷傳聲，響來響去都是這一頭響。阿戚武功練得極好，這裏頭以她和阿還練得最有趣，自由搏擊時一個轉身踢一個虎尾腳打得極漂亮。她起先當虎組，配合曲鳳還演了兩次「空門」，造了「振眉詩牆」與「雌雄榜」，對色彩設計也有所長，遇事較為細心。後當文書，再當財政時，卻遇上詩社發行部大變動，虧了一筆到現在無法清償的債。她是經歷過大風大浪，仍是留在詩社的人。義之所至，奮不顧身，這點她是可以做得到。她原來唸企業管理，撇開感情時，可以分析事理，也代表詩社發過數次有力的談話。她從來少埋怨，做事不居功，吃得起苦，而且很有操守，惟隨意批評易憑判斷直覺，容易敗事。她在芸芸學子中，最能患難相交。雖然說話聲音小，但一個人也能主辦得起一次園遊會來，全身淋濕了也不避雨，而且不用別人操心。

秦輕燕開始來社時，去「路遠客棧」（洗手間）時都會錯入「黃河小軒」（男社員住的地方），其糊塗可想而知。她是來山莊最勤者，一旦投身進去，義無反顧，清嘯曾說她「一天在詩社晃來晃去，甚麼都沒有學到」，她聽後很不甘心，急起直追，立志學習，是希望雁平等也在政大跟她並肩作戰。她很喜歡跟大家在一起，賣書的時候她跑第一，唱歌聲音夠大，吃飯亦從不後人。她喜歡看電影，但卻最怕殘忍鏡頭，而我們社裏對待殘忍鏡頭只有三種態度：一是藝術的殘酷，我們欣賞其藝術，不欣賞其殘酷；二是事實的殘酷，既然真有其事，我們便應該去了解而不是逃開它；三是刻意的殘酷，反正他敢拍我也敢看：所以三種態度俱是面對的，而不是逃避的。但她見到殘忍鏡頭還是呱呱叫，有時一隻眼開、一隻眼閉，有時乾脆把兩隻眼睛都閉起來。她又有英俠之氣，有一次大家跟一位好掌大權領先頭的人一齊喧嚷歌唱，獨有她撇着嘴唇躲了進房，就是不要跟他一齊唱。有一次開會開到熱烈，社裏一對愛侶要離開，她便很看不慣，覺得在這樣千鈞一髮的場面怎還能太過兩人世界。還有一次大家在大事情反省的關頭鬧小脾氣，她便去一個個的拖出來，告誡他們有話拿出來討論，別憋在心裏，造成大家的隔閡。輕燕走路最重，跟劍誰同，任督察，這兩人有一點最是相同，一旦生了氣，必黑口黑臉，彷彿人定欠了她們八輩子的債，一旦好起來，又雲開見月明，好像大地都照成了月光河岸。

這四個人，便是社裏四條水紅帶。水紅帶是剛擊道五級，她們花一年半的時間練出來的。對打時傷痕纍纍，劍誰本來身體稍有缺陷，但她檢定時，一個拳套，打了十幾遍，便要打完打好才下場，決不敷衍了事，有時還一邊打一邊哭，一邊哭一邊打。小樓更是傷口大小無數，腿筋竟然拉斷過。鳳還是第一個跳級的，但因為她是大師姊，也喫最多苦。輕燕有段時候，被嚇得幾乎要放棄了，不過她們現在四人還是拿了水紅帶，在梨山武陵農場溪水邊打一張低馬照時，自己看了也確有落實的感覺罷？她們四人就是這樣，曲鳳還那天在黃河小軒開會，足蠻令人覺得她深思熟慮的提出：「我覺我們都太熟悉了，熟悉得彼此見面反而多開玩笑，甚少討論，這種現象很不好，我們應多一點嚴肅的互相批評、檢討。」像個小大人的樣子，可是有一次我在她面前大喝一聲，她一聲尖叫，竟叫了我一聲：「爸！」有次向戚小樓告訴一聲：現在已出了幾本書，請她幫忙在各學校登記一下，豈料她幾個小時下來，竟做了一本精美的登記簿，把書名、作者介紹，定價、售價都分類纂好，成為一份書目表，這份整理，真是一絲不苟莊嚴得成了藝術。但她看到一頭流落的小狗，也會大哭小哭，小狗也嗚嗚叫，人狗哭成一團，那時我們正在聚會的討論會中，看到一隻無家可歸的小狗，收留牠便是，如果人哭狗哭，那真是沒有辦法！陳劍誰言詞鋒利，人家是神州人而不言，她是事事以神州人為榮，正如一個中國人到世界哪一個角落都坦然說他是中國人一般驕傲。有次女作家的盛聚，她痛陳現下青年作者的時弊，使她成為會議的中心。只是她一開起玩笑來，就要拿詩社頒發的「露骨獎」。如果你跟某人開玩笑說：「×××，你笑起來真有點高山仰止的味道。」

她在旁一定接下去說：「×××，你笑起來簡直跟死人一般。」真是天機盡失。秦輕燕說話既不像劍誰的辛辣，小樓的低沉，鳳還的迂迴，而且很想做事，快人快語；只是自己單獨一人時，總是不知如何應對是好，缺乏經驗，不夠信心。然而這四人論功行賞，卻是負起神州重任者，她們為求理想的盡心盡力，所奉獻的還不在「老頭子」之下。她們有的是班刊主編，有的是校刊負責人；有的主持讀書會，有的協辦寫作班，甚至指導武術自衛團，假以時日，她們送我的是八方會中州的豪傑，為國家民族社會人群的事蹟，豈止一張供我拉着滿弦的鐵弓而已?!讓我把三根黑箭射出去吧：一射正氣，二射志氣，三射士氣，讓我們追尋這三個鵠的，捨死忘生，全力以赴！

稿於一九七八年二月廿七日

飛鴿傳書

娥真的《日子正當少女》出版了，我們在冬雨寒風中跑去看電影來慶祝，散場後劍誰要回淡水的家，我和黃昏星、娥真、清嘯則回山莊，不知是誰講：「原來山莊真是溫暖！」外面冷冽得連傘也拿不住，雨絲冰涼的小手都抓到你脖子裏去。山莊的溫暖多了，一進門，阿狗就會來歡迎，歡迎了一個又一個，那麼大方的給予，一視同仁，就算平時斥喝牠慣了的人牠也去舔一舔。我回到房中，想找《日子正當少女》來看，看到新出的書，二十本，排行一行，心中有很大的奮悅！我喜歡我栽培的人有了成果。桌上有一封信，我一看，心中一震，是玄霜的信，她的字十分潦草，像匆迫時的血書，歪斜裹急如星火：

大哥：

我在你們去吃飯的時間來了，你們不在，下午沒來山莊，不知跟張先生談得怎樣？沒來的原因是：家裏的關係，現在是全家四人對付我一個。下午跟外婆爭執了一頓，昨晚跟母親辯了一場。簡直就要崩潰了，所以沒辦法現在才到，不過您放心，我已想好法子怎麼與母親談了，必要時要犧牲家教和合唱團都不去，表示我的決心，包括愛我的事業和愛我的家，一切詳情再講，明天一定可以出來，白天。萬一有任何事緊急請您用電話通知，我整晚在家。又：如果我要退出合唱團；不知娥真是否覺得可以？又：這裏黑暗之程度暗到根本不知道寫些甚麼，就是看不見，根本看不見，如果字體很亂，請您多多包涵。

玄霜六七、一、一八

看完了之後，我尤其震於「這裏黑暗之程度，暗到根本不知道寫些甚麼，就是看不見，根本看不見」——而人生裏有多少暗得完全看不見的時候，最堅苦而又最需堅強的時候。玄霜是拍動的羽毛球，在三方面間來回穿梭，忙了也累了。她家裏不贊同她入社，主要因為幾個主持人是僑生，而且文人詩人的形象一直給人搞壞了，更且她母親不認為在社裏可以替國家社會盡一份力量，甚至連功課也成問題。偏偏玄霜責任感很重，很重親情，從來不隱瞞家人她的行蹤動向。另外還有功課上及愛情上的阻礙，使她無法有全身投入事業和理想的機會。這如同一場三方面的羽毛球賽，不均衡，但卻無法停歇下來。在社裏，她的例子也正如許多人的例子，她的困擾也正是許多人的困擾。社裏曾有許多有才華而衝力不足者，終於在鐵幕重重中回到了後台，無法面對觀眾的噓聲與掌聲，在應有的時刻裏扮演自己該演的角色。

畢竟玄霜能羽翼沖霄者：她原本是神州一九七六年初立時第一批加入者，參加過神州第一屆福隆大聚會，跟曲鳳還是同一期的社員；後來甚少來山莊，直至六六年七、八月間，社的大轉機中，她又回到了詩社，參加了三人行回馬，在台留守的一役，經濟大飛躍初期，她辦了一次園遊會賣紅豆湯熱狗，在一個白天裏給詩社增添了無數經驗，和整千元的入息。另一方面，又在成功中學主持文藝研究社，訓練更年輕的一代，在時間、人情、環境的壓力中掙扎，還是做出了成績來。凡有志者無不在壓力中挑起千斤擔，而不是迴避放棄；因為共同維持這個家難，共同發揚這個家不易，所以流血流汗，更使我們親愛精誠，而相惜相依。社裏有一位林雲閣，原本是東海大學政治系的學生，一九七七年中，黃昏星、周清嘯、廖雁平、翁懷之四人下台中推廣詩刊、詩社史，他們遠從台北來，在暗夜黑風裏又累又渴，猶自高談青年人的志魄，卻遭人訕笑，雲閣在場細聽之下，熱血賁騰，竟不顧同學們的勸阻，加入他們一組，自告奮勇替他們為同樣的目標宣揚。他們回台北後，雲閣則趁假期來社，參加習武，後來索性休學來台北，全力應付轉學考，住在山莊，偕兄弟姊妹們共患難，與神州共生死，和詩社同進退。由於他的義無反顧，使我們在五、六月間的澹淡裏，更有一份激勵的信心與決心，打我們人生裏必打的仗。

雲閣在社裏負責文藝部創作組，自小窮困，但亦如黃昏星、周清嘯、廖雁平、曲鳳還等有苦行無苦相之輩。他在兄弟結義裏排行老么，鬥志旺盛。他遇到相當大的經濟上、地理上的困境，但因為一股志氣與毅力，讓他打破了這一切隔閡。謝惠香、謝惠珍姊妹進入詩社，便是他參加推廣工作後的影響成效。楊翠袖（維美）也是推廣的行列裏認識的。林秀聰是本來相識，卻在一次推廣中，遇到了清嘯也終於來了社。念慈、露宜、衣辭諸子，都有着各種不同的壓力與困難，乘風、麗卿、驚鶯等，更有他們各自面對自己的突破。陳飛煙（麗莉）是因文而彼此識見，她寫信來社之後，在大年初一登上試劍山莊。初一山莊歡騰喜慶，她便在這鞭炮的大鑼大鼓聲中登了神州的場。林耀德、高雲天、劉長鑫也幾近同時來訪試劍山莊，而林耀德還成了週日龍組學員，辦事有勁之外連出拳也有勁。更重要的是他有一種神州昂揚的志氣，很像當年我龍哭千里時的亮烈。唐青雲是讀了詩社史從建中步行到羅斯福路試劍山莊，蘇春金是劍誰的引領，劉鳳嬌卻因輕燕的介紹，我和她是在一場詩的朗誦裏相知起來，她返神州雖遲，但在許多層次觀念的認識上，卻早已是神州的人。蘇瑞姝不罵不相識，廖和美是武場上相見，沈瑞彬更是豪情萬丈，在紙上結義加盟，林新居能愛繪畫歌唱，本性已相投，一下子成了莫逆之交。楊聖芬、彭娜、陳悦真卻是性相近也。還有一些有志氣的朋友社友，乃不勝枚舉。像李正圻和他四位結義兄弟，在山洪爆發中一手抱孤兒院幼兒，一手懷以雷霆之筆寫給我們的「俠客俠女」四個字，由於行事轟轟烈烈，我們亦以烈士以待，一入社，設三關，我把第一關，黃昏星、娥真，把第二關，清嘯、雁平、雲閣，把第三關，是為入社「過三關」之大禮。

山莊裏常有這等讓人欣喜的信息。我們一家人，在各方面（經濟、家人、學業、環境）

的壓力之下，夙夜出動，影響人、做事情，常常受到挫折，但只要與一群以誠相交的朋友，彼此握手期許，願收復神州，還我河山，大家能為激起士氣，培養正氣，互勵志氣而盡一份心力，九死不悔。有時候受到些打擊歸來，部份家人少不免有些惆悵，但接到一些令人心血賁騰，喜躍千尺的來信，不禁叫人把疲勞盡忘，重新整頓，再作遠征的出發。武俠裏的「飛鴿傳書」，實在令人有跌宕自喜。一紙來書，舒展開來，寥寥數行，説的可能是揭竿起義，風雨故人，江湖舊事，為君沉吟，卻是經過百里高飛，才落到手裏。「結客四方知己遍，相逢先向有仇無」。記得一位居住板橋市的寒漠野老，讀我〈石頭拳〉一文後，寫下幾個橫空的大字：

朋友！你好！除了命一條，我一無所有，你若用得着，請來信！

看後覺得有大事要做，虬髯客自東南起，我也奮袂而起，本來因事務極忙而近年絕少寫信的我，也忍不住要提筆回信。長輩如亮軒兄的長信，一手極其悠然俐落，骨力清奇的書法，讀後更讓我們感觸到風之流，花之聲，在在都是可愛可敬。記得他限時專送給我們一聯：「萬家燈火問何人獨有懷抱」、「一片笙歌誓與君共證天心」。天文、天心的信，本來就是散文之翹楚，給娥真寫來，更有一番志氣，一份深思，像天下間的傖迫都一掃而空，留下來天明水淨。忍冬寫信給我們，不愧為剛柔流中一條黑帶，精武門中一位猛漢，長信連綿十數尺，畫滿了刀光劍影，衣食住行，像這種當頭棒喝：

……曹操與劉備煮酒論英雄時曾譏袁紹「乃色厲膽薄，好謀無斷亡夫；幹大事而惜身，見小利而忘命，非英雄也。」皆格言放之四海皆準的精闢見解，千古彌久長新。我很欣賞您和大夥兒的任俠風骨，媽的，大不了，老子也是血裏來血裏去的漢子，沒有漢子的沉味迸射，那還像剛擊道的種？哈哈大笑幾句胸中的火把吧。

他寫到精彩緊張處，忍不住喝道：

……對！我們何不計劃製一支像國旗那麼大的社旗，插在社的辦公廳，我想這不單是破中國文史以來的結盟集社的陣容標誌。因為我是讀風起長城遠，見大家那種無私更有俠女俠客的豪情，才感到我們不只在心靈是「一家人」，在形式上您們聚在一起，如今雲，四面八方的雲，更多像我這樣的雲，豪氣的雲，必很想入盟在這富人情味的團體，社旗的圖案由大家集思廣益，總要襯托①神州是個家，是你我的家。②是文學藝術的。……

像這種關愛關照，是最大的激勵，終有一天也因這種激勵而社旗迎風飄揚。陳飛煙卻在她課室裏寫下了詩章以報贈，而且為詩社寫一篇文章寫到天亮。

你設下千秋離載的約合
我要與你奔赴
你在黑夜燃燈
我要與你執守

而羅淑芳則在她十四歲之齡縱論國是，志氣之餘外加一句：

……我身在台南，不能為你們的工作直接貢獻，那就讓我成為你們在南部的精神後援吧！

王秀華的「飛鴿傳書」只簡簡短短幾個字，同樣是人情溫暖：

我很欣賞你們這一群
想和你們做個朋友
有無需要我盡力的地方
盼望您的回音。

我在皇冠發表了〈天台〉之後，收到好一些令我感動的來信，如陳明芬的：

……在二八五期的皇冠雜誌中看到你的〈天台〉一文，使我感到似乎是我的理想在實現一樣，一直，我希望能擁有如你所說的那樣一個團體，成為其中的一員……

有一位張威儀的，雖還不知道我是先生還是小姐，但來信還是叫人激動的：

……我不知妳寫的只是一個故事，或是真有其事，但真真正正的，告訴了我平日一心一意所求的，在妳的故事裏出現一種分享及付出，怎能不令嚮往!!

這故事不但是千真萬確的，而且以我一支禿筆，還寫不出其中萬一。謝惠香初加盟時的來函：

……愛你們的早熟，也愛你們的樸和真，愛你們的任性，愛你們的才情，愛你們的光熱……。原以為自己很理性，愛上你們才知道自己還是很激情。口頭上常掛着：「這個時代……」「這個社會……」啊，那將到原定有一批真性情的人呢！怎能相信，古老的俠行在現在新生！怎能相信，褪色的記憶又在眼前乍明！

又有些直接簡賅的，如吳勤招祝我們平安快樂，光明磊落，卻把我們出書海報到處張貼；李正圻《風起長城遠》只看到一半，就兩度拜會「試劍山莊」。還有馬來西亞的淩整風者語重心長：

……而今，我看到是一位真正勇者，能夠辨是非，有良知，有勇氣肯定祖國文化之價值，並肩負文學運動之責任……

更有萬康仁的「投帖拜山」，以及過去無數的熱情、至誠信件，批評的或讚美的，像風箏遇見風，變化作大鵬，而又始終不離現實的線索。更有些人作發展在報刊上的關心，如韓韓、林媽肴、橘霜、吳英玉、林依潔、麻念台、榮之穎諸位，更有些前輩先長的勉勵，如朱西寧老師、蔡文甫先生、鍾肇田先生、鄭光先生、信疆兄、管大兄、正雄兄、健壯兄、國卿兄、洪生兄等。更有位前輩，往往在我山窮水盡時殷切的替我振出柳暗花明來他寄來我珍藏愛賞敬止的一聯：「隱隱王氣是兵氣，迢迢文星動客星」。

《風起長城遠》出版後，收到的信中最合人讀後悲狂如國殤九歌者，莫過於啓銘兄來信，我節錄其中一段：

……我起頭一篇讀了温大哥的〈人物誌〉，最末一篇讀的是温大哥的後記——〈九辯〉。這兩篇文章像是兩枚剛烈的鐵釘，兇猛地擊着我沉寂的心扉，後似堅持某種光熱，要敲開我厚重的門，掃去我沉鬱的黑。我能說甚麼？「我除了肝膽，誰是秋草，又有誰識你胸中沉沉欲碧的死血？」我奮力從那片無邊的黑中，掙脫出來，大聲地喊：「這本書我不停而看！」這本書我不停而看，激動究竟甚麼時候才斷絕？總感覺那白紙黑字間洶湧的不僅是一瞬的美麗，而是永恆的奔蹄。從山海關到嘉峪關，從古北口到喜峰口；從明月天山間，迢迢遙遙闊迫我欲用猶閉的胸襟。……

就是這樣一連幾封長信，悲魄沉雄地擊中了我們易聚易喜的心胸？收到他的信，激動莫此為甚。又像關渡、揚平、掌杉、寧貴諸位有才情詩友的期切，或像渡也、游喚雖不常見面，但卻肝膽相照，黃昏星、清嘯出版《兩岸燈火》後？向陽來信有這一段：

……讀瑞安的《江山萬里》，仍像前此某一天傍晚在神州一樣朗誦，那心志是磅礴的，那感覺是雄渾的，我用中華民國國軍二等兵的情感去讀他。「不管中間起承轉合，一早就有了介說」，我粗淺地了解到這樣的詩中結局的本然性。無可奈何地，卻又是中國人宿命的達觀。擺渡本無盡處，燈火何曾闌珊？重閱你們選入集中的詩，我進一步地體會着你們以及神州在台同仁那種可傲吐山河晚斜風雲的雄圖遠志。

他就像一位中校汪啓疆一樣，他在信裏豪情萬丈的說：「神州的力量，最最可貴即在上下兄妹間之同一肝膽衷腸，彷彿您倒五腑內特俱一團烈火，那夜相聚，燃得我直至深夜三點，談風起長城遠所捲起的狂風沙」！大家在風中跌倒、受傷、站起、迎擊，但永遠不會遺忘遠方跑長路的夥伴。鳳還、玄霜，甚至瓊瑩、秀珍，都是正芬介紹她們與神州相識的，有次我謝她，她說過一句：「要不是我至好的朋友，我欣賞的人，又怎會介紹到詩社來呢！」亦由是者，詩社欠了她一份情。瓊瑩，那天來莊時說：「以前我不知道詩社是這樣不只於文學的社團！」道出了更進一步的了解，秀珍七月四日的來信，令人宛若隔世的感動。然而我們卻從未停止過辛苦的努力，而且也向未怠懶過。近日山莊裏既有陳添泉討論國術武功的討論書信，也有郭世袖的至誠相問：

……你願意像個大哥哥，教一個無知的小妹妹一些她所應該走的路過的生活嗎？我原不希望是醉生夢死的、無根的一代啊！

她的敏感和清靈是少見的，為了寫她有生以來最長的一封信，也第一次那麼遲睡覺。這些飛鴿傳書，肯定了俠者是存在的，武林是美麗的，江湖更是可歌可泣的，我要回答她，誰是真誠便不無如，自己要走出自己的路，自己要創造自己的生活，誰也沒資格教，但年輕有志者卻無處不可學得，只要醉生夢死不屬於這個時代，中華民族更有深遠的根，也是點在黑暗處一盞燈，值得我們在明槍暗箭裏，萬死不辭的赴會。

一位台南的小女孩子曾淑貞，因為基於對中國的愛與敬誠，忍不住談起國樂和武術來，寫得令人激賞不已：

……我只是覺得身為中國人，怎可不識得自己國家的樂器，於是報名參加，居然錄取，我彈的是「月琴」，後換為「柳葉琴」，形狀似琵琶，但比較小，聲音清脆，脊上刻一龍頭，彈起來別有一番韻味，起先側彈《宮燈舞》等簡易樂曲，後來彈《將軍令》，我們都彈得豪氣干雲，尤其是最後一段，曲調快後我們只好背譜，而彈皆激越的琴音乍鳴，心弦也為之激動不已，突然琴音笛音鼓聲全停了下來，一剎那間，我們都沉湎在猶自瀰漫激越的氛圍裏，真是天地皆靜，唯音樂之聲繞樑而已……當我跨穩馬步，一拳擊出時，覺得山河氣壯，有一拳定天下之慨，那種感覺是既嚴肅又飛揚。……

一位三十多歲的警員徐永信也來信激起萬丈豪情：

……縱然它遠在風起的地方，我依然一步一步的接近，一如瑞安兄所寫：我也是與大夥一樣同跑長路的人，神州啊！我的血液裏已有妳的脈動。

或像陳蝶菲讀了《今之俠者》，用一張淡黃的信箋道出了劍膽琴心：「我想說的只是，你們的詩社，詩、文、武、藝、友情，都令我感動。我相信，『有至情至性而有至文』之說，是可以在諸位身上表現出來的。」

娥真也收到很多令她心懷如春雪的信，尤其像春燕，甚至用電報以款心曲，或像彩珠的飛鴿輕簡，那天孔繁鐘、蔡嘉哲（可惜蔡大翔沒來）率台大光啓社一十四位朋友來莊，大家暢談一夜，頓覺溫暖如晝，又豪情萬丈。在同樣寂寞的長路上奔跑，最能相知相勵便是這些朋友了。飛鴿傳書，飛鴿傳書，不僅在信上的，還在心上的，如聞雞起舞，如弦歌雅意，一封信，一句話，也是金玉良緣，要人深宵劍鳴，山間彈琴。飛鴿傳書不是傳奇，而是傳說裏的真言。

稿於一九七八年二月廿八日
重修於一九七八年三月廿七日

五行五色

太史公曰：淳于髡仰天大笑，齊威王橫行；優孟搖頭而歌，負薪者以封，優旃臨檻疾呼，陛楯得以半更。豈不亦偉哉！

在「黃河小軒」聚會的時候，介紹新人認識社裏的要將，介紹到他的時候，常有這一幕：

「這位是黃昏星。」「吓？王文興？」然後，這位單眼皮、白牙齒、滿臉又滄桑又天真的粗軍漢「喋喋」地咧着嘴道：「王文興哪裏有我那末英俊。」寒流恰好過境，人人都拉緊一點衣襟。

黃昏星姓李，名鐘順，是前天狼星詩社總務，現神州詩社副社長，我認識他的時候，是在十三歲時唸初中一。我住在美羅山城，他住在瓜拉美金新村。新村裏都是潮州人，只有辦小學，沒有開中學。於是他只好轉來美羅唸初中。那兒地方偏僻，校車有時只開到半路。全程九英里，他自己要跑三、四英里，跑步來上課，所以體力特別好。那兒窮人家的孩子都是這樣。初中一有六班：A、B、C、D、E、F。我在A班，他在E班，可是一個學期下來，他考到全級第二名。到第二學期：成了第一名。那時我常看到這高高瘦瘦，褲子短到大腿上來傻呼呼的同學，心中總是想：他看來不太聰明，一定花很多時間在課本上了罷？

初中二時他調到A班來，葉遍舟跟他是好朋友，而遍舟是當時綠洲社的副社長，所以我也和他成為好朋友。記得有幾天沒見到他來上課，心中很納悶，於是和幾個結義兄弟，王海成、王文茂、李飛良、葉遍舟、廖雁平等去瓜拉美金探訪他。到他家裏，他的大哥烏着臉孔出來，說李鐘順不在。我們看看，他的胸就有我頭那麼高，拳頭比我們兩個人加起來都大，他說不在，只好不在了。幸虧他二哥出來，說鐘順去到芭場耕作去了，並指示我們一條明路，於是我們只好自己去找了。

這是一段難忘的路程，因為曾經發生過難忘的事。熱帶的太陽毒而炙人，我們走在一片荒田上，旁邊都是沙丘，白色的沙粒像灼熱的鐵球，我們開始還不覺甚麼，到後來就熱得頭昏腦脹，停下來休息，一面咒罵見鬼的黃昏星！大概走了三、四英里罷，忍不住想折回去了，就見到一個難忘的景象：天旱很久了，田裏的地都龜裂着，像一個井字，交錯着、摻雜着，不斷的延展在蒼黃的土地上，一個打赤膊的孩子，在烈日下操作着，一身都是汗，在他如土一般的背上，皮肉也是裂着的，甚至可以看見一些掀開的肉，在皮膚的裂縫裏，太陽的照耀下，逐漸褐褚色的乾涸。他一個人在耕作着，荒野裏，潮州人的村落外，一個孩子，為了他的土地，在烈日下堅持地，沉着地、艱忍地搏鬥。我眼睛很快就模糊了，薯田、青瓜、大豆，辛苦的種植，廉賤的賣出，多少青春，多少血汗，你抓一把黑色的泥土看看，長江流域，黃河平原，農民的苦難，像一首古老的歌，世世代代的延續，在他們蒼老荒涼的臉上，我們皓白如雪的飯碗裏。中國不就是這樣嗎？啊古老的中國。我們叫他，他聽到了，怪叫，狂呼，拿着鋤頭就奔了過來，我們忙作鳥獸散——他外號「神經刀客」，而且手裏還有柄鋤頭，上次他拿把木尺，不小心捅到雁平的要害，害他痛了半天，何況這次是鋤頭！

有客自遠方來——九英里外，對這些從小是好客的莊稼漢來說，是最熱忱的事。他帶我們回到家裏，經過他介紹之後，他家裏的人便完全不同了，熱情招待，宰雞殺鴨，還有一盤我不敢吃的大蒜——最重要的，是特准黃昏星有一天假期，不必下田耕作，雖然他已耕作了大半天。他平常每天要耕種一整天，直到晚上八時多才回家，然後還得幫忙抱弟弟妹妹，十點半之後，家人都熟睡了，才算有「自己的時間」。但一天勞累下來，已經沒有唸書的精神了。在那一間擁擠的白鐵屋裏，唯有家人的鼾聲傳來時才是唸書做功課的時間，但全屋只有一盞日光燈，一旦開亮，必會驚擾到家人，那時他大哥葵扇一般的大巴掌便會迎頭蓋下來了——本來嘛，莊稼漢的生活是辛勞的，平靜的，唸了書又怎樣？還不如下田作些生息，他們跟紈袴子弟的看法相距太遠了——所以他只好用五燭火的小燈看書。一點鐘，兩點鐘，彷彿聽到打更人梆響漸遠，而早上他又要疲倦的去趕搭車，跑幾英里路，去見他的兄弟，然後回來下田，曬太陽，風雨淋，晚上抱弟妹，半夜唸書……

然而他卻考到A班的第一名。我聽了心中很激動，開始非常注意他了。他還是那麼樂天派的，神經兮兮的，直到他戀愛了，巡察員的領帶打正了，可是他也快要失學了。他家人不讓他再唸下去。在海外這些華僑的生活裏，他們保留的是另一種傳統，也許是封建，也許是專制，但也是一種殘忍的美。於是許多聰慧的孩子都失學了，甚至失戀了，失去自己了——但整個傳統還是維持下去。到他們的下一代，也許有些許變更，也只不過是些許而已。他們全部潮州人住在一起，形成一個村落。客家人全部在一起，也形成另一個村落。等到有這樣的呼籲出來：「為甚麼沒有一間中文大學？我們華人需要一所華文的大學。」於是有人出來搞中文獨立大學籌募基金。你會看到大街小巷都是人。他們白天辛勞了一整天，可是為了有一間中文的大學，他們的子弟雖不一定能有福份唸，但他們仍犧牲整個晚上休息的時間，站在街頭巷尾，進行義賣。一些生意場中的大老闆，已經十幾年沒下過廚了，現在重拾他抗戰時的本領，拿着大鐵鍋，撥着風火爐，在街邊把鏟敲在鍋上噹噹價響。咖啡店通宵營業，連理髮小姐也不收錢——所有的錢，都捐交給籌募基金，餓肚子是餓肚子的一回事，辦學校是所有華人的責任。一街都是人。貧窮的、節省的，在這段日子裏也毫不疑慮的大掏腰包，有些真的沒有喫的錢，豬肉店的老闆王老胖說：「好！反正義賣，我炒個豬大腸給你吃，大家都是華人嘛！」他長臉吝嗇的老婆，這次也欣賞得咯咯笑起來。街頭熙熙攘攘，水洩不通，這是那兒海外中國人的世界，他們的熱心。雖然到最後，這些熱騰騰的血汗錢被騙了，毫無下落了——但他們回憶起那一幕，那些老了的人，那些已經長大了的少年，還是有飛越的心情！

黃昏星考到L、C、E（在學生的心理負擔上，恰如台灣的大專聯考，可是我們是白天去考，晚上看電影的——真正的讀書人，連區區考試也唬得臉青唇白，那未免太折煞了「書生」二字），可是他家人不讓他再唸下去。本來嘛，田地荒漠，莊稼最需要的是人丁的繁續，廣大的土地，耕作的人，讓子弟唸得會寫父母的名字，不會讓人問了還道不出爹娘的名字，那不就足夠了麼——黃昏星沒來上課了，我和清嘯、遍舟、雲天、超然去找他，好不容易才說服了他哥哥。黃昏星二弟很早就沒有了父親：一個子夜，共產黨的人，把他抓到山上去，從此沒有了音信，家裏只剩下孤寡四人。可是二弟在每次播種時，常有幾天沒來上課。初中過後，我們的母校——華文學校——沒有辦高中。於是我們轉到綜合高中去，四大民族：華人，馬來人，印度人，孟加里人都混雜在一起的地方。這學校的學生大部份是英校和在校生，於是奮鬥和掙扎更苦了。我和老二黃昏星、老四周清嘯都同一班上——事實上，是在分班時他們死不肯走，硬要和我同一班，余震天因堅持力不夠，所以還是留在B班。吳超然是遲一年才進來，葉遍舟卻輟學了，廖雁平也是。我們在那個環境裏，三人一齊同出入，三人一齊唱歌，很少會不見了我們任一人的。我們在大操場教中國拳，他們說：「Oh! Chinese Kung Fu, Chinese Kung Fu!」另一個說：「Chinese Kung Fu, useless rubbish, can't even bit me!」我勃然大怒，雙腿平躍，一連躍過三張桌子。黃昏星豪氣上沖，十二連跳越十二張桌子；周清嘯大吼，雙手一掄，居然把足球的龍門扯垮下來。在眾人目瞪口呆裏——我們三人魚貫進了教務處。這一次在外面等的只有一個余震天，還有半個Gunasegeran。輝煌的日子似已過去，而我們不一定因輝煌而生存的。所有的輝煌都是創造出來的。我們的餘力，我們生存的因子已蔓延到其他的火苗上，許多半個，後來成為一個、許多個。有華人鄧建業、藍啓元，有巫人Yossof，有印人Logidazan，有孟加里Codipsigh甚至還有教師Mr. Ngan。誰能夠忍受破敗的，改造毀落的，就能生存，就能輝煌。

我們三人一齊上課，一齊下課，五月初五，屈大夫投水的日子，國殤、離騷、九歌九思九辯，盤旋在我們腦海。那天午雨，在夕陽中我們寂寞在佈滿英文的公告欄寫下：今天是中國詩人節。雖然很快便被校役發現，很快便被拭去，但我們曾經在這樣的一天，午後太陽的雨中，我們寫過了這幾個字。溫任平先生有這樣的一句話：「在白天，我唱過了歌；在晚上，我走過風雨飄搖的路。」

有時我和清嘯沒上課，坐在樓下的花圃裏，望着正在上課的樓上，這樣反有所悟，等於上了更多的課。有次黃昏星不跟我們「聯合陣線」了，他乖乖的聽課，我們心中奇怪：老二怎麼乖了，後來才知道他好傾慕那位身材窈窕的歐陽老師。這個孩子，一直是活在感情中的浪蕩兒，他的第一首現代詩，裏面有：「忽然前面閃光一下／她就出現在我眼前」，我開始讀第一句，還以為鬧鬼不成。讀第二句才知道是她的愛人出現了。他的詩不講求語法，改得我最頭痛，不過他才份之高，確也鮮有人能與之比擬的。

有段日子，他三四天沒來上課，我們後來才知道他發生了甚麼事情。他營養不夠，睡眠也不足。清早被家人叫起來去駕犁芭車，就是一種割草機。他惺忪着駕上山坡，土地很鬆，刹車不住，車子往下衝，下面是一座礦湖，那兒叫做「忽朗潭」，是掘取礦苗之後的土地，類似浮沙，一旦陷進去，就是死定了。他趕緊拉緊刹掣，可是力量太小，只減慢了衝勢，車仍一尺一尺的往下移。他恐懼，勉力踩住 brake，一時驚措中踏錯了，踝部小腿轉入割草的螺旋刀裏。那種割草的刀是鋒鋭的、弧形的，而且轉折的，腿一旦夾在裏面，便榨壓得旋轉起來。那種刺骨入脾的痛楚使他可怖的清醒。他拼力用手想把腿拉出來，可是車又往下衝，腿被挾得更緊，鋒利的刀面都割掀入了肉裏，抵着了骨頭。在荒地裏，他大叫沒有人應。生命的可貴，在精神受難、肉體痛楚時尤為見出。最後他鬆開駕駛盤，兩手全力把腿連皮帶肉一齊搶回來，然後躍車——車衝落「忽朗潭」底，他大幸落在潭旁。一路上，他拖着腳走，不知道怎麼回到了家門。他哥哥的責叱，母親的難過，他當然沒去看醫生，——鄉野的孩子本就最知道如何保護自己，像狼會躲在深谷裏舔自己的傷口，他採了一些山草藥，紫色的花深綠色的葉那種，嚼碎了貼滿了自己的腿，一晚淌着淚沒有睡。到了明天，他拖着腳來上課，痛得臉色發青，腿也腫了足有一倍！我和清嘯，臉色都變了，問明原由，扯開藥草，看見傷口都起了膿。於是強迫他去看醫生，可是他沒有錢。我們不管三七二十一，把他挾到衛生所去；衛生所是政府支持的，比較便宜（我們也僅能籌出到衛生所去的錢）但服務也比較差。我們隔着一道玻璃門在外面無數病人坐過的長櫈上候着，只聽到裏面的慘呼，哀號。沒有麻醉劑，護士替他用刀叉拑出膿塊與碎肉。他叫了一天，我們汗濕透衫。他出來時，一個鐵錚錚的孩子，整個地虛脫了。……總是這樣，野地裏，孤獨的孩子為生存而搏鬥着，呼叫沒有人應，哀號沒有人知道，他只用自己的手取出自己淌血的腳。……

而這些剛擊道的兄弟們，姊妹們，都是這樣長大的。長大這回事不是在溫室中慢慢長高、長壯、長得漂亮，而是受許多風砂，被許多感動，忍受許多寂寞，付與許多同情，等到這樣的一日，你還要面對你自己，你才感覺到自己是真的成長了。

兄弟裏排第四的是周清嘯，他以前筆名叫休止符，原名叫周聰昇。剛擊道裏給他的外號，叫「鐵口無情」。他也是「王老五集團」的主席，幹部依次是：「中央集權」黃昏星、「緝私大隊長」廖雁平、「權威」殷乘風、「顧問」溫瑞安、「監察院長」方娥真。以前還有一個「律師」張筆傲，一個「犯人」黃海明。這小集團終於在民國六十六年裏被「敵人」所瓦解，主席、集權、權威、律師、犯人全部「晚節不保」了。清嘯他那張口正如他外號，確是得理不饒人的，就算不得理，也未必饒人。有人說他勢利，有人說他刻薄，但他是嗎？他對詩社、對剛擊道卻很執着。我和他曾發生過無數次的衝突，但他仍是我的四弟周清嘯，我還是他的大哥溫瑞安。他離開過我們，但仍然是我們當中最堅毅的一員，甚至比以前更神州，更兄弟！我覺人不應該從他正常的情形來看他，因為「正常的情形」，往往就是「不正常的情形」。我們在這社會裏，許多禮教、許多禁忌下，我們已分不出哪一點是真正屬於自己的。比方說，我們把白天交給上課，晚上交給補習。上課的時候也許你想唱一首歌，但理智（還是約定俗成的禮教）當然不允許你唱。也許你在家教時想睡覺，但責任感當然不允許你睡。所以你很容易把一天廿四小時的你，看作是真的你。然則不然。有時你也感到莫名其妙情緒的激動。

也許你在鬧市中，忽然聽到遠處的樓閣，傳來一陣簫聲，你感動、你哀傷，你彷彿感覺到生命裏隱隱的一種情感，同在抖落一些記憶。也許你聽到的是一句話，也許你知道以前的一個同學患病死了。也許你看到一頭小狗過馬路，車都為牠而停了。也許看到有青年看見老太婆上車，趕緊讓位。也許這才是動人心弦的一刻，也許這才是你自己。美媛師妹遇過一個人，他灑脱不羈，自認為沒有甚麼可以作他的牽絆。他會京劇、善辯論、喜歡演戲，功課很好，又愛唱歌，玩得一手好吉他，又有組織能力。看來這就是他自己了。可是他有一天問美媛：「你是天狼星詩社社員？」美媛說：「不。」他說：「怎會呢？」美媛說：「我是神州的人。」他茫然道：「哦。神州和天狼星分家了。」師妹說：「你多久沒見過大家了？」他說：「很久了。」忽然他的聲音變了，他說：「我很害怕見到他們。因為他們很感情，很激情，而我與他們短暫相處，還是相當融洽的——可是時間一久，就像幾十口針一起扎在心裏似的。」師妹說：「為甚麼呢？」他說：「我也有大哥，他從老遠看我們，一臉風霜，幾乎當了和尚，而我們甚麼都沒說——現在我們都散了。」師妹說：「一定要說些甚麼嗎？大哥、二哥、娥真姊自馬歸台，差點就回不來了，我們在機場上等着，等着，等着，終於他們出來了——可是我們甚麼都沒說。可是大哥一定知道我們已經說了。一定知道。有很多話，是不必說的。」

有些話，說了等於不說。」師妹繼續道：「你怕常久在一起，會有千萬口針扎在心裏，——但如果是常久在一起，就不會是針了，感情永遠不是針，針會刺痛，感情是線，線能夠縫合，把一些東西，縫合在一起。」他沉吟好一陣子，忽然又回到他不羈的樣子，聳聳肩，談到別的事情上去。以後他還是老樣子，彷彿活得很愉快，偶然在大家裝作感情豐富一字一聲嘶的朗誦裏，他會大唱起：「明月幾時有，把酒問青天，不知天上宮闕，今夕是何年……」他豪情裏有幾許悲回風！

人是活在許多一剎那間裏。像舞者，在一剎那間奔放自己。像武者，在一剎那間把精神和肉體，變成速度與律度，以力度和氣度，表現了自己，昇華了自己。活在剎那間的相見裏，活在一錯覺自己彷彿來過某個地方裏。活在身臨大義，一個平時軟弱的人奮而挺身、至死不渝裏！活在栖栖皇皇，仍不放棄一個浩然的執守裏！正芬她說得很好，「要看一個人，我就站在他的立場身份來看他。像清嘯，他是一位詩人，我以這種眼光來看他，就原諒了許多，也不感覺到甚麼，只有無盡的欣賞……」對，因為他真。清嘯有尖銳與倔強的地方，或太計較某些東西，但批評他的人往往失去一件最珍貴的東西：他所有的一份真。清嘯年紀小的時候，很聰明，很勤奮。也是住在瓜拉美金新村，就是黃昏星的同鄉。他父親是那兒的村長，在那邊的村長，有點像中國小村落裏的村長，是一個可敬的長者，是一個有威望的標幟。所以清嘯四弟很小時就很有權勢。當地曾有兩個黨派，一個是牛頭黨，一個是帆船黨，小孩子們就分成兩派，你追我逐，有時候還打起來。因為清嘯聰明能幹，他甚至可以統領二十多個孩子，把敵手綁在電杆上，直至他們的爸媽來救。那時他只是孩子，三四年級。可是在他五年級時，父親過世了。六年級時，母親也仙逝了。

像爆竹燃過後，只剩下一地殘屑，該怎麼收拾呢？四弟的唇是薄而內斂的，他堅忍的寄居在他伯父家裏。那時他十二歲。他伯父較為富有，他伯母卻十分計較。他每天清早被人趕去橡膠林割樹膠，寄人籬下，白眼總是免不了。他是在這樣的一個家庭的陶冶之下長大的，耳濡目染，總是對他有些影響。可是他是如何在這種生活裏保留他一點真呢？記得向我借了本瘂弦的《深淵》，他表嫂順手就拿來打蚊子，他不惜大吼了一場。後果當然是挨他伯父罵，挨他伯母罵，還幾乎挨他表兄揍。可是他說了他的話，他做了他所堅持的事，他沒有緘默。他曾經在高一檳城大旅行中代表全班說了他的話，可是因此被級任扣了成績，但他仍是說了應該說的話。

清嘯常常做一個夢。他把這個夢告訴我，告訴了一次又一次，而他自己仍未察覺。我仔細聆聽他的夢，心裏有深深的悲慟，我沒告訴他。他夢見從前的村落、他家是賣罐頭的。就這樣一個像褪了色的午後，夕陽懶懶的掛在天梢，一些奇怪的光芒灑進店裏來。有一個人進來要買罐頭，指着頂端的那一罐。他爬櫈子，但不夠高，只好把櫈子放在桌上，再攀上去，他年紀小，又瘦，伸直了手，手又不夠長。櫈子在搖着，隨時會倒下來，可是他仍盡力去拿下它。那客人好像在訕笑。就在這時候，有人自屋外走進來，背着光看不甚清楚，但卻是穿着卡基黃色中山服。這人從原地走過來，搭着他的肩，然後替他拿下了罐頭，這之後他就醒了，他不能自已的悲傷着，因為他深深地知道，無由地知道，那人是他的父親，他父親替他拿下了罐頭，而我聽在心裏，我也那麼深刻而清晰地知道，他只是一個孩子，一個一直還沒有能力去拿下那罐頭的孩子啊。

清嘯外號「黑蛇」，是「黑白雙蛇」中的其中一條。另一條「白蛇」是廖雁平。雁平六弟和我是十三年的老兄弟。雁平的第一特質首先要知道，他的家是三代同堂，而且連叔伯兄弟在內偌大一間木屋裏住了數十口！他是客家人。客家人有一句俗語：「一人吐一口水都能淹死你」。他家人可以當之而無愧。他從小很窮，但他自尊心很強。他熬過很多很多苦，所以皮膚不大好，長了一些疥瘡在手腕上，現在當然已經痊癒了，不過當時這些小毛病的膿給他很多的麻煩。有一個繪畫老師很瞧不起他，他又坐在前面。那老師叫他搬到後面去坐，雁平其實對繪畫很有點心，可是一直遇不到賞識他的老師。雁平只好把桌子移到後面去，心中有些悲哀，所以在放下桌子時用力了一點。那女老師杏目圓瞪，怒叱道：「你幹嘛摔桌子。」雁平光起火來，是不管一切的：「我沒有！」那女老師一手叉腰，一手用粉筆遙指雁平：「你狡辯！」雁平捲起袖子，他執着起來的時候，是一支可斷不可折的精英之鐵。「這是放——」他捧起桌子再放下，然後再拿起桌子一扔：「這才是摔！」這事情一直鬧到教務處才告結束。

雁平就是這樣的一個人，出生在這樣的一個家庭，有這樣一副性格。他年少的時候，路過暗巷，看見幾個人在吸毒，有一個是他認識的富家子，也是空手道高手——別人看到這種情形，如果不想同流合污，一定走避不迭，而他卻走過去就罵。結果五個人圍着他，恐嚇與警告他。而居然還是他（雁平）先動手打人，一拳就把富家子打倒。其他四個人打他一個，他踢倒一個，捱了九拳，拚命逃到我家。我家那時有兩頭很具靈性的狗，都取有筆名，一隻叫「李有利」，一隻叫「王寶八」，我們戲稱之為「剛擊道」的左右護法，高大兇猛，加上我助威，終於嚇跑了那三人。雁平就是這樣的人，雖然他後來還是被揍，中了暗算。

雁平略通相學，喜歡下棋，發夢也夢見棋局。當過當舖副手，也當過看更人。在當舖工作時，詩社有大聚會，他從峇干拿督埠五十多英里路趕回來，那時正要開始，全部人都集合在聽雨樓前面的庭院，就要開始第一屆「詩人大會」，卻發現不見了雁平，分出各路人馬去找，最後才發現他在我振眉閣呼呼大睡，正睡在另外一位從吉隆坡趕過來的社友何棨良的肚皮上——他們這兩位，真的要趕赴一場千秋萬載的約會去了。任平兄哭笑不得，而我們搖搖推推甚至捶之亦不醒，醒來第一句卻問：「天亮哪？」

有一段時候他在一錫礦公司裏工作，負責在荒郊的一座土丘上看管一架笨重的機器。他負責晚上，由九時看守到天亮。這部機器很危險，時常有「走火」的現象，電火「刷刷」地射出來，濺在腳踝上，有一種驚懼的張惶。這機器很囂吵，吵得甚麼也聽不見。看守這部機器，就是怕它隨時爆炸，這是殘忍的工作，因為一旦爆炸，只怕在小丘上，亭子裏的人，也逃不出來。雁平就每天晚上，心驚肉跳的看着這部機器，忍受它的噪音，忍受它的危機。荒地裏，人們都熟睡的時分，月升中天，沉靜而哀涼。喧囂的機器，生命的危機，一少年靜靜的等待，黑夜過去，黎明到來。

老二黃昏星今年生日的時候，師妹和阿戚送了隻會扒低擺尾的玩具小狗給他，我和娥真送隻會搖頭的紅玩具狗，加上他自己的那隻小老虎等玩具，看來最多再過明年的生日，他就可以開玩具店了。他的玩具動物園應該不缺甚麼——明年我就送一隻電動的烏龜給他。他這個大孩子，常把所有的玩具都放在桌子上，統統都上了鏈，讓玩具們錯雜碰撞，搖頭的搖頭，搖尾的搖尾，他自己像是一個交通警察，玩得十分專神，有時自己一個人玩得眼淚都笑了出來。在他廿四歲生日那天，他就又哭又笑的玩了一個下午。玄霜坐在地上，很欣賞的看着他。

記得第一屆福隆聚會的時候，大家聚在房裏，樓外波濤滔天，風雨淒淒，我們在房裏互訴心事。玄霜就忽然說：「黃昏星，你不要怕，我知道你是一個好人。」那時候講來，格外親切，現在回想，還是有餘韻。最近劍誰初遇老二，也認為玄霜說得真好。也在那晚上，小媛朗誦《延陵季子掛劍》，我忽然覺得我們如此相近，同樣在驚濤拍岸的天地間有反擊的氣勢，於是在風聲中浪聲中雨聲中握拳結拜。我記得當日十聯會初成時。我們慶賀任平兄、黃昏星、藍啓元、周清嘯四人的勞苦功高，我在贈給黃昏星的卷軸裏選了劉克莊的詞：

酒酣耳熟說文章，驚倒鄰牆
推到胡床　旁觀拍手笑疏狂
疏又何妨　狂又何妨

疏亦無妨，狂亦無妨，最難得的是在疏狂之間，勿忘記正氣的存在！黃昏星就這麼一個平凡的人，但是在電影放映前的國歌，或者電視節目結束時的國歌，他都肅立到筆直，從第一聲到最後一聲，沒有敷衍過，而且百數十次皆如是。嚴肅的東西叫人要去反它，大義的東西也叫人有一絲遊戲的餘地，然而浩然正氣卻是叫人敬致和靜止的。黃昏星窮得發慌時，有一天半沒有東西喫，我剛好收到稿費，就請他代我去兑換現款，他提了大疊鈔票回來，按響了門鈴，我在小陽台欄杆旁望下去，恰好看見他笑嘻嘻的把鈔票呼花地往天上一撒，又一張張的飄落下來，他歡天喜地的嬉笑着去撿：我知道他仍是做着童稺的美夢，滿地黃金等着他去撿取——於是生活裏都是快樂，俟他上樓到我振眉閣時，交到我面前的鈔票必定仍一張不少。這就是我所驕傲的兄弟。

娥真則是神州裏最嬌弱的女子，不過嬌秀裏也三分英氣。竹子是這樣子的，畫來弱不勝衣，但骨力不足便不為竹。三三同仁喜擬她為虞姬，虞姬雖為霸王舞為霸王歌，到最後也能為霸王死，四面楚歌楚不了她的烈節俠情，柔腸千斷也不過碧海青天，瀟湘夜雨。可是我覺得虞姬的人之嬌女，不比娥真的人間而不人煙。在霸王生時為妃敗前卻要婉轉一死，真正人間的女子卻可以青布暮雪，灶燒寒枝，有一天可以藏金釵含銀針，刺漢王報君恩。娥真可以英烈到這樣子。可以非楚非漢，但卻中華民國。一切要開創一個新的，係她的作品，向不喜模倣人，而且也不允許我有別人的影子。又喜接受人評正，係朱西寧老師在給她的序中暗示她要高情忘情，不可以只是私情忘情，她心悅誠服，在我身邊常掛感激。但惡意中傷，要是我不在場，她被迫挺身而出，也能維持大局，以琴音摧利刃。有次（也是唯一的一次）我因告誡社中人而不得應，心中極為頹傷，她卻代我振衣而起，與二弟及輕燕，力挽狂瀾，振奮山莊。平時她又極嬌秀，一起行走時愛把手伸進我口袋裏，不知我是隨時飛逸而去舒伸身手的。

小娥和黃昏星、清嘯、雁平等相處時，他們總是護着她讓她的。在文學上，清嘯、黃昏星對她最是服氣，清嘯就說過：「嘿，明明我們先寫詩的，可是她一寫，才幾首，就好過我們了，心中很不服氣，仔細一讀，哎呀，只好佩服得五體投地。」她習「合氣道」時，常常要摔人，我總是假裝給她摔飛出去，清嘯卻硬立住馬步不讓她摔，氣得她像小雞子般叫呀叫，真的怒了起來。社員們跟她往來，常常是一塊麵包，一片雞蛋糕的交易。她很饞嘴，怎麼喫都不會胖起來，常常說吃到飽上咽喉去了，只好再填些麵包，有時又說肚子餓得穿了個洞，只好用麵包來填。說來說去，還是找藉口喫麵包。社員們常常陪這個「娥真姊」去練舞蹈、練唱、練平劇、練功夫，大家都很護着這個小姊姊。她又不喜歡房間被人借用，常照的鏡子也不喜被人照。有次她讓劍誰進去趕換衣服，第二次劍誰就大叫要進去換衣，搞得大家都走進「絳雪小築」裏去，氣得她不跟劍誰説話。她和阿狗，常常鬧意見。她彈古箏時，阿狗就雙眼盈淚，嗚嗚地哭叫起來。小娥問牠前世是不是王昭君？我説應該是王昭君帶去西出陽關的小狗。牠又嗚咿咿地哭了起來。小狗最喜歡睡在小娥的床上，以後枕頭棉被都為牠準備的。有時我睡在床上看書，阿狗就跳上來睡在我旁邊，小娥見了最生氣，小狗卻反而瞪住小娥，兩人看來看去，終於又一人一狗罵起架來。那時娥真就像小貓，所以阿狗一點都不怕娥真。

清嘯是詩社裏瞇着眼睛抽煙趕稿的苦作家。因為社裏不抽煙，他抽煙常躲到天台去，是最有良心的吸煙者。平時很省花用，常跟輕燕喫一盤自助餐，把錢一個一個銅板的往「小豬」裏塞，但一遇到詩社大事，「小豬」便嘩啦啦的倒開來，滿地的銅板都作了我們的本錢。山莊有客人來時，只要他情緒好，見別人自顧自家做東西就很看不順眼，打開話匣子就跟客人嘰哩呱啦的從綠洲講到神州，空手道説到剛擊道，黃昏星大廈談到試劍山莊，三分正氣三分傲氣四分長氣。有次聚會，他説到：「……我和大哥等時常鬧翻，但總還是言歸和好，有錯的我也承認……」聽得我熱血賁騰，真不枉作了這麼多年的兄弟，跟他罵了這麼多場架。他當文藝部長，當得十分辛苦，別人沒把稿交給他，氣得他乾瞪眼「鏡」。要是座談間有人傷及神州或有僭越，他必第一個挺身而出，跟黃昏星、雁平搭檔，力挫外敵。他當財政時，賬目條理分明；當掌刑堂堂主時，刑罰獎賞也一清二楚。他只有在別人興高采烈時潑冷水這點最要不得，要是他興奮有人潑冷水則有架可罵。從前聚會的時候，他提起背包念我的詩：「那末明媚過後才死吧」，不管任何壓力，揹個旅行袋就揚長而去。我們回馬期間，他獨力維持山莊，主持了幾個部門，等我回來時，又一一把它交給我，請我定奪，需否繼續。打掃山莊時，他往最髒的地方洗；山莊刷漆時，他一頭一臉是油漆：真看不出他原是富家子弟出身的。他跟娥真很合得來，看那個「不順眼」，很容易合起來把對方「打發掉」。到了冬天，他時常窩在棉被裏「冬眠」，平常卻是山莊裏創作最勤的老將！

廖雁平外號「烏鳥和尚」，又叫「廖大師父」，其實應該喚做「慢半拍」。我們講一個笑話，他往往愣了半天才笑得出來；他自己講笑話，卻未講先笑，等他笑完了，我們也不覺得還有甚麼可笑的了。有次我們討論某個人的信件處理問題，俟他發表意見時，他卻扯到德行，和西方的哲學觀去了，好老半天才忽然想起原來的主題。他的武功很高，是屬於以慢打快，後發制人的一套，只是一旦對外交手時，有次我在西門町被人包圍了，他是第一個跳上來向對方揮拳頭的。吃飯時不苟言笑，飯後笑口常開。別人勸他時他沒有作聲，自有一股殺氣，中秀都難接近，只是一旦開口，「我接受你的意見！」又比甚麼人都坦蕩！神州創社十年，再大的動盪，他也未曾離開過詩社一步。他寫稿、做事、讀書都慢，可是肯下苦功，一本字典被他背了一半。以前本地生常笑他讀音不準，他痛定思痛，痛下苦功，結果現在天天糾正一些本地生社員讀錯字、發錯音。他天生得安逸之道，不愠不火，口頭禪最多，曾創有好一些歌，一曲叫做《監牢曲》，一首叫做《過去歌》，從頭「過去」到尾，還有一首他和阿還及阿誰改編自《我住長江頭》一曲的詞，成了《頭尾曲》：

我住火車頭
君住火車尾
日日思頭不見頭
共飲洗頭水
此頭幾時斷？
頭痛何時已？

但願君頭是我頭
定不負死人頭

這些歌還是平實的、生活的，就像他的人一樣；他也和我及清嘯為了黃昏星從前的浪漫史編了曲，原調取自「I don't know how to love him」。

我不知如何接近她
我不知怎樣叫她
她在台大，我在政大
我送她玫瑰花
她要杜鵑花
害我得矇查查
叫聲媽媽……

我不知如何愛她
我不知怎樣找她
我拉二胡，她彈吉他
我送她一粒瓜
她給我一巴
害得我跳查查
阿里巴巴……

我們五個人生活在一起，那就是天底下最熱鬧的一處了。後來又多了位殷乘風，大腳大搥蹬得山莊一地都響。黃昏星和周清嘯是一天不吵架不能過活的，這在《風起長城遠》一書「人物誌」裏有詳述，後來打了一場大架之後，兩人都溫柔了些，客氣了起來，最近才又活潑了起來。小娥還是小熱鬧，雁平還是笑彌陀，我平時嚴肅，一旦發神經，也不可收拾。五人合唱起來，各執一個音階，各唱一首歌，你唱你的，我唱我的，合將起來卻十分和諧，正是一首銳氣四射的試劍之曲，山莊之歌。我們男的擊地為節，娥真為清音，合起來就是楚歌，當然也可以唱出漢聲。最近雲閣加盟入莊，黃河小軒更是熱鬧；林新居也愛高唱，唱得樓下忍無可忍，有次留字警告了我們，我們只好找地方搬家，最好搬到不吵人的地方去了。山莊本離馬路很近，但區區車聲，又如何吵得了我們，常常是我們的聲浪覆蓋了車聲，凡是一樣事物是大的，就算它靜止的也是令人最矚目的。我們五人，本是金木水火土，五行變化無窮，終於成了五色祥雲，守護着我們幻化出來的神州。

補稿一九七八年三月廿八日

十駁（節選）

第二駁：駁他箇倚天萬里需長劍

神州社是不是以文學為主？是不是只寫詩？詩風會不會太相近？你們寫神州社裏的事會不會太多？有沒有人對這以文學為中心不解或不滿？

我們確是以文學為主，因為我們幾個創辦者對文學的興趣都比較濃烈。我目前編著出版的書就有兩本小說集、兩本散文集、一本評論集、兩本詩集、六本詩刊、兩部文選、三部文集。但是，要注意：文學不是神州社唯一報國的途徑。等到另一種藝術或事業（包括教育文化思想等）在社內成形而且獲得大多數人的致力時，這個以文學為中心點便可能轉移。就算目前以文學為中心，也可以旁附許多不同的次要中心，有一天這次要中心或許會成為首要中心的。四月份台大青年社邀請神州去座談，我因赴淡江而沒有列席，據悉席間有人提到我們乃是以神州為中心，文學為重心，去實踐我們的抱負，前者恐滯於一固定的社團，後者恐太過狹隘——這番話語重心長，我們是感激的，但問題卻是不存在。神州只是一群人共同之名目，其超越性與多面性，容忍力與吸收力，甚至可以說還在一般社團之上。譬方說：娥真很喜歡音樂、舞蹈、歌唱，她有志於此，於是就和擅作曲的林新居，會平劇的陳悦真，擅合唱的李玄霜幾個成了鳳組。曲鳳還、戚小樓很喜歡習武，於是就成了虎組，跟黃昏星、周清嘯、廖雁平、沈瑞彬的龍組配合在一起。又如楚勁秋喜歡朗誦，和曲鳳還又成了一組。這是僅就藝術上的，在其他方面，這種結合更是常有。文章乃經國之大業，不朽之盛世，我們對文章的要求，也正是這樣。

可是這中心點也會引起兩種人的不滿。一種人會説一個團體怎能允許中心點的浮移，一會兒是文學，一會兒是武藝，一會兒是行播，一會兒是推廣，那「神州社」究竟是甚麼?!殊不知凡是一個「大」的團體，它的首要條件就不是可以被甚麼形式所固定了的。像一個國家的政府，當然不是只管教育，只管文化，或只管經濟，只管土地。我們的中心可以更動，是因為勇於接受改革，勇於應變於常，但是宗旨並沒有變，原則也沒有更易，我們還是要舉起中華的大旗，為國家民族社會文化做點事。所以我們寫作，但也練武；文人和武士在現今來看是兩回事，而且是兩個極端，事實不然。我就是要他們在這兩方面的學習過程中找出投向的意義，在思想判斷上也如是。文本來是一種修養，武也是一種修養，兩者皆修身修心，像岳飛、辛幼安、陸游，無不是文才武略的英雄豪佩，文士本就是文武兼修之士。文武一旦分家，才會有文人無行，武人無德的現象。而我們正處於臥薪嘗膽，生聚教訓，乾坤一擲，此其時矣。所以更要做到摧陷廓清、大力倡導的。文人要拿筆，是一支橫掃千軍的筆；武人要拿刀，是一柄立地成佛的刀。要是文人相輕或屠殺成性，禿筆扁鑽一樣是廢物！有人曾說「神州」不夠大，因為處處以我為中心以及處處以神州的原則為行事之標準。殊不知他們以我為中心，而我卻是以神州每一員為中心，而神州的原則亦是中國人的原則，難道我們要放棄與中國共患難、共榮辱、共生死、共進退的默契嗎？

另一種人認為選擇過早，進入「神州」，會不會缺乏深思熟慮？這樣的投注是否值得？這一問，真的把我們一個年經氣躁自命不凡的社員問走了。這真是該問的，尤其心志未成熟者，早日反省早日好。只是對於問者本身；我卻要反問：甚麼叫做深思熟慮？徘徊不前、束手無策、無從抉擇、徬徨失措算不算思想成熟？袖手旁觀、空流熱血、隔岸觀火、抽身事外算不算獨立判斷？跑上山去，既不敢一躍下水的痛快，亦無回頭下山的勇決，是中華民族的年輕人麼?!考上大學，既蹓課翹課怕重修補考，或成為台灣大學是美國大學的先修班，是復興基地的生力軍嚒?!老成謀國、冷靜客觀是正確的態度；但有些年輕人卻用它來作躭於逸樂的護身符，偏安心態的金鐘罩。我是個僑生，我覺得我也是中國熱血沸騰的一分子，至少我的子弟都是大無畏的好男兒好巾幗。我不顧一切來台，有這份執着，在這份堅定，雖然有次我說到「國家的責任是我們人人的燃眉之急」時，有人出來說：「你是僑生，愛國是我們的事」，但我還是沉痛堅執的喊出：「就算是吧，但希望你們愛國至少是我的事。」有一位歷史系本地生說我很「堅持己見」，我想，要是我不能堅持己見，那恐怕老早就被環境所迫，去英國叫哈囉或到美國喚嗨去了。他有時反諷一句：談談你創社的手段與目的吧。目的？手段？他忘了我告訴過他當用不正確的手段以獲取正確的目的時，那正確的目的往往變成了不正確。我最多只談經歷，不談手段以達目的。又一種人覺得文學太單薄了，應以科學、政治、教育、工商改革才是。這話也是，不過文學是最易感動人心的一種形式，科學如何改革，社會如何改革，我們還沒有程序，我們先做文學的，總可以吧，總好過光嚷嚷不做吧。這些在第一駁裏已說得很清楚了。又有人認為與我們目標相同，但做法很不同意，認為最好方式還是「學術報國」。這是標準現今躭於安逸的知識分子之想法。目標當然相同，難道愛國也有異議嗎？要是說做法不同，他對我們的做法又了解多少？要是「學術報國」，神州社裏也不是有這個想法嗎！那又有何異？如何有異，應該是我們提出來才是：學術報國不等於是「K書聯考過一生，天地興亡兩不知」，胡適之先生也是報國，梁巨川先生也報國，人家還有行動；你年輕時候說報國，還沒有學術，但此從台灣師範讀到美國哈佛，從雙眼神光讀到四目昏花，學術有沒有尚且未知，報國已無力了。我最不喜歡「學術報國」四個字成了遁土法、鐵布衫，但我尊重真正有志於「學術報國」的人。一個真正頂天立地的人才不會第一回合就想溜，第一招就準備捱打的。

我們在文學裏最擅長的文體是詩，而在詩的成就上也比較大，所以才會以詩為主。但對其他的文類也必有兼顧。娥真的散文與小說就寫得很好，清嘯、鳳還、小樓、黃昏星的散文也好，我和劍誰對文評都有興趣。至於對我們的詩有些人批評為太淺顯，缺乏時代感、存在意識、現代人心態等，我倒要說是你自己看不出來而已，我寫的時候倒是要包含進去的。如果來者是虛心的，我倒是可以一一指點出來。記得有位朋友看了我的小說《處境》，便說是你和你哥哥的故事，要不是我早先有所聞，我就不懂你寫些甚麼。只是他不知道我着重的根本不是他說的那回事。像這種看得不認真而開口就評的批評家，一定忽略了別人可能已先想到他所想到的，而他卻要提出來指正別人。我們有一個原則，要是對方用有色眼鏡來看我們，不給我們公平的機會，我們不會也用有色眼鏡來看他，而是一拳打碎了他的眼鏡。前幾天有位朋友夤夜到山莊來，以一個儼然朗誦大家的身份來把幾位女社員的朗誦評得一文不值，殊不知座中也有兩三位是各校朗誦隊長，那人所提的技巧，早在以前就廢置不用了的。那人提到他朗誦時有人激動得站起來叫好，我們也舉出例子我們朗誦時滿座淚落，他卻說這淚落是沒有深度。哈哈，這種辯駁，真沒意思。有人說我們的詩風太古典或彼此太接近，我想他一定沒看過《風起長城遠》裏的「九辯」。我們也有「非常現代」的詩，只不過批評者愛找麻煩不愛讀過較多的詩作就下評而已。而且太古典是評者的基準，有些人還認為我們太現代的呢！而且「太古典」並非價值判斷，古典不一定是壞詩，正如不一定是好詩一樣。至少古典是一種風貌，有風格的詩至少有了份量，我們應該接受這份讚美才對！至於風格太接近，這是社團的特色，但我們沒有特意為之，反而刻意去避免它，我和小娥就常常指出同仁們句子有互相模倣處，況且唐詩一冊、宋詞一卷，乍看風格近似，但李杜間飛逸沉雄，蘇辛間豪邁清奇，豈是一種風格一樣文章這些話可以包容的！要是不仔細讀過而隨口批評的人，我們只好請他看「九辯」、「十駁」了。

我們寫有關神州的文章看來不少，但實際上只有《風起長城遠》一部，而今多了部《坦蕩神州》。《風起長城遠》其實就是從綠洲到神州的「詩社史」，《坦蕩神州》則着重於神州創社兩年來的經過歷程，本來就是強調神州的，提及神州社的地方自然就無可避免了。我們本來就是要提供出一股力量，一種精神，一批年青人的所作所為，當仁不讓，決不避嫌，要是扭扭怩怩，遮遮掩掩，自己都不敢公諸於世，以待決斷，還談甚麼坦蕩神州呢！你看我們詩社的人，一出到外面，就挺胸說：「我是神州社裏的……」這才是年青人自信擔當的精神哩！要是到了外國，我們當然會把頭抬得更高，說：「我們是中國人……」

第十駁：駁他箇了卻君王天下事

你們為甚麼要出版這本《坦蕩神州》？這本書的意義是甚麼？跟去年（七七年）三月出版的詩社史《風起長城遠》又有甚麼不同？你對這本書有甚麼期望？

很久以前我就想，我們有些生活面，有些精神，要是能讓大家都知道，那該多好！我以前很佩服一些人物，很嚮往一些事情，於是把它編成故事，講給朋友們知道。後來自己也發生了一些事情，我也很希望我的朋友會知道；再到後來我的朋友更發生了一些事情，而且愈發生愈多，其中有可歌可泣的，有可歡可嘆的，使我感覺到我正在故事裏，而大家都是故事裏的人物——千里赴會、仗義回馬、衛道而戰、險道而行——這些有的偉大裏平凡，有的平凡中偉大，一一刻劃在我腦海裏，我該把它怎麼說出來，讓大家都知道它呢？

等到一九七二年以後，我們這個團體漸漸堅實，大小數百戰告訴了我一個信息：它隨時會被時代的風沙環境的海浪迅速淹沒，我一定要在它絕滅之前寫下些甚麼！那時候我和幾位兄弟午夜探險，翻山越嶺，差點死於山番的噴筒下，回來即寫成了小說〈鑿痕〉。在黑石上留下白色的一斧——這就夠了嗎？不夠的，我想，於是我時常寫有關詩社的生活，別人說我的生活太窄了，說我寫作的範圍太局限了，我都不管了。作為一個文學家不是我最大的抱負，我的抱負是要把這群人寫出來、記載下來、發揚開來。這麼多年來，社裏社外，這個工作我一直在做着，而且做得最為徹底。

到一九七五年以後，社裏大變動過去，台北天狼星成了神州，神州漸臻完熟。這個發揚與記載的意念，更是促發着我，去做更多的事情。太史公發憤著書，孔夫子義修春秋，我沒有那末龐大的背景，浩大的時代，但卻也要有一份移山填海之志。一直到一九七七年初，故鄉出版社許長仁先生聽了我們的傳說後，提起出版一部從綠洲到神州的血淚史，才使我決定了意向。《風起長城遠》就這樣編出來了，最後是林秉欽先生策動的。這裏面講的是一個特殊的文學社團，所感的愛，所受的恨，以及成長、矛盾、衝突、破壞與建設，還有這一家的歡樂與惆悵。我們並沒有依照長仁先生的意思把它寫成華僑青年子弟在那兒掙扎成長的血淚史，因為我們的處境及目標，都不宜過份強調。也沒有像秉欽先生所預料的再版它十幾次，因為出版社要我們自己來發行的壓力實在太重了，重得本末倒置，繼續下去，詩社史恐怕要變成神州的遺照了。

歸根究底，《風起長城遠》（書名則是娥真取的）的誕生，來自許、林二位先生的策動與籌劃，至於編寫發行，則是我們的責任。這本書的出版使到詩社掀起幾個震盪，幾乎組織為之解體——但是，讀者的反應，鼓勵與支持，一直到今天——就說今天罷，還有一位台南市的黃德利先生寫信來激勵我們：「在心靈上，永遠有一個人願成為你們的朋友，寂寞一起，輝煌一起。」

如此又過了一年，神州又受了些歷練，做了些事情。我們出版了一本詩社史——可是這就足夠了嗎？我的故事完成了沒有？我們的故事結局了沒有？事實上，它還沒有到高潮呢！

第一本詩社史，因為發行由我們，故局限於台北。一方面太強調在大馬的情勢、過程——我們來自何處固然重要，但去向何方更重要呀！要是我們一直擺得出去的只是自馬來台數子，那不是自由中國不能接受我們，就是我們不能接受自由中國了，這怎麼行呢？要是我們自滿於幾個華僑子弟能這樣已經不得了而已，那我們又談甚麼為中國做事？要是我們是流水，起自天山，衝到黃河長江，就要看它能成飛瀑還是急湍，要是一點變化也無，不如都吸進沙漠好了。另一方面太注重天狼星與神州事件，台馬兩方的矛盾，兄弟兩人的衝突，這點多費文筆，是不值得的甚至也不應該的。礙於情誼，我們不該把恩仇成白紙黑字；礙於理義，冤家宜解不宜結。只是那時也頗有人急跳牆，為求自保，只好據理力爭，振衣而呼。更有一方面對部份人物與事件過於強調，未足信實，對於一個社團的發展，往往是有害而無益的。於是我漸漸又有一個構想，想再出版一本《神州史》。

終於有一天，我用神州社初印出來的信箋信封，寫給長河國卿兄一長信，述及要寫的幾本書，其中一本就是《神州史》。過了幾天打電話給他，他第一聲是讚美信封信箋，第二聲說決定出版這本書。同時我們計劃中還有《辛棄疾》、《天下人》二書，他也一口應允，後來我到長河去，他還給我看他寫了一頁因事停下來的信，把「神州史、天下人、辛棄疾」並例，剎是好氣象！娥真文章有句「弦為知音斷，知音為弦死」，水滸傳裏有句「大好頭顱，只賣給識貨的人」，神州史是件麻煩事，容易吃力不討好，他一手接下，我勸他多作考慮，他只輕笑一聲，我心中不禁發狠要編好這部書。那天晚上，談到風雨悽遲，公寓裏停了電，我回去把娥真拉來，點燭再談，幾天明始返山莊，心情激動莫能已，第二天即着手編稿，兩週內收到稿件近六十篇，刪改淘汰後，算是初步定稿，一直到現在，仍有增減。要送印刷廠前，林國卿覺得如此還不夠隆重，竟出動到中國時報採訪部攝影組朱立熙來拍神州社的生活照片，如此又忙了三兩天，國卿、立熙二人：一對出版的態度，一對攝影的態度，認真得讓我們深佩與震驚。一切安排好後，因要配合林國卿返台南和我的交稿，出動了黃昏星到處奔忙（神州史沒有他的盡力是無法出版的），吳勁風的攝影，周清嘯的校對，以及黃憲忠的再版封面設計，這在在都變成了神州欠下的情義，要是沒有這些風雨泥土太陽照，神州的花樹怎開得如此璀璨！

最近我把記載兩次回馬行的經過寫成《三人行》，把神州朋友的故事寫成《天下人》，把神州人和神州故事寫成了《神州史》：《坦蕩神州》！我想，只要我們夠堅毅，能立得住陣腳，做一位堂堂正正的中國人，就不怕打擊，也不怕非議的。「君子坦蕩蕩，小人長戚戚」，我們希望能做一個坦蕩的人。以後有人批評我們、或讚美我們，都是我們所樂意看到的反應。如果有人模倣我們，不管在精神上、組織上、情義上或形態上，那就是我們投出的石子引了些漣漪。我們出版這本書，為求作一次衝激，勿論對錯，不管好壞，我們絕不逃避，要在兩股洪流裏看衝激向何處？長江大海？還是死水靜溝？我們只願意用自己微薄的力量，敲一記回響，得一些回音，我們勇於獻出自己，使國家民族，增添一份勇氣和力量！縱是遭受到譏笑、凌辱、和打擊，也在所不惜。「直行終有路，何必計枯榮」。只要我們的心是真誠的、急切的、關愛的，就可無吝地獻出它的熱血！

我們期待的是自由中國一次的文藝復興，以國防文化為手段，以文化國防為目的。我們多麼希望為這一次的文藝復興而奉獻，願意為這一次文藝復興而唱路，唱出了神州天下坦蕩浩蕩的風采與神情！

完稿於一九七八年四月十九日

短文

我好久沒寫過短文了。過去的日子最美麗的回憶，往往不是最悲最喜的，而是天地間自然裏偶偶然然的一個聚首，一次愛戀，一首音樂，一次遺憾。我從散文寫起，開始是寂寞少年的哀憤，到龍哭千里的氣吞山河。八陣圖在龍門擺下了草木皆兵的鶴唳風聲，大江依然東去像十面埋伏過後依然是千古風流人物。我好久沒寫過短文了。短文是散文中的一個片斷、剎那的永恆，沒有長文這麼大的旨趣磅礴，沒有詩那麼象徵精簡。可是短文是拳套裏一個招式，超拔得不受限制，但表現了自己，完成了全體。我好久沒寫短文了。

聞箏

好久沒聽妳的箏了，沒料又進步了這許多。聽妳彈箏，廳中的人，幾分專注，幾分哀愁，像長江上游，很多美麗的君子好逑。妳是我的驕傲，我是妳驕傲的。妳十隻尖指在箏上跳一場長安之舞，彈出來是哀，臉上卻盈笑。最難得是以笑彈淚，這比長歌當哭更悲豪。我深信我們是江湖上的一對奇緣，不管分或離，還是永恆古久，我們就算不書不習，也非別人所能追及的。因為在陽光中，大時代下的恩仇兒女，都有一兩個天之驕女，他們的路沒有很多反省，很多刻意造成的學問，很多艱苦經營想獨樹一格迎頭趕上。但是民間有王氣，沖天而起，又怎會是碧落紅塵裏載浮載沉，讓人登萍渡去呢？妳的箏潛移，正如我的劍的默化：就算我們不舞也能舞，就算我們不學也能進步。

雲霄

雲霄飯店豪華而溫馨，住着我們這像是中元節偶然開放出來一陣子的窮鬼。哎哎，從來沒那麼富有過，有冷氣，有彈簧床，有沙發，有彩色電視機，有電冰箱，有熱水器。平常在山莊，冷氣沒有有臭氣。彈簧床沒有，地鋪上大頭針倒有的。別提沙發了，山莊十幾個人，已沒有一張櫈子不殘廢的，有些還半身不遂，嚴重的已蓋棺論定了。彩色電視機、冰箱、熱水器，一來到，我們開呀開個不停。開開關關也是好的，彷彿它就屬於我們的了，至少曾一度屬於過我們的了，也有一種自欺欺人的快樂。我們聚在雲霄，看下雨，乘遊艇，看仙島，拍照練拳玩狗座談唱歌罵架哈哈笑……想生活苦夠了時，再來這兒豪華一番，在沒有攻回神州之前，心靈上有恬憩的漫遊地，也是不孤落的，美滿的！

讀書樂

神州頭城大聚會的晚上，大家圍坐在碌架床頂鋪的榻榻米上，輪流說一番寫作與讀書心得。有人提到他沒有時間讀書和寫作，清嘯首先發難，我也忍不住要說話。誰說我們沒有時間讀書呢？誰說我們沒有時間寫作呢？我有時一天工作十五六個小時，事情一件接一件的排山倒海，但我還是一樣有時間讀書，有時間寫作，有時間練武，有時間唱歌，有時間快樂。

如果實在太忙，臨睡前我會在床上猛讀一輪書；如果實在沒有時間，我會在公車尋思，生活上體驗，馬桶上寫作。如果沒有法子抽空，我走在路上，也會舒展身手，活動筋骨，還是可以當作練武。我更可以從大忙中趕去看電影，聽音樂，而且隨時仰天長嘯，哈哈大笑，沒忘記隨時攜帶一顆快樂的心。

我不高興的是：既忙而沒時間做甚麼的人，實在比起我來閒得太多了，我不喜歡人找遁詞，找藉口，不努力，不坦誠。所以我暢暢快快的說了出來，時間是可以有伸縮性的，只怕你沒有打進任何東西去的能力。我說着說着，把我讀書寫作辦事的時間公開，我想他們一定會有人跟我一起學習，睡前一本書，閒時一場電影，苦時空打幾拳。

朝氣蓬勃

理想的副刊是踏實的，因為理想的花朵開在現實的土地上。我們每一天活着，都在尋求更新的意義，生命的鮮活一如鳥語花香，雖然我們在工作上有時不免重複昨日所做的，但在這重複裏卻有異樣的心情，不同的認知，無論在深度上或廣度上。活着的一天，只要不是停滯的、頹唐的、糜爛的，無疑便等於更充實了自己。正如人生旅途中經歷過不同的風景一般，山谷有山谷的幽靜，綠野有綠野的翠麗；山巒有山巒的壯觀，村落有村落的恬淡；縱是路過喧囂污濁的大城市，也可以感受到人在世界上緊張的情趣；就算是遇見烽火戰場，也可以從中體味到生命的可貴，人世的炎涼。

副刊就是這樣，雖不能包羅萬有，但要每天打開報紙，每天都要呈現一份鮮活的生命。我們學校裏的教育課程，過份呆板，學生子弟們因沉重的功課、考試的壓力，而失去了活潑的年輕的朝氣。一份鮮活的副刊，應該要使他們視野拓展，參與社會，關心人間，可以提升他們的器識學養。上下班的白領階級，忙碌於西門町尋求娛樂的人，以及辛勞一天工作疲極的人們，也都希望這副刊給予他們調劑，不是聲色犬馬的繪影繪聲，而是讓他們深思到在家國社會上他們所扮演任重道遠的角色，提供他們所關心的事物之真相。副刊也等於是一種再教育的媒介，基於這再教育的功能，副刊執筆者的文章也就是這再教育的力量。

一般的副刊常常也是文學作品的園地，尤以小說為主。這是無可厚非的。只是這小說不應是個人的夢魘，同時也應與這時代的命脈息息相關。最好小說以系列大展的方式進行，如此才能實踐編者的目標與理想，不致過於雜亂無章，讀過了也就算了，引不起激蕩與回響。一份副刊要編得有生命力、有朝氣，就必定敢用新人，提創新的角度與觀點，敢用年輕人的稿。副刊更不應僅止於文學的園地，也應是科學的實驗室，讓我們切身處地的知道，在我們處於的環境裏，多少真相需要我們去了解。副刊最重要是生活的，讓我們去了解許多周遭的幸與不幸，需要愛和關懷。透過一些專題或專訪，知道哪一些人或哪一些社團在努力，他們掙扎的過程和立志的意義，以及在這時代裏社會上所扮演的角色。

理想的副刊不僅是生活的，而且是要民族的，有歷史感的，跟家國的大行動配合無間的。

在這個大時代裏，我們正需肯定自己的歷史，熱愛自己的民族，而且在國家的大原則上，行動一致，才能夠實踐我們大目標，復興中華文化的大理想。

天下之大

前輩胡先生從海外遙寄給我和娥真一副對聯：「隱隱王氣雜兵氣；迢迢文星動客星」，我雙手展卷，讀了之後，只覺大氣磅礡，卻又無從發作，像一股真氣從丹田升起，竄流血脈，忍不住要擊桌碎案、仰天長嘯。原來激情的力量有這麼無敵的，但更無對無匹的是那潛靜的浩氣，方才長存於我心。

丁巳歲末除夕午時三刻，樓外爆竹齊鳴，輕燕編《梨山風雲》，我恰好題字完畢，黃昏星正好回莊，雙手遞上第九期《三三》：《落江前的手勢》。讀天文〈大風起兮〉後，聚義堂正歡歌對酌，一股大好心情大氣魄也教我無處墜謝，振衣而起，大喝聲中要拔劍起舞。但我的銅劍已送人，鐵劍太輕薄，房間太窄，容不得我彎弓射箭，我對娥真說：「那我就當手中有劍吧！」一連三個旋身，劍在心中，刺出了無劍之劍！

娥真聚精會神而靈伶地看天文文章，沒得理會我。我想到文章裏楚漢之對，心中有大志，但不敢苟同。好像白鶴沖天，非要跟鷹比利，跟鵬比大，跟鵰比高！後來氣聚丹田，五花聚頂，才心平氣息。心想怎能為一個女孩子文章如此，因為她的氣盛？還是我的傲慢？想着不禁一笑，「隱隱王氣雜兵氣，迢迢文星動客星」，當日我讀娥真文章，也曾經激動過，而最終要回到這聯中的無然裏。傲岸是好的，綠林彈丸之地，非我所棲；江湖咫尺之間，非我所屬；王天下者，是你或我，咱們且靜坐下來，在對聯下焚琴煮鶴，下一盤棋。……

打和不打之外

楚原的電影很緊湊，有時妙筆，有時敗筆。古龍的小說氣氛第一流，叫人很想看下去，時有佳筆，時有劣筆，但是對白很差，氣魄不足，才氣是有的，可惜在自負。古龍寫好漢義氣第一流，但處理女孩子性格時第九流。他們兩人這點很相像，有人因為武俠二字，與他們所作所為，故此全盤否定了他們。這也不必，因為他們不能代表武俠。

記得《楚留香傳奇》一片裏，楚香帥與中原一點紅夤夜鬥劍，開始是劍起劍伏，招進招退，然後只見雙劍交擊，如此數十下，忽然雙劍交入平伸，鏡頭緩緩拉開，只見一點紅劍尖抵住楚留香咽喉，楚留香劍刺一點紅肩膀，顯然是一點紅劍快一點。但楚留香緩緩收劍，只見劍尖上串了隻毒蜘蛛，原來這毒蜘蛛已爬到一點紅肩上，楚留香居然與一點紅這等高手搏劍之時，還要救他，而且不顧自己生死，令一點紅震服。這裏拍得很好。尤其鏡頭由劍到人，由人到蜘蛛，甚麼話都說盡了，用不着再來惺惺相惜。古龍原著裏還有一段，楚留香好友也是好漢的胡鐵花在黑暗山洞中誤以為有敵來犯，一刀砍下去，匆促間一點紅揚臂一格，那使劍聞名天下的手便斷而為二，他第一句居然是：「好刀法！」三個字！一點紅性格全出矣。武俠小說像西遊記，有的是大險大難，可以考驗出人性。

《楚留香傳奇》一片結尾時楚香帥、一點紅與水母陰姬三殺妙僧無花。無花在江湖上琴棋詩書畫無不雅，連彈琴時有外人過也棄琴於湖中，但他卻是真正萬惡的殺手。最後他死的時候是中劍飛上水母陰姬平時嬉樂的純白鞦韆上，再被飛劍貫胸而歿，落入水中。這落於水如他琴韻流俗沉於湖一樣，而白鞦韆的染血如他的白袍沾血；末了鞦韆仍一直在盪漾，水裏冒出了血紅。書裏楚留香對石觀音百戰而無效時，居然反手一掌打碎了她的水晶鏡，使這驕傲自負甚至自戀的人一下子失去了依據，他是在霎時間制服她的。這在電影中的一役和在小說裏的一役，像一對高手原要打架，卻跑去弈棋一般。不知者以為不打，知者以為打，其實都不是，除了打與不打之外，還有很多解決的辦法。

老火車頭的故事

看了張佩成導演的《密密相思林》，心中不但感動，而且激動。正如娥真所說，從電影裏看那黝黑老舊的火車，也可以看出一種樸實憨直的真和美。電影銀幕上的畫面其實就是攝影機的眼睛，而攝影機的眼睛就是導演心胸，像中國那麼平實、簡樸而充滿了民族間的美底畫面，國片裏實不多見。

別人常把鏡頭的特寫浪費在女明星的矯揉作態上，這部電影卻有一草一物的特寫：一個被殺者掉落的眼鏡，山地人的草鞋，甚至是一隻蛤蟆、一隻烏龜，可以見出編導者對萬物蒼生，天地間一種平等的愛。保大叔和那谷里師徒二人一場生離死別，在阿里山的霧氣氤氳中淡淡寫來，哀矜不傷。保大叔最後催徒弟去送別人的行，而那谷里還不知師父是去與日本侵略者同歸於盡，保大叔幾句交代：「你回來後要是我不在，要記得給關二爺上香，瀋陽寄來的信便退回去，就說人已搬走，去向不明。」那谷里走了一半，回頭叫道：「師父，你不是真的回瀋陽去吧？」保大叔只揮了揮手，沒有說話，那谷里轉身跑去：一場多麼瀟灑的別離！師父本來答應徒弟有一天要帶他回瀋陽去的，但國難來時，他毫不猶疑的駕火車衝向自己埋好的炸藥處，跟敵人同歸於盡。「不然怎麼叫師父。」保大叔輕描淡寫的一句話，正如其中一幕他負手在松柏旁觀山景一樣：高山仰止，松柏長青。

這揮手便揮定了生離死別的豪邁，卻也有細緻的一面。梁修身的漱口，水分兩次噴出，對一般中國民間子弟的漱口方式也觀察入微。水晶曾寫過一篇〈象憂亦憂，象喜亦喜〉來論張愛玲小說的鏡子意象。張佩成在《密密相思林》中，鏡子也是他千變萬化的一種表達象徵，輕鬆時沒忘記要女主角在樹林裏掛面鏡子照照，陳玉貞乍聽以為苦待的那谷里已與阿娜結合時，是透過玻璃的鏡面揩淚；與數十年相別的那谷里重逢時，更是透過火車站的玻璃窗面，從朦朧到清晰，似真似幻。那谷里追送陳玉貞時，跑了又跑，總差了一步，追不上火車，那一陣鋼琴樂音取代了那谷里的千呼萬喚，真是做到了此時無聲勝有聲。後來他又得知師父衝向埋好的炸藥，於是返身又追，還是差了一步。要是沒有結局的一幕，他這一生真像兩頭開走的火車，他怎麼盡力去追，然而都追不上。李菁演老年時，尤其火車站苦苦相待，乍驚乍喜的表情，實在是精彩多了。唐沁連一點羞怯、一絲同情、一抹執拗的表情也把握自如。梁修身年輕時真樸，年老時的蹣跚，演入了火候。曹健當然是資深的好演員，演保大叔的郎雄，給我的印象最是深刻，全片以他的沉雄勇義，穩住了全片的氣氛。假使我的作品能拍成電影，我一定建議片裏要有他堅實的演出。

當然片子裏瑕疵是有的，據説原先叫《老火車頭的故事》，不知為何改成了《密密相思林》。保大叔死時，那谷里抱着屍身大哭，實非必要。陳玉貞數十年後才尋訪那谷里的緣由，以兩個年輕人的字條裏一問一答輕輕交代便過去了，雖是俐落，但嫌草率；片子前中半部的前奏，稍嫌緩慢；但編導製作之嚴謹認真，實在可敬可佩。我記得在保大叔的一場回憶裏，他教年幼的那谷里寫字，寫的是「要仁孝，愛國家」，他執着小孩的手一字一劃的寫，字體多麼直率真樸，我看了心裏就很感動；保大叔與日本侵略軍人同歸於盡前，還默立在關公神像前上香，我看了心裏就更激動。感動和激動，是我對這部片子的感覺。

十一怪人傳

這是一篇遊戲文章，以遊戲的文筆來記神洲詩社的一次聚會，事實上，人生是莊嚴而且沉哀的，不過在莊嚴與沉哀之外，我們也得笑一笑——

——神州詩社第一屆福隆大聚會記趣

十一怪人傳沒有正角配角之分，只有小怪與大怪之異。功力尚未豐足者為小怪，例如方娥真；功力深厚者為大怪，例如殷乘風。又有特殊例外，功力已臻爐火純青之境，三蒸九曬烹之不熟炸之不爛者，是為老怪，最現成的例子當然是黃昏星。

當然老怪還有鐵口無情周清嘯。若我不在這兒補上一句，他一定得意洋洋，意欲訕笑黃昏星了。

老二老四永遠是難兄難弟，才抵達福隆，二人一見到海，立刻變成了落湯雞。兩人在沙灘上演「飛側踢」，雖然大喝一聲，宛若焦雷，離地不過半尺，可是那股「赴湯蹈『水』」，在所不辭」之勇決，還是令人側目以看，不，「閉目以待」。因為在聽其大喝並落水的噗通一聲時，閉上眼睛，可以感覺到有李小龍式的飛踢雄姿。萬一不幸你張開了眼，我是說萬一，你便會看到不是「白鶴晾翅」式的高招，而是「斷線風箏」的急遽直下，「噗通」一聲，再浮起來時，已經是「京華塵裏客」，因為一頭一臉都是沙，更不幸的褲子可能還有一隻怒伸巨鉗的海蟹。

老二是黃昏星，以前有座「黃昏星大廈」，（看官千萬不要把這座「大廈」想得過於華美，更休想在大廈裏見到美麗的黃昏和閃爍的星星，必須要有心理準備，把「黃昏星大廈」看成「又黃又黑」的「黃」，把「昏」看成「昏昏沉沉」的「昏」，把「星」看成「金星直冒」的「星」，這樣就雖不中亦不遠矣。）老四是周清嘯，二人功力相當。兄弟兩人，為了搶「一號」來「解放黑奴」，已經鬧出不少笑話。而今來到福隆，短短四天三夜，雖說短促，但「名家一伸手，便知有沒有」，多少斤兩是知道的了。大家在福隆喫過「神經刀客」黃昏星又名李鐘順（他把他的名子拆成金童川頁，自稱乃日本名號）和「鐵口無情」周清嘯又名休止符再名周聰昇兩人所燒的飯了，大家肚裏雪亮。所謂雪亮，就是心裏明白，不過大家在那幾天肚子只怕雪亮不起來，乃因生呑的黑炭炒飯太多了。大家又見黃先生和周先生的馬來舞，只聽「鬼仔 Band」嘴巴一開，音樂嬝嬝而出，「如聽仙樂耳暫明」，掩耳的人也有，瞪眼的人也有，所謂音樂有「繞樑三日」之效，我們卻有令人「三月不知肉味」之能。只見周清嘯穿着十八世紀的老皮鞋，十七世紀的麻袋褲，戴着十六世紀的眼鏡——如果那時已有了眼鏡的話——跳着馬來西亞的 Papaya 舞。如果馬來西亞總理來此，一定大跌眼鏡（這回是二十世紀的隱形眼鏡了），因為他斷未想到，馬來西亞的民族舞蹈，竟被周氏如此發揚光大；一舉手，宛若老鼠過橋，一投足，宛若烏龜賽跑。更了不起的是他的搭檔黃昏星，你跳你的，他跳他的，搔首弄姿，西子捧心，千嬌百媚，差一點令人從樓上跳下去，寧願作「美麗的墜樓」，也不忍悲哀的目睹。

周鐵口的搭檔除了那顆黃昏星外，還有廖雁平，兩人合稱「黑白雙蛇」。「黑白雙蛇」者，源出於高一時我在班上講述的故事《多情劍客無情劍》的兩名邪派高手，當時周、廖二人對這雙蛇的出招無敵十分嚮往，便自號其名，行俠江湖去也。沒料就在下一場——他們沒來聽的那一場中——黑白雙蛇在故事中已雙雙遭「小李探花」及「少年劍俠阿飛」所殺，周、廖二人仍毫不知情，自以為乃故事中主角，津津樂道。兩人在學校合唱《雙蛇之歌》：「恨你恨你忘也忘不了」，差點沒給教務長追出了校門。這兩人一個最怕鬼，一個吃飯最怕吵，兩人的共同特徵是，睡起覺來，莫說六親不認，就算八親也不認，皇帝老子來了，也不見得他們的鼾聲會下降半調。有次在馬來西亞的大聚會上，兩人在車上大睡其覺，任你在車上喊破喉嚨大合唱，他倆也不願虛度春宵。結果抵達目的地，人人下車並說再見，二人在朦朧當中，不知就裏，也搖手說再見。我們以為他們已心知肚明，他們以為我們乃故弄玄虛，繼續睡其大覺，結果車聲隆隆，人聲漸杳，要不是黃昏星發現得早，此二人真箇與我們起舞弄清影，而且天涯共此時了。

這次到福隆，此二蛇也不例外。聚會第二夜，周公急召子孫開諸侯大會，清嘯第一個響應，雁平步其後塵。我們共小怪大怪老怪八人，進其房內，大呼小叫，為時五分鐘，周氏第三百九十二代嫡孫清嘯君仍安枕而眠，也許正夢見老鼠嫁女，何其熱鬧；嘴邊還為鼠兄盛宴而掛上半個微笑，微笑梢上還有半寸唾涎，十分嫵媚。至於雁平，定力略遜於清嘯，忍無可忍，起來看看腕上手錶，（在夢中誰都是無資產或有資產階級，看來他在夢中已忘記他的手錶在三天前已進入當舖換成了旅行費。）設法找罵人藉口，再開窗看看是否天亮，只惜手甫觸檽，人之精神力量已洩，睡神再度十二金牌急喚，只見廖氏手一伸，腳一直，世界語言去也。……（註：要知道甚麼世界語言，可向本道溫廖二正副掌門詰問。）

廖君除深諳世界語言外，還對本國語文，大有貢獻，尤其對語錄類，更見其功。他有這樣的語錄：「耶穌說：浪費是罪過。（耶穌聽了也必矇查查，不知幾時曾說過，曾刊在哪本聖經裏。）廖子曰：餓者不飽，飽者不餓。窮者不富，富者不窮。睡者不醒，醒者不睡……」如此至理名言，據說共有三千言，他自己預言三千年後可與老子《道德經》媲美。

只是每次廖子說到：「愛者不恨，恨者不愛」時，就一定有人搶着反對：「我又愛又恨不可以呀？我不愛不恨不可以啊？我恨四分之一愛四分之三不可以啊？我愛四分之一恨四分之三不可以啊？我恨五分鐘愛五分鐘不可以啊？……」諸君小心，「剛擊道」中的「一陣風」又號為「長氣神君」的來了。此乃殷乘風也。這次聚會過後，至少沒有人敢指着他的鼻子說話，因為一旦手指伸出，下一個鏡頭便是手套白紗，這位殷君，就像大白鯊，會咬人的，而且專吃手指，且無分男女，老少咸宜。這位殷少俠，不但妙語如「豬」，而且最愛麵包。每次他大吞白飯三碗後，在歸家的半途，說是去買個麵包，回來時他一面走一面啃，你問他：買了多少錢？他說十二塊。你大吃一驚：一個麵包十二塊？他說：買了四個呀！你東張西望：另外三個呢？他慢條斯理的答道：早在吾之腹中矣！短短兩三分鐘，四個麵包下肚，還有三大碗飯做預備，不由你不心寒。諺語有說：「男人口大吃四方」，四方磚都可以吃，莫要說圓圓的麵包。於是每次上下車我都要清點人數，就怕有人會被他不小心吞下了。人說：宰相肚裏可撐船，他的肚可連塞麵包一十五個，該說置度也不小了，做不成宰相，至少可以做個街邊看相的。

最報應不爽的是殷少俠在屋頂上過招的一幕，神州社史上真該大大記上一筆。話說溫瑞安、黃昏星、殷乘風在屋頂上比武，正夢想自己是高來高去的夜行俠，行俠仗義，劫富濟貧，來去無蹤——砰碰一聲，只見殷少俠忽然一矮，只見上身，再見頭顱，呼——噗通一聲，直從屋頂落下水去。我開始還以為是拙作「鑿痕」出現，嚇得魂飛魄散，低頭一望，方知殷乘風弟下足太重，踏碎屋瓦，直落下面水塘。只見他在水裏載沉載浮，宛若美人魚，於水晶宮中逐浪而嬉——晚餐時方娥真喫得飯中有異味，似是海鹽之鹹，又似是檸檬之酸，後來根據溫氏海洋研究所報告：那殷先生落水處正是別墅之蓄水池，於是該晚所用的水包括燒飯的水，一概是殷氏洗澡水。案查至此，有福爾摩斯頭腦的人自然會猜出異味何來了。此事本一直是最高機密，因為有關於他人的心臟病與胃病。

剛才提到的方娥真，是這十一怪人傳裏面最嬌弱的。方娥真又名方小娥，又叫方小鴨，又叫方小貓，總之小動物都有她的份，誰叫她那麼小，笑起來怒放一排兔子牙，眼睛裏充滿頑皮，虧她還敢叫殷乘風做「頑皮豹」，她自己就是活脱脱的「頑皮貓」。聚食中有次強迫寫詩，她就拿着筆，到處來吵我説：「江女才盡」，要「投江自盡」，然後看見殷乘風等寫好了詩之後洋洋得意自讚其詩，她便忍無可忍，一把手搶過來，揚言要燒詩。寫出來之後，又高興到半死，又寂寞到半死，而我們卻被她嚇到半死。每當風起，最喜歡拍照，走到高高的橋上，黑髮高揚，白衣飛飄，於是要拍照。我聽過白蛇雁平的抱怨：「嘿，我不要再跟娥真一齊拍照了，免得相映之下，自己變了樣……」這話顯然是用了文學上對比加暗示的技巧。但有兩種可能性：一是他與娥真一齊拍照相形之下而失色，另一是他與娥真一齊拍照娥真相形之下失色。但願不是後者，否則娥真的「豆腐十八式」及「棉花拳」與「鴨腳步法」不是好惹的。阿門。阿彌陀佛。阿拉。（我忽然發現上面三位神靈原來是同姓的，真是無巧不成書，想來必是親兄弟，而所學不同而已。）

還有一位李光敏，我叫她李玄霜。我寫她不如由黃昏星寫她，因為黃昏星是她師父，教她武功，結果呢？才教了三天，回來後心口滿是烏黑的拳印，令黃師父擦了三十天跌打酒。聽説她出拳時，尤其有目標可打時，不單連吃奶力也用了，甚至連吃奶瓶之力也一併用上，一拳打去，只見黃昏星的臉色就恰如他的姓氏第一個字一般。但為了武功的精神，為了全世界男人的榮譽，為了全人類奴隸制度的控訴，為了全世界動物願意變作植物的傾向，他，我們的黃昏星，憑着二十世紀的駝鳥精神，就一塊木頭般的捱打。李光敏果然公事公辦（反正打了也不必賠錢），不會因為黃昏星也姓李而有任何相讓。記得在沙灘上，忽如奇來的一聲尖叫，我馬上擺出「戰鬥姿」，以為何方怪物來襲！只見紅衣一閃，在沙灘上左傾右擺連跑三圈，臉也紅，氣又喘，（真抱歉為了藝術良心，不能寫成「臉不紅，氣不喘」。）終於站不穩，差點沒一跤倒下去。我眼見她支撐得如此辛苦，為了可憐她，也為求不讓牛頓的地心吸力失敗而傷心，還是求李玄霜放下屠刀，立地成佛，好好向除了齋甚麼都吃的佛仙王美媛學習。

説到王美媛，麻煩可大了，因為這個人，小怪不收，大怪不搶，老怪也不過問。她佛號福圓，外號小圓圓，小名小熊，又叫小鬼。再叫王美扁，更叫小傢伙，且叫小卡通……名字太多了，叫也叫不來。有次李玄霜扮演我的「鑿痕」裏面的恐怖叫聲，結果甚麼人都沒嚇到，只嚇跑了佛學大師福圓小姐，害得張秀珍大叫：「小珠，回來！」當然「珠」、「豬」同音，我還是願意相信那是「小珠」，而不是孫悟空那位師弟的同類，雖然那也很可愛。小美媛更可愛的地方是在座談會時偷吃飯的一舉一動，我恨不得把它一一攝入鏡頭之內。我記得以前我家廚房裏，每到半夜時，就有這種動物出現。每想起她就想起黃昏星先生對王美媛小姐名字的介紹：

「這位是王美媛，王嘛，就不是那個大肚王；美嘛，就是那個不美麗的美；媛嘛，媛嘛……緩緩的『緩』字少一個『糸』字邊，留另一邊，加一個『女』字邊，總之，……總之不是扁的！」

剛才提到一位小姐叫張秀珍。想到她，我就想到一次嚴重的謀殺案件。我和幾個「高手」（如果高手前面再加「吃飯」二字，可能會更妥貼一些）正在A-7的房裏，忽聽張小妹大叫「救命」，語音清楚，令人不忍卒聞。我以為有何大事，莫不是強盜入屋，或虎狼入侵，又自恃不計罐頭有五十公斤，縱強盜虎狼，我也可以去——去講講人情。又想到A-8房裏幾位小姐，莫不是乘風、清嘯、雁平、鐘順頂上人頭，向他們家人三番四次保證，才放她們出來的，要是出了事，人命關天，那四位好漢的頂上西瓜豈不是要賣了給人?!於是一鼓作氣，兩鼓嘆氣，三鼓上氣不接下氣的跑到A-8去，大呼「何事」，推門一看，只見李玄霜扮鬼，張秀珍扯直喉嚨，仰天長嘯，壯懷激烈。此情此景，除了回房找棉花塞耳朵睡覺去，夫復何言？

最精彩的還是張秀珍的突如其來的大笑。過程是這樣的，假設你說了句笑話，人人都咧嘴笑，（當然有人是用鼻子笑的，也有人皮不牽肉不動，眼睛眨一下就當是笑的。）只有張秀珍不作聲。人人奇怪，不禁俯近探問。只見她微仰首，作沉思狀——阿門，如果你在此時翻個十萬八千里的觔斗雲，還有希望——然後發出一聲九度音波十八度高調的大笑。所謂笑可驅敵，張秀珍可以自豪；所謂笑可以當飯吃，今天我才知道是通的，因為被嚇死的人怎麼能吃飯？我們僅以身倖免，最大原因是耳膜不止一層。為何耳膜會不止一層呢？問問我們抽屜裏十八年不用的耳挖自然會知道。

可是有時候問問陳奕琦的頭髮與黃振淙的腳板底也會知道。奕琦的頭髮，作劉海狀，有些像蕈狀雲，左看像小亞細亞的草原，右看像T．S．艾略特的荒原，前看像一杯燙燙的桂圓，後看像過冬時好好吃的湯圓，多姿多采，加上金邊眼鏡，居然可以把眼鏡戴得跟眼睛融合為一，比「馭劍之術」更上一層樓，令人嘆為觀止。至於振淙的腳板，就差不多像只寫不擦的黑板，所不同的是課室上的黑板是黑反白，振淙的腳板是白反黑。若論用途，振淙的腳板更為出色，甚至可以作蓋章用，當然要是你不反對的話。床是不會抗議的，所以在黃振淙白的床單上，抽象畫風氣很盛，又是一個「文藝復興」的構圖。

十大怪人從黃昏星身上的沙寫到黃振涼的腳板，算是可以蓋棺論定，只欠本怪生平不詳，其志不可考，除了有四隻眼睛兩隻耳朵一雙鼻孔一張嘴可以肯定外，其餘諸如生卒年月日亦不可定，婚姻子女的調查亦告闕如，在此只好敬告讀者，以後再會。

哭者老殘

——《老殘遊記》讀後感

棋局已殘，吾人將老，欲不哭泣也得乎？
吾知海內千芳，人間萬艷，必有與吾同哭同悲者焉！

——老殘遊記：自敘

《老殘遊記初編》裏，洪都百鍊生的筆下，風雪殘冬之中，鐵補殘一共涕泣過三次，雖然這故事裏其他的人物諸如翠花、翠環、賈魏氏等都哭過，可是他們的哭泣往往是為了一時的感觸、失措或驚惶，與鐵補殘的「先天下而憂」的慟哭，在意義上有天淵之別。《老殘遊記》本來就是一部血淚交織的「譴責小說」[27]：既然它是一部「譴責小說」，而「老殘」這個

27 魯迅先生稱李伯元的《官場現形記》、吳趼人的《二十年目覩怪現狀》、劉鐵雲的《老殘遊記》、曾樸的《孽海花》為四大譴責小說。

人是這小說中的主角，也就是最有見識、最有力量、甚至最能代表作者心坎裏呼聲的「譴責者」。他的淚，向不輕流，一旦流淚，便蘊含了極大的意義。這便牽涉到象徵結構的問題。筆者覺得《老殘遊記初編》的「象徵結構」比它的「譴責性」更大，也就是說，《老殘遊記》不止於譴責，而把譴責性擴延至一個象徵的世界中。它不只譴責當時中國的處境與危運，當時所謂「清官」的殘毒與暴戾，同時也象徵出當時中國的情勢，當時民不聊生的狀況，以及作者對於中國命運的關懷。我們（讀者）最好不要太過於着重它的譴責意義，而忽略了它的象徵架構；正如我們可能過於欣賞他的描寫技巧，而忽略了它突破傳統以及給予中國傳統文學一種新的形式與技巧之重要貢獻。事實上，描寫的成功與否只影響作品本身的價值，而突破形式卻關係它在整個文學發展過程上的價值，也就是一種「歷史的價值」。如果《老殘遊記》純粹只是一本「譴責小說」，那它的社會意義一定比文學意義大；但如果《老殘遊記》不僅於「譴責」，而其「譴責」背後有象徵作用的話，它就提升至文學的境域，在社會、文學上都自有其不可磨滅的價值了。我們甚至可以這樣說，一本好的「譴責小說」未必就是一本好的文學創作，除非它的譴責是象徵性的。

那麼讓我們反過來看《老殘遊記初編》的象徵架構。這本書一開頭，那山東大戶黃瑞和，

「得了奇病，渾身潰爛，每年總要潰幾個窟窿，今年治好這個，明年別處又潰幾個窟窿」，正是黃河災難的象徵，「老殘」便是那治河者，至少是那個企圖治河的人。至於那艘驚濤駭浪中的危船，象徵着當時中國的內憂外患，而老殘的好意營救，卻被誤指為漢奸，也正是作者自己的寫照。基於此點，我們可以說，《老殘遊記》是一篇象徵小說，老殘這個人便是象徵的中心。作為一個象徵中心，他的一行一動，一舉手一投足，都有着象徵的意義，暗示主題的。老殘在故事中三次流淚，便具有這種象徵的意義。

究竟「哭」在作者劉鶚心中，是具有何等意義呢？在作者的序言裏，說得十分清楚，茲將末段抄錄於下：

> 靈性生感情，感情生哭泣，哭泣有兩類：一為有力類，一為無力類。癡兒騃女，失果則啼，遺簪亦泣，此為無力類之哭泣。城崩杞婦之哭，竹染湘妃之淚，此有力類之哭泣也。有力類之哭泣又分兩種：以哭泣為哭泣者，其力尚弱；不以哭泣為哭泣者，其力甚勁，其行乃彌遠也。
>
> 離騷為屈大夫之哭泣，莊子為蒙叟之哭泣，史記為太史公之哭泣，草堂詩集為

杜工部之哭泣，李後主以詞哭，八大山人以畫哭；王實甫哭泣於西廂，曹雪芹寄哭泣於紅樓夢。王之言曰：「別恨離愁滿肺腑，難陶洩，除紙筆，代喉舌，我千種相思向誰說？」曹之言曰：「滿紙荒唐言，一把辛酸淚；都云作者癡，誰解其中意！」名其茶曰「千芳一窟」，名其酒曰「萬艷同杯」者：千芳一哭，萬艷同悲也。

吾人生今之時，有身世之感情，有家國之感情，有社會之感情，有種教之感情。其感情愈深者，其哭泣愈痛，此洪都百鍊生所以有老殘遊記之作也。

棋局已殘，吾人將老，欲不哭泣也得乎？吾知海內千芳，人間萬艷，必有與吾同哭同悲者焉！

太史公在《史記》裏的自序，首開作者在序言中表明自己憂戚態度的先例，劉鶚的論哭，也不例外。[28] 劉鶚把哭泣分成兩類，一為有力類，一為無力類，並以屈原、莊子、司馬遷、杜甫、李煜、八大山人、王實甫、曹雪芹等人列為「不以哭泣為哭泣者，其力甚勁，其行乃

28 夏志清先生認為劉鶚的論哭，即承襲金聖嘆的《水滸》自序，金氏的自序乃開小說家在序言中表明自己憂戚態度的先河。拙見則以為若把《史記》也作小說讀，應以司馬遷為最先。

彌遠也」，他自己對《老殘遊記》的機心與抱負，亦可想而知。《老殘遊記》既是有力之哭泣，然為何而泣？「吾人生今之時，有身世之感情，有家國之感情，有社會之感情，有種教之感情。其感情愈深者，其哭泣愈痛，此洪都百鍊生所以有老殘遊記之作也。」這一段話裏，便交代得明明白白。《老殘遊記》原來是一篇「痛泣」！是「不以哭泣為哭泣者，其力甚勁，其行乃彌遠也」的有力類哭泣！這些哭泣都透過老殘遊俠式的行旅中見出來的。而老殘本身的哭泣，更是「不以哭泣為哭泣者」的哭泣，泣中之泣，決不是為個人病痛哀苦而哭，而是為身世、家國、社會、種教情感的哭。也是譴責的、憤怒的、同情的、具有象徵意義的哭！

《老殘遊記》[29]的老殘共哭過三次，這三哭恰好代表了也劃分了老殘在這部遊記中的三大部份，第一次哭泣是在：

---

29 這裏討論的《老殘遊記》係指《老殘遊記初編》，至於《老殘遊記二編》及《老殘遊記外編卷一》都不在討論範圍之內，原因是這二篇是否劉鶚所作，迄今尚無定論。以筆者之見，文筆十分相近，惟其取材時雖見新穎神巧，但比之初編，則顯荒謬怪誕。初編雖也有玄奇之論，但在處理上卻十分邏輯而有系統。不過其中也有不少可圈可點的段落，如老殘發現自己的屍首躺在床上這一節，便充份地把握了中國人對三生輪迴、生前死後的看法，一直到現在，還沒有人把這種題材更好地處理過。另外一個原因是：老殘遊記二編裏要表達的主題是「人生如夢」（見二編「自敍」），與初編所要表達的「其行乃彌遠」的哭泣不同，故不論。

……飯後，那雪越發下得大了。站在房門口朝外一看，只見大小樹枝，彷彿都有簇新的棉花裹着似的。樹上有幾個老鴉，縮着頸項避寒，不住的抖擻翎毛，怕雪堆在身上。又見許多麻雀兒，躲在屋簷底下，也把頭縮着，怕冷。其饑寒之狀殊覺可憫。因想：「這些鳥雀，無非靠着草木上結的實並些小蟲蟻兒充饑度命，現在各樣蟲蟻自然是都入蟄見不着的了，就是那草木之實，經這雪一蓋，那裏還有呢？倘若明天晴了，雪略微化一化，西北風一吹，雪又變做了水，仍然是找不着，豈不是餓到明春嗎？」想到這裏，覺得替這些鳥雀愁苦的受不得。轉念又想：「這些鳥雀雖然凍餓，卻沒有人放槍傷害他，又沒有甚麼網羅來捉他，不過暫時饑寒，撐到明年開春，便快活不盡了。若像這曹州府的百姓呢，近幾年的年歲，也就很不好。又有這麼一個酷虐的父母官，動不動就捉了去當強盜待，用站籠站殺，嚇的連一句話也說不出來，於饑寒之外，又多了一層懼怕，豈不比這鳥雀還要苦嗎！」想到這裏，**不覺落下淚來**。又見那老鴉有一陣刮刮的叫了幾聲，彷彿他不是號寒啼饑，卻是為有言論自由的樂趣，來驕這曹州府百姓似的。想到此處，不覺怒髮衝冠，恨不得立刻將玉賢殺掉，方出心頭之恨。

劉鶚慣於也善於用一種襯托的手法，當處理重要的衝突或形而上的逆轉時，他先把該時該地的環境氣氛烘托出來，待高潮正式展現時，便立刻收到強烈之效果。這第一次老殘的哭泣，在作者而言，是借老殘之淚泣己之痛，所以他行文也特別用心，借寒鴉以比民生，借嚴冬以比苛官，視大地為砧，視眾生為魚肉，老殘故而淚下，描寫得令人心弦撼動。那一段優美的描寫文，也經營出這一幕的感人的力量。在極大的悲慟之前，劉鶚素喜以描寫文襯托當時當境的氣氛。像老殘鬧縣衙門的一幕，劉鶚以熟練的技巧，讓老殘在直鬧公堂前在外站了一站，使讀者借老殘的耳朵，聽到了剛弼殘狠無道的逼供，個個怒氣上沖，而就在此時，老殘大叫「住手」，嚇退剛弼，大快人心。這讓老殘先站上一站便是劉鶚文章從容不迫的高明處，老殘在堂外聽到的那一席話，無形中使讀者義憤填膺，老殘那一聲斷喝，正是萬人所待的正義呼聲，故顯得特別有份量，有意義，那一場堂上衝突，也越顯戲劇性。再加上王子謹這角色的襯托，愈見剛弼、老殘這兩塊大石互擊時的尖銳化和磨擦性！劉鶚在處理大場面的時候，總是不忘先營造氣氛、老殘的「第二哭」也是如此：

這時北風已息，誰知道冷氣逼人，比那有風的時候還利害些。幸得老殘早已換上中東造所贈的羊皮袍子，故不甚冷，還支撐得住。只見那打冰船還在那裏打。每個船上點了一個小燈籠，遠遠看去彷彿一面是「正堂」二字，一面是「齊河縣」三字，也就由他去了。抬起頭來看那南面的山，一條雪白，映着月光分外好看。一層一層的山嶺卻不大分辨得出。又有幾片白雲夾在裏面，所以看不出是雲是山。及至定神看去，方才看出那是雲那是山來。雖然雲也是白的，山也是白的，雲也有亮光，山也有亮光，只因為月在雲上，雲在月下，所以雲的亮光是從背面透過來的。那山卻不然，山上的亮光是由月光照到山上，被那山上的雪反射過來，所以光是兩樣子的。然只就稍近的地方如此，那山往東去，越望越遠，漸漸的天也是白的，山也是白的，雲也是白的，就分辨不出甚麼來了。

老殘對着雪月交輝的景色，想起謝靈運的詩，「明月照積雪，北風勁且哀」兩句，若非經歷北方苦寒景象，那裏知道「北風勁且哀」的個「哀」字下的好呢？這時月光照得滿地灼亮，抬起頭來，天上的星，一個也看不見，只有北邊的北斗七星，開陽搖光，像幾個淡白點子一樣，還看得清楚。那北斗正斜倚在紫微垣的西邊，上面杓在上，魁在下。心裏想道：「歲月如流，眼見斗杓又將東指了，人又要添一歲了。一年一年的這樣瞎混下去，如何是個了局呢？」又想到詩經上說的，「維北有斗，不可以挹酒漿。」「現在國家正當多事之秋，那王公大臣只是怕耽處分，多一事不如少一事，弄得百事俱廢，將來又是怎樣個了局？國是如此，丈夫何以家為！」想到此地，**不覺滴下淚來**，也就無心觀玩景致，慢慢回店去了。一面走着，覺得臉上有樣物件附着似的，用手一摸，原來兩邊着了兩條滴滑的冰，初起不懂甚麼緣故，既而想起，自己也就笑了。原來就是方才的淚，天寒，立刻就凍住了。地下必定還有幾多冰珠子呢。悶悶的回到店裏，也就睡了。

這一大段描寫文字，不但能成功地把氣氛環境烘托出來，同時也把文中主角的同情與悲哀提升到萬人同悲的境界裏去，這是劉鶚的成功之最。這兩次哭泣，都以風雪為背景，前面的一泣已點明了風雪（清官）對寒鴉（民生）的迫害，在這兒風雪的象徵便愈發順埋成章了。第一次哭者老殘是為玉賢的苛毒而淚，第二次哭者老殘是為剛弼的殘毒而泣，第三次老殘則為天下父母兒女而淚落：

老殘此刻欹在炕上，心裏想着：「這都是人家好兒女，父母養他的時候，不知費了幾多的精神，歷了無窮的辛苦，淘氣碰破了塊皮還要撫摩，不但撫摩，心裏還要許多不受用；倘被別家孩子打了兩下，恨得甚麼似的。那種痛愛憐惜，自不待言。誰知撫養成人，或因年成饑饉，或因其父吃鴉片煙，或好賭錢，或被打官司拖累，逼到萬不得已的時候，就糊裏糊塗將女兒賣到這門户人家，被鴇兒殘酷，有不可以言語形容的境界。」因此觸動自己的生平所見所聞，各處鴇兒的刻毒，真如一個師父傳授，總是一樣的手段，又是憤怒，又是傷心，**不覺眼睛裏也自有點潮絲絲的起來了。**

這三次哭泣加起來便是《老殘遊記》裏的三大部份：那就是玉賢的案子、剛弼的案子和翠環的身世[30]。玉賢（毓賢）、剛弼（剛毅），都確有其人，劉鶚是借此二人影射當時朝廷之腐敗，

30 第一回中描寫帆船遇難，象徵的是國祚危顛時作者等人試圖所作之努力，惟屬夢境，故不列入遊記主要脈絡之內；至於第八回至第十一回描述申子平上桃花山去回，象徵的是國事擾攘時的一種烏托邦的追尋，但敘事觀點則從老殘身上而至申子平，所以也不列入為本書主題線內。不過這兩個平行的伏線，依附在本書中，並不相侔，反而有相輔相成的作用。

拿翠環之哀來作天下憂民之痛。所以老殘為此三人的所作、所為、所遇而哭，乃替天下人而哭，決非為個人私己之成敗得失而哭。也就是説，是有力類之泣，「其力甚勁，其行乃彌遠也」。

至於《老殘遊記》中有沒有作者所云的「無力類」之泣呢？有。不過這類哭泣都絕非發生在老殘的身上，因為作者不會把自己塑造的象徵人物給予混淆、毀壞。前面筆者説過作者善用陪襯的手法，有「無力類」哭泣的存在，方越能反映出老殘那「有力類」哭泣之可貴，這也是一種陪襯反映。茲舉出三段，是謂「無力類」哭泣之例：

……街上五六歲的孩子不知避人，被那轎夫無意踢倒一個，他便哇哇的哭起。他的母親趕忙跑來問。「誰碰倒你的？誰碰倒你的？」那個孩子只是哇哇的哭，並不説話，問了半天，才帶哭説了一句道：「抬轎子的！」他母親抬頭看時，轎子早已跑的有二里多遠了。那婦人牽了孩子，嘴裏不住咭咭咕咕的罵着，就回去了。

這類哭泣，只是一幕鬧市中活生生的寫照，係童穉之哭，加上婦人的無知鹵莽，鬧劇成份多於一切，讀者閱後，反而會失笑。又如：

大家聽了這話，都不禁發了一笑，連翠環遮着臉也噗嗤的笑了一聲。原來翠環本來知道在客人面前萬不能哭的，只因老殘問到他老家的事，又被翠花説他二年前還是個大財主，所以觸起他的傷心，故眼淚不由的直穿出來，要強忍也忍不住。及至聽到老殘説他受了一肚子悶氣，到那裏去哭，讓他哭個夠，也算痛快一回，心裏想道：「自從落難以來，從沒有人這樣體貼過他，可見世界上男子並不是個個人都是拿女兒家當糞土一般作踐的。只不知道像這樣的人世界上多不多。我今生還能遇見幾個？想既能遇見一個，恐怕一定總還有呢。」心裏只顧這麼盤算，倒把剛才的傷心盤算的忘記了，反側着耳朵聽他們再説甚麼。忽然被黃人瑞喊着要託他替哭，怎樣不好笑呢？所以含着兩包淚眼，噗嗤的笑了一聲，並抬起頭來看了人瑞一眼。那知被他們看了這個形景，越發笑個不止。

翠環此刻心裏一點主意沒有，看着他們傻笑，只好糊裏糊塗，陪着他們嘻嘻的傻了一回。

這是又哭又笑，當然有其真正的傷情處，最難得的是老殘和黃人瑞的溫厚的同情，難怪翠環會想：「只不知道像這樣的人世界上多不多。」不過這還是為一己之傷痛而哭，經老殘諸人同情的昇華，哭泣便轉化為笑了，箇中亦有如許喜劇意味。至於：

……撫台就說：「這些堤裏百姓怎樣好呢？須得給錢，叫他們搬開才好。」誰知道這些總辦候補道王八旦大人們說：「可不能叫百姓知道。你想，這堤埝中間五六里寬，六百里長，總有十幾萬家，一被他們知道了，這幾十萬人守住民埝，那還廢的掉嗎？」

莊撫台沒法，點點頭，嘆了口氣，聽說還落了幾點眼淚呢。……

這「幾點眼淚」，真是有血有淚的諷刺。莊撫台為了貪功，這一點頭，便以幾點眼淚以圖洗脫了十幾萬人家的性命與流離失所，這「幾點眼淚」，便轉而為刀一般的諷嘲（irony）。這雖然都屬於「無力類」之哭泣，但存在於《老殘遊記》之中，卻處處更顯出老殘泣之哀、泣之痛，真是一種活生生的反襯。這「幾點眼淚」之泣卻可引出後來的「這些人得了性命，喘過一口氣來，想一想，一家人都沒有了，就剩了自己，沒有一個不是號啕痛哭，喊爹叫媽的，哭丈夫的，疼兒子的，一條哭聲，五百多里路長！」[31]這是何其鮮明的一個反映，一個對照。莊撫台已經可以稱得上是好官，重用賢能，但明知玉賢殘酷，也只好偏護他；至於玉賢、剛弼這等所謂「清官」，只會苛政嚴刑，濫殺無辜，別的官兒，更不必說了。由是，老殘的痛泣，更加令人悲憤，更加有力，這便是使他棄官俠遊的潛因，也是他當仁不讓的決斷。老殘的淚，正如他在冰天雪地中泣下而凝結成的水塊，是實體的，是深邃的震撼的，在這風雪怒嘯的蒼穹天地間，這其力甚勁，其行彌遠之泣，永遠是一種溫厚的同情，正義的力量，凜然肅立於天地之間。老殘之泣，是作者心靈深處之泣，也是當時中國民間之泣，在那樣一個「棋局已殘，吾人將老」的時代裏，劉鶚的泣語不斷地仍在風雪聲中，堅定的傳來：

欲不哭泣也得乎？

31　這句係節錄自《老殘遊記》第十四回翠花的話，翠花那一段話裏，娓娓道來，卻把廢民埝導致黃河缺堤，淹殺百姓的慘劇，一一活現於話中，令人讀後為之戚然。

一場雪在心裏下着

——評方娥真《娥眉賦》中「絳雪小輯」

前篇〈江山萬里〉一文，我評神州詩社的兩位詩人：黃昏星與周清嘯的詩作，曾以「過渡人」（the transitionals）的觀點出發來評析他們。這「過渡人」最典型的代表是由理性的反省出發，發展成浪漫的激盪，由文化的困局中徘徊演變成社會改革的中國民初知識分子，而黃昏星、周清嘯所面對的局面，是僑居地的文化困惑，面臨的壓力，是種族覺醒上的良知。及至他們來台就讀後，對其生長的故鄉與歷史的祖國仍有一份罣念緬懷，彷彿一直在江上引棹的舟子，對離鄉背井的僑居地與反攻復國的大陸，有一種「兩岸燈火」式（他們二人合著詩集之名）的沉痛與徘徊。這表現在他們作品中，即變成以感性為主的抒情詩，其優即為深摯感人，其劣則為對所感懷者過於渲染而有無力感。在神州詩社另外一位更重要的詩人：方娥真，雖然同以詩的感性為基調，可是表現手法、格局風貌卻與上述二人全然不同，余光中先生在〈樓高燈亦愁〉一文中曾譬之為：「方娥真，大概是夐虹之後最醒目的女詩人了。」

又說：「流暢的節奏、清晰的意象、純淨的文字，構成了方娥真柔媚之中帶點爽直的風格。」

筆者在這兒要討論的是她收入在《娥眉賦》一書裏的「絳雪小輯」作品：

一、二百行的長詩，對於方娥真來說，是平常事，在《娥眉賦》裏便有好幾首，少說也有近百行，但是「絳雪小輯」收入的絕大部份都是短詩。她處理短詩，好像曇花，只開開便謝了，可是街頭巷尾的人都要談着它，爭相說某家某宅某院的曇花開了。所以花開在人心裏，她的筆也寫到人心坎去了：

我要告訴你
告訴你一句話
那句話，在世界上
只許一盞燭火照亮
照在你的壁上
垂掛成歌扇
點點斑斑

一扇展顏
生和死是扇面的底子
情緣是浮雕
那句話，你在扇中
可以尋到
——歌扇

這句話也便是畫了，裏面說的都是畫（話），真可以有意而無窮盡，像辛幼安「閒道綺陌東路，行人曾見，簾底纖纖月」，甚麼情思都成了一輪清月。這畫也畫在扇上，而扇是生死兩面，要尋得它，是生到死還是死到生或是花盡了一生，這就無需解答了。方娥真的詩好便好在入眼清明，她的意象是新麗的，像小橋流水人家，配起來便成了境界。初看眼睛一亮，仔細品嚐才知道古道西風瘦馬的哀漠悲涼都蓄意其中了，卻不曾賣弄愁傷。她的語言是極其自然的語言，甚至還帶生澀，這可能與作者平時讀書求悟不求解有關吧。前次筆者評黃昏星、周清嘯的詩是王國維先生把納蘭性德列入的閱世愈淺、用情愈真的詩人，這一點上方娥真是相同的。像這一首詠嘆調：

有一隻蝴蝶被車輛撞出馬路
有一個我咦了一聲去張望
車聲和人潮繼續向前流
蝴蝶和我並沒有擾亂他們

走道上的我常沾沾自喜
一點一滴的生趣足夠我活一天天
孤獨原是沒有人打擾的清靜
在人家的籬笆外閒閒觀賞
每天的旅程我只為了散步
腳下的磚道刻着生命的花紋
我一間一間將它們遺落身後

——花磚

這一首詩看來只是小女孩的閒情，然則不然，仔細看它，還有生存的悲壯。一隻蝴蝶被車輛撞出馬路，可以說是文明對自然的摧毀，也可以說是生存被忽視。蝴蝶也許在被撞擊的一剎那（生存的自然被機械的文明吞噬了）已落入人海中，不復存了，但卻引起一個小女孩的注意，要去張望。接下來的一個景着實寫得好：「車聲和人潮繼續向前流」，沒有為一個生存被毀滅和擊痛了一個人的心而有絲毫阻滯，這現代社會的匆忙與無情，便在這閒淡中沒有埋怨卻有深意地被描了出來。可是方娥真並不矯情，如果落在一位二、三流的詩人手裏，她可能會為蝴蝶的死亡而哀憐一番，説幾句工業文明的壞話，講幾句古代恬靜的好處，但是這不是真的，這在作者心中心動多於心慟，所以她接下來的一句是：「走道上的我常沾沾自喜／一點一滴的生趣足夠我活一天天」然而這「生趣」卻經由一件美麗動物的「死亡」換來的，這有一種對照的悲哀，可是作者沒有點破這種悲哀，卻讓悲哀在讀者心中自然而然浮現上來。看來前後兩段並沒有很大的關聯，卻再給一句：「每天的旅程我只為了散步」串起來了：在這人生的漫步上卻見了一隻蝴蝶的生態被摧毀，那「孤獨原是沒有人打擾的清靜」會不會也像蝴蝶的命運呢？而她「腳下的磚道刻着生命的花紋」，作者仍是作旅程的散步，體會着一點一滴的情趣，這情趣在人生世相裏有時是哀涼的，但「蝴蝶和我並沒有擾亂了他們」

（蝴蝶卻被「他們」摧毀的，她也因此動了心緒），甚至連作者的心也沒擾亂，依舊「我一間一間將它們遺落身後」。這「遺落」當然有蝴蝶的那一幕，「刻着生命的花紋」的磚道，甚至還有「在人家的籬笆外閒閒觀賞」。這「人家」二字便使作者有一股玩賞世間的超脫，走過人世卻仍未入世的。「一間一間」以形容花磚道，這花磚道也成了她生命的房屋。這象喻無窮無盡，一首真情的詩，像冰糖摻和的菊花茶一般，非濃莫稠，卻正好淡淡餘香，進口生津，回味無窮，好像天下甚麼味道都莫與之比似的。「絳雪小輯」中還有《夜晚》、《黎明》二詩，最可注意的是方娥真在比照（contrast）與語調（tone）的成就：

怡保黎明了沒有呢，哥哥
千萬條迷徑我仍記住近打河
我在異地尋索歸路
要您還我在家時小女兒的心情
我那麼想念他成熟的胸襟
總有一天他也會有一個愛人

就不會像現在這麼欣賞我了

——夜晚

怡保上燈了沒有呢，哥哥
我們院裏的夜露開始降了
您的車燈掃過家裏的小路
我在異地不想一個人出去宵夜
您縱使要買東西給我吃
也送不到千萬里外的這邊了
我那麼喜悅他對我的欣賞
但他也是隔在另一個地方
我只有對着燈光與他傾訴

——黎明

這兩首詩其實是一首，那心情是同樣，那語調是相合的。第一首《夜晚》的第一句是：「怡保黎明了沒有呢，哥哥」，這夜晚是為了等待黎明；而第二首《黎明》的第一句卻是：「怡保上燈了沒有呢，哥哥」，這黎明是為了等待夜晚。這裏面有好幾層意思，都從比照顯現了出來。在《夜晚》中，作者是「還我在家時小女兒的心情」之尋尋索索，她等待的黎明也許不是光明，而是在夜間氤氳似霧的天色如她胸臆心情，沒有一個着落。夜未央將明時最沉暗最寒涼，作者的心情也是這樣，所以一聲「哥哥」，也是透過間關萬里的呼喚親情，圍繞的是一股揮之不去失落無垠的感覺。怡保是一座城市的名字，近打河是圍繞該城的河，而詩中的兄妹情感，也像這城河親惜。《黎明》一詩第一句用「上燈」而不用「夜晚」，因為跟題目「黎明」與「夜晚」的第一句「黎明」互相映襯。黎明是漸次而亮的，在暮色裏上燈時分也正有這種情態，而上燈又能點出夜晚來臨，卻更有無盡意。這遣詞用字上，方娥真是天份極高的，現代詩的語言在她筆下，真是開花結果，而且恰巧開花結果都能點出最燦烘的秋天，像「絳雪小輯」中的《刺繡》中三句：

我喜歡坐在你對面
你言談笑間袖衣生采

眼神飛逸滿座

「袖衣生采」是絕妙形容，「眼神飛逸滿座」，尤其是「飛逸」二字，把其人都「活」了起來，妙就妙在對面的「我」，反被襯出了毫不遜色。又如《刺繡》中的另外四句：

你的眼神轉瞬投遞
我自在柔情地接住
它在心裏織成情結
要我用一生的纏戀解開它

單止後面一句，矛盾語法（paradoxical languages）的運用十分高妙，「情結」解之以「纏戀」，彷佛數學上的減減得加一樣，所不同的前者靜、後者動，更有動靜的生態。我們再回來談《夜晚》、《黎明》，便發覺《夜晚》在《黎明》之前是別有深意的。詩中的兄妹，彷佛相隔很遠，這邊是華燈初上，那邊卻要幾近夜央了，這時間景物的交替，卻是作者心緒的脈動，而她一直在對着燈光輕喚，這語調一直不曾改變過，仍是像天荒地老，萬古以來的一個女子，向她最親的人說了楊柳春色、岸堤秋意、兩岸燈火、流落心情。說得那麼自然和真，聽起來竟也沒有朗誦的感覺，彷彿變成是那夜裏點燈的她了。方娥真的語調處理是十分自然而具音樂性的：

我們在夜道上不約而遇
我們竟不約而遇在
夜道上。某個靈犀閃過微笑
亮過驚覺，我忍不住等待
某個招手帶我下樓
你的身影在對街
城市睡了，燈光眠了
眾聲息了，只有一輛載你的
車子，揚長而去

冬夜寒瑟，星光昏花
風衣角上揚起微風
你環緊我的肩
我帶你進室中
為你生火，引來肉香
鮮果滿桌，我們舉杯
酌菊花香

前面三行的重複，節奏輕快中帶一種「曉鏡但愁雲鬢改，夜吟應覺月光寒」的存愁。這三行一唸下去，尤其第二行接第三行的一頓上，真覺浮生一夢。下句「某個靈犀閃過微笑」，還是閃亮的，節奏承上，而感覺仍是前段的「曇花一現」。第四行的「亮過驚覺」，承「閃過微笑」，成為對聯句，與第一至三行的長句對聯，成為長短交替，節奏一急一速，一重一輕，從「等待」到「下樓」，句型還是不變。一句「你的身影在對街」，寫下了「對街」也點出了對街的對面是自己，所以仍是相聯的。直到「城市」、「燈光」、「眾聲」仍是名詞對，

「睡」、「眠」、「息」還是動詞對，然後是「冬夜」與「星花」對，寫到這裏，真是「月浪衡天天穹濕，涼蟾落盡疏星入」，人和詩情和態都融為一體了。「風衣角上揚起微風」，起以「風」字押住了末以「風」字，到這裏情調一變，「你環緊我的肩／我帶你進室中」，都是相互給予溫暖的，最後忽然以單句結，這個突然的結尾（abrupt ending），使得讀者內心有空白即要填補，那便是聯想。這是語調的善於運用，到了自然無極的階段，有時候她更會以短句及重複句得到更好的效果，如：

你知道嗎
暗戀是一本顰眉的日記
待展而未開
待鎖而未籢
遲熄的燈
憔悴的情愁
壓碎的扉頁

不敢翻閱
無人可訴呵
只好在日記裏
說了又停
停了又想
想了又寫
寫了又燒
燒了只好重新記

千言萬語
整本日記
好多私戀
把你隔在天外
欲說，還是藏起

你在對面，我凝望而不敢見
見了面所有的話一再忘記
不見時所有的話一再想起
想起時我不能當面說
忘記時我不敢當面想
整本日記
記載着你背向的影
愈行愈遠
愈遠愈看不見

——存愁

重複的句子佔了全詩，但是這造成了一種單調的回響，充份地表現出那欲訴無從、欲罷不能的寂寞心思。像「待展而未開／待鎖而未蹙」，像「遲熄的燈／憔悴的情愁／壓碎的扉頁」、「見了面所有的話一再忘記／不見時所有的話一再想起／想起時我不能當面說／忘記時我不敢當面想」，這一切都只為「暗戀是一本顰眉的日記」。更堪注意的是方娥真的詩中另兩個特點，一是她善用四字一頓的句法，像「只好在日記裏／說了又停／停了又想／想了又燒／燒了只好重新記」，這四字一頓，那種費思量嘆無奈都玲瓏望秋月般浮現了出來。在其他的作品裏方娥真也善用這四字一頓的手法，而且令人嘆絕。

我在你足下，閒閒幽幽
我在你足下，嬉笑偷偷
像一闋謎底，輕輕佻佻
我在你足下，迷你的途

——謎底

想像小說裏温婉的女子
一面等待一面彈鋼琴
憂傷地唱。寂寞的窗

——歌詞

前一首四字句式排成平底一行，與她詩中謎底般的遊戲只好調配，像花燈上的猜句，排成了五行陣法，「迷你的途」。後一首經過前兩句的醞釀，才一句表達：「憂傷地唱」，然後即刻又把鏡頭拉遠了，從彈琴女子的寫照轉到了窗明几淨，窗外是好風景好時境：「寂寞的窗」。另一種特色是虛詞的運用。像剛才引錄的《存愁》一首，便有「你知道嗎」和「無人可訴呵」。「呢」、「啊」、「呵」、「呀」、「嗎」、「的」、「啦」、「吧」、「嚒」、「了」是娥真詩及散文裏常見的字，這也許與她的不喜置評但小心賞愛這人世時物的性格有關。

我把深情目送妳
我把親密陪伴你
此刻你路過四季
四季開在那一季呢
此刻你路過那一季呢
握一握我冰涼的手

第一次握手是甚麼滋味呢
此刻你有沒有路過

——眉峰雪花

我們且試把這三個「呢」字刪去，會驚異地發覺，缺少了這三個看來毫不重要的字卻使整首詩的氣氛都凝重起來，而且大大地減弱了那溫柔如江南綺麗如長安的語韻。這一點功力，原培植於方娥真對語調的善於運用與遣字用字的特有敏感上。而且她更善於用這音樂性的文字、神逸韻動的語調來替自己或替別人講故事，故事説出來了，而別人被情節感動了，然而還不分曉她在講故事，這正是她高明的地方。像茶餘飯後的漁樵閒話，王小玉説書，説到後來，哪還有人知道自己在聽説書，就是有這樣子的凝神專注。像下面這首詩便是説得極好的故事：

妳垂着髮彈吉他
不很專注的音在唱
當他攜我突來訪妳
散漫的樂音忽地靜止

只有那遺音仍斷斷續續
驀然的敏感使我驚覺
你的臉容因他出現
紅暈在迴避中悄悄泛起
我的心忽然有許多歌
不知唱那一首好呢

回家的途中他侃侃而談
說今天脂粉紅了妳的臉卻不像妳
平時從沒見妳刻意打扮自己
我的心有許多歌
就唱一首給他聽吧

忽然想到雨落得像煙時

假如我不在呢
假如雨中路過
我與他不曾相識
或是我忽然化魂
我仍關懷，這深情的世界
有多少美麗的變遷
白衣的他仍然白衣否
妳還唱新歌嗎
那片草地今有誰人去躺
誰人去發揚
會不會像往常一樣
我們有稚氣的臉容
卻愛束髮來成長

——脂粉

這故事在內心獨白式的情形下進行，講得好是因為感覺不出她在講故事，直到看到最後，故事也不知完了沒有，是襯托出一種心情。方娥真描寫一個女孩子暗戀的動情卻忽然轉而寫她彈琴，那琴聲，那餘韻，寫一片草地上躺在上面的人，又轉而寫稚氣的臉容卻束髮來成長。像 *The Last Tycoon* 中男主角在片場地震後遇到了在雨中的女郎一般，這地震便有了特殊的意義。他在地震後遇到了她，因為地震把片場裏一切的正常都攪翻了，所以最後他也確為了她翻了自己的半生事業。娥真寫一個女孩子的暗戀卻想到自己的生死，想到「白衣的他仍然白衣否」，我想也是這個意思。但是這地震是屬於她的地震，不是別人的，也可以是別人的，可是要她所想出來的。因此她講這故事越發陶然，這跟方娥真一貫看似有些寂寞悲涼但卻活潑開心的人生觀有很大的關係。一個詩人的人生觀會充份地影響了他的詩，如黃昏星的詩：

或者不該落淚的是我底光
每夜我就是自己的友伴
看人生，半個
淒涼

——黃昏星：街燈

至少我們還有一餐年夜飯
至少今晚有相守的歌可以醉
雖然我們的衣衫
仍是抹不去浪遊的身世

——周清嘯：過一個年

我們的悲涼歌兒
可有知音人凝聽
太行山不幸崩塌了也震撼不動
我們的心
哀歌已唱盡的我們
仍然要歌仍然要唱

——廖雁平：原始舞

每天的生活是繁華不斷的盛會
要快快拍照，要不斷沖洗

我只是要告訴你
那幀彩照彩得真彩麗

——陳劍誰：鈴響

黃昏星是風霜自成的哀涼，他沒有自風霜突破出去，甚或未歷風霜，因為他是他自己的友伴，夜夜開亮的街燈，風霜便成了他無可相忘的友伴。他縱是最堅定的時候，詩裏仍是有一股這樣濃稠的哀愁。周清嘯的詩有兩個「至少」，這是他所堅定的，但有一個「抹不去」的，便是身世，前者令他豁達如舐刀口上血的好漢，後者使他的詩風永遠有一股迷茫。廖雁平是天崩地裂，不變應變，「哀歌已唱盡的我們／仍然要歌仍然要唱」，這要歌要唱裏已不再提「哀」字，雖然原來是可哀的。陳劍誰的詩卻是生命裏有不斷新鮮的事，鮮活到禁不住要「要快快拍照，要不斷沖洗」，這樣才留下痕跡，才不會被忘掉。這些詩都很感覺到真實的美，而未具魄力的詩人都沒有辦法在詩裏透露他對生命的看法的。方娥真也當然能表達她對生命的真意：

每一處遙遠啊
我最喜愛的眺望
那神秘的視線
被消失的路擋住
許多故事，都是我沒聽過的
鄰居以外的鄰家
有些甚麼院子
青山以外的山水
有些甚麼陽光
我來看憧憬的小舟
到海天一線的地方
看無窮的迢迢裏
飛來甚麼訊息

——消息

方娥真的世界裏便有着這樣的可驚可喜，相知相關。她的詩裏每一件事物都是可喜的，可艷的，不管是「茶水嘶嘶地鬧靜」、「爐火歡呼地報訊」、「夢去了／遺留枕頭在髮間」（見《坐起》），還是「題上墓誌銘，去找他多情的摧折吧」（見《插花》），甚至「趕路的螞蟻們別焦急」（見《揚指》），在在都是小情小趣，在詩人的心中活躍了起來。不過有時候也會：

而所有的情掙不破一場夢
所有的夢扎不破一座墳
一朝驚覺，花園消失了
像一首詩寫到一半
死了也不肯停筆

——筆墨

這一刹那「悟」帶來給她浮生若夢的寂寞哀涼，但是卻能轉化到：

一切的牽掛仍關懷那筆墨
所有的筆墨化作一本書
年年歲歲，我願是那玲瓏的書籤
神遊在你字裏行間

——筆墨

一下子一切都成了輕矜可喜，所以方娥真的作品時有極盡蒼漠孤寂之作，但亦隨時化為伶俐可愛，最後還是像國畫山水，分不出這黑山白水間是喜是悲，但卻給人心中無盡的感覺。能抒情的人不一定能寫有內容的詩，但方娥真卻用她平易的語調把這點克服了；詩人往往衝不過特定的人生觀，悲者太悲、歡者太歡，然而方娥真的詩不會孤寂到「獨愴然而涕下」，也不歡愉到「欲上青天攬明月」，她是超然的悲喜着。然而她就像中國和諧的合奏音樂中的一根絲竹，悲喜自在人心。當然方娥真的詩仍不是沒有弱點的，譬如說她的接觸生活層面太窄，詩題材都走不出一些特定的範圍；又如她詩風變化不多，慣用的表達方式使她局限於抒情方面的發展；亦如她也有為賦新詞強說愁的趨向，忍不住有些自怨自艾，若歷風霜；更如她詩中組織結構能力較弱，以致具備很好的哲思貫串不起來；——但是，我們沒有理由也不應該要求每一位好的詩人是全才；李白不是，李清照也不是；方娥真這些弱點，都被她驚才羨艷的才情照亮得煊赫起來，她的詩像春水江南，清麗而不無哀思；又像詩經國風，純真而不無典雅。讀她的詩像一場雪在心裏下着，卻是美麗而溫暖的。我們且以她一首寫她自己創作時的詩來結束本文並勉勵她的創作吧：

說過一本詩集寫完後便絕筆的
但我已經有點猶疑起來了
我怕我死了以後我的詩不甘心
在此我飛魂的深處埋怨我
在打擾得我不能安眠呵心都煩了
而那時我又沒有任何感覺
我的才情也因我離棄它而恨我

趁還沒有筆斷人亡之前
我在燈下秘密地趕稿
來不及完成啊，死亡就在左側
我在右邊，急切地寫，急切地寫

——趕稿

小雞和紙船和菜

跟小雞去買菜。小雞先買了韭黃，然後買蓮藕。韭黃清亮如詩經裏的參差荇菜，她拎在雪玉一般的手指裏，真是好像韭黃尚在土中雨後初發一樣，鮮活得教圖畫上不了顏色。韭黃味道脆得爽口，真合我和小雞的鍾意。蓮藕像小雞的手臂，江南可采田，如果沒有蓮，真是連舴艋舟也沒有愁。蓮藕味道像夏日出水之蓮，實在合我和小雞歡心。小雞又買牛肉，那懶老闆爬起來，半闔着眼睛問：「多少？」小雞先說不知道，然後伸出三根指頭，試探說：「三十塊有沒有？」那小販拈出一小塊赭紅的牛肉，放在砧板上，反身過去拿刀來切，小雞就迅速得像掠起沙鷗一遍般，拎起肉來在尖細的鼻子邊一嗅，然後又快快放回去。那一種懷疑，小小的試探，看肉是不是清鮮的，姿態真是玲瓏，而且像雲南趕馬山歌，呼溜溜呼溜溜幾個字，不是唱的而是滑過去的，就像吞生雞蛋一樣。小雞的人就像我小時看的一幅畫：天地間一粒蛋，蛋外有遠山，山下有流水，忽然，蛋端「突」地破殼了，一隻翹嘴巴黃絨毛的小雞眨着眼驕傲地露出頭來。

蛋外的世界呢？小雞不知道。小雞買好菜，我帶她和劍誰、天任穿過街道，轉了一條巷巷相連的集英街回去。走着嗅到一陣好味道，是宅家烤紅薯，聞着覺得人間煙火原來是心生意悅。田畦連連，有大疏大疏蔬菜盛開未採，小雞說：「真想今晚來擷。」我們沿路回去，橋端有「救國牆」，愛國的字句動人心魄；橋下有人洗衣，洗衣的人把蜿蜒一條溪水，洗出了一層層漣漪，擴散到很遠的地方。橋上遇到了我們常去他店子裏吃飯的老闆，穿棉襖騎腳踏車經過，招呼一聲：「買餸啊？」小雞很少出來買菜，才買一次，便有我和天任、劍誰陪同，才經過集英街，又過道南橋，更碰到開飯店的老闆，大家都為大好天氣，而大好脾氣起來。

小雞又曾告訴我，以前她在羅斯福路五段的振眉閣四樓看出來，在雨後山色青的水稻田裏，有一頭大水牛，竟「媽」地叫了一聲，她一面講一面笑，那笑的神情真好玩。講完了便睡着了，那睡着的神態好像在夢中繼續找人玩。她買的菜就擺在冰箱裏，好像相知相遇才把菜帶回來一般，在冰箱裏保持容顏，跟煮食無關，所以也就忘了。這裏又覺得小雞像雨後的小孩摺紙船，媽媽喊回去吃飯便拍拍手走了，紙船啊流到甚麼地方？

稿於一九七八年十二月廿四日半夜二時卅分

一頭遠古的龍蟠伏在山腰

金馬崙。靜的白天，靜底夜。春夏秋冬，在這裏沒甚麼更變。我們在白天穿夾克遊蕩，吃薄荷糖，看遠方群山，哪，那是我們從前攀登過的地方。晚上在燈下寫作，樓下遠處傳來回教徒的可蘭經誦讀的聲浪，好像很多悲怨，篝火已熄，那馬偶爾一聲長鳴，天空永遠一輪清月。金馬崙的白天和晚上，永遠是白天夜晚，晚上白天。

在金馬崙冷淡的白天與晚上，我們走過。晚上抽根不常抽的煙，山上寒靜，星子美晶。白天的山上有每週的流動市場，播流行歌，唱「財神到，財神到，財神到我家的大門口」，乒乒乓乓，好不熱鬧，但又自私。我們往三寶佛廟的路上走去，一路上有一種花，花莖如劍蘭般挺，土水仙般脆薄，東南西北般高挑，花色是藍藍的，像藍寶石，又像佛的眼睛，這花是燦開的寧謐。

路上微斜上陡。經過佐利別墅，據知前兩天那群不知天高地厚的人來此聚面過，我們合拍一幀照片，嘻嘻哈哈，是因為沒放在眼裏。我穿紅的冷衫，二弟穿藍色的運動裝，四弟一襲綠衫褲，我們走在景色裏，服飾底顏色是我們的無意。我們走過一條小流水，水流上長滿了花生圓葉般的小手般的葉，葉叢中點點紫色的紅花，那紫像棲霞觀一般的意味與容色。這溪流上豎一小小的橫牌，寫着這溪流的名字叫做 Ayer Itam。

驀然便見到寺廟，像一條龍，蟠伏在山腰，隨時振翼飛去。陽光下屋瓦一片粼粼亮閃，像龍鱗一般，飛簷在綠背景的一角，好像古代的一條龍，從古中國飛來這裏潛伏着，一聲召喚就要揭竿而起。沿路走在山坡，路邊有一座叫「山神廟」，使我想起林沖和風和雪。路中有一車閘，大概是車過六尺以上不准通過之類的閘桿吧，隨時都有砸下來的感覺，像石敢當三個字，卻缺少了那一份擔當。沿路走上去，赤道的太陽曬在廟宇上火辣辣的，而廟門四個輕快明俐的字：「皆大歡喜」。我們拍了一些照，又到正門，是「南無阿彌陀佛」六個字，寫得宏煌莊穆，黑凸的粗字，沉紅的厚牆，叫夜行人也不敢翻身而過。而廟裏卻是靜的，門前一雙獅子，一呼氣一合氣，綠藍色亮的琉璃瓦使牠們珠光寶氣起來。廟裏更是陰涼的，牆上都以佛像的琉璃片砌成，脱掉鞋子進去，從腳心一直沁涼到心裏，眼前是觀音大士赤足踩在蓮瓣上。四大金剛的怒目不是「江山美人」中那一場雷雨，反而有林立的感覺，雖有讓人感覺到古代官衙的「肅靜」、「迴避」，但卻是一種庇護。

廟側兩邊石牆，還繪有十八羅漢。這十八羅漢真是活像，一壁九位，形貌神態都不同，有的降龍，有的伏虎，有的打坐，有的乘涼，有的逗麒麟玩，有的還在拋手上的鈸要樂子，更有一位剖開胸膛，裏邊竟伸出個嬰孩的頭來，就算是引經據典，想像力也真夠豐富。他們或笑或悲，或鬧或思，但臉容都呈枯樹狀。才知道枯樹是方生未死，方死未生，是一切萌芽的根源，最是長久。羅漢的排列是：迦諾迦代、達摩波羅、跋陀羅閿、蘇頻陀提、代那婆斯、諾矩羅嘍、畢那揸拉、金富樂足、賓頭伏虎、慶友降龍、注茶半託、拔羅哩嗒、代闍羅弗、跋黎墮闍、迦理迦哆、闍提首那、田揚陀闍、賓度羅跋等十八位。想十八羅漢陣，就想到少林達摩院，我是少林有志氣的子弟要打出木人巷。群山寂寂，山色青青，陟彼青山，我要，陟彼青山。

稿於一九七九年四月十日
決定「破釜沉舟」會議與張中牧等消夜後

少年遊

一、出發

面對死不會驚怕……

然後，我們就出發了。

神州遊歷裏，很少獨遊江山的。出發，我們一家人；回來，我們一群人。你說我們「群居終日，言不及義」，然而我們是及義的，而且是行義的。除了出國遠行，這一群兄弟姊妹不能相隨，但還是有幾位鍥而不捨的，如今年初之星馬行，一行就有八人，真是相隨千里不覺遠。可是這次「少年遊」，我帶了幾個男孩子，準備晚上出發。然後想到那裏，就到那裏；想說甚麼，就說甚麼；想做甚麼，就做甚麼。沒有一大堆牽絆，沒有一大堆行李，沒有大聚會中的訓練新秀，沒有「夜征」、「打仗」中的熬夜、寫稿、辯論、或會議。我們隨遇而安，隨行而樂。可用一雙腳步遍了中横，亦可能在疲倦時，睡倒於東海岸寂寞的沙灘。浪聲，天色，那些離社務、公車、電影、會議、應酬好遠好遠的東西，除了在邈遠沙灘上，那撿貝殼的孩子，一行行羊的足印，一些些舟子的蹤跡……。

於是我們遠行。到了台北車站，他們購票，沒有車子了，只好乘搭貴一些兒的「國光號」。車子還沒開，因為想念，我打電話回山莊。娥真告訴我說，她剛剛在振眉閣裏播《小李飛刀》的廣東歌：「流水滔滔斬不斷，情絲百結衝不破，刀鋒冷，熱情未冷，心底更是難過。」台北車站爭停的士，對面有熱騰騰、冒暖氣的小販，台北街上，下細微的雨，街道很濕，陸橋很濕。我彷彿聽到那歌，江南的小傷感，和憂憂的憐，「無情刀，以死一拚，無緣份，悲痛莫名，面對死，不會驚怕……」唱到「面對死，不會驚怕」，我心一顫，猶如看到自己「以死一拚」的一生。然而，我們要出發了，小小紅色的電話筒，在微明的燈光下，盛不盈載不滿我再見之心。

終於要出發了，好似那下着細微的雨，開始寒冷，自那寂寞的天空，往那廣邈的大地飄落。我們國光號的車子開始發出倒退的吱嗚，騰挪出一席之地後，即虎吼着往前駛去。我們看到本來送行的陳天縱瘦長的影子，狹窄的背包，遠遠的走去。他在十字路口停了一停，紅燈凝在雨中，濕漉的路上很多光怪陸離的條痕。我們的車子，很靜快的繞出了交通圈，通過在夜色裏溫柔地交織如同怡保市鎮的黃燈道，快默地上了高速公路，一里又一里的吃着，狂號的寂寞的，強風。

直到有晨曦輕照，我還睡不着。那沉睡的高雄市，上次我和娥真、清嘯、黃昏星等往參觀十大建設時，晚上曾跑過去逛的地下街，營業了沒有。經過鐵橋，想起詩社人若在，必定大喊：「邱殺過橋，邱殺過橋。」邱殺那時必定尷尬的笑笑，高大而手足無措。鄉間的水青，稻田綠，牽牛花開，浮萍新新。一隊小學生清晨唱歌經過。看車外的晨景，忽然想起我「神州奇俠」中的蕭秋水看賽龍舟，猛抬頭看見壓克力玻璃窗上的自己底臉。

直至在天色微明，霧意瀰漫的晨曦中，我們方才在高雄下了車。

稿於一九七九年九月十三日
發動青中二號台大廿七人戰役次日

二、墾丁公園

隱身在昏沉的前方……

我們抵達了墾丁公園，看到了千花萬艷，總算開了眼界。

到了目的地時已經是中午，我們一行六人，興乎乎的遊了茄冬神木、遊客中心、花樹亭、人工湖、石筍寶穴、音樂台、銀葉板報、望海亭、仙洞、觀海樓，拍了不少照片，被那突然眼前一亮的大片大片各色各樣花海震住，或被遠眺的風景迷住，更欣然於樹木異趣涼爽間，流連忘返。已下午了，於是出林，後來一查對入門票所印之勝地，竟還有十處未遊，想想不甘心，重返溜了進去，其時已傍晚了。

我們入了龍蝦洞探險，才沒幾步，眼前全黑。原來夕照被那深森的樹木招架住了，洞裏有寒意侵人。我用一根扭曲的奇怪的手杖探索，（這手杖是我用十塊錢買的，是兜銷者的最後一根，亦是因狀貌奇醜故不受人重視的一根，但我卻喜愛它，不但藉它度過這次歷時八天的少年遊，更是日後我思索、翻山、越嶺、徒步的重要依憑。）此時忽見一團微芒，在洞中逐漸擴大，且越來越發亮。我們先是一驚，後猛返身，亮烈睜不開眼，才知是夕光返照，這種氣態，難得一見，身棲在幽黯洞中的我們，竟亮如沐光。我們匆匆穿出險異的銀龍洞，攀登雨傘亭，已暮色蒼茫。來到突然陷落的地盤：垂榕谷，天色大黯，迷宮林處，有次六人分手，分別辦買菲林等事，僅我及雲閣留守，後聞呼喚聲，故各出探索，卻不見人，失去聯繫，六人幾乎迷失於林。再登斜坡，沿途都是大王椰、酒桶椰等，在暮氣森森中，尚可以眺及欲動似靜的太平洋、巴士海峽、台灣海峽、中央山脈及延伸入海的鵝鑾鼻。到一線天時，只剩下天色一線。到第一峽時，暮靄昏沉，想昔日穿此自恆春往台東的先人，是不是隱身在昏沉的前方？最後到了棲猿崖，那恢疊的大石壁，以及縱錯的樹枒，那往前是森林的景象，讓我們想到我六年前的小說《鑿痕》，那尋找水源而走錯了路的遭遇，於是一行六人，急急飛步，回到了海邊。

晚上我們又到了公園一趟。無星無月，沒有路燈，一過人工湖，天色黯黑，只有森林中的怪嘯，好像還有暗綠色的眼睛。我說：你看那電線杆，上面好像吊着人……。雲閣說：我剛才踩到樣東西，好像馬路上睡着個人……。鐵錚說：不要回頭，一回頭就會看見……。天任說：我們現在吃的蜜餞，好像是眼珠子……。勁風說：怎麼我聽到有聲音……。神經有點失常的黃昏星突然磔磔大笑起來，樹林裏啪喇啪喇一陣響，幾隻夜鳥掠起，我們怪叫一聲，連同漆綠的黃昏星，也一齊往回頭就跑，連蜜餞都丟散了一地……。

稿於一九七九年九月十三日
龍組十三人世新打仗之役

三、恆春半島

生要能盡歡死要能無憾……

第三天，我們遊恆春。

我們是坐計程車去的。未到恆春前，從七里橋到楓港，又竹坑指、又海防橋的，好像走在大陸上。有一首叫《絕代雙驕》的廣東歌，「一笑渡關山，孤劍在腰間，拋盡此生勢和名，心如明月。」我此行，也是在極度名勢的繁忙中抽身而出的。笑渡關山，孤劍腰間，回復我中學時的走遊英芒，及創綠洲社前期的閒適山水。心如明月，則是心空常照，的那一點信念，的那一線微明。墾丁的牧場，那一片大草原，那一大片大海岸，鵝鑾鼻是台灣最南，使我想起去年我在馬，娥真在眾多明信片中寄我那一張湛藍的守望。「披髮踏千山，匹馬伴青衫，牽盡幾多女兒情，一去何日還……」好似是這一趟「少年遊」，也像今日之恆春行。早上起床摺被，就想起了小方，也不知我們怎能分得開，就算七天，也如七夕。我走了很多很多的地方，從鵝鑾鼻、貓鼻頭、南灣，到滿州、熱帶海岸林、船帆台，到青蛙石、關山、龍鑾潭，最後到了佳洛水，那一線天水，是美麗島上的洛水清清。而一生所寄，或一遊所思，仍是那問世間情是何物的未能忘、未或忘、未敢忘。

我們且行且走，在貓鼻頭，風大得幾乎把人吹走，我們卻穿山而上。在鵝鑾鼻，我們不小心往海那邊拍照，差點給趕走。在佳洛水，我們走過怪石奇岩，到最後竟翻過臨海大山，站在山崖上面海，天下一快。沿路回去時，還在強韌刺手的瓊麻，瓊麻開花而後死，那小路的捷徑，蓬荷趴了一地，好靜美的路。小路像 Kecala Bikan 的沙士巴地方，如炎夏的雪。採又鮮亮又熟甜如鳳梨般的大果送給山莊裏的家人。在關山領我們翻過廟宇，登上碉堡，眺望夕陽，卻見夾竹桃的小手，夾山道招招搖搖，小手小手，還有山花翠麗，曳更小的手手。恆春一幅好靜的美，好田園的翠，牛在路上走，車因而開慢。那第一號公路直而平實，像機滑翔在跑道上。恆春的車子，一車常載了一家人。恆春的十月，萬山風吹來，店門只開一列。恆春的街就像怡保的路。「……生要能盡歡，死要能無憾，唯望如願，獨去萬里，隻影流浪……」歌聲越唱高上去，好像唱到沒有人跡煙水寒的地方，但是景色愈好，心愈寂寞……

而牽念愈強。看到好風景，總想起要是娥真在就好。晚上在墾丁附近的小店子買了些特產，要給饞嘴的小方喫，像糖蓮子之類的東西。我們的晚餐，在「海山」吃，那老闆姓方，叫方水生，亦是潮州人，是娥真、二弟的同鄉，好客、大方，煮出來的東西，又便宜好吃。

住處寂寂，我們換了一家靠海的旅社，墾丁的晚上，就像公園從白天到了晚上，那旅社的老人和老婦，都是清寂的。夜色裏，濃得沒有躑躅來踏碎寂寞。

稿於一九七九年九月十四日
虎組七人至台大打仗推廣後

四、南迴公路、成功岸線、成功港

無敵是最寂寞最是痛苦

次晨到了恆春，再搶車到了楓港，穿過南迴公路，沿途是著名的伽蘭港、小野柳、都蘭灣、杉原海濱、泰源幽谷，還有成功、長濱風景線，抵達台東。

一路上的風景，真是清絕。我還記得南迴公路上的知本溪水清遠，潺潺無盡，經過金崙、金峰溫泉等地，路上儘是山環山、脈連脈的（日後羅海鵬再經過時最喜歡的山脈）女仍山巔、奇沙邦山、牡丹山，最後稍停於大武。那一片山脈，真是絕色。但駛出南迴，地勢突然一沉，然後再驟然拔高，那一片大的寧靜海，帶着白色的滾邊帶子，不吝地廣漠地動人地出現，而且隨着車勢而擴大，到你的視覺為海而翻覆起來。過小野柳時，還有趣事，雲閣、勁風紛紛找車掌小姐攀談，介紹名勝，我們在後座擠眉弄眼，笑成一團。到成功海岸線，氣勢又是一變，暮色清深，黑鬱的岸石，與夕陽映成碧波千頃，沿路風景簡直是一石一景，一瞥一絕色，從金色的海，我們終於在暗夜的路上，到了沉靜的成功港。

成功港，平靜的海岸漁港。我們吃炒螺肉，再開剖了一個大西瓜。想一路上所見的西瓜，在瓜田裏，像一個小光頭顱，那時又熱又渴，而今才得償所願。晚上吃了一餐，聽説是該村裏的名人開的飯館，卻又貴又難吃，還一副給我們佔了便宜的樣子，雲閣便忍不住，跟開店的人吵了幾句。晚上這六個少年遊的年少，便宿在寧謐的漁港，亦彷佛馬來西亞那寧靜的東海岸漁村，或似文德甲、淡馬魯的小山城，我不禁想起任平兄。那個嚴峻的人啊，只惜他不知有沒有那股從生至死如我的關切。

路上的瓊麻，是開一株高挑的花，可以極目遠眺，然而當它看得見遠方，它就要死了。在南迴路上，我們仰望群山，總環隨着詩經那一句「陟彼青山」。然後是斜山環海，那一帶有一個草山牧場，有一望無垠的海，還有在陽光下閃亮着綠色的小舟，那是在尚武村附近，遠處，一人一舟一大海。我們的車愈到高處，高崗下的海岸線更柔美平靜，一隻麻雀棲於電線，一頭狗在沙灘看海。我唱起一首歌：「無敵是最寂寞最是痛苦，未得一展抱負更是痛苦」，這一連兩句，伴着鼓聲加深，唱到「常為俠客羨慕，劍道至高；內心中感愛念，價值更高」，心裏的鼓聲更寂。唉，無敵是最寂寞最是痛苦。窗外掠過芒果樹，遠山坡上，樹木一排直矗在那兒，成半弧形的戍兵。唉，這些景色她必定驚麗，唉，下一屆，下一屆少年遊，我要帶小方來的……風景是農家的恬靜和深切的愛，背環青青山坡，那一路上的金陽夕照在田野、鄉村、炊煙……然而我們夜宿成功村，度過平靜的晚上。

稿於一九七九年九月十五日
鳳組五人至台大推廣後三天

五、長濱風景線、秀姑巒溪、八仙洞、瑞穗溫泉

千古悲哀我獨抱

我在一路上盡想部署下一屆少年遊的行程。因為她沒有參加，因為我們不是來全部人。「台灣之美無可形容」，這一句話，我是給自然風景説服了。我們經過石雨傘、三仙台，一

路上風景氣勢大變，可是美得讓人不由想起「有位佳人，在水一方……」天晴人靜，是一條路一塊石子，也嫻美如江山。我感到從未有過的舒鬆。到了八仙洞後再出發，是全省第十一號公路，道路上居然有一隻小貓和小狗玩在一起，快快樂樂無憂無慮的戰鬥。到了靜浦，換車過秀姑巒溪一帶，那水麗若名字，茅屋、漁舟、岩石、靜浪，都在海那邊，而這邊是讓人想起，而且唱起，一些小調的民歌，如「妹在河邊洗衣裳……」那水邊的麗人，白皙的小手，布衣洗啊洗，那放牛羊的哥兒，真是慕了她好多年，如果她不生氣，只要看下去，也白雲悠悠，無盡時……。

這一趟路程，曾經過北回歸線的長虹橋。又曾停留在八仙洞，有「海雷洞」，對面是海，但海雷聲卻隱響在洞裏。有「靈岩洞」，亦有潮聲如雷，而海在遠方。有「潮音洞」，據悉很具發掘價值，四千年前即有人住於此，而其中的遺物，現在流落到世界何地何方呢？又有「永安洞」，是要登高臨遠，但上山後，風景豁然而開，可從修竹簌葉望過去，很遠很靜很美的海邊。「八仙洞」其實不止有八洞，應有十四洞，我們只攀爬了六七個山洞。有一塊大石，自呈佛相，突然望見，直是一震，覺得山有精靈。有一洞前階滴水，可能滴了幾千年了，地上才有數個圓圓的小孔。從山坡上望下去，午陽很淡麗，海遠遠的藍，山巒層層的綠，令人生有大志氣啊。

我們「少年遊」回來之後的一些日子，一位遠從左營來的社員陳學明，來社住了一小段日子後，直等到我香港回台後，他接了機，但不久就要走了。他向試劍山莊大廳的「神州」二字鞠躬，然後又向娥真的照片敬禮。我心中大動，即播一首歌給他聽，他是跪着來聽的，然後叩首離去。他亍身遠去，而我心中響起這首歌，亦憶起在八仙洞向風望海的極目蒼茫，卻滿懷熱血的這一景。這首歌是《一劍鎮神州》，歌詞是：「持劍衛道，刀山火海我願到，劍鋒將正義吐，戾氣歪風掃。心存浩氣比天高，只求能存劍道，虛名誰願得到，江湖獨笑傲。持劍衛道，刀山火海我願到，劍光中判善惡，誓要將奸討。投身化劍，千古悲哀我獨抱，我心中滿熱血，無情利劍斷情路。癡情願化相思草，芳魂憑誰引渡，恩仇埋在心裏，黯然淚滿途。」一刀山火海我願到，是義氣；心存浩氣比天高，是正氣。千古悲哀我獨抱，抱的豈止是悲哀，還有寂寞；而最後四句，是越來越遠去……我們終於也下了山，在黯夜斷斷、續續，從光復趕到了瑞穗溫泉。歷盡大自然美色的我們，但也寒乏的我們，要溫暖……。

稿於一九七九年九月十五日
《神州人》散文集出版日

六、紅葉溫泉、豐濱風景線、花東海岸線、花蓮

也滋潤我這顆憔悴心頭的希望

次日我才知道瑞穗溫泉和紅葉溫泉是兩個不同的溫泉，又稱外溫泉和內溫泉，而我們是到了曠野僻徑的紅葉溪山麓的溫泉。第一次洗溫泉澡，是昨日經一天舟車之勞的深夜，第二次洗溫泉浴，是今天清晨。洗完出來，一身清爽，有隻大狗，跟我們玩在一起。這天氣好得清朗四野、山間有霧。田野、卵石、黃花，那三兩撮青葱也似的草勁拔得甚麼似的。我真的忍不住要放歌，唱了一首又一首，那麼綠的草那麼紅的屋頂，煙水濛濛山巒遠遠，我唱秦淮的歌，響響亮亮：「春風，吹醒了大地；春光，照遍了牧場；春雨，滋潤着野草……」好了，春風春光春雨都唱遍了，便來「興」了：「也滋潤我這顆憔悴心頭的希望」，唱到這裏，那會彈冬不拉的男孩子便忍不住大唱出他愛人的名字：「阿蘭娜——」那音樂鏘鏘鏘，一輕鬆一緊，好動人心弦。想過六七年前，也曾有一個叫這樣名字的女孩子。

今天是五四，也是青年節。溪水潺潺流，我就唱「椰樹輕輕搖，溪水慢慢流，我要向妳

訴衷情……」記得以前在怡保光亞，早上六點鐘，便聽到這首歌，像榴槤飄香，牡丹吐紅，那時我初識小方。那曠野美好如我底歌聲。感謝他們替我提了部份的背包，才允得我大聲無憚忌的唱。我又唱廣東歌《書劍恩仇錄》：「紅花會豪傑，碧血染蠻夷……」這一句一出，便好似有女音在遠山和我，那兄弟們都拍馬趕來了，我下面「還我漢江山，誓將滿奴滅……」就更淩霄氣壯了……。

路上經過愛卜蘭島、靜浦海灘、石梯坪、石門海灘、親不知斷崖。這「親不知」三字，真是驚心動魄。晚上抵達花蓮，六個男孩子，首先便是聚在一起，亂聊一通。得空這六人也興勃勃的賭，像在墾丁，第一晚大獲全勝，第二晚卻不知怎的，我輸了數千，到最後竟沒錢了，但外表裝着沒事，買鉅款賭下去，居然又贏了回來。事後一想，覺得很不好，這種已賭出真火，很容易上癮，故此我絕不與外人賭，雖早在未入學前已精通不少賭法。我自己亦嚴禁社員賭。這次遨遊，偶爾賭着玩，但也見本性情，實在不好。

後來看電視，有人唱《誰都不能欺侮他》，那男孩唱「我生在這裏，我長在這裏，這裏是我的國家……」我聽了肅然起敬，像上秦時的禮，五色中的黑，有大信，便凜烈起來，縱流行的東西也有大氣。後來又有人唱《小溪》、《歸》和《風，告訴我》，其中有禪，或者少女夢幻，覺得住在這裏真是好，實在是幸福，因為可以容納很多東西，這便是自由。

稿於一九七九年九月十五日
《四大名捕震關東》出版後一天

七、中部橫貫公路、大禹嶺

好靜的山

早上從旅社出來，要告別電視、鬧市、霓紅燈，進入中部橫貫公路了。還沒進入山路，途邊的事物已夠可愛，大理石廠像大理石，給人一種清明涼冷的堅定感，像炎暑裏赤足走在富貴人家的冰涼地上。那些小吃店，名字也很鄉土別致，諸如「又一村小吃館」、「一元飯店」。有棵遮蔭的老大樹，樹下幾個綠衣小兵，和幾個老百姓，坐在大樹下的小板櫈子上，還有一部車子停在一旁，像是開會的樣子，又像是聊天，但和睦到像近人古畫一般。水田處處晃漾着葱綠，浮萍一田田春滿盈溢，還有紅橋，美而小，開滿黃菊的招手。有一棵樹，爬滿了淡紫的花。車再過處，就看見那山脈了，我們將要在那山巒後的山巒之山峰之上的，山脈，像萬里長城一般，在晨霧中，蔓延到看不見的地方去。山止在那裏呢？

山後是甚麼呢？那裏是明亮一片，還是幽黯的谷？山在爬高峰，我的生命也在爬高峰。我手掌裏的線紋，事業線已穿過姊妹線，在感情線上躊躇未定，幾時我才能如廣東歌「前程」中的：「前路遇到隔阻絕未退後，前路遇到痛苦盡力去忍受，一生盡力為理想，一生前程全力鬥，有朝終要找到它，不怕血淚流。」未入山前，一片翠意，真是生命如綠，生命的綠！進山後，只見雲海、藍天、白雲、飛霧、陽光。山是熱鬧的，然而愈走，山愈高，來路蜿蜒無盡，而山外山之盡處，是雪嗎？那細細的暖流，還是冷流？我們的車子經過了清秀絕美的太魯閣，經過了氣象萬千的燕子口，經過了鬼斧神工的九曲洞，經過了上次風雲大聚會的天祥，又經過了清綠逸秀的洛韶、氣態常青的碧綠神木、雲海萬變的關原，終於到了大禹嶺上。

大禹嶺，氣候寒，但一幅祖國河山的氣態，使我們走路也肅然起敬。恰好有人贈我們舊軍衣，我們穿在身上，彷彿東北的戰士，要擦槍，要拭刀，要枕戈待旦。我們住在救國團辦的山莊裏，因為並非假期，很少遊客，所以只有我們六個人住。地方極其寬敞，又窗明几淨，晚上我們聊起天來，我就詩社日後做大事時所遇到的必然挫折，和目下社裏團結堅定所遇上的必然打擊，以及日後神州裏感情問題糾纏的可能性與必然性作了個詳盡的分析，六人都談得非常專神。

在黃昏時，我們穿軍服站在合歡埡口，遠望合歡山。合歡還在遙遠的山上，綠草如坡，一片平坦，等待我們去征服。大禹嶺的入暮，氣魄很沉雄，卻如國樂之鼓，有悲涼處。暮色蒼宏中，有位退役的老人，穿着棉襖，把手插在口袋裏，在唱了個山鄉老調，面對群山，想他曾淒涼但暴烈的一生，一個革命者的暮途趦趄，遠處枯樹驚起一隻昏鴉，好靜的山……。

稿於一九七九年九月十八日

輔仁大學三百一十冊推廣之役後一天

八、合歡山、武嶺

少年遊最後一天之晌午

早上夢夢的甦醒，像天色微明濛濛的滲進來，好寬敞的窗明几淨啊，窗內。窗外是好靜的藍，一碧如洗，靜得連鳥聲也沒有，寬漠的空。我懶懶的起來，推開日式的木門，深吸一下清亮的絲竹的清晨空氣，一下子精神奕奕。要是娥真能一起來，看見這樣寬敞的臥室，一地的棉被，多好！我們臨睡前把棉被鋪得一地都是，任打滾，任嬉鬧，摔柔道，練飛踢，打擂台，仿拳賽，實在過癮死了。如果大家都在，又可以像那次福隆大聚會一般，練起武來了。勁風那個平時不梳頭不刷牙的懶鬼，和自命風流又容易丟臉的林雲閣，難得早起，一早跑去洗刷，整個鐘頭沒回來了，大概是因為那屋主的女兒也在盥洗室曬衣服之故吧。而我要召集大家，去望那綿延的山脈，那遠道的山。要登山了，我們。

我們佩上不同顏色的帶子，（恰好是黑、紅、橘、黃、綠、緋六色，代表我們武藝上不同的帶級階段。）在蒲公英漫山飄的情況下，開始登山了。開始是決定徒步登山，約莫走了兩里，卻見農人耕作，旁有小卡車，於是請勁風、雲閣相詢，得以租借，直往合歡山山上駛去。一路上十分顛簸，合歡山寒冷如降雪，我們看見那被雪鋪一般地與湛藍相映的尖削的奇萊峰，那神秘的山峰，迷失過、也山難過的異地，跟我們如同咫尺天涯，卻在卡車每一急遽轉彎時，如同劈臉切來。合歡山地上冒出尖利又艷麗的花葉，如同雪筍，裂地而出，真是一切生意，都自天地伊始，連同雪融也是。

上得了合歡山，天際山間，有一縷雲，不知何處來，不知何處去，再經過時已不見了。我們經過一簇簇的箭竹，由小路登山，見綠草山坡，舒適如毯，想冬來雪覆，必亮如明鏡。

那司機用閩南話大呼，山間即有人對答，聲音相互遙應，我覺得在車後的我們，猶如要進梁山泊的好漢，阮小二在為我們作入山的答話，而有個寨主或甚麼阮老二的在山中喊話。沒有這些入山暗語，我們就無法上得這可以款通天地的山峰來。

天藍得可用作蘸墨水。我們從合歡山棄卡車，一路走上武嶺。合歡山頂上，有中華民國陸軍訓練日後的東北作戰部隊營，有兩個阿兵哥在山下交談，小如兩個點，我們揮手大叫：「嗨！」他們也招手大應：「嗨！」我心裏真想呼出：日後在華北作戰，冒風冒雪，要靠你們了啊！我們大家，都要靠你們了呵。想我們在城市裏趕兩場有暖氣的電影，他們卻在寒冷的雪地上衝鋒作戰，在金屬般亮飄的空氣裏，心裏也漲得滿盈。仰望群山，眺望群峰，我用拐杖指着旭日，奇萊山走遠反而近迫，好美麗的松幹。有處斷崖，有天水灑落，雲闔及時捕捉鏡頭，替我拍下了一幀照片，就是日後刊登在我散文集《神州人》封面的那一幀。

我們在清爽的泥路上，還經過了旋風谷和石碑。路是山道，據說是不能鋪成柏油路，乃因冬天路滑，汽車很容易翻下絕崖。又七八月時風大，落山風吹來，行人必須抓緊鐵欄杆方才穩住身形。我們抵達武嶺，想起蔣公，該處有電台，高達三千二百七十五呎。我們看見的石碑在另一山坡之峰上，大家紛紛猜說是反射板、碑界不一。陽光很亮，但像薄荷般灑下來，一些兒都不燠熱。我們終於折小路回大禹嶺，這是少年遊最後一天之晌午。

稿於一九七九年九月十八日
蛇組至政大打仗之日

九、梨山、梨宜公路

像國樂在午間傳來一般悠遠

天色漸漸亮了，如同我所演練的「破曉」拳套，自無極生有極，一切從沉默、靜箴、寂滅中漸漸初亮、甦醒、伊始。山色裏的曙光，美如琉璃的初秋，事實上，是晚春了。那三根原是升國旗的旗杆，自沉靄的山坳間升上來，升上來的就是旭陽。好靜默的美！晨鳥掠起，枯樹輕顫，霧煙刹那飛去。從明淨的玻璃窗望去，一切都是靜的。愛的。美的。

可是還是要走了。今天是少年遊結束的一天，要回到鬧市去了，要回到車聲去了，要回到燥悶去了！我們收拾了行李，好愛這一花一草一木，抬頭望，可以見到合歡山上，昨天我們走過的草坡；低望着，可以瀏覽大禹嶺深谷中我們來時蜿蜒曲折的路。我們揹着行囊下山，走過的路上，我想起昨日暮中，我們經過，有人吆喝我們，並放狼犬來撲，我們不但不退，反而相互交擊前進，嚇退了狗，嚇住了人。我真想寫一部武俠小說，把我這身邊的五條好漢稱作「橫貫五霸」。想着便好得意起來。

我們坐上了車，看到蒼勁而呈菱形的松樹。忽然覺得中國好偉大，中國人好胸襟！中國地名：「東北」、「華北」以方向為名，好大的氣派！又以江河如：「黃河」、「長江」為名，「黃」是以色為名，「長」更是以空間為名；或以山嶽「嵩山」、「華山」為名，真是大度。你想，好一個「天池」！你看，好一個「天山」！你聽，好一個「天津」！像這次再掠過碧綠神木，才知道是掠過而不是經過，而神木碧綠，碧綠為名，天衣無縫。有處叫「松泉崗」，那種古意竟清涼的。橫貫就是漫天山巒。遠處孤零零撐着一掌熟透了的黃葉樹。突然覺得「寒霜孤傲」這四個字的真義，像我們這些人的品德、武功、智慧、技能……下山該好好做事。嗯，下山該好好做番大事。

過了一段路，景色大變。再不那麼悲壯，也不那麼沉雄，更不那麼莊嚴，……黃昏星詩云：「美麗有山水」，我們竟見一些奇趣的山坡、禿頂、坡陟、坡面的種植物像被扒搔過似的。一座遠山，似座大墳，兩邊山頂都種有直樹，如兩列挺拔的戎卒，而中央有一棵大樹，兩旁稍有一些空間，真像威風凜凜的大將軍啊，而我們可以想像山上佈滿了敵兵，正要往上攻擊。這一場大自然不意的爭，想像的仗。這景色該是接近梨山了吧，梨山附近有一處叫環山的，山連山，坡連坡，也似這樣的景。

遠處有溪泉。從這山路望過去，很遠很遠的對面的山上，有處高梯似的建築物，不知是不是梨山。開始見到蘋果樹了，聽說二月過後蘋果就要漲價了。還是有一些驚險的絕景，如斷崖上一朵紅花，下面就是碧綠的合歡溪，使我想起「劍客書生」貴為紅花會之主的陳家洛為香香公主捨身而採的花。合歡溪清泉是我僅見，一道道、一彎彎，轉折隨車流下來，深內山處，還可望見瀑布，尚得有碧意。車行至一處，滿山綠坡紅濛樹，一叢紅烈的火大把燒在綠背景的金色陽光中！這亮烈的風景過後，又到了一片祥和的綠色景致，兩座肥沃的山坡谷後，有一圓美的山丘，好像皇天后土，真是風水之地。一灣淙淙的流水，自那兒深處牽了出來，碧綠得每一波每一紋都有雪之皚。一路上開有蝴蝶蘭，再走過去，就是福壽山莊，我們第二屆社慶聚會的地方。這附近是德基水庫的上游，梨山綠溪如畫，到了這裏，水波一紋一紋的溪灘，因石而散水的水濺，還有些小水流自山上碎落而跨，會合主流，真是烏蘇里啊十八灣，卻沒那麼悲涼，只是有陽春白雪的喜悅一番。自己看風字時，如見記憶一般，不久到了梨山。

我們的車掌小姐，臉亦如蘋果，紅撲撲的，雖清但不及載我們自花蓮到大禹嶺那女孩之美。下車後，鬧着去梨山賓館拍照，這亦是從前我們聚會的地方呀。在車站見一個女孩子，但後台的陽光下，忽然給她吸住，離開也依依不捨，但現在憶及，卻似路上那閃亮着美媚的蝴蝶蘭一樣，連容顏亦無法想起了。但見着便好，覺得有靈氣，人生有意義。看女孩子，像欣賞流水，你縱再千里迢迢的回來看，心情不是同樣的心情，水流亦不是同樣的水流了。

然而水流是筆描不出的靜止。車從梨山開出去，不久看到小橋，流水到龜山後更清淺。車裏有一黑一白兩個很好看的女孩子下車，雲閣好生失望的樣子，本來她就坐在我們前面。不久雲閣又驚呼，叫我看遠處有瀑布。然後就到了環山一帶，有處山峰，下面是流水，山巔間有一條條帶子一般的縫跟溪水接合在一起，路旁綠草間還有點點蜻蜓。好想帶小雞來此啊，像帶小小女兒來這裏一般，帶她看兩邊長滿了翠綠蘋果，兩邊垂楊夾道的武陵，這是我們曾在風雪中習武的地方，而今已長滿了桃子。流過萬壽橋的溪，是不是蔣公命名的「煌聲瀑布」之水呢？這兒真是柳暗花明又一村，使人想到陶淵明的「桃花源」。以前來此，尚是淒涼和氣壯的冬景，而今是春夏之交，好一片大好氣息啊！

可惜大家沒有全來，而國，亦未曾復，就算遊山玩水，亦多了一層悲惻性。想起從前在馬來西亞，某次明明準備好要去Bangkok Island，結果因為到來的人太少（少十一人），當時在彩虹樓與任平兄等決定夜上光頭山的事，覺得過去的事，像國樂在午間傳來一般悠遠，但感情還是在的。我們在安穩如舟、安穩如靜水的公路上公車中，如同記憶一般地滑翔歸去，直至暮靄在淡淡的鄉野、田陌間升起。而我們的歸程，就要見到山莊、娥真和他們了，我們將穿一身軍服歸來，如同征人倦返……。

稿於一九七九年九月十九日
第四屆「少年遊」：「結義行」第三次會議日

十、北宜公路、歸程

下山要好好做大事

這次回去，該可以做個悠閒的人吧。其實未「少年遊」前，我已經被那繁忙的社務、驚人的事務、以及複雜的人際關係弄得易躁、緊張、動輒暴怒。終於這個少年遊舒散了悶塞的心胸。……旅行是神州必要精神，也是必經歷練、必須條件，這包括了出國行。想太史公遍遊天下，得作爍耀古今的《史記》，而今我們走在當日前人篳路藍縷、披荊斬棘開的路上，而是以車代步，實在比古人幸福得多了。真的，下山該好好做些大事了。

從武陵農場一路到宜蘭，沿路好脆弱的蘋果花，白而綽約。經過一些短松的斜山坡，一座叫「香菇」的橋，還有紅色的橋白玉般的瀑布，噴出白白水花的農作機器，山腰間一道飛煙，煙如玉帶……我們在大甲稍停，霧雨飄飛而來，大甲溪林區霧海啊，這樣的靈山秀水，可以孕育得出復國的天機。而我亦似回到兒時綠草草綠的地方。橋下溪水逐漸轉而滾黃，而霧更濃了。車過處草晃，露霧都沾其上，我想到阿里山的路上，娥真驚見霧中那欲滴的花，新居跳上崖去採……那是好開心的會聚。而霧啊霧啊，你從阿里山、到溪頭、到今日我們少年遊的歸程上，一路護送。原是星垂平野闊之洲而今罩入霧鄉，霧啊霧啊，令人遐想。一路山泉不斷，想河川流域正是大自然之淚之皺紋，心裏隨着車之顛簸不知跳落在哪一個時空裏。

路上有青翠細直的竹林，好美的河。這風景類似神州第一度社慶之溪頭。雲閣一直再找烏鴉，因為在梨山第二屆社慶時，我們見他穿黑色風衣，即戲稱他為烏鴉。我們現在已忘卻都市人之忙繁，而獲山中人之悠閒。見轉彎處豎有路牌「注意落石」，覺得很好。不是落雨，而是落石，在夜行人的頂上，這是一個生死立判的注意。車經羅東林務局，見霧清平而闊，一兩處紅葉特別深刻，跟綠翠恰好映人眩目。車過家源橋不久，又到了他日神州社在經過此目擊降霜滿枝，世界全白的埡口，而今落霧。

實在有些睏盹，惺松中一睜眼，見一深山洞。可是車行很快，又拋下了該地，我一時還不知是何處，車上其他五人，更不知是甚麼地方了。又看見綠野間遠處，有一所小學，便想起初中的時候，在海外看的一齣很感動的國片：《愛的世界》，那一群小學生，那充滿愛心但面臨死亡的女教師，那臉冷心慈的老校長，那些溫暖的歌。……車近平地，連木瓜熟透在樹上，那也叫人驚嘆的漂亮！那綠樹細黃花，溫的天氣！漸漸出現在風景中的，是平地的綠水稻了，夾竹桃在外員山一帶若浣溪紗的小女子，蘭陽平原要到了，蘭陽平原要到了。

噢宜蘭，唉宜蘭。

我們看到一大片平原，一大片草綠，一座鄉村盡入眼簾。我們換了車，一路上商議着如何回去，如何穿上軍服，要大家驚喜一下。北宜公路的途中，暮色在公路上追擊上我們，但我仍是興奮得睡不着。我與鐵錚同坐，雲閣在後面已睡呼呼，獨是黃昏星歡笑未止，天任也挺得住。我們在途中因交通障礙，阻塞了好久，心中好急的想念：娥真娥真妳在哪裏？大家在不在家裏？夜色在半路追擊上了我們，八千里路雲和月。有一曲秦淮的歌，音樂聲情情重重，又歡愉又喜悅，但都是心切的想念啊：「我整個星期難以忘記，妳那微笑的眼睛，我終於盼到了星期天，約她去遊玩……美麗可愛的好姑娘，美麗可愛的好姑娘！我願望，我等待，今天和她相見……我願望，我等待，今天和她相見……」音樂的拍打聲越來越響，我心情好好，我一路上哼着她，真是愛如平原般寬闊，然而已萬家燈火。

已萬家燈火。交通又恢復，通行無礙。夜過坪林，像處夜之市鎮。好似又在夜裏經過了從前我們聚會（剛擊道結義）的大春山莊、瀑飛山莊……然而沒有我們，這些山莊都在夜的包圍裏，銀色的路燈下，寂寞。但我要回山莊，急急回山莊，快快回山莊，「太陽向西山隱去，月亮快要升起……」我在船上等你，我在船上等你！這首歌，似又回到民國六十六年的返馬行中，我們在檳城的海上，跟昏星、乘風，迎風而唱，家人遠方……

車過新店、新莊，我想起林新居，然而已來不及想了，我們急急換上計程車，車過國父紀念館，車內播放《秋詞》的音樂。「誰的青春誰來憐惜……」車過北新、車過景美、車過公館……我們在車內急急穿上軍衣，就要回到山莊，就要回到試劍山莊了……

（後終返木柵神州詩社，在試劍山莊等待者有娥真、清嘯、海鵬和邱殺。）

稿於一九七九年九月十九日

《青年中國》第三號「文化中國」

第四次會議前夕

遊山玩水

「金風玉露一相逢，便勝卻人間無數」，他們的聚會：在六千六百六十六尺的山峰上習武，在溪頭的霧裏對唱，在大春山莊的夜路上狂奔，在寧靜的金山晚上，暢談終宵不欲寢……。

詩社最快樂的時候便是聚會。聚會有大聚、小聚。大聚去旅行遠足，時在山上，時在海邊，幾天幾夜，不眠不休，唱歌練武，爭論寫作。小聚有時在山莊，時在天台、公園。郊遊、擂台比武、文學競寫、或是討論等不一而定。

神州第一次大聚是在福隆。當天我們在水庫頂上比武，一位社員殷乘風竟踏碎屋瓦，跌落水中。晚上談起文學，引起大辯，其爭辯之密集，進行之精彩，連法律系之張秀珍大嚷：「給我一分鐘，給我一分鐘發言時間！」一尚未得逞。半夜赴福隆水上木橋，其時漲潮，木橋又崩坍，真是前無去路，後有追兵，幾個人在橋頭的大黑暗裏，等待天光，我有一首叫《浪淘盡》，便是寫那時的情形，這裏摘其中一節：

此刻我們走過的是甚麼
昏暗一片，我們甚至不知道
天地間已否絕滅
一朵浪花是一聲思潮
因為太多的浪花成一無所思
而我們走在，海的中央
憑天拱起的一起大橋上。

海是黑的還是藍的
是恐懼還是最大的悲憫
悲憫得忍不住溺斃你，拯救你

而我們是江湖中偶然抹過的一刀
幾個宗師在少年時
忽然因為感情而綰結在一起
不問彼此身世
只問風湧雲動時
誰會是那風
誰會是那雲
誰會是那江湖以外
那個那個，想念的人。

第二次大聚是金山，這次走馬換將，除「老頭子」照舊外，只有一個王美媛是兩度列席，其他都是新人。第二天晚上我領一干兄弟迎風疾奔一十二圈，每一圈大呼一位沒有列席者的名字，以表達我們的祝福與想念。從此以後，聚會無數次。有次到福隆聚會四天三夜，第一天便從抵達開始習武到晚上，加上徹宵的座談會、研討會、辯論會，到了最後一個晚上，我們是鳳梨送酒作宵夜，最後把鐵口無情周清嘯也給病倒了。第四天晚上我們回到台北，與銀正雄、洪文慶、周念慈、劉麗玲等別後，還去看了部電影，大家便各自回家。但是後來急遽直下，半夜十二點決定出發去金山，當下招兵買馬，得李玄霜等相助，七個倦者加一個病人，凌晨兩時半到了金山海濱！

從大蠢山莊（原名大春，後因「大智若愚」而改名「大蠢」，意謂「大慧若蠢」）聚會開始，我們這一群人的聚會裏就多帶了隻小狗。小狗複姓西門，名叫阿狗，在我們社裏遭受最大打擊時欣然來莊，逐之不走。大蠢山莊一聚，有一場是翻山越嶺打獵去卻只打到了一隻人面蜘蛛，晚上我拿了三根香走黑路，曲鳳還以為是鬼嚇得大叫，凡此種種，笑翻了天；晚上我、黃、周、廖、殷、林六人上下山三次，深夜六人飛奔下山，以接女社員上山，那段過程夠驚險也夠精彩！後來野柳去了兩次，福隆也再去兩次；一次半夜座談到天亮，終於罵起架來，兩位女社員請我評理，其餘的都纏不休戰，要不是一二位社員天亮要趕回台北，趕搭火車，真無可休止。縱然如此，還一路辯到火車站。阿狗最後一次跟我們去聚會是石門水庫行，往後牠長大了，帶到外面，很不方便，也就不能再攜帶牠了。

當然最熱鬧鼎盛的聚會要算是兩次社慶了。七七年一月一日的社慶在溪頭舉行，四天三夜下來，在極寒冷的霧氣氤氳裏，以及極耗精神的討論、寫作、表演後，還習武、考試、檢定，而且睡眠三夜不及八小時。第一晚與江南樵、翁懷之大辯武俠小說，第二晚虎、鶴、鷹三組貢獻詩劇、舞蹈、技擊節目，第三晚更高歌慷慨，誰忍獨眠！我們在遊賞大學池、銀杏林、孟宗竹途中，表演「龜兔賽跑」，鬥詩、鬥唱，還在神木下街頭賣藥，詼諧相聲，引來圍觀者大群。第二次社慶在武陵農場舉行。我們先住在梨山雷伯伯家，再轉福壽山上舒伯伯家，在鋪薄冰的直升機場上一字排開，白衣白袍，面對大雪山、合歡山，吐氣揚聲，雪中練武，大家雖冷得腳趾全腫，但無一人畏縮，更無一人病倒。回到舒家，還進行升級考試。回程時是在宜蘭道上逢着絳雪，一路從鴨舌歡呼到台北。別人的聚會，玩的多，吃的多，享受的多；我們聚會，卻是吃苦多，捱飢多，熬夜多。社裏本來的原則是先把你打成銅皮鐵骨，才不怕風吹雨打；或者讓你先種樹，樹長大了開花結果，果子就算是苦的也苦得甘味，才不會花錢買了啃兩口便把它丟掉。當天狼星詩社第一次聚會時任平兄就說：「我們的詩社不是一個吃、喝、玩、樂的社團。」我們在此時此地，當然要更進一步做到不是知吃喝玩樂是甚麼的具體行動；當然，應該吃的，需要玩的，正常的喝，自然的樂，都不可避免而且也是不必避免的。

社裏還有小聚。小聚又分幾種：文學性座談會、社內檢討會，「打仗」和「出征」，集訓和訪客，還有過年過節、生日、紀念日聚。從去年農曆新年開始，我們都選一日召候社裏大將，一人帶一道好菜，一人奉獻一道驚喜，這一天算是「萬邦歸朝」。丁巳新年在莊裏開神位，一拜敬奠中國古來聖賢豪傑、無名英雄；二拜遙祭祖國山河，早日復返；三拜神州詩神武將、土地財神。今年則在正月初一，天台舉行，還有許冠雄、高雲天、林耀德、陳飛煙幾位來客。

每逢社裏新秀以上社員的生日，我們都舉行慶祝。慶祝多在黃河小軒裏舉行，常帶給社員們一個驚喜，因為他們也常忘記是自己的生日。開始時總是唱那首叫壽星哭笑不得的歌：「祝你生日快樂／祝你吃到飽飽／祝你笑到半生死／祝你快做爸爸」。唱完後便遞出大家合捐經營的「蛋糕」，時價早晚不同，又大又好時詩社裏較有錢，又小又寒傖時是詩社破了產；然後是大家「獻寶」。所謂獻寶者，便是送禮：正常來說，社裏送稿紙的佔最多，其次是書：詩社畢竟是個文社。也有重禮如送劍、送弓的，更有送厚禮如道袍、樂器的。但亦有令人哭笑不得的禮：如清嘯生日時，鳳還送他一隻猴子；到鳳還生日時，清嘯送回給她一隻撲滿「豬」。黃昏星生日時，我送他一雙昆蟲；到我生日時，他送我兩隻頑皮豹。獻不出寶的，便貢獻節目，朗誦詩、唱歌、玩遊戲等都有。

紀念日聚包括了詩人節、中秋節、清明節、元宵節以及我和娥真訂婚紀念日等。詩人節社裏有節目是應當的，中秋節更是我們結義之日。最熱鬧的倒是我和娥真訂婚日。四年間任平兄特地帶一桌酒席追到怡保來祝賀我們；三年前在振眉閣慶祝。兩年前在景美的一所空屋子裏，點蠟燭、彈古琴、拉二胡、出版長江二號，然後大聚餐，一晚令人感動泣然。年前則在試劍山莊慶祝，曲鳳還等設計龍鳳紅燭，用黛綠絹裏兩把斧柄金劍相贈，然後在莊裏歡慶達旦。這都是可記可念的相聚。還有我們創社後兩度回馬的餞行會，尤其這一次由清嘯主持，驟然熄掉全莊電路，一人手持一根紅燭，讓燭光代表我們焚燒的心志，實在很好。社裏聚會的時候，真如輕燕編的《長江九號》：《梨山風雲》裏錄的兩句詩：「金風玉露一相逢，便勝卻人間無數」。

《天龍八部》欣賞舉隅（節選）

一、武俠小說裏最碩大無朋的身影——蕭峰

《天龍八部》全書裏最重要的主角，不是蕭峰，不是段譽，也不是虛竹、慕容復，而是「命運」。

金庸絕對不能算是一個宿命論者。在他的小說裏，特別讓人喜愛的角色如楊過，本身即是與命運對抗的人物。他出身可憫，父親楊康被武林中人視為逆賊，母親早逝，黃蓉故意刁難他，使他常處於孤立之境。可是他性格倔強，且看他在成長到成熟過程中的所作所為，愛上師父，脫離全真教，認「西毒」歐陽鋒為義父，常落入孤苦、為人不容之境。俟他稍有造就，小龍女先是失貞然後失蹤，他被郭芙斷臂（肉體上的「斷臂」，卻使他的生命裏不致「斷情」、「斷義」），獨懷傷心，黯然銷魂，卻以斷臂而練成絕世武功，因良知而持正仗義，終於和小龍女劫後重逢，這樣的一位千古傷心人，在全書生命的歷程裏，無時不與天

抗爭、與命運衝突，但最後終於成為一位卓絕古今的大俠，這是金庸小說人物中不屈服於命運的一個典型例子。在這裏，命運是存在的，但只是對人的磨煉與考驗。

令狐沖也是一例。他本來可以按部就班順序演進，娶慕戀多年的師妹為妻，登上華山派掌門之位；也可以成為「魔教」的接班人，或報身入正道巨擘少林一脈裏。可是，他始終不受命運擺佈，自己創造命運，不甘與師父岳不群狼狽為奸，不屑與任我行同流合污、不肯在危艱中投身少林尋求庇護，因而終於造就了自己成為一位在世間頂天立地、我行我素的英傑。

命運對金庸小說的人物，是常存的，而且是難以抗爭的。這些人物因為性格的因素，不肯就範，轉與天爭、與命爭、與運爭、與環境大勢爭，其間經歷，可見過處血跡斑斑，特別令人動魄驚心。再推進一層而言，假設「命運」是存在的，他們的不肯服膺，改變命運，扭轉乾坤，據理力爭，其實也是「命運」的一部份。「命運」本來就不止於此，也不是如此，而是不肯就範和不甘雌伏的。「改變命運」本身也是「命運」的一部份。如果命運是可以改變的話，那麼就不成其「命運」，所以「信命而不認命」並不見得是甚麼積極、樂觀的態度，只是一種相當「功利主義」的兩全其美的話，意即是：好的，就相信它；不好的，便一廂情願地認為不是這樣子的。

楊過青少年時受盡磨難，反而促使他成為一代狂俠。令狐沖命運多舛，卻使他成為一方宗主。他們都受制於命運，可是，由於他們的百折不撓、雪志冰操，終於掌握了命運的主動性。如果說有甚麼事物可以「影響」命運，當然便是「性格」。楊過和令狐沖都是秉持他們的特殊性情與無常命運而戰的人，相比之下，苗人鳳和胡斐仍在雪崖上生死未卜，狄雲的淒苦無寄，張翠山、殷素素的身遭橫死，郭襄、李文秀的傷心失戀，林平之、岳靈珊的悲慘下場……命運的巨力才算真正達到了無可抗拒的地步。

可是，卻沒有一部書，像《天龍八部》那樣，命運隱伏在每一個人、每一段情節、每一章回的幕後，控制着全書。書裏的人，像被極強的命運推入這故事的漩渦裏，歷一場劫，有些人粉身碎骨，有些人懷抱傷心，有些人或有所獲，但無一不失。際遇雖各有不同，只要捲入這一場因果業報的巨流裏，每人在共業中俱身不由己，作不得主，掙扎衝突，可憐可憫。

蕭峰是頂天立地的男子漢，不為美色、名利、權勢所動，一向光明磊落，不屈不撓，行事只求義所當為，武功天下無敵，結果，他受命運播弄得最令人怵目驚心。金庸在寫《天龍八部》之前的小說，性格淳厚樸實的郭靖，狂放深情的楊過，及至沒有甚麼特色的張無忌，都在無情的天意底下得到有情的「善終」；在寫《天龍八部》之後的浪子令狐沖，機靈狡詐的韋小寶，也都在不大可能的情況下卻有好的下場。就算同是《天龍八部》裏的段譽，終日癡癡迷迷，心無大志，也跟虛竹一樣，被命運折磨連番之後，終於也能「有情人終成眷屬」、「贏得美人歸」，惟獨是大英雄真好漢蕭峰，在命運的安排下，變成了個弑師傷親、叛祖逆族的「大惡人」，他被迫「殘殺」武林同道，被逐出丐幫，真正的父親就是陷害他的敵人，還失手打死了他最心愛的紅粉知己，最後，在忠義不能並存的情形下，殺死了自己。這位英雄好漢，被命運玩弄，一至於斯，那還有甚麼話可說？

不過，如果詳析細察，蕭峰的命運，雖然他的性格是因素之一（譬如因為他矢志報仇，所以才打死了阿朱；例如他不肯殘害中原人士，致令耶律洪基不喜；又如他明知阿紫之惡，但始終不能離棄病情危殆的阿紫），但決不只是他個人的性格所造成的。其間，有很多前因後果，甚至可以追溯到數代的恩仇、兩國間的兵禍，乃至蕭峰不為所誘的色（如馬夫人因他不理不睬，而設計陷害他）、利（契丹人因中原富庶而攻侵宋國，而宋國積弱毀約，使蕭峰陷入左右為難的處境）、名（慕容復即為打倒蕭峰以獲威望人心，而對他諸多為難）、權（丐幫內鬨，無非是要撂倒他以奪權位），卻無一不牽制着他，使他一步步墜入萬劫不復之境。

就連情、義、忠、孝（對阿朱的深情，對丐幫手足的義氣，對宋遼之間的忠，對蕭遠山與喬三槐夫婦的孝）也無一不纏繞着他，形成一面天羅地網，使這樣一位武俠小說裏豪氣萬丈豪情千般的俠義人物，困在因果業報中，以死亡與鮮血來作終結。在同類小說中，我們很難再找到比蕭峰更具有「悲劇英雄」的個性和遭遇了。

當人物的行為，已超出一般人的行為標準之上，他們比平常人更勇敢、更忠誠、更深情或更尊貴，同時在遭遇上，也比常人更極端，所遭受的磨煉，不是凡人所能承受的，於是形成了「悲劇英雄」。這也合乎阿里士多德指出的：「悲劇的人物在一般人的水平之上。」蕭峰是個能當機立斷的人，譬如他一出場便是身陷丐幫叛變之中，他以大仁大義的手段，談笑間便穩住大局，定了江山，這決非常人能辦得到，但禍事一波未停，一波又起，蕭峰始終逃不過命運的嘲弄。

蕭峰本意是結合武林同道，為國殺敵，結果，到最後發現自己是眾人之「敵」（契丹人）。他當上丐幫幫主，所歷的苦難與考驗，比任何人都多，所立的功，比甚麼人都大，結果，為了這樣一個「身世」，一切都破滅成空。他矢志要替恩師、幫主、父母報仇，結果發現陷他於不仁不義之境的人，原來是自己的生父。他深愛阿朱，但上天作弄，阿朱一開始就是為了他，而着了一掌，蕭峰為了救活她，致生情緣，致造殺戮；但結束時也是因他一掌，阿朱還了他的情，喪失了生命，以致蕭峰鬱鬱寡歡，抱憾而歿。

悲劇英雄人物常在「對比」中進行。「英雄」行為的結果與一般預期的方向相反，形成「對比」。他的境遇與意志形成對抗，行為與結果形成對立，理想與命運形成對照，造成了強烈的「悲劇的嘲弄」（Tragic irony）。從《天龍八部》故事開始，終全書蕭峰都是「有意如此，但形勢相反」，「頂天立地，光明磊落，卻受命運捉弄，作不得主」。蕭峰自殺身亡，大有項羽神人般的豪概，命運雖然有意折磨英雄，但天底下除了他自己取去自己性命之外，無人可以殺得了他。蕭峰一死，《天龍八部》亦已近尾聲，這個人物的神采，在故事情節千變萬化、人物個個寫得出色的巨帙中，一樣有這般聲威，真是空前絕後！

要說蕭峰當機立斷，拿得起、放得下，這也不盡然。不錯，他是決不婆婆媽媽。像聚賢莊上力戰群家，舟上對付譚婆與趙錢孫，駁斥慕容博，犧牲一己性命謀求大遼兵助，每一件事，都顯出他的英雄肝膽、俠客胸襟。可是，像這樣的一個人，結果還是敗在當斷不斷的關節上。他本與阿朱到關外去，卻耿耿於先手刃強仇，結果殺死了心愛的阿朱。他得悉自己是遼人後，誓不殺漢人，不加害武林同道，但為勢所逼，不但殺傷武林同道，簡直是「大開殺戒」，一步一步的逼入與本意初衷完全違反的境地。他意識到阿紫的怙惡不悛，便不再多顧慮阿朱的臨終託妹，可是，到後來仍是要帶阿紫一起天涯流亡，致使蕭峰在大遼當南院大王的時候，所行的善舉，決補償不了阿紫瞞着他而仗權勢所作的惡事之十一。蕭峰為命運所擺佈，一至於斯。他越是英雄俠烈，掙扎越大，意志越強，其結果越顯悲壯。

蕭峰不好女色，他甚至連絕美的馬夫人也不多看一眼，以致招禍。馬夫人就因「百花會中一千多個男人，就只你自始至終沒瞧我」，就把蕭峰害成這樣，把丐幫弄得天翻地覆，實在比妲己、褒姒的傾國傾城、烽火戲諸侯更進一步。蕭峰雖然是「從小不喜歡跟女人在一起玩，年長之後，更沒功夫去看女人」的男兒，但卻遇上俗語所謂的「桃花劫」，實在也是「命」。他之所以失去幫主之位，身世之謎被掀開，是馬夫人所致，這個女人他一直「沒去留意」。他傷心獨抱，負疚一生，係因為誤殺阿朱，而阿朱是他真正唯一深愛的女子。他跟「星宿派」為敵，被游坦之恨絕，甚至為大遼兵所擒，都是因為阿紫。一個卓絕古今的英雄豪傑，命運卻操縱在女人手裏，這樣的悲劇使讀者產生高度的「優越的知識」（Superior knowledge）與「超然的同情」（Detached sympathy），而產生極大的嘲弄。《伊底柏斯王》（Oedipus the King）一劇中，他努力追尋殺死前王賴亞斯（Laius）的兇手，然而兇手卻竟是自己。相比之下，蕭峰的遭遇要複雜得多了。他的大仇人是師父、恩人和「父母」，人人都誣指他弑師滅祖，結果他找到的「兇手」是他的生父；他平生為國殺敵，但「敵」原來是「同族」，而旋又陷於另一場「我族」與「異族」間，忠義不能並存的抉擇；他最愛的女子，為他所殺，使他傷心一輩子，這女子卻是故意讓他打死的。在這種處境裏，蕭峰竟沒有一事不是「事與願違」的。該死的沒死（他一掌打不死阿紫，惹來無盡煩惱）、不該死的卻死（阿朱受他一掌，返魂乏術）；該死的時候不死（阿朱先前中了玄慈一掌，卻因蕭峰設法相救而不死，也因而使蕭峰在聚賢莊大開殺戒）、不該死的時候卻死（玄苦是見着他之後才死，越發使他殺人罪名百口莫辯），一直都是如此，一生都是如此。

其中最令人無法原諒的是阿朱。馬夫人陷害蕭峰，是她個性的狠毒；阿紫要害蕭峰，是她想佔有這個男人，而且她也並沒有成功，終於是為他而墜崖身死。只有阿朱不可原諒。她為情而死，實在沒有必要。這種作風，傷透了蕭峰的心，讓他負疚一輩子，事實證明，段正淳也不是「帶頭大哥」，並非蕭峰強仇，反而中了馬夫人的毒計。蕭峰被馬夫人騙倒，全因阿朱使小聰明（《天龍八部》裏的「聰明人」，沒有幾個作者是讓他有好下場的，反而傻人有傻福，這在後文會作詳論），所以才遭致這樣的悲劇發生。

蕭峰在世間再孤立、受人誤解、無地容身，但只要有阿朱，還有一線生機，還有活下去的希望，還有愛情的滋潤，使他不致太過孤苦傷心。阿朱這樣做，是害苦了蕭峰，既使他傷心孤獨一輩子，還要替她莫名其妙的照顧連她自己也沒接近過的妹妹阿紫，把蕭峰牽累得更加狼狽。阿朱不死，蕭峰也未必會在雁門關自盡；不是為了救活阿朱，蕭峰就不至於大殺群豪；阿朱為蕭峰做過甚麼？她為情而死，終究還是欠情。她的死使段正淳依然可以風流快活，阿紫可以名正言順牽絆蕭峰，而蕭峰卻要傷心一輩子，實在毫無意義。想出這個倒霉法子來探出「帶頭大哥」，倒是她的建議，這個建議更加把蕭峰推入雪上加霜之境。阿朱出場，扮這人扮那人，極為熱鬧可愛，但也只是熱鬧可愛而已。「南慕容、北喬峰」中，阿碧心甘情願，常伴瘋了的慕容復。相比之下，蕭峰更是可悲，阿朱為情而死，實際上是累死了他，在這點上，阿碧要比阿朱「善解人意」得多了。人說阿朱溫柔，但有時候溫柔也最累英雄。蕭峰初遇阿朱，就逢丐幫叛變，這以後跟她在一起，一直都在連場劫殺之中，真是歷來紅顏多劫難。

蕭峰的剛烈豪俠形象，當然需要阿朱的嬌柔來襯托。阿朱的巧笑倩兮，尤其說話的溫柔可親，是精於寫人物對白的金庸（他小說中的人物說話語氣，總合乎人物的個性身份，從沒有兩個人說同一種「話」，這跟他筆下人物的武藝處理得同樣成功）小說中最成功的例子。

喬峰在雁門關前，鬱抑難伸，力劈巨岩，以舒一個多月來身受諸般委屈，打得手掌出血：

正擊之際，忽聽得身後一個清脆的女子聲音說道：「喬大爺，你再打下去，這座山峰也要給你擊倒了。」

喬峰一怔，回過頭來，只見山坡旁一株花樹之下，一個少女倚樹而立，身穿淡紅衫子，嘴角邊帶着微笑，正是阿朱。

這厲烈屈憤的場面，阿朱突然登場，使喬峰的悲憤填膺，化作萬縷柔情。阿朱死後，喬峰與群豪被敵兵追擊，逃到雁門關前，仿見當日情境：

蕭峰走下嶺來，來到山側，猛然間看到一塊大岩，心中一凜：「當年玄慈方丈、汪幫主等率領中原豪傑，伏擊我爹爹，殺死了我母親和不少契丹武士，便是在此。」一側頭，只見山壁上斧鑿的印痕宛然可見，正是玄慈將蕭遠山所留字跡削去之處。

蕭峰緩緩回頭，見到石壁旁一株花樹，耳中似乎聽到了阿朱當年躲在樹後的聲音：「喬大爺，你再打下去，這座山峰也要給你擊倒了。」

他一呆，阿朱情致殷殷的幾句話，清清楚楚的在他腦海中響起：「我在這裏已等了你五日五夜，我只怕你不能來。你……你果然來了，謝謝老天爺保佑，你終於安好無恙。」

蕭峰熱淚盈眶，走到樹旁，伸手摩挲樹幹，見那樹比之當日與阿朱相會時已高了不少。一時間傷心欲絕，渾忘了身外之事。……

這時候，蕭峰已經快要身亡。接下去的情節，驚濤駭浪，蕭峰勇退強敵，折箭自盡，也許，就在那回想的一刻裏，而萌死志的吧？或許，阿朱死後，他便不曾真正的活過。難怪蕭峰開始見到阿朱的時候，總是恍似看到自己的背影了（阿朱曾易容假扮過他），原來她真的是他的影子，誰沒有了誰，便不能獨活。

可是，蕭峰這位在武俠小說裏最巨碩魁梧的身形，如何與嬌小柔弱的阿朱的身影，交疊在一起呢？那只是因為「易容」。在金庸的筆下，阿朱神乎其技的「易容術」，只能給傻乎乎癡呆呆的段譽當作熱鬧瞧瞧，讓聰明反被聰明誤的鳩摩智給騙了一時半刻，但在真正的大節骨眼上，反而累事。這是金庸高明之處。我始終認為：武俠小說最忌乃是強調「易容術」無瑕可襲，因為那不但誇張了易容術本身，也過份簡化了一切問題；這幾乎等於在武俠小說中加入了機關槍、手榴彈一般礙事。在金庸給我的書信中，也提到類似的看法。

九、少室山上的風雲際會

筆者認為《天龍八部》裏，少室山上蕭峰、段譽、虛竹三義聯手抗群豪這一段，是《天龍八部》裏和金庸武俠小說裏寫得最好的一幕，筆者相信古今武俠小說作品裏也難出其右。

《天龍八部》裏，就算是驚心動魄而寫得極為精彩的大場面，也着實不少。筆者喜歡大理寺中的劍氣縱橫，珍瓏局前的勾心鬥角，鳩摩智、神山上人等在少林寺中的文拚武鬥，黃眉僧與段延慶對弈的進退分寸，丐幫叛變喬峰服眾的變化多端，李秋水與天山童姥苦鬥的淒厲驚心，蕭峰獨闖聚賢莊的威風凜凜，還有群豪與遼軍對峙的氣勢非凡……但都不及蕭峰帶燕雲十八騎上少室山以後那一場的氣勢非凡。

這一場，是集《天龍八部》全書張力醞釀而成的，係精華所在。

這一場的武功，令人目不暇給，單此粗略的算上一算，就有天下陽剛第一的「降龍十八掌」、「化功大法」、「星移斗轉」、「易筋經」，以及天下至寒至陰的冰蠶寒毒。另有六脈神劍對付慕容家傳劍法、五虎斷門刀、八卦刀法、六合刀法還有各種兵器，還有天山折梅手、天山六陽手、小無相功、擒龍功、控鶴功、生死符、一陽指、鱷嘴剪、腐屍毒、參合指等等奇技，可說是琳琅滿目，再也難有這般繁雜精彩的武功都匯在一起的場面了。

這一場裏的人物，也可以說是把天下精英，盡收其中。少林寺出動了所有的高僧，段正淳父子與他的家臣，慕容復和他的部屬，蕭峰和燕雲十八騎，游坦之和丐幫的高手，丁春秋和「星宿派」的門徒，虛竹和靈鷲宮的弟子、三十六洞、七十二島的人物，四大惡人，各方豪傑，各派高手，連同五台山神山上人、開封府大相國寺觀心大師、江南普渡寺道清大師、廬山東林寺覺賢大師、長安淨影寺融智大師、清涼寺神音大師等，也理應在場，另外還有鳩摩智以及驀然出現的慕容博、蕭遠山，再加上那位高深莫測的無名老僧，這當真可以說是千古未有、難逢難遇的大陣仗。

這一場的打鬥，分別有蕭峰以「降龍十八掌」，力敵丁春秋、游坦之、慕容復這當世三大高手，又有段譽首次神威抖擻，力挫慕容復，虛竹越戰越強，制住丁春秋，蕭峰以浩然真氣的掌功力戰陰寒絕毒的游坦之。連段正淳和南海鱷神也紛紛出手，到後來還有慕容博父子、鳩摩智與蕭遠山父子的對峙，實在是武林中最頂尖兒人物的大比併。

這一場的情感衝突，也是激烈。蕭峰、段譽、虛竹三人乃為義理而戰，但面對天下群雄，膽魄當真非凡。這一場也是「南慕容、北喬峰」之初會，同時，也是段譽毅然放下情枷為義而戰，這一場亦是慕容復、蕭峰與一向生死不知的父親初會（無獨有偶，虛竹也在此際的情節裏認了生父玄慈，說來少室峰上倒一時成了父子相認之地，倒是過份湊巧些）。段正淳、南海鱷神、蕭峰、慕容復、段譽、虛竹、游坦之、丁春秋、慕容博、蕭遠山、王語嫣、玄慈、玄生、葉二娘、鄧百川、包不同等性格全出，還揭開了蕭峰冤案底蘊、蕭遠山與慕容博生死之謎、少林方丈玄慈與葉二娘當年的一段私情，伏下了日後鳩摩智練「易筋經」走火入魔、慕容復含忿殺段譽反撮合了他與王語嫣好事、丐幫群雄對蕭峰的誤會冰釋，中原群俠赴西夏選駙馬之邀等等情節。這一場，實在是全書中最重要也寫得最出色的。

這一役自四面八方群雄向少林寺投帖拜山始，並由丁春秋與游坦之為了阿紫之戰拉開了序幕。游坦之身受陰寒奇毒，將佛門正宗「易筋經」變作邪惡而犀利的武功，第一次正式出手，便在少林寺前，可嘆的是少林高僧並不識得（可見武功無正邪，善惡憑人心）。游坦之與丁春秋兩人鬥「毒」，一個用星宿派門徒犧牲，一個以丐幫子弟犧牲，兩人武功怪異令人咋舌，其手段殘毒也教人怵然。這場詭異殘忍的搏鬥，其實是阿紫與全冠清一手造成的。「星宿派」弟子的阿諛奉迎，卻貪生怕死，口裏依舊歌頌不絕，但知只要被丁春秋抓中，便要變成毒屍攻襲敵人，都遠遠躲開，與丐幫子弟面對大敵踔厲敢死不同。

這場比鬥，丁春秋變幻百出的武功固令人嘆為觀止，游坦之的冰蠶奇毒與易筋經內力亦教人匪夷所思。不過，阿紫一旦落入丁春秋手裏，游坦之的絕頂武功也變得毫無用處，甘心為丁春秋所用，可憐丐幫子弟自失幫主喬峰以來，實在威風全無。在這兒金庸岔過一記閒筆，來寫段譽見游坦之為阿紫一至於斯，在度量自己對王語嫣是否也如此情癡，實在是妙筆，其實，游坦之對阿紫用情之苦，尤勝段譽之對王語嫣，只不過段譽運氣好，王語嫣的品格遠勝阿紫不知若干倍，而且段譽俠義心腸、明辨是非，所以在大關節上，他是有所為、有所不為；這次站出來跟蕭峰對抗天下群豪，使他由一個書呆子、糊塗蟲，宅心仁厚、多情種子搖身一變，成為了臨大節而挺身衛道的俠義之士。

正值丐幫幫主莊聚賢（游坦之）只會使邪派武功，不識用丐幫的「降龍十八掌」與「打狗棒」，令丐幫英名蒙污之際，蕭峰率燕雲十八騎捲湧而至，為少室山之役掀起了高潮。且看蕭峰重入中原的聲勢：

……一片喧嘩叫嚷之中，忽聽得山下一個雄壯的聲音説道：「誰説星宿派武功勝過了丐幫的降龍十八掌？」

這聲音也不如何響亮，但清清楚楚地傳入了眾人耳中，眾人一愕之間，都住了口。

但聽得蹄聲如雷，十餘乘馬疾風般捲上山來。馬上乘客一色都是玄色薄氈大氅，裏面玄色布衣，但見人似虎，馬如龍，人既矯捷，馬亦雄駿，每一匹馬都是高頭長腿，通體黑毛，奔到近處，群雄眼前一亮，金光閃閃，卻見每匹馬的蹄鐵竟然是黃金打就。來者一共是一十九騎，人數雖不甚多，氣勢之壯，卻似有如千軍萬馬一般，前面一十八騎奔到近處，拉馬向兩旁一分，最後一騎從中馳出。

丐幫幫眾之中，大群人猛地裏高聲呼叫：「喬幫主，喬幫主！」數百名幫眾從人叢中疾奔出來，在那人馬前躬身參見。

這人正是蕭峰。他自被逐出丐幫之後，只道幫中弟子人人視他有如寇讎，萬沒料到敵我已分，竟然仍有這許多舊時兄弟如此熱誠的過來參見，陡然間熱血上湧，虎目含淚，翻身下馬，抱拳還禮，説道：「契丹人蕭峰被逐出幫，與丐幫更無瓜葛。

眾位何得仍用舊日稱呼？眾位兄弟，別來俱都安好？」最後這句話中，舊情拳拳之意，竟是難以自已。……

試問還有甚麼場面比這一幕出場更有氣派？有誰可以擔得上這出場的氣派？蕭峰一出場，不但聲勢第一，而且，丐幫群眾的直接反應，才是最感人的。要知道，一個人被誤解多了，孤立慣了，又被人逐出門戶，離開他身屬的地方，過着被放逐而流亡的生活，失去了親人、朋友，受盡旁人的敵視與侮辱，就算是頂天立地的英雄好漢，也難免內心淒苦。最令他感動的，莫過於有一天能看到這些人重新肯定了他、對他的情感並沒有變質。蕭峰這時，一定有很多感觸，也最意興陡發的，但可惜，阿朱並不在他身邊。

他看到的卻是阿紫。阿紫受星宿老怪丁春秋所脅持，武功怪異絕頂的游坦之三番四次沒把她救過來，反受丁春秋所制。但見蕭峰「僅以一招『亢龍有悔』，便將那不可一世的星宿老怪打得落荒而逃，心中更增驚懼，一時山上群雄面面相覷，肅然無語」。這丐幫前任幫主，終於替丐幫大大地出了一口烏氣。

其中最令人熱血賁騰的，當然便是在蕭峰受數千豪雄包圍之際，段譽要跟蕭峰同生共死了。這段文字，前文已引錄過。蕭峰約三十一二歲（慕容復則二十八九歲），段譽比他小十一歲，虛竹則比段譽大上三歲。喬峰與段譽在無錫城中松鶴樓上無意中撞見，段譽一見他便「心底暗暗喝了聲彩：『好一條大漢！這定是燕趙北國的悲歌慷慨之士。不論江南或是大理，都不會有這等人物。包不同自吹自擂甚麼英氣勃勃，似這條大漢，才稱得上「英氣勃勃」四字！』」然後兩人比併烈酒，互以為是慕容復的人，一個用六脈神劍將酒力在體內流轉，一個乃憑真實本領，連盡三十餘碗兀自面不改色，結果互相結交，意氣相投，一次見面，即撮土為香，成了兄弟。在這一段英雄結交裏，還引出個讓人望眼欲穿的慕容復。

段譽挺身而出，自然還有虛竹。虛竹跟段譽，正是兩大呆子，各有各的糊塗，各有各的癡情，也各有各的風流史。當日在靈鷲宮中「兩人各說各的情人，纏夾在一起，只因誰也不提這兩位姑娘名字，言語中的筍頭居然接得絲絲入扣」，因而你引一句金剛經，我引一句法華經，自寬自慰，自嘆自傷，惺惺相惜，同病相憐，又結成了兄弟，同時把蕭峰也結拜在內了。

其時，蕭峰眼見千里南下，朝夕不離的愛馬被毒死，神功陡發，於三招之間，逼退了當世三大高手，慕容公子、莊幫主（游坦之）、丁老怪，豪氣勃發，將一大皮袋的白酒一口飲盡，「向十八名武士說道：『眾位兄弟，這位大理段公子，是我的結義兄弟。今日咱們陷身重圍之中，寡不敵眾，已然勢難脫身。』他適才和慕容復等各較一招，居然佔了上風，卻已試出這三大高手每一個都身負絕技，三人聯手，自己便非其敵，何況此外虎視眈眈、環伺在側的，又有千百名豪傑。他拉着段譽之手，說道：『兄弟，你我生死與共，不枉了結義一場，死也罷，活也罷，大家痛痛快快地喝他一場。』

段譽為他豪氣所激，接過一隻皮袋，說道：『不錯，正要和大哥喝一場酒。』」

武俠小說容易流於幻想激情，浪漫主義色彩本就濃烈，金庸小說卻一向極能節制，使其激蕩的情感得到約束，而增加作品的藝術成就。這少室山上，三結義聯手，正是一切強力所推至的全面高潮，也是《天龍八部》裏的「戲肉」。金庸把握了這場衝突的重心，往高潮一波接一波的推出，令人喘不過氣來。在武俠小說裏常有描寫義氣，但似這一幕的情懷激盪、義薄雲天，亦殊為少見。段譽與蕭峰正在天下英雄面前敘義，卻出來了另一個「可愛的呆子」、「結義兄弟」虛竹：

少林群僧中突然走出一名灰衣僧人，朗聲說道：「大哥，三弟，你們喝酒，怎麼不來叫我？」正是虛竹。他在人叢之中，見到蕭峰一上山來，登即英氣逼人，群雄黯然無光，不由得大為心折；又見段譽顧念結義之情，甘與共死，當日自己在縹緲峰上與段譽結拜之時，曾將蕭峰也結拜在內，大丈夫一言既出，生死不渝，想起與段譽大醉靈鷲宮的豪情勝概，登時將甚麼安全生死、清規戒律，一概置之腦後。

蕭峰從未見過虛竹，忽聽他稱自己為「大哥」，不禁一呆。

段譽搶上去拉着虛竹的手，轉身向蕭峰道：「大哥，這也是我的結義哥哥。他出家時法名虛竹，還俗後叫虛竹子。咱二人結拜之時，將你也結拜在內了。二哥，快來拜見大哥。」虛竹當即上前，跪下磕頭，說道：「大哥在上，小弟叩見。」

蕭峰微微一笑，心想：「兄弟做事有點呆氣，他和人結拜，竟將我也結拜在內。我死在頃刻，情勢凶險無比，但這人不怕艱危，挺身而出，足見是個重義輕生的大丈夫、好漢子。蕭峰和這種人相結為兄弟，卻也不枉了。」當即跪倒，說道：「兄弟，蕭某得能結交你這等英雄好漢，歡喜得緊。」兩人相對拜了八拜，竟然在天下英雄之前，義結金蘭。

蕭峰不知虛竹身負絕頂武功，見他是少林寺中的一名低輩僧人，料想功夫有限，只是他既慷慨赴義，若教他避在一旁，反而小覷他了，提起一隻皮袋，說道：「兩位兄弟，這一十八位契丹武士對哥哥忠心耿耿，平素相處，有如手足，大家痛飲一場，放手大殺罷。」拔開袋上塞子，大飲一口，將皮袋遞給虛竹。虛竹胸中熱血如沸，哪管他甚麼佛家的五戒六戒、七戒八戒，提起皮袋便即喝了一口，交給段譽。段譽喝一口後，交了給一名契丹武士。眾武士一齊舉袋痛飲烈酒。……

蕭峰重義，見虛竹慷慨赴義，為義輕生，不想小覷了他，當即結義，要是換作慕容復，或會嫌他武功低微，不與他結交，若換作段正淳，便或怕他無謂犧牲，不讓他參與其事。蕭峰與段譽、虛竹結義痛飲之時，決未料到這兩人成為他的強助，足可扭轉乾坤。前文說過，金庸小說《天龍八部》裏的人物（其實金庸「後期」的小說都有這種傾向），能成大功業者，並不刻意，也不求功，故此段譽成了皇帝，虛竹當上駙馬，慕容復反而成了瘋子，段延慶飄然而去，因他千方百計要奪帝位，卻意料不到的有了子嗣。蕭峰這次得到強大的臂助，全因他大義所致，並非有意拉攏，相比之下，慕容復着意「收攬人心」，反而只得到一場羞辱。

接着下來，虛竹一句：「大哥，這星宿老怪害死了我後一派的師父、師兄，又害死我先一派少林派的太師叔玄難大師和玄痛大師。兄弟要報仇了！」就往丁春秋揮拳擊去。從這一句裏，甚麼「先一派」、「後一派」，可謂糊塗透頂，也可愛到家了！

虛竹敵住丁春秋，蕭峰獨鬥慕容復、游坦之二人，因他「天生神武，處境越不利，體內潛在勇力越是發皇奮揚，將天下陽剛第一的『降龍十八掌』一掌掌發出」，打得慕容復和游坦之「無法近身」。其中慕容復以「斗轉星移」之法，把蕭峰攻擊主力引往游坦之硬拚，更見機詐，段譽終於出手，一味死纏爛打，旋即為慕容復所制，要他在天下豪雄面前叫一百聲「親爺爺」，慕容復這下可謂卑鄙惡毒之極，要段譽一輩子抬不起頭來，這人一遇到蕭峰，品格就愈見卑下。不過反過來說，金庸這樣寫慕容復，並非佳筆，慕容復要是如此沉不住氣，當眾做這種眼光淺短之事，只逞一時之快，怎教天下英雄服氣？他所謀者大，豈好勝若此⁉段譽因感王語嫣臉上全無關切之情，不禁萬念俱灰，置死生於度外，反跟慕容復說：「你幹麼不叫我一百聲『親爺爺』？」激起慕容復怒火，要將他殺死，而引出段正淳和南海鱷神，出手搶救他。段正淳不是慕容復之敵，段譽因心急要救父親，又氣苦於王語嫣在慕容復打倒自己父親之時大聲喝彩（王語嫣至此可謂不可愛極了。段譽幾番捨死忘生去救她，就算沒有情意也有恩義，慕容復以偷襲得手，已跡近無恥，又對他百般侮辱，要立殺他當堂，王語嫣仍面不改色，居然還在慕容復打倒段正淳時喝彩叫好，實在無情冷血。要是段正淳還在世，未必會欣然同意段譽與王語嫣的婚事——不過滑稽兼加諷刺的是：段譽原來不是他的兒子，王語嫣才是他的女兒），內力運轉自如，終於用六脈神劍，把慕容復打得狼狽不堪。

段譽沒殺慕容復，饒了他的性命，全因不想讓王語嫣傷心。卻不料反為慕容復使詐所制，身受重創，幾被殺死，幸蕭峰及時出手，慕容復：

> 突然間背後「神道穴」上一麻，身子被人凌空提起。……只聽得蕭峰厲聲喝道：「人家饒你性命，你反下毒手，算甚麼英雄好漢？」……蕭峰這一下又是精妙之極的擒拿手法，一把抓住了要穴，慕容復再也動彈不得。……蕭峰身形魁偉，手長腳長，將慕容復提在半空，其勢直如老鷹捉小雞一般。……慕容復恨不得立時死去，免受這難當羞辱。……蕭峰冷笑道：「蕭某大好男兒，竟和你這種人齊名！」手臂一振，將他擲了出去。……慕容復直望出七八丈外，腰板一挺，便欲站起，不料蕭峰抓他神道穴之時，內力直透諸處經脈，也無法在這瞬息之間解除手足的麻痹，砰的一聲，背脊着地，只摔得狼狽不堪。……

慕容復這一敗，可以說是咎由自取，如果他對段譽能留一條活路，便不致一再受辱。他在千數英豪面前受辱，拔劍自殺，這次可沒有段譽凌空發出六脈神劍來震飛他的長劍了（段譽已被他重傷）。便在這時，慕容博現身打飛了他的長劍，三言兩語，阻止了他的自盡。在這一場裏，有兩點是特別值得注意的：

一，慕容復確有過人之處。他在這樣一敗塗地，萬念俱灰，羞不欲生的情況下，聽了對方責斥他（那時還不知「灰衣僧人」就是他的父親）對不起列祖列宗，讓慕容一族斷種絕代等話語，坦然受教，拜伏在地，這點豈是常人能做得到的？

二，「灰衣僧」（即慕容博）在此時向他告誡甚麼：「古來成大功業者，哪一個不歷盡千辛萬苦？漢高祖有白登求和之困，唐高祖有降順突厥之辱，倘若都似你這麼引劍一割，只不過是個心窄氣狹的自了漢罷了，還談得上甚麼開國建基？你連勾踐、韓信也不如，當真是無知無識之極。」這番話之後，蕭遠山也出現了，使這少室山前之役再掀高潮，丁春秋為虛竹所敗，虛竹袒身受杖，使得爆發了少林方丈玄慈與葉二娘的秘密，正是一波未停，一波又起，蕭遠山與蕭峰、慕容博與慕容復父子相認，然後是蕭峰身世、慕容博陰謀揭秘，接着是話分兩頭，一方面是玄慈坦受杖責，與葉二娘先後身亡；一方面是慕容博父子、蕭遠山父子與鳩摩智正對陣中，又殺出了個無名老僧，點破慕容博和蕭遠山三十餘年來匿伏寺中偷看經書之種種，而且把兩人打死後再為彼此療傷，化解了雙方仇恨，使二人由生到死、由死到生地走了一趟，讓兩人解脱頓悟，歸依佛門。這一連串少林寺的大拚鬥，到了尾聲化戾氣為祥和，充滿了禪機。可是，這並沒有教從生死門裏走一趟、而剛剛受過大辱、並聽了父親告誡他要「開國建基」的慕容復，放棄圖謀恢復大燕江山的大志。談到頭來，慕容復既無退路，也沒有機會，他的下場更令人不忍深責的。

這一段少室山之會，最後結束仍是一片血光。段譽先為慕容復所傷，後在眾人聽老僧説法之際，為鳩摩智下毒手，胸口着了他一招「火焰刀」，登時不省人事。不過，這一大段高潮迭起，令人目眩神馳的少室山上風雲際會，可以説是武俠小説裏寫得最緊張、動人、精彩、偉大的場面。

單就這一段文字，《天龍八部》足以不朽，金庸也足以不朽了。

十、《天龍八部》裏的人道主義精神

劉若愚在 *Major Lyricists of Northern Sung* 裏説過：「一個批評家如果沒有偏見，就等於沒有文學上的趣味。」當然，批評家的「偏見」，也必須要有理論的根據，而並非單憑個人好惡輕下判斷。

我對文學也有自己的偏好。就小說而言，近年來，我特別注意小說裏的「人道主義」和反映時代、社會、人性的成功與否。任何小說，都有想像的成份，再「社會寫實」的小說也還是有想像的片段，就連「報告文學」也不例外。不過必須要注意的是：想像，只是用來串連和表現人性的真實面貌，甚至可以說，人性是體，想像是用，兩者是相輔相成的，就像電視節目與電視機的效能一般。

不成功的小說，想像僅止於想像，人性刻劃等於零。縱使想像力再強，人性依然是真實的。人性不能憑空杜撰。任何能夠經得起歷史考驗的小說，它的社會、時代，容或跟我們有距離，它的形式、語言，也許跟我們有差異，但人性依然歷古長新，永恒不變。成功的小說，除了人性之外，也能在小說裏反映出當時的時代背景、社會習俗等，讓我們感到興趣，找到影射，得到啟發。

文學同時是戲劇化了的哲思。如果作家沒有自己獨特的思想，很難成為重要的作家。小說應該真實地反映生命裏各種情調，其次才觀察寫作技巧、遣詞用字、處理手法等是否成功。

當然，一篇好的小說，必須是一部有機體，即是內容與形式配合無間，方才可以談論是不是偉大的文學作品。

很多人不大看得起通俗小說，其實是不對的。當然，通俗小說也有寫得好、寫得不好之分。通俗本身其實是一種好的質素。胡適認為：中國文學能有今天的成就，正是因為在其發展過程中，不斷有通俗作品以非正統文學姿態出現之故。我在大馬《南洋商報》與《星洲日報》的專欄文章裏曾一再指出：通俗跟庸俗是不同的。通俗的作品同時可以高級，但並不作高級狀；反過來說，任何事物能夠通俗，那就證明它能為大眾所接受。是不是能為大眾所接受的事物就是好？當然不是，為大眾所接受的事物，也不一定就好，就算好，也可能會有不好的一面，有的事物雖被大眾所接受，但只是片面的、暫時的。可是，不為大眾所接受的事物，就可能更加不好，至少，它在群眾的第一關，就已被過濾掉。

當然，不為大眾所接受的事物，也有可能是好的，它不為大眾所接受，只是在眼前，真金不怕洪爐火，遲早可以揚眉吐氣。不過，值得注意的是，一堆垃圾也會以為自己是真金。很多藝術家故作狂妄，崇尚所謂高級品味，以晦澀造作、深奧難懂荒誕為榮，並以曲高和寡而自喜，除了犯上自大狂與偏狹症、為「知」所惑外，就是沒有弄清楚通俗和庸俗根本是兩回事。

這種例子在文學史上屢見不鮮。胡適、陳獨秀、錢玄同、劉復等提倡白話文學，尤以胡適站在中國文學發展史的眼光為白話文學辯護最力，但亦屢遭受傳統派文人如林紓等的抨擊與責難（按：但林紓的識見才華也決不低，他把司各脫、狄更斯、柯南道爾、托爾斯泰的小說翻譯成第一流的古文，與嚴復「翻譯」T. H. 赫胥黎和 J. S. 穆勒等人作品所流露的才華，相得益彰）。

其實，現在所流傳下來被視為藝術珍品的陶瓷、壁畫、雕刻、音樂等，大都是當時相當通俗、民間的東西，可見藝術是不需要太過刻意為之的。一個人的識見、修養、品行、氣度，應該是自然圓融的在作品裏透露出來，而不需要去造作誇張。自元朝以降，小說和戲劇是出仕不遂或不求聞達的文人自娛、娛人之作，當時不見得受到尊敬或重視，但卻漸漸成為今日文學的主流，當然，一早提出《水滸傳》、《西廂記》決不比《離騷》、《莊子》、《史記》遜色的金聖嘆是一個顯著的例外。

任何一種藝術潮流，發展到了一個顛峰，如果不能推陳出新，孕育出另一種超越嶄新的藝術潮流，那麼，原先的藝術潮流，就要開到荼蘼，逐漸被另一種潮流所取代。一種新的文學類型，因不受當世讀者重視，或受批評家的敵視，無法獲得應有的地位，在古今中外文學史上並不罕見。英國伊麗莎白時代的戲劇家跟元雜劇的作家一樣，並不敢把自己的作品看成「正統文學」，亨利·費爾丁、山姆·李察遜等小説在十八世紀英國讀者心目中，跟波普和密爾頓是決不能相提並論的。

在二三二期《明報月刊》，余英時的〈台灣、香港、大陸的文化危機與趣味取向〉提出「在現代化的過程中，傳統的古典文化和價值系統經不起現代力量的推排、侵蝕逐漸地解體了。而另外一方面，一個可以代替古典傳統的新文化卻並沒有出現，至少我們一般所説的現代新文化並未能取得和古典文化並駕齊驅的文化」，是篇論見極為精闢的文章，他也指出「文學、藝術、思想、戲劇、音樂、或建築，現代的表現似乎都缺乏持久性，往往像一陣狂風驟雨，其興也暴，其去也疾」，這點我不敢苟同，這除了是「新文化的特色」外，尤其在建築、音樂戲劇上，我們通過科技文明的發展，創造了變化自傳統的更新形式，形成潮流，正方興未艾；至於文學、藝術、思想，近數十年來變化甚巨，但就總體而言，在各方面的嘗試突破是史無前例的（顯然不一定成功），況且每一個時代有每一個時代的文學、藝術、思想，如果古典傳統文化正處於這樣一個知識爆炸的時代裏，其「經典」地位也難得長期不受動搖。

這以變化為永恆，正是求知求真的結果，現代人心態及科技和工商業文明社會的反映。以歷史的觀點來看，這段過程的整體表現，仍是有經典地位的。

余英時也提到：「文化成品之所以淪落為消費品是因為它具有一種消費功能——娛樂。消費大眾社會的，『文化取向』，正是以娛樂為主。……文化成品的特徵即在其具有持久性，而消費品的特性則恰恰相反，即一面製造，一面消費，是永遠保存不了的。」不過，換一個角度而言，文化的「消費功能」正是它能在現代工商業社會存在下去的「要素」。消費的成品也有其持久性的，像一些武術、電影、文學、建築，都在提供消費功能之餘，同時作出了藝術的貢獻。就算是莎士比亞、關漢卿的戲劇，莫不是以「娛樂」大眾出發，進而及於文學、藝術上的昇華，如果缺乏了這點消費的功能，不能娛樂大眾，單以港台新馬為例，文學藝術能否生存與延續，則大為可慮（筆者在上述四處都逗留過一段不短的時期，對當地文化有一定的參與及了解）。我們關心的是在消費消閒之餘，作品是否仍盡可能保留其高級品味，仍有其「持久性」，至少在娛樂之外，還達成了文化特徵的深層意義。

故此，余英時同時提出：「現代東方常把文化分為『上層』和『下層』，『高級』和『大眾』。中國文化也未嘗沒有『君子』與『野人』或『士大夫』和『民間』之分，不過整個地看，這種分別在中國似只是程度的不同，而不像西方那樣成為互相對立排斥的兩大類。因此西方人討論文化危機時便不免有兩極化的傾向，保守者以『大眾文化』只是低級娛樂，並在娛樂過程中毀滅了『高級文化』——真正的『文化』。另一方面，激進的人則鄙薄高級文化，把『大眾文化』抬到了前所未有的高度，用中國的觀念說，前一種態度是『孤芳自賞』，後一種態度是『隨波逐流』；二者間不免偏頗。」其實，中國文化精神本就不講求「極端」，所以才能「禮失求諸野」、「六經三教、原本人情」，對「大眾娛樂」向不如何「輕賤」。反而在受西方思潮衝擊、社會開放之後的華裔知識分子，對「品味」的高級、低級逐漸有「兩極化」之分，造成了前所未有的不平衡，但又沒有一種新的平衡方式，誠為可嘆。

文學首先必需能提供娛樂和消遣的功能——不管嚴肅對待還是純粹消閒性閱讀的讀者都是一樣。從文學史的立場來看，任何類型的小說，只是種類之別，並無高下之分。作品文筆的高低、主題、技巧、思想、情感才是取決一部作品文學價值的標準。不管武俠小說、歷史小說、推理小說、偵探小說、社會小說、寫實小說、幻想小說……只要寫得好，都可以成為文學作品。

話說回來，我對小說特別留意它有無反映人性、社會、時代，因為任何真正偉大的小說，它們都會以各種不同的形式與方式，來表達上述三點。《西遊記》是部神怪小說，但它的象徵意味極為濃烈。《紅樓夢》、《聊齋誌異》、《儒林外史》，莫不是以優美的文字，忠實地表現了、反映了、記錄了那個時代，並且加以批判與諷刺，同時關心當時社會的人性與情感，這使得這幾部作品在「消遣」之餘，能夠成為「偉大」的文學經典巨著。

每位作家都有他們對人生的見解與意見，文學在於揭露人生真相，這「真相」裏就包含了作家自己的情感與看法。任何作家，他在作品裏沒有自己獨特的看法，或者看法太膚淺、不成熟、不真誠，就不可能寫出經得起考驗的作品來。不管是崇尚「文以載道」還是「詩言志」，言志與載道，都必須是自己深刻體會的人生世相。人道主義的精神是可貴的，因為人必須關心人，以及人生裏所遇的種種情況，所喚起的喜怒哀樂、七情六欲，所面對的光明與黑暗，所激發的俠氣與不平。我們出發自一種關心與同情，來作客觀的描繪，是作家應有的態度。光憑想像與杜撰，或與社會完全脱節，沉湎於文字堆砌之中，那在自娛與娛人（也不一定）之外，真正是缺乏了文學藝術的「持久性」，「永遠也保存不了」的消費品而已。

夏志清在《中國現代小說史》裏提到：「台灣有些批評家，拾白璧德（Irving Babbitt）的唾餘，喜在『人道主義』上面加『廉價的』這三個字。我總覺得同情心、愛心是人類最高貴的情操；好多人道主義的作品誠然寫得非常拙劣，但在宗教文化業已衰頹的今日，人道主義的精神是不容我們加以輕視的。……假如大多數人生活幸福，而大藝術家因之難產，我覺得這並沒有多少遺憾。」批評家史坦納（George Steiner）曾指出：西洋文學三大黃金時代當推普理克理斯（Pericles）執政雅典期間的古希臘悲劇時代；英國的莎士比亞時代；以托爾斯泰、朵斯陀也夫斯基二人為代表的俄國十九世紀後半期的小說時代。他們描寫人性的衝突、時局的危機、社會的問題，都是「人道主義」的偉大作家。

我們閱讀作品的目標如果只求消遣與娛樂，那麼我們便可不必要理會甚麼社會、時代與人道精神方面的問題。這些小說也不乏佳作，但永遠稱不上「偉大」。如果我們要求更多一些，那麼作家的人道精神是必須的質素，反映時代、描寫社會、刻劃人性是他的職責所在。我們談張愛玲在中國近代小說的地位，如果她只是交出了她的短篇小說，的確她是一位文字運用極為成功，描寫人性心理極為細膩，刻劃部份社會心態的成功作家，可是她有反映整個苦難動盪時代的《赤地之戀》和《秧歌》，這使得她的作品「偉大」了起來。錢鍾書一部《圍城》，定下了他在中國近代小說無以倫比的地位，他除了刻劃剖析知識分子的種種心態之外，同時這也是一部諷世之作——但這「諷世」並不是故作超然，而是基於一種愛心、關懷的批判，這真是繼承了《儒林外史》的傳統精神。如果只是知識分子優越感的譏刺與控告，那只是懷才不遇、落落寡合、崖岸自高、宣洩自己個人不滿情緒式的作品，與成功、偉大絕緣。

我在論金庸武俠小説系列的第二部書裏，特別注意並強調《白馬嘯西風》裏的「善意」，其實就是一種以同情、悲憫、人道主義的筆調來處理的武俠傑作。這個觀點，引起好一些反應，有一些朋友，熱烈地表示贊同，認為要重估《白馬》的價值；有的朋友，表示比較不喜歡金庸的短篇，始終不予重視。

我始終認為，用這種筆調來寫武俠小説，例子不多，成功的例子更為罕見，不是在處理的過程中太節制，就是行文裏太過濫情，能寫到這般「恰到好處」的實為僅見。我希望批評家在論《白馬》時應該特別留意。

同樣的，《鴛鴦刀》是一部諷刺小品，《雪山飛狐》是一部架構最為完整的武俠中篇，兩篇都有特色，皆是極為成功的作品。我覺得當小説已提供了一定的消遣價值之後，讀者無須過份注重故事的變化與情節的豐富與否，很多人都比較忽略金庸的武俠短篇的成就，那是因太過注重「看故事」而忽略了內容的質素所致。其實，武俠短篇肯定比長篇難寫（這個論題我在〈析《雪山飛狐》〉、〈小論《鴛鴦刀》〉、〈《白馬嘯西風》裏的善和惡〉三篇裏都有論及，現不再贅）。《雪山飛狐》裏三個中、短篇都有特色，皆是不可多得的傑作——有的甚至要比金庸的一些長篇，寫得更具神采。

成功並不等於偉大。唐代不少詩人都有佳句、名句，都很成功，但不見得能「偉大」。杜甫的作品，也有名句、佳句，但肯定也能偉大。金庸的小說《天龍八部》，應該算得上是一部偉大的小說——在總體結構、歷史背景、寫作技巧都成功得接近偉大之外，以我剛才所提的觀點——在人道精神的時代、社會、人性的反映上，都極有收穫。

整部《天龍八部》是一部深具人道主義精神的書。就小節上，人人為情所苦，為人世間各種慾望所制限，作出不同的掙扎與衝突，基本上，作者仍是為書中人物的種種苦困與遭遇感到不平與同情；在大節上，這部書是反戰的、提倡和平、宣揚仁義俠道，甚至弘揚一種立地成佛的取向。《天龍八部》其實是一則偉大的寓言，一部具有「佛心」的小說。

當我們讀到喬峰為了救活阿朱獨闖聚賢莊，反而造成一場大殺戮時，不禁為命運由不得人而痛心。當看雙方軍兵常在邊界地域上「打草穀」，殘民以虐，更感覺到人性在戰爭裏醜惡暴行的一面。前一段故事寫到喬峰要被群眾所殺時，激發了潛藏的「民族性」（他是契丹人），發出愴天的呼嘯：

……喬峰自知重傷之餘，再也無法殺出重圍，當即端立不動。一霎時間，心中轉過了無數念頭：「我到底是契丹還是漢人？害死我父母和師父的那人是誰？我一生多行仁義，今天卻如何無緣無故的傷害這許多英俠？我一意孤行的要救阿朱，卻枉自送了性命，豈非愚不可及，為天下英雄所笑？」

眼見單正黝黑的臉面扭曲變形，兩眼睜得大大的，挺刀向自己胸口直刺過來，喬峰心中悲憤難抑，陡然仰天大叫，聲音直似猛獸狂吼。

這一聲狂呼，是喬峰內心一切抑憤不平的結果，也是全書裏喬峰遭遇種種冤屈的一種爆發，以及漢遼兩族之爭的一個高潮。這一直到了喬峰在雁門關前眼看宋軍兵殘殺契丹人，其中一個契丹老漢勇奮抗戰、寧死不屈，以後也是仰天長嘯，更見出作者隱伏的呼應之意：

那老漢轉向北方，解開了上身衣衫，挺立身子，突然高聲叫號起來，聲音悲涼，有若狼嗥。一時之間，眾軍官臉上都現驚懼之色。

喬峰心下悚然，驀地裏似覺和這契丹老漢心靈相通，這幾下垂死時的狼嗥之聲，自己也曾叫過。那是在聚賢莊上，他身上接連中刀中槍，又見單正挺刀刺來，自知將死，心中悲憤莫可抑制，忍不住縱聲便如野獸般的狂叫。

在全書接近尾聲之際，蕭峰因拒絕助遼攻打大宋而被耶律洪基囚禁，阿紫逃脫，各路英雄感於蕭峰大仁大義，莫不傾力相救，但遭遼軍追擊，正是步步驚心、一觸即發。這時有一段對話，對全書的題旨有「點睛」的作用：

……蕭峰道：「我真想見見爹爹，問他一句話。」玄渡嗯了一聲。

蕭峰道：「我想請問他老人家：倘若遼兵前來攻打少林寺，他卻怎生處置？」玄渡道：「那自是奮起殺敵，護寺護法，更有何疑？」蕭峰道：「然而我爹爹是契丹人，如何要他為了漢人，去殺契丹人？」玄渡沉吟道：「原來幫主果然是契丹人。棄暗投明，可敬可佩！」

蕭峰道：「大師是漢人，只道漢為明，契丹為暗。我契丹人卻說大遼為明，大宋為暗。想我契丹祖先為羯人所殘殺，為鮮卑人所脅迫，東逃西竄，苦不堪言。大唐之時，你們漢人武功極盛，不知殺了我契丹多少勇士，擄了我契丹多少婦女。現今你們漢人武功不行了，我契丹反過來攻殺你們。如此殺來殺去，不知何日方了？」

玄渡默然，隔了半晌，唸道：「阿彌陀佛，阿彌陀佛。」

段譽策馬走近，聽到二人下半截的說話，喟然吟道：「烽火燃不息，征戰無已時。野戰格鬥死，敗馬號鳴問天悲。鳥鳶啄人腸，銜飛上掛枯枝樹。士卒塗草莽，將軍空爾為。乃知兵者是兇器，聖人不得已而用之。」蕭峰讚道：「『乃知兵者是兇器，聖人不得已而用之。』賢弟，你作得好詩。」段譽道：「這不是我作的，是唐朝大詩人李白的詩篇。」

蕭峰道：「我在此地之時，常聽族人唱一首歌。」當即高聲而唱：「亡我祁連山，使我六畜不蕃息。亡我焉支山，使我婦女無顏色。」他中氣充沛，歌聲遠遠傳了出去，但歌中充滿了哀傷淒涼之意。

段譽點頭道：「這是匈奴人的歌。當年漢武帝大伐匈奴，搶奪了大片地方，匈奴人慘傷困苦，想不到這歌直傳到今日。」蕭峰道：「我契丹祖先，和當時匈奴人一般苦楚。」

玄渡嘆了口氣，說道：「只有普天下的帝王將軍們都信奉佛法，以慈悲為懷，那時才不會再有征戰殺伐的慘事。」蕭峰道：「可不知何年何月，才有這等太平世界。」

一行人繞向西行，眼見東南北三方都有火光，晝夜不息，遼軍一路燒殺而來。……

這一段自然有很深的喻意，甚至是全書題旨所在。作者流露出對戰爭侵略的厭惡，對種族歧視的反感，對人類鬥爭的無奈。漢人以為遼人殘暴不仁，遼人何嘗不是這樣看待漢人？就算其他民族，也是一般；可是國與國之間、民族與民族之間、集團與集團的鬥爭、戰禍，還是天天發生着。作者反戰的態度至為明顯，因為他無法回答蕭峰切中要害的問題。其時處境正好是敵軍三方進逼，但仍有一面可能是活路，「天地不仁，視萬物為芻狗」，如果這些人性的癥結點依然存在，就算在佛門之中，佛寺之內，一樣有權力傾軋、互相鬥爭的事情發生，君不見清涼寺神山上人，汲汲於要超越少林寺方丈的地位，吐蕃國師鳩摩智，亟亟於要修成天下無敵的「六脈神劍」武功，就連少林寺中一名管菜園的緣根，也來作威作福，欺人以娛，何處不是「烽火」，哪有清淨之地？

於是段譽念出唐人昔日的反戰詩，蕭峰則唱出匈奴人受戰爭迫害的民謠，這一對結義兄弟，到這個當口兒，一「剛」一「柔」，一唱一和，但心裏對和平的取向，都是一樣的。故此，蕭峰神勇，逼使耶律洪基在部屬前說出：「大軍北歸，南征之舉作罷。」又答應：「於我一生之中，不許我大遼國一兵一卒，侵犯大宋邊界。」之後，耶律洪基譏刺蕭峰：「蕭大王，你為大宋立下如此大功，高官厚祿，指日可待。」蕭峰當時死志已堅，於是大聲道：

> 「陛下，蕭峰是契丹人，今日威迫陛下，成為契丹的大罪人，此後有何面目立於天地之間？」拾起地下的兩截斷箭，內功運處，雙臂一回，噗的一聲，插入了自己的心口。

蕭峰身死，是他為兩國換取「暫時和平」的代價。他失去了阿朱，活下去也不會快樂，死是在所難免的；他用兩截斷箭自刺身亡，這兩截斷箭，原是耶律洪基答允不出兵侵略大宋折箭為誓的信憑，蕭峰死在「兩截」的箭鏃下，更是饒有深意。他壯烈成仁之後，天下群豪是怎樣看他呢？

……丐幫中群丐一齊擁上來，團團拜伏。吳長風捶胸叫道：「喬幫主，你雖是契丹人，卻比我們這些不成器的漢人英雄萬倍！」

中原群豪一個個圍攏，許多人低聲議論：「喬幫主果真是契丹人嗎？那麼他為甚麼反而來幫助大宋？看來契丹人中也有英雄豪傑。」

……

耶律洪基見蕭峰自盡，心下一片茫然，尋思：「他到底於我大遼是有功還是有過？他苦苦勸我不可伐宋，到底是為了宋人還是為了契丹？他和我結義為兄弟，始終對我忠心耿耿，今日自盡於雁門關前，自然決不是貪圖南朝的功名富貴，那……那卻又為了甚麼？」他搖搖頭，微微苦笑，拉轉馬頭，從遼軍陣中穿了過去。

蹄聲響處，遼軍千乘萬騎又向北行。眾將士不住回頭，望向地下蕭峰的屍體。

只聽得嗚聲哇哇，一群鴻雁越過眾軍的頭頂，從雁門關上飛了過去。

遼軍漸去漸遠，蹄聲隱隱，又化作了山後的悶雷。

這段文字，優美已極，境界高妙，尤要注意的是，後面三段用字簡省，但實已吐露了千言萬語。蕭峰再也沒有機會回到雁門關裏來（守關的宋兵不讓他進關，就算讓他入關，他也不會在迫退遼大軍後重入大宋國土的），這雁門關也是他上代怨仇萌生之地，引發了武林一場腥風血雨，他選了這個地方，替兩國爭取了和平，並以自己的一雙手，結束了自己的生命。雖然，他沒有想到在他死後，接着阿紫為他而死，而游坦之為阿紫而死，悲劇繼續發生。只有關前的大雁，也許才能負載着他的英魂南歸。

書緣

我和兩件事物一向有緣，一是書，二是劍。先說書。

小時就極愛書。省下零食的錢，買了一箱箱、一櫃櫃的《世界兒童》，《兒童樂園》，《南洋兒童》，還不喜歡同學不愛看書，找他們來我家樓下，強迫他們借書看，又恐他們得來太容易不加珍惜，硬要他們撿美麗的石塊換借圖書，其實，我要石頭來做甚麼？所以後來發現他們翻破了我的書，特別心痛難平。

長大一點後，買武俠連環圖，看漫畫，在課室幻想自己如何勇退劫賊，保護高雅的女教師，在腳踏車上冥想龍捲風和大蕃薯，所以撞了車。不過，那時候，已把所有家裏角落可以搜尋到的書，包括劍仙、武俠、文藝、偵探，諸如女飛賊黃鶯故事、黃飛鴻正傳、天王老子、江湖奇俠、曹禺、巴金、魯迅、醒世姻緣、五世奇冤、繡像小說，全無選擇，看個滾瓜爛熟。再長大一點，自己買《蕉風》、《學報》、《當代文藝》，文藝一番，也看瓊瑤，悲秋傷春起來，同時也看《女黑俠木蘭花》和金庸、金童、臥龍生、諸葛青雲。正好互相調劑，平衡發展。

後來因受任平兄影響，發了狂似的迷上現代文學，台灣的水牛文庫、仙人掌文庫、新潮叢書、文星叢刊，兩兄弟把一箱箱一包包的郵購回來的書拆開，我一度專攻現代文學、寫論文，甚麼：《蛻變》、《卡拉馬佐夫的兄弟們》也照單全收，還專攻「精神分析」與「美學」寫了數篇以萬字計算附註幾乎長過原文的評論。

直至去了台灣，興趣轉向文史哲，沒錢也要買書，偏有陳啓佑（即詩人渡也）這等有心人，把好書數以百本計的相贈，所以到台不及三年，有八座大書架的書，後來經濟好轉，一房是書，那時候，已經不管看是不看，有沒有讀，一見好書，就要買了擺在書架上，看着也開心，自己一個人關起門來對着書哈哈大笑，這還不夠，把過去在大馬及一些原版書，千辛萬苦的都運到房裏書架上，特別為此搬了間大房子，專門藏書。沒想到平地起風雷，連根拔起，經濟事業，都不可惜，因自知還有時機，東山復起，在所不難，但心痛這些近萬本的書刊雜誌，只怕全要煙消雲散，無法再從頭收拾。

人到香港後，尚未安定，已開始買書，三度搬家，最頭痛的問題，便是書。等到稍為穩定，各路好書，更風雪會中州，絡繹不斷。有一位學識淵博而深藏不露的氣功宗師黃君，一如當年在台陳兄一般，動輒送書數十冊，使得我的藏書，總算又日漸豐富起來，看來這一生難免被書山字海所奴役，天天寫書，日日買書，真是為書辛苦為書忙了。

好與流行

筆者應大馬華人文化協會之邀，出席「全國現代文學會議」作「現代詩」部份的專題演講，很多朋友和記者都向筆者詢及其他國家中文文壇的概況，以及要筆者把港台新馬的文藝風氣作個比較，筆者也提供了自己淺見；其實，就更深廣普遍的層面，對這幾個不同的地域所保留或呈現的「中國文化精神」作一些研討，可能會更有意義。不過，筆者可能因為個性一向活潑無羈，認為趣味性的雜交間理應照顧一般讀者的興趣，似應盡可能減少及避免太過專門、艱澀的筆調，而求深入淺出，平易親近，注重文章的趣味性。除了學術性論文理應嚴肅、嚴格、嚴謹之外，太多炫耀學問與賣弄術語往往會造成作者與讀者之間的「隔閡」，而無法達成文章的傳情達意。

照顧讀者的興味不等於降低文章的質素，事實上，現代文學一直有幾個「瓶頸」無法突破，才致使這文學道途上的越野長跑變成障礙賽，進度甚緩，非議甚多，而接受者的增長率亦未能樂觀。另一方面，叫嚷着「文學大眾化」的又未免流於「削足就履」，忘了「大眾化」不光是降低自己的格調去迎合大多數讀者，而是有更重大的責任去提升讀者們的程度，去欣賞較高層次的趣味。「大眾化」不只是作家走向讀者，同樣的，讀者也要走向作家。

真正好的作品不一定要微言大義，或晦澀難懂，在我認為中華現代小說重要作家裏，諸如：沈從文、魯迅、老舍、巴金、錢鍾書、金庸、張愛玲、白先勇、陳映真、黃春明，他們的作品無一故弄玄虛、標新立異、誇張失真，裝腔作態，而反璞歸真，自然寫實，不着工斧痕跡，大部份讀者都看得懂，而越有心的讀者越能讀出作品的深義來。甚至可以說，他們的作品流傳得很廣，是很「流行」的小說，就像《紅樓夢》、《聊齋誌異》、《水滸傳》一樣。

我一向堅持：對作品的評價沒有「流行」不「流行」之分。「流行」，不一定就是等於「不好」。《三國演義》一度流行得凡說書無不跟「三國」內容有關，但它是部表現時代、刻劃人性的鉅著。《金瓶梅》更是當年的「流行禁書」。故此，「不流行」也不一定是「好作品」，同理，也可能是「好作品」。「好作品」不分偵探、武俠、推理、愛情、文藝，也不分悲喜劇，《紅樓夢》正是今天所謂的「文藝愛情大悲劇」，可是這一點也不能減低它的藝術成就；《水滸傳》在某種程度上可以列為「武俠暴力小說」，但它的文學評價一向都高。很多人以為「流行」作品即是「好」文章，當然失之過偏，但一力宣揚「流行」作品通常都是劣作，也矯枉過正。

評斷一部作品的價值，只在它寫得好不好，不在於它是哪一類型的小說，也不在於它流行不流行，亦不在於它的技巧夠不夠「現代」。只要寫得成功，形式與內容配合完美無瑕，就是好作品。

起死回生的一罵

生平不怎麼服膺權威，但對一切權威學說，都抱着尊重和求知的態度去了解它，如果認為不合理，便不會盲從，如果覺得高明，便全心去推崇。我始終認為，一個人養成獨立判斷事理的能力是很重要的。要辨別是非，首先要有邏輯的思考能力，要常常充實自己的學識，增加自己的經驗，還有不要對新舊事物存有排斥性，但要保持選擇的能力。從來不大贊同一些權威性的評論家，對各樣各式的創作、藝術、成品乃至個人事業的表現，作出過份挑剔和尖刻的評斷，因為個人觀點未必正確，過份嚴苛不會製造論者的權威，但肯定會斲喪被評論者的信心。這時代已太多人在破口大罵，太少人作溫情的勉勵。

當年我在台辦文學社團的時候，朋友們都多交作品來，要我給予意見，社員們創作亦豐，要我給予批評。大部份朋友都在那一段日子是他們的「寫作全盛時期」。我不敢居功，不過，我相信這跟我收到他們的文章後，仔細讀過，然後跟他們討論作品的好壞得失，有點關係。

最重要的是，不管是為人或者作品，都有他們的長處及優點，我發掘他們的長處和優點，讓他們繼續發揚和維持下去，這才是我的責任。我並不認為指出對方的缺失有助我的威望，但是，作為一個諍友或是直友，我也會坦言指出對方的過份或不足之處。通常，在批評或分析一篇作品的時候，對我自己的文學鑑賞能力和經驗，也有一定的助益。我看文章，只看文章好壞，作者名氣對我而言，並不重要，寫的是何家何派甚麼文類和形式，我也不存偏見，對人行事的看法，也是如此。

不過，在香港，如果你寫成一篇文章，或唱一首歌，或拍一部電影，找人批評，很容易「自討苦吃」，因為對方不管是不是權威，算不算內行，都會裝權威，充內行。他們總會找到一百個理由，一千個缺點，讓你失去信心，依附在他建立的批評架構上，才能得以倖存。「港式批評」常如香港的星相學界一樣，一個人未發達之前，相學家不屑一顧，一旦發達之後，人人都拿他的掌相八字「預言」此子一定「發」，果然「發」了；一個名氣界的人出事之後，總有四、五家雜誌報刊，七、八位命理學家，說他「果然不幸料中」。

這種情形，在台灣也是常見，尤其年輕一代，好為人師，忙於批評，總要說說自己「超凡脫俗」的意見，「與眾不同」的眼光，以及「高人一等」的學識，才算是「有料之人」。

甚至這種現象，究竟是自信還是失去信心的表現？這就見仁見智了。我們當然不能一概而論，這種現象只是一般風氣，港台批評界也有相當中肯、客觀和厚道的評論家，維持着一貫以中國文化的道統精神。

徐復觀在金剛碑勉仁書院第一次拜會熊十力的時候，曾請教他說讀甚麼書，熊十力提出王船山的讀通鑑論，徐復觀說他早已讀過了，熊十力就以不高興的神情說：「你並沒有讀懂，應當再讀。」後來熊十力見着徐復觀，問他可有甚麼讀後心得，徐復觀就列舉了很多他不同意的地方，非常得意，沒料話未說完，熊十力就怒斥道：「你這個東西，怎會讀得進書！任何書的內容，都是有好的地方，也有壞的地方。你為甚麼不先看出他的好的地方，卻專門去挑壞的，這樣讀書，就是讀了百部千部，你會受到書的甚麼益處？讀書是要先看出他的好處，再批評他的壞處，這才像吃東西一樣，經過消化而攝取了營養。……你這樣讀書，真太沒有出息！」徐復觀回憶文字中寫到這一段，曾感慨地道：「……這對我是起死回生的一罵。恐怕對於一切聰明自負，但並沒有走進學問之門的青年人、中年人、老年人，都是起死回生的一罵！近年來，我每遇見覺得沒有甚麼書值得去讀的人，便知道一定是以小聰明耽擱一生的人。」

徐復觀先生非凡的學問和人格，很可能得力自這「起死回生的一罵」，可是我們自以為有小聰明和大學問，但卻被聰明和無知耽誤了一生的人，有沒有被這發聾振聵的「一罵」，而「起死回生」呢？

無欲則剛

誰能無欲？人活着，難免就有欲望。就算是方外之人，也一樣有欲，只不過把欲求減到最低限度；聖賢豪傑，同樣有欲，只不過大多數的欲求並非為一己之私。一個人能完全做到無欲，除非那是死人。

希望別人對自己好一些，是欲。希望身體健康一些，是欲。希望萬事順就，也是欲。這樣子的小欲，誰沒有？至於要求權力富貴、名利兼得，也是正常的欲求。不少人為了這些欲求，付出了極大的代價。有些人只為了自己活得舒適一些，付出的代價也不少。君不見放眼望去，人人都在營營役役，為口奔馳，每日朝九晚五，上班下班，那都只是為了溫飽生活的欲望。

沒有人能夠做到絕對無欲，但只要做到自給自足，不需求人，便已經有所恃了，無所畏了。一個人不必企求他人幫助、照顧，便可以獨力自存，不需依傍他人門戶、看人面色行事，自然可柔可剛、不卑不亢。人不能完全沒有欲求，但欲望無止無息，得到了還想得到更多，不如把欲望減到最少，欲求降到最低，那麼，至少可以不必在現世紅塵裏掙扎得這般艱苦。

一個人能做到「無欲則剛」，自然是件好事。一切事情，可決定在他自己手裏，不必顧人顏面，不必理會他人閒話，喜歡做就做，不想做嘛，誰都無法逼迫他，一個人能夠如此，真是大丈夫當如是也。不過，年輕人卻不能只求「無欲」。要是人人都「無欲」，社會就不會進步，近數十年來的物質科學文明發展，遠超過去數百年成績的總和，便是因為強烈求好的欲望，激發求知的野心，才形成的結果。年輕人太過無欲，很容易變為懶散的藉口，不求進取，無上進心，對人對己都不是件好事。所以欲望也不是件壞事。

要真正能夠無欲，正確的途徑反而可能是，盡早及盡力讓正當的欲望得以舒展和發揮，那麼方才可以不必為基本的欲望困憂煩惱。古語有道：「有龍泉之利，方可以論決斷；有南威之容，方可以論淑媛。」便有這種含意。

一個人身份地位高，名聲財富強，自然比較可以「無欲」，可惜人類有的越多，越想掙得更多。秦始皇統一天下後，要爭長生不老；成吉思汗雄圖霸業，仍畢生攻城略地。人的欲望何時有止息呢？就算掙得了整個地球，地球不過是宇宙裏一顆星球，而最終仍免不了被埋在地球的一塊泥土裏。一個人只要能自由自在，自給自足，請把欲望減輕吧，享受一下「無欲則剛」的瀟灑快樂。老子說：「夫惟不爭，故天下無能與之爭」，實在是不爭之爭，無欲之欲。

我不寫文藝作品了？

前年回馬，姚拓請吃飯，曾問我：「還有沒有從事文藝創作？」八四年四月返馬，參加吡叻文化協會舉辦的活動，丁雲見到我，也問：「除了武俠小說，你還有沒有寫文藝性的創作？」最近，唱歌很好聽的老朋友徐若洋，還在他專欄上表示擔心我對文學創作的狂熱與執着會消滅；其實，這是不會發生的事。

我自十三歲正式開始從事文藝創作起，創作量向來都有增加，至少也保持一定的數量，很少會完全停止不寫。第一，我從七四年赴台起到今天，一直是個職業作家，我就算有從事過編雜誌、搞出版社、電影電視等行業，但寫作一直是我最大的職志。第二，寫作一向是我主要的收入來源。不過，就算是沒有稿費或版稅，為了興趣，我還是照樣會寫下去。我現在生活較安定，但我仍在寫。實際上，過去十多年來，我寫文藝性文章和編書、辦詩社，不但稿費跟我的武俠小說不成比例，而且常常還要貼錢花時間的，捐贈獎品、倒貼稿費，都是常有的事。不過，一個人只要是為了興趣，倒不會引以為苦。

我參與電影公司、電視台或其他性質的工作，仍然堅持創作。我已出版的六十一部書，其中十七本，是純文藝作品，包括有現代小說、詩、散文與評論。另外還有近期的三、四部散文和評論，正擬出版。有些朋友不大清楚我有這些作品，主要是因為我這些書分別在港台、新馬出版或刊出。

我再怎麼忙，我都會把創作量每天保持八千字以上，也不是我身處的環境較好，可以寫得不亦樂乎。事實上，台灣文壇自視為主流文學，對我們這些「異域文風」開始時也並不見得如何接受，要寫出一個天地來，是要「咬牙苦拚」的。至於香港文壇，排斥性更強，我在一敗塗地，身無分文的情形下「初到貴境」，局面是可想而知。我在大馬時，寫作根本不求發表，《四大名捕》便在彼時動筆，又豈料到十幾年後的今天會改編成電視劇？我曾長時期伏案苦寫，但都苦無發表機會，台灣不敢登，香港不想要，星馬沒有聯絡。我的情況越壞，朋友就越少，退稿的退稿，「腰斬」的「腰斬」，但我仍堅持寫下去。到今天，那些文章，都得到了很好的「歸宿」，這也是我始料不及的。

我寫武俠小說，並沒有感到慚愧，因為我對武俠小說所花的心力，絕對比文藝稿件要大。

要寫好武俠小説，恐怕比寫好其他文類要難。我始終堅持武俠創作，當作一種往民俗文學的大方向而努力，雖千萬人吾往矣。近年來，歐美港台很多學者都開始重認武俠小説，重視民俗文學，以及在消遣文學中尋索較有價值的作品。我也正從事這方面的探索與研究。

我工作也很忙，好玩，應酬多，愛交朋友，而且對各方面有諸般嗜好，但我一定會抽出時間寫作，不讓自己找到「正當」的藉口，並且拒絕很多的「誘惑」。甚至在獄中，無桌無紙無筆，我也千方百計，弄來了不像樣的紙筆，墊在膝上一個字一個字地寫。明知道自由無期，寫了也可能被沒收，但我仍在寫。我明白一個人要狂熱地寫一陣子，是很悲壯但也很輕易的事，但要鍥而不捨的寫下去，實在談何容易！在苦難時寫作不易，在安逸中寫作更難！瓊瑤説過，一個人要寫下去，必須要有狂熱、毅力和信心。

我想，我是有的。

少年得志

少年得志，是何其意奮風發的一句話。不過，過早得到成功，不見得是件好事。

很多人仗着父蔭，以他比別人豐富的基礎、地位、人力與財源，在早年的時候已取得令人羨慕的成就。不過，先天性優厚的條件，不是永遠都存在的。一旦這種條件喪失或減弱的時候，這些公子少爺們不一定能獨力應付動盪的變局，往往就敗下陣來，一蹶不起。有很多富豪的第二、三代，就歷經這種「樓起、樓塌」的盛衰興亡。至於只懂得耽迷逸樂、享受餘蔭的世家子弟，且看中國歷史裏，有的是祖上流血披汗的一寸寸的打下江山，便交由這種所謂的「敗家仔」一處處的奉送出去的實例。少年時太過窮奢極豪，到老來反而要歷經風霜，不會有太多人可以起死回生的。

大凡成功與成就，就像磨硯練字一般，要建立風格，自創一家，首先得要長期擬摹，磨練筆力，方望有成。練功夫講究基礎，國術先講究扎馬，學了十幾天還是要考扎馬的功夫；

空手跆拳一入門就練一記正拳，到黑帶三段晉段試時仍要看一記正拳是否命中得分。過早有炫人的成就，除了一些大智大慧，智能天縱的才人之外，很少人能夠保持不驕不躁，進退有度的。一個經過長期苦熬的人，逐步有了成就，他的城堡是一磚一瓦慢慢砌成的，不易摧毀；一個一蹴即成，輕易取得功名的人，容易不懂珍惜自愛，他的城堡是建在沙堆上，浪來浪去，剎那間，可能變成一堆泡沫而已。

就算是憑自己真材實學，在青少年時已露頭角，樹功立業，過早有烜赫的成就，也容易為人所嫉，所以必須要懂得「智者知藏」這句話的意思。最明顯的例子是一些明星、演員，他們在青春少壯之年，已聲名顯赫，成為萬眾崇拜的偶像，使得他們陶陶然自以為掌聲就是一切，並沒有為將來作長遠的打算，他們並不知道群眾把你捧起來、拋上去，可不一定擔保也接你下來。爬得越高，跌得越重，何況很多「高」只是自己心理上飄飄然「飛」上去的。這一跌可能真如全無防備、頭崩額裂。太早得意，容易洋洋自得、沾沾自喜，一個人在自大狂妄之時，容易把問題搞大，麻煩看小，這就更易招致一敗塗地。

批評人易，包容人難

在報刊上發表了些描寫人物的文章，回馬的時候，才知道跟我寫有關命理相學術數的文章一樣，引起好些人的關注；也引起不少的爭論。但凡做事，難免會遭受批評，遇到非議，卻不能因此而不敢做事。寫文章也是一樣，笑罵由人，愛惡聽便，引起回響與反應，就是盡到了為文的責任和文章的作用。

有些朋友的意見衷誠而寶貴，也有的朋友則對我厚愛謬讚，當然不想在這裏團團答禮，一一報謝，不然倒像是街頭賣藝，表演猴戲後討賞時的打恭作揖。倒是其中年輕朋友問我：「你寫人物稿，為何總是讚多罵少？為何不指出他們的不足之處？」我想，倒有在此「釋疑」的必要。

寫文章批評人，其實是件很殘忍的事，文人容易有一種優越感，常把對方的弱點和缺點嚴加責斥。可是，要是自己換作了對方，能比對方好上多少呢？指出別人的缺憾，自己就高人一等嗎？這答案正如指出他人的愚昧並不等於自己便有智慧一樣，臧否人物，月旦文章，很應該有一種「設身處地」、「感同身受」的胸懷，不應先存有自大自負的「優越感」。我尊重真正的批評家，他們不炫學、不賣弄學識以傷人，而是客觀的鑒賞，同情的批評。其實，一個人要指出對方的缺點，那還不容易！人總會有缺點的。批評人容易，包容人才難。

我當年筆鋒尖銳，大有橫掃千軍的筆伐之勢，余光中曾跟我說：「如果真的是不入流的人物和文章，不理他就是了，何必要罵他們？」記得當年我仍在大馬，與家兄初創天狼星詩社的時期，常常「照理直說」，批評一些作品和著作，結果，也惹來不少麻煩，其中一兩位作家，可能仍耿耿於懷，念念不忘，迂迴曲折，明裏暗中的在文章上「回罵」了我超過十年。這不能怪人，當自己執筆批評，大有「一言定生死，一筆定優劣」之概，但自己所苛責別人的，是不是客觀的呢？正確的呢？自己是不是做得比對方好呢？如果這樣反問自己，下筆就會更加審慎和保留。

任何人都有過失，何必要責人非以示己是？不少人以挖掘明星、名人隱私秘聞為樂，可能也有他們盡職盡責的特色，但我一向不喜這一套。我有這些資料，但我不願意這樣做。我寫的人物，都有他們的長處，他們也是人，當然有過錯，我是他們的朋友，理當私下跟他們說明，而不是宣揚於天下。我熱愛明友，當然希望他們好過。「隱惡揚善」，就是這個意思。這並不是「包庇罪惡」，遇到大關節上，我會比任何人都不講情面，不留餘地，這種情形已有先例可援，決不是空口白話。其實，每個人都有他自己的隱私，每個人都有保有自己私生活的權利，如果我真正為我的朋友好，我只會作有限度的揭露，如果我堅信讀者的品味，我認為這樣作法是信實的，平實的，踏實的，這樣才不枉費讀者的信任。

天才與人才

天才不是人才，人才也不是天才。

任何事情，要有超越前人的成功，都非要有才華莫辦。寫作，寫得四平八穩不難，但要寫得才華橫溢就不易了，文學訓練課程，充其量只能訓練出幾個學者評論家，不見得能訓練得出一個李白來。同理，繪畫有繪畫的才華，跳舞有跳舞的天份，這就是大匠和大師之別。亦步亦趨，只求完美，那只是「匠心獨具」，突破潮流，自建風格，那才是「大巧不工」。藝術固然如是，就算是經商、從政、搞發明，一樣如此這般。

人才是把人能做到的事情做得十分完美，天才卻能把人不能做到的事情做成。故此，天才往往比人先走一步，在心靈上難免孤寂，真的，不是個個天才都來得及聽到掌聲和喝彩聲的，反而容易在噓聲與冷待中潦倒一輩子。曹雪芹窮死，杜甫餓死，辛棄疾懷才不遇，李清照無處棲身，這些例子，寫起來真是一匹布般長。天才因為與眾不同，稜角鋒銳，獨持己見，獨行其是，往往也被人指指點點，眾口鑠金，唯恐罵之不倒，詈之不死！因而，聰明人知道當天才不易，當人才卻能自如，所以寧棄天才而取人才，說來也是明智之舉。況且，天下人莫不以為自己才是天才，不惜冒認天才，強充天才，自以為天才，故天才如深山木材，多不勝數，世人俗眼，要分得清誰是天才，誰才是蠢材？

天才與生俱來，求之不得，也篡奪不得的。天才好比知識，在人的腦中，在換腦醫術尚未成功之前，暫不可能張冠李戴。天才更進一步，得天獨厚，可以一小時四千字，成就絕世鉅著，二十天拍一部電影，成就經典之作，是羨慕不來的。可是，我又並非「唯天才論者」，因凡天才，不經發掘，不經作育，未必可以成為天才。誰都不知道自己是不是天才？有沒有天份？或者有沒有才？司馬遷若不夠博學強記，又經痛苦歷練，《史記》何能一燈獨照二千年？司馬光若不深通廣識，加上窮經皓首，《資治通鑑》何能成為史學與文學的萬里長城？玉不琢不成器，先天雖好，還需後天培植，大詩人若生長在大陸文革時期，那只是下放和被批鬥的命。

天才做事，容易成功，惟心高氣傲而難容於世；人才做事，恰到好處，而且懂得在俗世裏長袖善舞，左右逢源。你要當天才？還是人才？

知己

很懷疑沒有知己的人是不是比沒有老婆更慘。

誰無知己？

當全世界的人都不了解自己的時候，知己就會挺身而出，只有他關心你，只有他跟你「感同身受」，所以才會有：「士為知己者死」這句話。為一個信任你和看重你的人而死，起碼死得不冤！

歷史裏有的是知己的故事，如果沒有這些知己之間的義氣，就連武俠小說也沒有了生氣。荊軻為燕太子丹相知而風蕭蕭兮刺秦王，把一顆大好頭顱「賣給識貨的人」；一向能沉着知進退的劉備為知交關雲長之死而貿然出師，因而遭致敗北；尤有甚者，更進一步，聞弦歌而知雅意，則稱為「知音」。

伯牙在皓月下的一江春水前撫琴，而在浩浩蕩蕩不捨晝夜的流水旁，正好來了一位鍾子期。當伯牙意在高山時，鍾子期聽了就説：「巍巍乎，若高山！」當伯牙意在流水時，鍾子期吟哦道：「蕩蕩乎，若流水！」伯牙彈到十一弦陽聲「無射律」，感到心靈異樣的震顫，知道來了高明的知音。兩人從音韻而相識，相識而深交，伯牙把鍾子期引為唯一知音。鍾子期一死，伯牙在他墓前再奏一曲《高山流水》，就此終身不再彈琴，以謝知音。

世上知音何其少？故曰千里馬易得，伯樂不易尋。嵇康一曲《廣陵散》，畢竟有韓單生這個「異代知音」，知道他的躁切、淒楚、哀憤與憂思，了解他的用心。大陸電影有一部叫《知音》，拍的就是蔡松坡將軍落難時與紅粉知己小鳳仙互勵互惜的故事。

不止人有知己，物也有知己。菊以淵明為知己，梅以和靖為知己，竹以子猷為知己，蓮以濂溪為知己，桃以避秦人為知己，石以米顛為知己，荔枝以太真為知己，茶以陸羽為知己，蓴鱸以季鷹為知己，鵝以右軍為知己，琵琶以明妃為知己。所以説：人無知己，虛此一生。惟知己偏偏可遇而不可求，就算求而得之，得了也沒意思，所以有些人興起一生未遇一知己之嘆。

人無知己，固然虛寂，但若你一生也不是任何人的知己，那就更索然無味了。

讚美與批評

任何人都難免喜歡受人讚美，討厭被人批評。這是人之常情。試想，有一日，你站到台上，台下是噓聲四起，而不是掌聲如雷，心裏會是怎樣的感受？有一天，你的作為，獲得大眾的喝彩，而不是抨擊，你又會有甚麼反應？前者可能會因而沮喪、頹廢、甚至崩潰，後者可能因而振作、奮悅、再接再厲。所以，你想一個人成就、有作為，便應該去讚美他的優點，鼓勵他做得更好；如果你想毀掉一個人，便去強調他的缺點，打擊他的信心。同樣地，前者可能讓人感激，後者容易使人憎惡。

捫心自問，過去的歲月以來，對文藝界的年輕朋友莫不加以勉勵，盡量使對方有更大的信心，往這條本就「寂寞無人管」的荊途奮勇行去，皆因自己曾咬牙前行、遇挫不縮，深知這文藝長征裏何其寸步維艱、需要溫暖。不過時遷世移，現在倒不流行讚美，而標榜批評了。讚美一個人，顯得你欣賞他的優點，對方很容易覺得他比你更強，他過來批評你的弱點。讚美對方，一不小心，給人以為是阿諛奉承；一個大意，讓人以為你自愧不如，真可謂「好心着雷劈」。批評又不一樣，你指出他的弱點時，無疑在顯露你的見識、學養和眼光，同時強調自己的優越與不凡，先把對方懾住，便無畏於後來者志高心豪，先把你一腳踩下去了。故此，「批評家」愈來愈多，讚美勉勵，好像反而是不入流的人才幹的事。自問平生這種不入流的事幹過了不少，而今看到一些根本入世未深讀書未精的年輕人分分鐘要「窒」人，驚覺自己竟然「落後」一至於斯。

故此，很多人對他壓根兒沒讀過的書，就批評得一文不值，自顯才識；有些人對他全沒看過的電影，罵得體無完膚，自命清高，彷彿不批評幾句，就不是一流人物。讚美，已是落伍的名詞；勉勵，已屬「老土」的語言。批評反而成了有學問、有眼光、有氣派者的「金咭」，大家都只顧妄自尊大，不顧施援予於旁的掙扎求起。一個真正有學識的人，愈是知道學問的博大，愈應該要謙卑，一個真正有才幹的人，愈是知道人才的可貴，愈能容人——這些美德都到哪裏去了？

我不知道，執善固執，吾自為之。我只知道，對自愛自強的年輕人，我盡全力勉之勵之，如果對方以為這就可以自大自負，我在轉身前驚起一道風雷，足以讓他清醒於瞬間。

責任感

絕對不喜歡沒有責任感的人。

我不是在作道德上的譴責，而是在性情上實在厭惡不負責任的人。一個人沒有責任感，他大可為所欲為，恣意行事，就像一個人沒有錢花就拿刀拿槍向你打劫一樣，是極度令人憎惡的行為，人怎麼可以不負責任？這簡直等於可以不要面子、沒有人格、不需要人性的尊嚴一樣。

遲到也是一種不負責任的表現。迫不得已、因意外延誤，還情有可原。如果故意姍姍來遲，或擺架子，我可不管是何來路，一於不等。如果對方遲到幾分鐘，那無傷大雅；如果遲到半小時，只要情非得已，也不必計較；但要是動輒遲到一、二小時，時常遲到，當你「冇到」，真是「等佢都傻」。難道只有他的時間是時間？只有他忙別人不忙？要是一桌子的人都在等他才上菜，都為他一個人而捱餓，每人都有他自己寶貴的時間，一個人要費半個小時來等他，十五個人加上來的時間有多少？所以對有遲到習慣的人，管他是誰，我都一向手辣心狠。

我不算是個古板的人。到今天我身旁還是有一群愛笑愛鬧的年輕人，嘻哈不絕。他們認真但絕不嚴肅、放任但決不放縱、輕鬆但可不輕浮、熱鬧但並不胡鬧。以我的經驗，培養年輕人的責任感是最重要的。一個人有沒有做大事的能力，就看他有沒有擔當力。一件事情交給他，他可以辦不好，但不可以不辦，也不應該不盡力去辦。事情可能很小，小得可能只是去交一篇稿，但他有沒有用心去辦，便可以從而判斷出是不是能把大事放心交給他辦。我們不可以想像，一個連小事也辦不好的人，怎麼可能天天幻想自己可以成大事。

記得在台灣有某位文化學術性刊物的主編，我極欣賞他的學養與辯才。他也很有意思要拜訪我們山莊諸子，於是我便在社員們面前大力推薦、介紹此人，結果足有二十多人為了要見他一面，深夜留了下來。沒想到等了又等，從晚上九時等到凌晨六時半，他還沒到，我們以為他出了意外，半夜三更的四出找他，後來才知道，他是渾忘了此事而失約。從此以後，我跟他便沒有深交下去。縱再有才也無用，一個人要是沒有責任感，學識都只是些空言泛泛。他日後在事業上不甚得志，說來教人惋惜，但這也是他對自己才份的浪費。

遲到和失約，不一定不可原諒，但要是變成了習慣，那是不負責任的表現，便會有不負責任的後果。這是因果，十分公平。

比下一個二十年！

我們跟久違了的朋友招呼：「你真一點也沒有變。」主要是說他的感情、性情，仍舊如昔，但如果是指他的人一點變也不變，也未必是句好話，也未必是件好事。

人活着，一定會變。變可能是成長、成熟，也可以是衰退、衰老。變，可以是好，可以是壞，但不能不變。不變，那才不是好現象。只有死人才不能變、無可變（除非他變成鬼、變為殭屍、或投胎轉世，當然，這是想像世界的情節，但也可以見出「連死人都求變」的觀念。）試想，歲月不住流逝，你也添增無數閱歷，眼界繼續拓展，知識不斷補充，除非是頑冥不靈，否則怎可能一成不變？

一個活力充沛、充滿自信的人，絕不怕變，只有安於現狀、不思進取的人，才對「變」畏如蛇蠍。我們當然應該爭取往好的變，設法阻止往壞的變，但如果不力爭上游，就不進則退，恐怕想不變的結果，會成為大變特變。「變」在香港而言，最近已成了一個敏感的字眼，但不能「諱疾忌醫」，世事通常不是你不想變它就能維持不變的。

有些朋友覺得我變了，我當然變了，人只要活着，都會變，但變更的可能是外在的東西，而內心裏有很多東西依然十分執着，或改了一種新的甚至更有效的堅持。

也有些人覺得我文風大變，跟以前的憤怒青年、不平則鳴、「文人手上是一桿橫掃千軍的筆，武人手中是一把立地成佛的刀」似乎大大不一樣了，覺得很納悶，很不能接受。這我可得要謝謝他們的關心、他們的讚美。人生的過程是漸進的成長，逐漸的成熟，如果我在二十歲時寫〈龍哭千里〉，到卅歲還大嚷萬里龍哭，我相信那是一件修飾和虛假的事。當日我寫〈憤怒青年〉是赤誠、衷心的，今天我再寫青年人的不滿與忿怒，那是一種退化和不幸。人不能故步自封，我肯定我不重複自己，不願意泥足深陷。為了不住的超越自己、鞭策自己，甚至不惜打碎自己，從頭再來。一個人一定要敢於突破自己建立的風格，才能不住創造與重建，這才是一個作家對自己的苛求與抱負：縱是荊棘滿途，寧可在危艱中開新路，也不可重蹈自己的足跡。

年輕學子問近五十歲的李敖，是不是已放棄鬥爭了？李敖曾答：我鬥了超過二十年，到今天仍然在鬥，你們出來社會，要是敢鬥上五年，我就服了你！我執筆寫了近廿年（十三歲開始辦雜誌期刊），到今天我站在第一線上寫，不斷的摸索新的形式，試圖創造新的風格，認為我變了不再是憤怒青年，脱離了純文藝路線的朋友，我們不妨再來比下一個二十年！

寫得快與寫得好

創作是件樂事。這句話反面意義便是：如果你當寫作是件苦差，請趕緊不要寫作。勉強的工作，絕不可能做得成功，而寫作這門玩意兒，不能只求寫得馬馬虎虎，務必要寫到最好，才有成果。

我每個小時可寫三千五百字，在中文作家裏，我當然不是最快的，但已可列為「快筆」那一類。有人懷疑這個數字，其實大可不必：

一，寫得快不等於寫得好，如果寫得快而濫，那決不是件好事。

二，這種速度，只要專心，加幾分熟練，誰都可以達到。我寫作也常有不專心的時候，所以，很多時候還達不到一半的速度。

奇怪的是，如果叫我抄稿，我便抄不出這個速度來，可能因為我寫稿時被創作慾所衝擊，為情節所推動，所以較能專注、集中，而且產生極大的興趣，把潛力發揮無遺。抄稿則沒有激發性，缺乏新鮮感，所以就慢了下來。有很多人抄稿都比我快，原因是他們比我專心。

寫慣了快筆，最近想寫一些向自己交代的作品（尤其武俠小說），認真了起來，酌字斟句、慎思佈局，常常一小時才不過一千字。但是不是寫得慢就是好？當然不是的。寫得慢通常只是缺乏才情，或不夠專注。除了論文之外，當一個人告訴你他創作如何緩慢以示他的認真的時候，你絕對可以懷疑他才華不足，或不夠投入。文學史上有很多作品，證實了「慢工出細貨」這回事，但同樣也有更多反證，顯示了快筆驚風雷的實情。

不要以為快就是好；同理，慢更非德性。一個人要是沒有才華，寫作時心不在焉，快和慢都無補於事，只配先交行貨或白卷。

我由快寫改由慢寫，原因無他，一是我現在「慢寫得起」；二是我想作個試驗：看快寫成績如何？慢寫程度又如何？我「快筆完成」的《神州奇俠》，肯定要比「細筆勾勒」的《大俠傳奇》來得傳神。而苦心經營的《殺人者唐斬》，似乎要比一口氣完成的《碎夢刀》耐讀些。

只能慢寫而不能快寫的作家稍為吃虧一些，除非是極少數的例外，和極大的幸運，否則，作為中文作家，慢寫難以求存。寫得慢不是件好事，像某作家那種炫耀他一天只寫三十個字，任何雜聲都干擾他的寫作，我一點都不佩服。既要在喧囂中亦能寫作，在極惡劣的環境中都能照寫不誤，寫下來的還可以做到一字不易，這才算得上是高手。至於寫得快，也不是件光榮的事，快餐就夠快了，但除了方便，你會當快餐是名菜佳餚麼？

我行我素

有些人很希望能做一個「我行我素」的人，遇到這種人，我就會問他：我行我素有甚麼好？你以為自己很有「性格」，別人就沒有「性格」麼？你以為自己可以「要」個性，別人就不能「要」個性麼？

每個人都是社會裏的一分子，我們可以堅持原則，盡量不隨波逐流，「自反而縮，雖千萬人吾往矣。」但千萬不要以為「我行我素」是一種美德。人穿西裝赴宴，你偏穿短褲拖鞋入場；人在戲院看電影，你偏在裏面跟女友打情罵俏；人在廁所解手，你偏在大街小便，這成甚麼世界？成何體統？要是人人俱如此「我行我素」法，你受不受得了？

「我行我素」不能刻意為之，而應該是無意間流露的一種個性，自覺式的「我行我素」，叫做「要個性」。人人都有個性，何獨由你要？有些人鼻子朝天，不喜歡跟不喜歡的人打招呼，略有拂逆，立刻翻臉，這叫「我行我素」？遇上這麼有個性的人，我一向習慣「以其人之道還治彼身」，一於跟他大要「個性」，看誰才是更有「個性」。

其實，換從另外一個角度而言，「要個性」只是一種不成熟的表現，同時，也是對抗社會壓力的一種姿勢，和吸引人注意的技巧。只要認準這一點，對好要個性的人就不難對付。有些人，忽然間就跟你有十冤九仇似的，有些人，無緣無故就會看不起你，對這麼有個性的人，最好的方法，就是「當佢冇到」。要知道要個性的人最大的圖謀是要讓人注意到他多麼有個性，如果你視若無睹，當他不存在，他可就白「要」了，「要」下去也是白搭了。這讓他一招擊空，餓狗搶屎，實比跟他窮耗氣力更加高明！

既然人人都有自己的性情，就應該知道如何去尊重別人，維護自己。正如在駕車時要按照交通指示一般，隨意超前，亂闖亂撞，就像「我行我素」的人一樣，碰得頭崩額裂的，很可能就是他自己，而且還誤己誤人。很多年輕人所嚮往的「我行我素」，其實就是一種「你死你事」，這種恣肆妄為，不負責任的態度，絕對不值得鼓勵。

真正有個性的人，決不賣弄個性，以自己的個性來侵害別人的個性；不必羨慕「我行我素」，說不定，這句話只是那個人一種迫不得已的姿態。

不讓一天無驚喜

誰在少年沒有壯志？誰在年輕時沒有豪情？日子正當青春時，敢做冠冕堂皇的夢，不怎麼看得起成年人的成就，「他們有甚麼了不起!?將來看我的吧！」

他們不知道人生裏一切成就其實都是順序的、累積的、按部就班的，一分耕耘便一分收穫。一步登天，一飛沖天，不但是極少數，而且，未必能持久。他們長大後便逐漸發現，歲月如斯逝去，青春漸漸變黃，他們仍然擺脱不了成長的軌跡，許多他們認為的「俗事」，其實都是「正事」，而且，當初他們所看不起的前人「成就」，他們自己卻未必能達到，就算能夠達到，也已經去日無多，或者，未能作出超越。

少負奇志，是好事，但如果沒有腳踏實地的去實行，結果只好空負大志。不過，一切的成就都是來自夢想，沒有燦爛輝煌的夢，就沒有燦爛輝煌的事實。在太空飛行是夢。在海上航行是夢。電腦是夢。電視機也是夢。建萬里長城是夢。水力發電是夢。隔開千里能通話是夢。用一張菲林把剎那的永恆留存下來也是夢。沒有夢想，哪有進步？你想當科學家，是夢。你要當作家，也是夢想。不過，只要是實踐的計劃，夢想便越過了防線，成了事實。

不要把計劃放得太長遠、太偉大，這樣容易打高空，不容易達成理想，會空自心焦、徬徨，甚至陷於迷惑、絕望。人生必經忍耐，但不可以空自等待。人可以正派，但不必太過正經。我們可以認真，但不必嚴肅。你我可以不必太過活躍，但千萬不能悶。悶會死人的。我們不妨暫且把目標縮短，讓每天都有個小小的勝利，讓自己有機會完成小小的超越，讓自己能在不斷的滿意中產生在人生長途中遠征的自信。這些「勝利」，可以微不足道，但一定要能做到，久而久之，積少成多，自然就能「偉大」、「成功」。

昨天能寫五千字，今天寫了六千，是超越；昨天下棋輸了給老張，今天贏了，是勝利。昨天讀了八十頁的書，今天除了讀過八十頁的書外，還記住了三句書中的精句，也算是超越；昨天工作了九個小時便要休息，今天工作了九個小時後還能作覆了三封信，也是一種勝利。記住要為自己製造一些小小的成功，小小的超越，小小的樂趣，就像不忘記常給自己身邊親愛的人送些小禮物一般。不讓一天無驚喜。常給自己製造美夢，就會有美好的前景。常讓生活中發生驚喜，你就能開開心心過一輩子。

知識分子

一般人對知識分子都敬而遠之，甚或「畏」而遠之。要尊敬一位知識分子是件吃力不討好的事，因為除了要尊重他本人，還要尊重他的學識，又要尊重他所尊重的東西，而他所尊重的事物，可能是你全然不懂的，也可能是他自己也不大懂的，可是你就不可以不尊敬，他聽交響樂時，你不能笑，他在談哲學時，你不能睡，他把書袋在你面前丟來丟去時，你還要一臉莊重，彷彿被他的書袋不幸扔中也是件祖上有德的事，更要表示能有幸聽君一席話勝看二十集電視劇的孺慕之情。有時候，人們對知識分子畏而逃之夭夭，誰都不希望在對方的眼瞳裏看出自己原來是個白癡！

從前的知識分子最注重的，當然是讀書，「萬般皆下品，唯有讀書高」，讀書當然不會增高，但是以功名求富貴，便可以步步高升，仰之彌高，「十年寒窗無人問，一朝題名天下聞」，他在「寒窗」下自然不是要「歎冷氣」，而是要有朝一日天下皆聞，中國知識分子愛讀書，愛注疏，愛考證，更愛書中的顏如玉和黃金屋，所以讀書也是一種「財色兼收」。現在的讀書人更直截了當，讀書為了文憑，正如醫生名字後面多幾個頭銜，官員胸前多幾個徽章，多多益善。不過讀者倒不一定要「學富五車」，現代知識分子走在現代的尖端，當然懂得怎麼省時省力，每樣「象徵式」的讀一些，揀有「代表性」的來讀，只要把握到其「重要性」，談起來時，口若懸河，加上西裝、眼鏡、煙斗、粉筆的配合演出，便儼然專家模樣。

有些人對知識分子本就不那麼服氣，心裏暗忖：知識分子不過是知道的事多一些，認識的字多一些而已，不見得做的事和出的力也能多上那麼一些。其實有些名動天下的知識分子只忙於搞關係，發表文告宣言，反而真正皓首窮經的知識分子，不但深居書鄉無人問，更悲壯的是，在二十世紀的今天，這些學者們一旦返歸道山，壽終正寢，不見得在靈堂前的嘆息聲能壓倒嗤笑之聲。

其實也不能全怪知識分子，因為知識分子首要的任務是讀書，然後才學以致用。但要論讀書，就算只讀中國的書，又只選古書中的經典來讀，那也真夠瞧的了！三百多年前的大思想家黃宗羲就表示過；他讀二十一史，每天清早看一本，看了兩年，通常一篇沒看完，已經搞不清那些人名了！現在已經有「二十五史」，李敖曾說：「……何況，中國歷史又不只二十五史。二十五史只是史部書中的正史。正史以外，還有十四類歷史書。……司馬光寫《資治通鑒》，參考正史以外，還參考了三百二十二種其他歷史書，寫成兩百九十四卷，前後花了十九年。大功告成以後，他回憶，只有他一個朋友王勝之看了一遍，別的人看了一頁，就愛睏了。」稍為統計一下，如果把《古文觀止》、《唐詩三百首》當作一本書，中國重要的古籍超過二十五萬種，生也有涯，你怎麼忍心教知識分子被知識的無涯所吞滅？

通俗

很多人都以為通俗就是庸俗，其實通俗跟庸俗是不同的。

通俗是一種好的素質。任何事物能夠通俗，那就證明它能為大眾所接受。是不是能為大眾所接受的事物就是好？當然不是，為大眾所接受的事物，也不一定就好，就算好，也可能會有不好的一面。可是，不為大眾所接受的事物，就可能更加不好，至少，它在群眾的第一關，就已經被過濾掉。當然，不為大眾所接受的事物，也有可能是好的，它不為大眾接受，只是在眼前，一個短暫的時期，一時蒙塵而已，真金不怕洪爐火，遲早可以揚眉吐氣。不過，值得注意的是，一塊垃圾也會以為自己是真金。很多藝術家故作狂態，崇尚高級品味，以曲高和寡為榮，除了患上自大狂與偏狹症，為「知」所惑外，就是沒有弄清楚通俗和庸俗根本是兩回事。

通俗是一種德性。人們能夠接受通俗的東西，因為這些通俗的事物可以吐出他們的心聲，滿足他們的需要，不見得就是庸俗。通俗的東西未必沒有價值，而且也可以有相當的藝術成份。現在流行極廣的東西，日後必有研究的價值。通俗是有一定程度的刻劃時代與反映現實。真正的藝術品，都是可以通俗的。李白、杜甫的詩，曹雪芹、施耐庵的小說，宋詞和元曲，乃至雜劇和小令，文人畫和絲竹音樂，皆可以流行一時。故作高級深奧、晦澀難懂的作品，反而是二流或以下的創作者之試驗品而已。現在視為藝術珍品的瓷器、壁畫、雕刻等，大都是當時相當通俗的事物，可見藝術是不需要太過刻意為之的東西。

很多創作者以開創潮流、引領群眾為職責，要處處比人先行一步，其實，潮流是自然形成的，大眾有這樣的需求，自然會有這樣的「潮流」，強求扭轉潮流，改變風尚，不但事倍功半，而且容易弄巧反拙，為人所摒棄。很多人故意標新立異，刻意求工，強冠於一大堆學術名詞，還沾沾自喜，其實只是閉門造車，自欺欺人而已。孤芳自賞有時候只是一種變相的自慰，以為自己曠絕古今，敢為天下先，走在時代前面，會留下萬世功名，永垂不朽。其實走在時代前面有甚麼好？一個真正的高手是不會把群眾遠遠拋離在後頭的，而且，究竟自己遠遠領先還是遙遙落後，未必一定看得清楚；沒有現在，哪有永恆？時常把自己作品說成偉大得可以永恆，很可能是為自己的作品現在既不夠偉大也不夠永恆找遁辭。

作品可以通俗，但不可以媚俗。媚俗容易下流，庸俗則近低級。通俗的東西可以同時也是高級的、藝術的，但庸俗與媚俗則是不求進取的、低級趣味的。作品自然應該要求越通俗越好——萬一太通俗的形式負載不了較嚴肅的命題，那只好不那麼通俗了，可是得要記住，那並非技巧上的進步，而是形式上的掌握不夠成熟而已。

我怕的幾種人

平生怕幾種人。怕悶人。悶人有兩種，一種是你對着他，五個小時，至少找了五十個話題，他依然説不上五句話的；另外一種是他才説了四分鐘，你已開始打瞌睡，因為他正跟你説他已談過三十遍的二十年前威水史，偏偏其可信程度又等於零。怕老學究。老學究不一定「老」，很有學問的人也不一定是「老學究」。「老學究」是一看見你就義正辭嚴、曉以大義：告訴你甚麼做得不夠好，甚麼東西不該這樣做，在你十萬火急的便條上指正你那一句寫得文法不通，對數學一竅不通的你大談微積分，只要突然生起興趣，他可以高談尤利西斯裏的一個象徵達兩個鐘頭。遇到這些人，我怕怕。

也怕大奸大惡之人，表面是是是，後面刺刺刺。在你面前唯唯諾諾，然後設下十三道暗算七道陷阱三道冷箭，比武俠小説裏的大陰謀更讓你防不勝防。萬一上當，掉下萬劫不復之境，他就來捧塊大石，加幾塊冰，往你頭上直扔。這種人厲害在防不勝防。平時還以為他是良朋益友，而且害人於絕，毒過飯鏟頭，非大智大慧的人窮於應付。普通小人倒無所謂，他們是在背後講講人的閒話，試問有誰在背後沒有說過人的閒話？偽君子也不可怕，因為絕大部份的人都是偽君子，一個人如果連「偽裝」一下「君子」都不願做，更加可怕。在某種程度上，人人都「偽」君子過，想女人難道當眾宣之以行動？饞嘴難道就飛筷投叉狼吞虎嚥？貪財難道要去搶？爭權難道一定要動拳頭？經過美化的上述行動，溫和斯文，當然比較像「人類」，但也無可諱言這是「偽」的好處。小人和偽君子並不如何可怕。別人小人，我更小人；別人偽君子，我更偽君子。

還怕惡人。惡人不講理，還會先告狀。秀才遇着兵，有理說不清，要嘛，就比他更惡，不要嘛，只好任由他惡。不過當惡人要有當惡人的條件，不但要形態兇惡，還要大聲夾惡，普通身材、五官端正、知書識禮、奉公守法者，一律只有資格當受害人。也怕「賴人」。有人做錯事情，做不好事情，只要往對方身上一推，便可以拍拍屁股就走，偶爾還可以加上兩句事後說明早知如此云云，完全讓你獨揹黑鍋，他可以不負責任。

更怕開不起玩笑的人。你跟他開玩笑，他不會笑，你只不過碰了一鼻子灰；尤有過之的是，他把開玩笑當真，記仇記恨一輩子，到你發現時還不知道自己曾對他作過甚麼傷天害理的事。另外還怕蠢人。書，讀得多少，並不重要，可是一個人蠢，就一定會認為自己很聰明，至少，他都比你聰明，你說甚麼他不信，他說甚麼，你卻要非信不可；跟他在一起，不是侮辱了自己的人格，而是委曲了自己的智慧，虐待了自己的耐性，何苦來哉？總而言之：這些人都不由得你不怕。

自白

記得小學四年級填十大志願的時候，第一志願既不是做作家，也不是作詩人，而是：探險。第二志願也好像是當偵探，也不知怎麼個轉變，到了初中一的時候，居然省下五分一毛下課去食堂吃公魚仔飯的錢，去辦《綠洲期刊》，小小年紀便一副捍衛文化的樣子，在刊物首篇上用紅筆寫：「如果我沒有藝術，寧願選擇死亡。」現在雖然不甚同意這種說法，但還是很佩服那時候的勇氣。那份期刊，給訓導主任撕了又編，編了又撕。但結果還能辦了五十多期，出版了超過十三年。生命原就是更活的藝術，那時候不懂，所以後來才曉得怕死。

也許還是年幼志願的驅使，這個傻乎乎、雄赳赳的「作家」，曾當過二十多位結義兄弟的老大，搞過上百位社員的「神州社」，辦過令台灣知識分子叫好或喝倒彩的《青年中國雜誌》，出版過賠到手心都脱皮（十幾個人省下飯錢天天吃公仔麵）去辦讀刊，也搞過印書都來不及的「神州出版社」，還有跟「皇冠」合作編《神州文集》，以及不惜手抄的《長江》，油印的《詩專號》，鼓勵社友創作，還建立了個試劍山莊，實行文人教武，結果，除了阿里山上仗義出手，西門町街頭跟太保械鬥外，還無端端坐了場政治牢，總算大難不死，南柯一夢，夢醒時，逍遙的流落在香江街頭。

中學剛畢業的時候，一個晚上，和幾位朋友為了要尋索一條河水的源頭，深夜上了一座黑色的大山，大家興致勃勃的要尋找水源，結果在錯綜茂密的林間迷了路，差點踩進野豬陷阱，幾乎下不了山。又一次，跟數位弟兄，到了一個市鎮，已經入黑，沒有了交通工具，但為了傳達一個重要信息給廿餘英里外的兄長（沒有電話），便不惜深夜長跑，經過棕櫚林與阿答屋，恒定地向一個目標跑去，抵達時已經天蒙蒙亮。——那時候，從來就沒有問，這樣做，值不值得？

現在？一篇稿，為了千字稿酬若干元，可以討價討價得旁徵博引，爭得你死我活，而臉不改容；一本書，為了版權發行，包不包括星馬台灣，不惜勞師動眾，大打官司。想想那一段出錢出力，替人發表好稿的日子，埋首寫詩，羞於談稿費的歲月，雖不致汗顏，但也再難理直氣壯。也罷，曹雪芹窮死，杜甫餓死，誰注定文人生下來就要餓餐懵？我且把「冒險精神」，放在金錢掛帥商業社會裏秤秤斤両罷。

誰才是真正的大俠？

——「從梁啓超談起」之一

誰才是中國第一位大俠？

中國的「遊俠」集團最早見諸於戰國時墨家，墨子（墨翟）為首任「鉅子」，弟子三百人，義之所趨，理之所在，赴湯蹈火，在所不辭。墨家的基本精神是見義勇為，忘我利他的。「必務求興天下之利，除天下之大害」是墨家的抱負，「摩頂放踵，利天下為之」是墨家的精神，這種俠義高貴的情操，使墨家子弟，不惜冒險犯難，為被侵略的國家自願防守。墨子還親赴準備攻佔鄰國的國家，跟對方的軍事家公輸般演繹敵攻我守的戰略，公輸般七次進攻俱被擊退，便萌殺死墨子之意，墨子笑說：「你殺死我也沒用，我的弟子們已經出發到前線防守了，他們人人都擅用我的戰略。」這強國才打消了進攻的念頭。

你說這種奔波別國排難解紛，理之所在義不容辭的作為，是不是俠者真正的精神？

墨子講究「兼愛」、「非攻」。其實墨子的「兼愛」，是「兼相愛交相利」合論的。梁啓超曾指出：「兼相愛是理論，交相利是實行這理論的方法。」兼相愛近於托爾斯泰的利他主義，交相利則近乎科爾普特金的互助主義。更要注意的是，墨子主張「非攻」，而不是「非戰」，他反對的是侵略主義，而認為自衛是必要的。所以墨家子弟，人人身兼力行，個個都有好身手，以自強助弱，急人之難，解人之困，愛眾親仁，推衣解食，視人如己。他的「兼愛」，是要「言必信，行必果」，為「除天下之大害」，必要時「不憚以身為犧牲」。他的「非攻」，是止戈為「武」，墨子特別指出，武王伐紂即「非所謂攻也，所謂誅也」，在必要時不惜捨己為人，「代天行誅」！

這樣不為勢劫利誘、睥睨王侯、有勇有謀的一代大俠，這樣重言諾、講義氣、不畏強權的俠義精神，跟漢代司馬遷作《史記》中「游俠列傳」是一脈相承的。秦以前，儒墨俱為「顯學」，並稱當時，而「俠」者有「別墨」之稱。故唐韓愈謂：「孔子必用墨，墨子必用孔；不相用，不足為孔墨！」故此，嚴刑峻法的專利帝王，怎可容此言行特立、臨大節志不可奪，死而不悔、捨卻私利、義無反顧的「儒者俠客」呢？故冠以「儒以文亂法，俠以武犯禁」的罪名。是故秦以後，俠者已不多見。儒者在法家的控制下委屈求全，而卓然不屈的俠者，則難免要逐漸湮沒不見了。梁任公認為孔墨之間有個根本的差異：孔子是有「己身」、「己家」、「己國」的觀念，既有「己」，則必有「他」相對待；「己」與「他」之間，總不能不出差別。墨子卻認為這差異的觀念，就是社會罪惡的總根源，一切乖忤、詐欺、盜竊、篡奪、戰禍，都由此起。

墨子是一位實行家，從不肯說一句空泛、不實際的話。他才是一位真正的大俠，所以被暴力強權憎之惡之，徹底消滅。現在的所謂「俠者」，空言泛泛，見利忘義，匹夫之勇，逞能恃勢，所以常見稱人為「某大俠」，譏刺的多，尊重的少，因為他們不知道「俠」的真正意義。

墨子才是我心目中的「大俠」。

譽謗

——「從梁啓超談起」之六

羨慕過一些英雄人物，遇挫不頹，屢仆屢起，完成了絕世功業；崇拜過一些成功人物，把應付困境當作家常便飯，在一敗塗地中，東山復起；心儀過一些傑出人物，在建立了讓人嘆為觀止的造就後，又另起爐灶、從頭再起，把創業當作是一場又一場充滿挑戰性而全力以赴的遊戲。

很多人老早就倦了，他們怕失敗，不敢向困難挑戰，於是被困難擊倒；他們害怕徒勞無功，不敢往問題裏鑽，結果為問題困擾。真正的強人，永遠把自己想像得比困難更強大，永遠主動往問題的中心發動攻勢。成功需要勇氣，需要熱心，膽小的人進一步退三步，不夠堅定的人懼七分防三分，你不願奔向成功，叫成功怎樣來找你？如果你光怕事不做事，天下哪有不勞而獲的事？

真正勇於承擔，要在人生裏交出成績、不怕挫折的人，把成功推至一個顛峰，還會繼續推進；或者，又另創一番事業，永遠不言倦乏、沒有止歇。努力求進，就是他們最大的成就。

超越自我，便是他們最大的安慰。克服困難，正是他們最大的樂趣。故此，真正勇於創業的人，不怕環境的變遷，也不論年齡的壓力。那些永遠不敢創業的人，終其一輩子，都會推說時機未到，老説人生能有幾次從頭幹起。

除了怕失敗之外，還怕承擔，怕被人詬病諉過：其實，天下功過有誰知？海闊天空，行其所是。白雲蒼狗，都是吠影。林則徐引起鴉片戰爭，喚起國人，但卻被貶伊黎；王安石實行新法，惹動了舊黨元老之怒，沒幾年就被謫下台去了。其實，沒有真正的成和敗，又何懼於成敗？真正的大人物，如果不被當世人所非，則必為當世人所譽。惟一時之譽未必就是千古之譽，一時之非未必就是萬世之非。出色的人物，莫不是先時人而有所發見，故不但與社會衝突，且與時勢鬥爭，他走得越前，勝得越後，越要改善當前社會現象，勝得就越苦，甚至可能畢生都在失敗，但其精神卻在後世取得了永恆的勝利。

梁啓超在寫《李鴻章傳》的時候説：「天下惟庸人無咎無譽；舉天下人而惡之，斯可謂非常之奸雄矣乎？舉天下人而譽之，斯可謂非常之豪傑矣乎？雖然，天下人云者，常人居其千百，而非常人不得其一；以常人而論非常人，焉見其可？故譽滿天下，未必不為鄉愿；謗滿天下，未必不為偉人。」

附錄：溫瑞安小傳

自成一派編輯小組

他是中文創作世界裏寫作最多的作家之一，早在十八年前的文本結集已逾二千萬字。他一九五四年出生於馬來亞霹靂州美羅埠口火車頭。未屆入學年齡，他已於庭院水泥地上用雞毛蘸水畫畫創作故事，水跡裏刀光劍影，拳來腳往，但不久即風乾滅跡。小學三年級已於香港《世界兒童》月刊發表詩作，還曾聯合同學創辦《綠洲》期刊，成立剛擊道。

年少時，他在新馬以文學評論和散文出道，主編《蕉風月刊》評論專號，舉辦新馬第一屆詩人大會，出版《天狼星詩刊》，以初中一生身份接編本應由高中三年生執編的《華中月刊》，在學校儼然學生領袖。他極善人事組織、激發團隊精神，又因其擅講故事，連老師也成了他座下聽課的「溫迷」，最高紀錄是一天代七節不同班級的課。同時，他創辦了綠洲、綠林、綠原、綠島等十個詩分社，最後聯盟成了天狼星詩社，他把社長之職讓給胞兄，自己任執行編輯。

後來，溫瑞安負笈台灣，以詩人著稱，其散文〈龍哭千里〉於《中國時報》人間版連續刊出，轟動當地文壇，當時台灣八十年代詩選若未選入溫氏作品，會被視為不完整；而令他聲名鵲起的則是武俠小說。「武俠文學」由他肇始而正式出書，在各大書局出版發行（之前只能以簿本合訂裝出現於租書店）。

他在台辦詩社，開武館，主編雜誌，成立「八部六組」，像武俠小說情節一般義結金蘭。因出身貧寒，不忍父母負擔加重，遂自行半工半讀，動筆寫作武俠小說，賺到學費及生活費之外，尚有餘力接濟同事、同道。從民間到文壇至政界，他都有過巨大的影響力，一夜之間竟能號召全台各大專院校精英聚集於他所創立的「試劍山莊」。後因樹大招風，給扣上帽子。鄧小平復出並推行改革開放，他認為中國將有遠大的前程，因而被台府誣為「藏有」《明報月刊》、《百姓半月刊》、沈從文、錢鍾書等作品而蒙冤進牢。他在牢中沒有司法援助，眾叛親離，但依然能以爛報紙屑和廁紙寫完三部大書，包括兩部小說、散文及一本詩集，還迅速成為台灣軍法處看守所中幫會大佬看中的「智囊」級人物。

後因海外知識分子為溫氏抱不平，聯名給蔣經國寫信，國府不敢將溫氏嚴判，僅未經審訊即予判刑，暗中押解離台，單方面公佈「為匪宣傳」，以期其他地區整治溫氏。溫氏流亡七年，居無定所，歷遍人情冷暖；同時踏遍各地，深諳人情世故，習得適應任何惡劣環境的能力。他在最不安定的境況下，攀上創作黃金期的第二個高峰：一人同時撰寫十八個專欄，每天分別創作六個系列小說連載。自一九八五年起，先後於香港《東方》、《明報》、《中報》、《星島》、《新報》、《成報》等報章刊載作品。一九八七年七月，他的武俠小說正式於大陸出版，首版八十萬冊，不到一月便售罄。根據上海《新民日報》報道，「神州奇俠」《兩廣豪傑》一書，一週售出八十九萬冊。同月《將軍劍》登陸韓國，每月連載，帶動韓潮俠風。其時獲邀重返台灣，當地所有雜誌刊物都刊載他的作品、報道、專訪。

三十年來，其改編的影視作品已逾廿八部，作品近年更是電子、網絡遊戲的搶手熱點，版稅年入以千萬計，且有價有市，而今仍不斷有手遊頁遊端遊上線。他說話、反應、寫作極快，現在仍能一小時寫四千字，小說、詩、散文、評論、劇本無一不有大量作品。如今已出書逾一千三百多部，被譯成多國語文，且演繹為漫畫、連環圖、影視網廣播劇、有聲書、兒童讀物等等。他現為溫瑞安文化傳媒公司總裁，自成一派文藝創作推廣合作社社長，同時出任多處文化教育、文學影視策劃，監製，編導，評審。港台均有註冊公司，獨資物業逾十一處。

二零一二年網易邀他發微博，他只託助理發圖文，兩年內已擁有逾一千八百多萬粉絲，其中以九零、零零後居多。本世紀初，有關溫瑞安的論壇已達二十餘萬個，數字驚人，而他本人從不上網，也不懂打字。近年於內地巡迴演講，所到之處，場場爆滿，反應熱烈，常有長龍排隊等簽名，而且女性遠多於男生，大多二十歲上下。這在武俠文壇極為罕見，何況溫氏今已六十六歲了。多年前其武俠小說有兩句切口，而今成為溫迷俠友們對他的讚語：「神州子弟今安在，天下無人不識溫。」後有溫州作家南航續句：「今生不識溫瑞安，縱博俠名亦枉然。」